Diesmal für Ken

I

Shine, little lamp, nor let thy light grow dim.
Into what vast, dread dreams, what lonely lands,
Into what griefs hath death delivered him,
Far from my hands?

MARJORIE PICKTHALL, »The Lamp of Poor Souls«

Der Traum kam wie immer kurz vor Tagesanbruch.

Ich stand allein am Ufer eines Flusses, der sich durch ein liebliches, üppig grünes Tal wand, in dem selbst die Luft lebendig zu sein schien. Vogelgezwitscher erklang aus Bäumen, deren Äste sich unter dem Gewicht reifer Früchte bogen, und überall blühten Blumen, bunter und wohlriechender als alle Blumen, die ich je gesehen hatte. Ihr Duft machte mich durstig, so daß ich niederkniete und mit den Händen von dem kühlen Wasser schöpfte, um zu trinken.

Plötzlich fiel ein Schatten über mich, der die Sonne verbarg. Neben mir raschelte es im Gras, und eine Schlange kam zum Vorschein, klein und verschrumpelt. Sie glitt die Uferböschung hinunter zum Wasser und öffnete ihr Maul, und ich hockte da und mußte mit ansehen, wie die Schlange den Fluß austrank, wie die Blumen welkten und vertrockneten, die Bäume Feuer fingen und die Singvögel sich in Raben verwandelten. Das Grün des Tals verblich, und die Welt wurde zu einer Einöde unter einem gefrorenen Himmel, das Flußbett zu einer betonierten Straße, die sich durch die traurige Landschaft zog.

Die Schlange war groß und schwer geworden und kroch davon, während die Raben in einer riesigen, krächzenden Wolke aufstoben, die den Tag zur Nacht machte. Unter einem blassen Mond wanderte ich durch die Ödnis.

Ich suchte nach etwas – ich wußte nicht, was es war, aber ich hatte es erst vor kurzem verloren ...

Da hörte ich von fern ein Kind in der Nacht weinen, und es fiel mir wieder ein.

»Justin!«

Das Weinen wurde lauter. Ich begann zu laufen, mein Haar flog wirr um meinen Kopf wie das einer Wahnsinnigen; ich rannte, aber das Schreien kam unverändert aus weiter Ferne, und ich konnte es nicht einholen. »Justin!« rief ich wieder voller Angst. »Mein Liebling, ich komme. Halt aus, Mami ist gleich bei dir.«

Aber ich merkte schon, wie ich ihn verlor, ich rannte nicht schnell genug, und dann brach die Straße unter mir weg, und ich fiel hilflos in ein dunkles Nichts, hörte die Schreie über mir schwächer werden und verklingen ...

Ich erwachte mit einem Ruck.

Eine Weile lag ich vollkommen still, blinzelte zur Decke hinauf und zwang meine Augen, durch den Schleier von Tränen hindurchzusehen. Draußen auf dem Gehsteig hörte ich die sicheren, energischen Schritte eines Geschäftsmannes auf dem Weg zur U-Bahn-Station Kensington. Das alltägliche Geräusch war etwas, woran ich mich klammern konnte. Ich atmete tief durch ... noch einmal ... und streckte die Hand nach der Nachttischlampe aus.

Licht war immer ein Trost.

Ohne die Schatten der Nacht fühlte sich das Zimmer weniger kalt und leer an. Ich stand auf, warf meinen Morgenmantel über und ging zum Fenster. Das schwefelfarbene Leuchten der Novembernacht war von einer harten, grauen Dämmerung abgelöst worden, die wie ein Deckel über den Dächern und Schornsteinen gegenüber lag. Unten auf der Straße schob sich bereits träge der Berufsverkehr vorbei, während überall Häuser gähnend zum Leben erwachten. Es war Morgen, ein Morgen wie jeder andere.

Ich zog den Vorhang ein Stück zur Seite und sah zum Morgenstern hinauf. Er sah so klein aus, so verletzlich. Noch eine Stunde, dann würde er vollkommen verschwunden sein. In der Wohnung gab es niemanden, der mich hätte hören können, aber ich sprach die Worte trotzdem leise aus. »Alles Gute zum Geburtstag, Justin«, sagte ich zu dem winzigen Lichtpunkt.

Er blinzelte mir zu, und ich schloß den Vorhang wieder.

II

Go hence to Wales,
There live a while.

WILLIAM ROWLEY, »The Birth of Merlin«

»O Lyn, das ist doch nicht dein Ernst.« Bridget Cooper warf ihr kupferfarbenes Haar mit einer schwungvollen Geste zurück, die die Aufmerksamkeit jedes Mannes im Umkreis von zwei Tischen erregte, und bedachte mich mit einem tadelnden Blick. »Du siehst aus wie der wandelnde Tod. Schon wieder ein Transatlantikflug ist wirklich das letzte, was du gebrauchen kannst.«

Jedem anderen Gegenüber hätte ich geantwortet, daß ich während des gesamten Heimflugs von New York vor zwei Tagen geschlafen hatte und mein nächster geschäftlicher Flug erst für den 21. Januar vorgesehen war. Aber bei Bridget wäre das in den Wind geredet. Außerdem kannte ich sie lange genug, um zu wissen, daß dies nur ein Vorgeplänkel zu ihrem eigentlichen Ansinnen war.

Bridget sorgte sich nie um die Gesundheit anderer, nur um ihre eigene. Und sie rief mich nie an einem Montag morgen um neun Uhr an, um sich mit mir zum Mittagessen zu verabreden, wenn sie nicht eine bestimmte Absicht verfolgte.

Bridget war einmalig, eine außergewöhnlich begabte Autorin mit einer blühenden Phantasie, die ihre Kinderbücher schon heute zu Klassikern machte, und einer sprunghaften Natur, die die Geschäftsleitung meiner literarischen Agentur in die Trunksucht trieb. Seit ich sie vor vier Jahren als Autorin unter Vertrag genommen hatte, hatten Bridgets Bücher der Agentur Simon Holland ein Vermögen eingebracht, doch ihre Unzuverlässigkeit führte nach wie vor zu Verzweiflungsausbrüchen bei meinen Kollegen. Sie war berüchtigt für ihre Eskapaden, und meine Lieblingsgeschichte – wie sie vor laufender Kamera auf einen BBC-Moderator losging – war zu einer Legende bei Simon Holland geworden. Und ich, die ich vier Jahre als Agentin und eine Urlaubswoche in Frankreich mit Bridget überlebt hatte, hatte inzwischen den Status einer Märtyrerin erlangt.

Dabei war Bridget gar nicht so furchtbar. Wenn man sich gegen die gelegentlichen peinlichen Situationen in ihrer Gesellschaft wappnete, konnte man sogar viel Spaß mit ihr haben, und mit der Zeit hatte ich gelernt, mit ihren Launen zurechtzukommen. Trotzdem fragte ich mich manchmal, wer hier eigentlich wen managte.

Unser gemeinsames Mittagessen an diesem Tag war mal wieder das beste Beispiel für ihren Hang, andere zu manipulieren. Es hatte ganz sachlich und geschäftsmäßig mit einer Besprechung der Pläne für eine Zeichentrickserie begonnen, die auf den erfolgreichen »Llandrah«-Büchern beruhen sollte, die Bridgets Karriere begründet hatten. Doch schon als der Kellner unsere Vorspeisenteller abräumte, war es ihr irgendwie gelungen, das Gespräch auf die bevorstehenden Feiertage zu lenken.

»Und überhaupt«, sagte sie, »wer fährt schon zu Weihnachten nach Kanada?«

»Eine Menge Leute, könnte ich mir vorstellen. Allein schon wegen des vielen Schnees ...«

»Es wird gar kein Schnee liegen«, behauptete sie im Brustton der Überzeugung, »nicht in Vancouver. Das Klima dort ist viel zu mild.« Sie nahm eine weitere Scheibe Brot aus dem Korb auf dem Tisch und zerpflückte sie in kleine Stückchen. »Nein, du solltest lieber mit mir nach Angle kommen.«

»Angle?«

»In Pembrokeshire«, sagte sie. »Südwales. Du weißt schon, wo sie vor ein paar Jahren diese Ölkatastrophe hatten.« Bridgets Geographiekenntnisse waren untrennbar mit den Abendnachrichten und den Sonntagsgazetten verbunden. Man brauchte nur einen x-beliebigen Ort auf der Landkarte zu nennen, und sie konnte seine Lage mit Hilfe eines dort geschehenen Mordes, eines Skandals oder einer Naturkatastrophe bestimmen. Eine etwas ausgefallene, aber sehr wirkungsvolle Methode. Ich erinnerte mich tatsächlich an die Ölkatastrophe und sah Bilder einer zerklüfteten Küste vor mir, während Bridget einen Bissen Brot nahm und weitersprach. »James hütet dort ein wunderbares altes Haus – na ja, eigentlich sind es drei Häuser, aber zwei davon sind irgendwie zu einem umgebaut worden –, direkt am Meer, mit einem halbverfallenen Turm im Garten. Du wärst bestimmt begeistert. Jedenfalls hat er mich über die Feiertage eingeladen und gesagt, ich könnte dich mitbringen, wenn du Lust hast.«

Ich machte mir nicht die Mühe zu fragen, wer James war, denn ich hatte es schon lange aufgegeben, den Überblick über Bridgets Männergeschichten zu behalten. Also schüttelte ich einfach nur den Kopf und neigte mich ein wenig zur Seite, damit der Kellner den Teller mit würzig duftendem Kürbisrisotto vor mir abstellen konnte. »Tut mir leid, ich kann nicht. Mein Bruder würde mir das nie verzeihen.«

Sie sah kurz auf, und ihr Blick sagte mir, wie fadenscheinig sie meine Entschuldigung fand. »Wie geht es denn Patrick, dem großen Protestierer? Was hat er diese Woche vor? Die Schlafmäuse retten? Sitzstreik gegen eine neue Umgehungsstraße?«

»Er kämpft gegen die Holzindustrie, gegen das Abholzen der kanadischen Wälder. Kettet sich an Bäume und so. Aber nur noch an den Wochenenden«, berichtete ich. »Er hat jetzt nicht mehr so viel Zeit, seit er verheiratet ist.«

»Aha.« Bridget verlor bereits das Interesse, probierte von ihrem farbenfrohen Pastagericht und spülte den Bissen mit einem Schluck Rotwein hinunter. »Mmh, das ist köstlich. Ich sollte einen Italiener heiraten – es ist wirklich phantastisch, was sie für Gerichte zaubern können.« Der italienische Kellner in der Nähe machte ein hoffnungsvolles Gesicht, und ich verbarg mit Mühe ein Grinsen über die geradezu komische Wirkung, die Bridget auf Männer hatte.

Obwohl sie bei genauem Hinsehen keine richtige Schönheit war. Sie war dünn, hatte eine durchschnittliche, sommersprossige Nase, ein durchschnittliches Lächeln und schräggeschnittene Augen, die zu schelmisch blickten, um exotisch genannt zu werden. Mein Bruder, der sie einmal kennengelernt hatte, fand sie eher süß als hübsch, aber sogar er räumte ein, daß Bridget das gewisse Etwas hatte. Ich persönlich führte es einfach auf ihre roten Haare zurück. Die Überzeugung, daß die Haarfarbe eines Menschen seine Persönlichkeit bestimmen kann, ist vielleicht nicht wissenschaftlich zu belegen, aber mir war noch nie eine Rothaarige begegnet, die nicht eine ähnliche Anziehungskraft ausgeübt hätte, eine Art vibrierender Energie und Frische, die uns Brünette daneben lächerlich fad wirken läßt.

Ich lächelte. »Ich dachte, du hättest der Ehe abgeschworen.«

»Habe ich auch«, stimmte sie mir zu. »Ich bin jetzt vierunddreißig und viel zu vernünftig, um noch einmal in die Falle zu gehen. Zwei Exehemänner sollten genug sein. Weißt du, das ist etwas, worum ich dich immer beneidet habe.«

»Was?«

»Na ja, ich wäre lieber verwitwet, glaube ich, als geschieden. Das ist wenigstens eine saubere Sache. Niemand, der dir ständig auflauert und versucht, dir das Leben zur Hölle zu machen.«

Nur Bridget brachte es fertig, einer Witwe ins Gesicht zu sagen, sie solle sich glücklich schätzen, daß ihr Mann nicht mehr lebte. Andererseits lag sie mit ihren unsensiblen Worten wie so oft nicht ganz falsch. Meine Ehe mit dem Romanautor Martin Blake war kein voller Erfolg gewesen.

»Manchmal wünsche ich mir, *mein* Mann Nummer eins würde mit *seinem* Wagen gegen einen Baum fahren. Er macht mir in letzter Zeit nur Schwierigkeiten. Ich kann es kaum erwarten, über die Feiertage wegzufahren. Und Dylan Thomas hin oder her, ich finde den Gedanken, Weihnachten in Wales zu verbringen, absolut verführerisch – vor allem dieses *Singen* ... erinnerst du dich an den walisischen Chor, den wir mal in der Albert Hall gehört haben? Großartig«, schwärmte sie. »Ich meine, ein Volk, das so singen kann, muß man doch einfach bewundern, oder?«

Ich lächelte in mein Weinglas und dachte an Lewis, meinen Assistenten, der Waliser war und sich bei ihren Worten sicher gewunden hätte. Er verzweifelte oft angesichts der Stereotypen, mit denen man seine Landsleute belegte.

»Singen, Kohlegruben, Rugby und Schafe – das sind die einzigen Dinge, von denen wir nach Meinung der verdammten Engländer etwas verstehen. Diese Ignoranten«, hatte er sich einmal bitter bei mir beschwert.

Bridget nahm noch ein Stück Brot und seufzte. »Ich wünschte wirklich, du würdest mitkommen. Sosehr ich James mag – manchmal kann er einfach ein furchtbarer Langweiler sein. Du wärst eine gute Ablenkung für ihn.«

»Ach ja?«

»Ich will damit sagen, du wärst jemand Neuer, dem er seine Geschichten erzählen kann. Beim erstenmal sind sie wirklich faszinierend. Und ich dachte, weil du so von seinem letzten Roman geschwärmt hast ...«

Ich wollte gerade die Gabel zum Mund führen und hielt mitten in der Bewegung inne. »Habe ich das?«

»Natürlich, erinnerst du dich nicht? Als er letztens den Booker Prize nicht bekam, hast du die Jury als armseligen Haufen von ...«

»Bridget«, unterbrach ich sie entschieden und legte meine Gabel ab, »dieser James von dir ... ist nicht zufällig ...«

»James Swift«, bestätigte sie mit einem Nicken.

Plötzlich brauchte ich ganz dringend einen Schluck Wasser. Ich griff nach meinem Glas und versuchte, das aufgeregte Flattern zu beruhigen, mit dem meine Nerven auf berufliche Herausforderungen reagierten. »James Swift«, wiederholte ich den Namen, um ganz sicherzugehen, daß wir von ein und demselben Mann sprachen – dem Mann, der für seinen letzten Roman den Booker Prize hätte bekommen *müssen;* dem einzig lebenden Schriftsteller unserer Nation, der meiner Überzeugung nach so etwas wie ein literarisches Genie war. »Ich wußte gar nicht, daß ihr euch kennt.«

Bridgets Mund verzog sich zu einem spitzbübischen Grinsen. »Man erzählt seiner Agentin schließlich nicht alles«, antwortete sie. »Du bist viel zu jung. Und da ich wußte, wie toll du seine Bücher findest, wollte ich nicht, daß du den armen Mann bedrängst, zu Simon Holland überzuwechseln.«

»Ich bitte dich«, rief ich empört, »ich bin ja wohl kaum der Typ, der jemanden bedrängt. Außerdem ist mein Moralgefühl nicht so verkümmert, daß ich versuchen würde, einen Autor abzuwerben, der bereits einen Agenten hat.«

»Verstehe«, sagte Bridget. »Dann interessiert es dich sicher auch nicht, daß er mit seiner jetzigen Agentur nicht ganz glücklich ist.« Konzentriert wickelte sie Spaghetti auf die Gabel, ein Bild der Unschuld. »Und daß er überlegt, sich nach einer neuen umzusehen ... «

»Du machst Witze.«

Sie grinste im Vorgefühl ihres Sieges. »Bist du sicher, daß du über Weihnachten lieber nach Kanada fliegst?«

»Du hast wohl überhaupt keine Skrupel, was?«

»Meine Güte, nein. Schreckliche Dinger, diese Skrupel«, antwortete sie angewidert. »Verderben einem bloß den ganzen Spaß.« Sie hob die Weinflasche an, um sich nachzuschenken. »Fast leer. Wir bestellen besser gleich eine neue.«

»O nein, Bridget, ich kann nicht ... «

Aber sie hatte schon die Hand gehoben, um den Kellner herbeizuwinken, der vor Eifer beinahe über die anderen Tische hinwegsprang und leicht außer Atem, aber mit dem allercharmantesten Lächeln bei uns ankam. Bridget nahm wie üblich keine Notiz davon, wenn sie ihm auch einen anerkennenden Blick nachschickte, als er davoneilte, um das Bestellte zu bringen. »Der Service hier ist wirklich einmalig, findest du nicht auch?« bemerkte sie, sah dann mein spöttisches Gesicht und hob fragend eine Augenbraue. »Was?«

»Nichts.« Ich ging lieber nicht darauf ein. »Ich kann nur keinen Wein mehr trinken, meine Grenze ist erreicht. Manche Leute«, erinnerte ich sie, »müssen nämlich wieder ins Büro und arbeiten.«

»Ja, ich weiß.« Sie leerte den Rest der ersten Flasche in mein Glas. »Aber es würde meinem Ruf schaden, wenn ich dich nüchtern in die Agentur zurückgehen ließe.«

Sie machte sich unnötige Sorgen. Ihr Ruf war längst unangreifbar. Als ich zwei Stunden später meine Stirn gegen die kühle Spiegelwand im Fahrstuhl unseres Bürogebäudes lehnte, erriet mein Kollege Graham den Grund für mein Schwanken auf Anhieb. »Mittagessen mit Bridget Cooper?«

»Mmm.« Ich nickte mit geschlossenen Augen. »Ziemlich offensichtlich, was?«

»Immerhin hast du den Weg zurück zur Agentur gefunden«, gratulierte er mir. »Als ich das letzte Mal mit ihr essen war, landete ich danach in Soho und stellte äußerst merkwürdige Dinge mit Damenwäsche an.«

»Tatsächlich? Das hätte ich gern gesehen.«

»Ich bin sicher, es gibt irgendwo ein Video davon.« Der Aufzug kam ruckelnd zum Stehen, und als die Tür aufglitt, faßte Graham mich am Ellbogen.

»Nicht meine Etage«, nuschelte ich.

»Ja, ich weiß, aber ich kann dich in diesem Zustand nicht hinaufgehen lassen. Du wirst dich so lange in meinem Büro verstecken müssen, bis du wieder einsatzfähig bist.«

Grahams geräumiges Büro, ein Stockwerk unter meinem, war die Kommandozentrale unserer Abteilung für Film- und Fernsehrechte. Während die Regale in meinem

Büro nur das Gewicht der Bücher meiner eigenen Klienten zu tragen hatten, quollen Grahams über vor Manuskripten, gebundenen Fahnenabzügen und Leseexemplaren. Die riesigen Tabellen und Terminpläne an der Wand und der überladene Schreibtisch machten das Bild des organisierten Chaos perfekt.

Ohne auf das Durcheinander zu achten, ließ ich mich auf einen weichgepolsterten Zweisitzer in der Ecke sinken und schob einen Stapel Programmvorschauen beiseite, damit ich meine Füße auf den Couchtisch legen konnte.

»Tee oder Kaffee?« fragte Graham.

»Tee klingt göttlich.«

»Kommt sofort«, sagte er, verschwand und kehrte ein paar Minuten später mit zwei angestoßenen Bechern zurück. Ich war gerade ein wenig eingenickt, als er mir das heiße Gefäß in die Hand drückte, aber der aufsteigende Duft verfehlte seine wiederbelebende Wirkung nicht.

Ich nahm einen Schluck und dankte ihm. »Du bist ein Engel.«

»Nicht gerade das Image, das ich mir wünsche«, grinste er, während er in seinem Schreibtischsessel Platz nahm. »Ich möchte lieber als der Teufel persönlich gelten, damit erreicht man mehr.«

»Ach ja, wie ich höre, hast du in letzter Zeit meinen armen Assistenten terrorisiert.«

»Bösartige Gerüchte«, widersprach er. »Apropos Gerüchte, die gute Bridget hat nicht zufällig bestätigt oder geleugnet, daß sie eine Affäre mit diesem Formel-Eins-Typen hat? Nein? Mist. Ich habe zehn Piepen darauf gewettet.« Er schwenkte seinen Sessel hin und her und sah mich erwartungsvoll an. »Also, was meint sie zu der ›Llandrah‹-Zeichentrickserie?«

»Ich glaube, das Konzept gefällt ihr. Sie ist froh, daß Julia gebeten wurde, die Animation zu überwachen.« Dieser Punkt hatte mir genauso am Herzen gelegen wie Bridget. Julia Becketts Illustrationen zu den »Llandrah«-Büchern waren wunderschön und so eng mit dem Text verwoben, daß niemand von uns sich eine Zeichentrickversion der Geschichten ohne diese unverwechselbaren Bilder vorstellen konnte.

»Tja, Julia ist praktisch unersetzlich«, seufzte Graham. »Eine Schande, daß sie geheiratet hat und kaum noch Zeit zum Zeichnen findet. Ich werde euch Frauen nie verstehen.«

»Sie ist sehr glücklich.«

»Zweifellos.« Mit einem Schulterzucken ging er über die rätselhafte weibliche Psyche hinweg und kehrte zum Geschäft zurück. »Du glaubst also, Bridget ist mit dem Deal zufrieden?«

»Ja, ich denke schon.«

»Aber du bist dir nicht sicher?«

»Na ja, wir sind vom Thema abgekommen«, erklärte ich und massierte meine pochenden Schläfen. »Du kennst ja Bridget. Gerade sprachen wir noch über den Vertrag, und im nächsten Moment erzählt sie mir von ihren Weihnachtsplänen.«

»Ach ja? Und wo geht's dieses Jahr hin? Rom? Wien? New York?«

»Pembrokeshire.«

»Wie bitte?«

»Irgendein kleines Kaff namens Angle, im südlichen Pembrokeshire.«

»Natürlich«, sagte er. »Darauf hätte ich als nächstes getippt.«

»Mach du nur Witze. Sie ist eingeladen worden, die Feiertage dort zu verbringen, und zwar ausgerechnet von James Swift. Sie möchte, daß ich sie begleite.«

Das ließ Graham hellwach werden. »Ich hoffe, du hast zugesagt.«

»Ich habe vielleicht gesagt.« Auf seine empörte Miene hin ergänzte ich: »Es ist das erste Weihnachten meines Bruders in Kanada, Graham. Meine Familie erwartet mich dort.«

Er war sicher, meine Lieben würden es überleben, wenn ich nicht käme. Das Gesicht zur Decke gewandt, bemerkte er in bewußt lockerem Ton: »Du weißt, wer Swift vertritt, oder?«

»Ein Grund mehr, nicht mitzufahren.«

»Und sich die Gelegenheit entgehen zu lassen, ihm sein bestes Pferd im Stall abspenstig zu machen? Du enttäuschst mich.« Er warf mir einen kurzen Blick zu, lächelte und erbarmte sich meiner. »Glaub mir, ich war auch schon einmal in so einer Lage. Ich hatte zwei Einladungen für denselben Abend – eine zu einer Feier bei meiner ältesten Schwester und eine zu einer Galapremiere in einem Theater im West End. Nach langem Hin und Her kam ich auf die einzige faire Lösung für das Problem.« Er kramte in seiner Hosentasche und brachte einen Penny zum Vorschein.

»Wie, du hast einfach eine Münze geworfen?«

»Eine bewährte Methode«, verteidigte er sich. »Erspart einem eine Menge Kopfzerbrechen. Hier, versuch's mal.«

Mit einer reflexartigen Bewegung fing ich die Münze auf und schüttelte den Kopf. »Das ist doch Quatsch.«

»Nein, im Gegenteil. Kopf heißt, du ziehst das langweilige Familiending durch und fliegst nach Kanada, während Zahl ... ach, verflixt.« Das Klingeln seines Telefons unterbrach ihn. »Ich muß das annehmen, Lyn. Dauert nicht lange.«

Als er auf seinem Stuhl herumschwang, um den Hörer

abzunehmen, überlegte ich stirnrunzelnd, daß er vielleicht gar nicht so unrecht hatte. Eine Münze zu werfen schien wirklich das gerechteste Verfahren zu sein, um zu entscheiden, wo ich Weihnachten verbringen sollte.

Ich brauchte auch nur vier Versuche, bis der Penny mit der Zahl nach oben landete.

III

And so to the land's
Last limit I came …

ALFRED LORD TENNYSON, »Guinevere«

Meine Mutter nahm die Nachricht überraschend gelassen auf, als sie am Abend darauf im Schneidersitz auf meinem Wohnzimmerteppich hockte, umgeben von Geschenken und Papier. Sie war gerade dabei, Geschenkband abzumessen, und hörte nur mit halbem Ohr zu. »Natürlich habe ich nichts dagegen, Schatz. Ich bitte dich, du bist schließlich achtundzwanzig …«

»Neunundzwanzig.«

»Jedenfalls alt genug, um eigene Pläne zu haben, wollte ich sagen. Könntest du deinen Finger mal hier auf den Knoten legen? Sehr schön.« Sie knüpfte eine kunstfertige Schleife und lehnte sich zurück, um ihr Werk zu begutachten. Das Einpacken von Weihnachtsgeschenken war für meine Mutter eine Aufgabe, der sie mit Perfektionismus nachging. Als gelernte Schaufensterdekorateurin liebte sie es immer noch, Dinge zu schmücken und schön zu gestalten. »Besser geht's nicht, schätze ich.« Sie legte das kunstvoll verpackte Geschenk beiseite, griff nach einem Fußballtrikot und schüttelte die Knitterfalten heraus. »Und für wen ist das?«

»Für Patrick. Er wollte unbedingt das neue Nationaldreß.« Ich warf ihr einen Seitenblick zu. »Macht es dir auch wirklich nichts aus?«

»Darling, ich habe dir doch gerade gesagt ...«

»Ich weiß, aber du hast diesen Blick.«

Sie hob den Kopf und lächelte mich an. »Du solltest nicht so sensibel auf meine Blicke reagieren, weißt du. Ich habe mein Leben auch nicht meiner Mutter zu Gefallen gelebt.«

»Nein, aber ich glaube kaum, daß du Oma je hättest zufriedenstellen können«, entgegnete ich nüchtern. »*Sie* hat bestimmt einiges dazu zu sagen, daß ich nicht mit nach Kanada komme.«

»Deine Großmutter wird viel zu sehr damit beschäftigt sein, Patricks Schwiegereltern in die Schranken zu weisen, als daß sie sich deinetwegen Gedanken machen könnte«, versicherte sie mir.

Ich hatte die Eltern von Patricks Frau im vorigen Sommer kennengelernt. Sie sprachen gern über Politik und besaßen eine Menge felsenfester Überzeugungen, die sie freigebig kundtaten, um sich mit anderen darüber zu streiten. Sie würden sich auf der Stelle mit meiner Großmutter in die Wolle bekommen. »O Gott, daran habe ich noch gar nicht gedacht.«

»Siehst du, um so besser, daß du nicht dabeisein wirst«, sagte sie. »Es werden sicher keine besonders ruhigen Feiertage. Ich persönlich beabsichtige, mir ein Fäßchen Sherry im Duty-free-Shop zu kaufen und es nicht aus meiner Nähe zu lassen.« Sie nahm eine Rolle Tesafilm zur Hand, bemerkte mein abwartendes Schweigen und seufzte. »Wenn ich überhaupt irgendeinen bestimmten Blick habe, dann nur, weil ich eine Mutter bin und keine Mutter ihr Kind gern über Weihnachten allein läßt.«

Das konnte ich verstehen. Ich hatte Weihnachten noch

nie ohne meine Familie verbracht. Selbst während der kurzen, katastrophalen Jahre meiner Ehe mit Martin – inzwischen längst Vergangenheit – hatte ich das Ritual beibehalten. Und das, obwohl es schon eine Qual gewesen war, sich einfach nur zum Weihnachtsessen um den Tisch zu versammeln, und meine Mutter sich angewöhnt hatte, den Truthahn bereits zerlegt aufzutragen, aus Angst, daß mein Vater einen Mord mit dem Tranchiermesser begehen könnte. Zum Schluß war ich an den Feiertagen zwischen unserer kleinen Wohnung in Shepherd's Bush und dem Haus meiner Eltern in Maidstone hin- und hergependelt.

In diesem Jahr würde ich zum erstenmal mit der Tradition brechen.

»Außerdem habe ich schon ein wenig Bedenken«, fuhr meine Mutter vorsichtig fort, »dich ausgerechnet um diese Zeit allein zu lassen.«

»Ich komme schon klar«, beruhigte ich sie. »Es ist mittlerweile schließlich fünf Jahre her. Die kritische Phase habe ich längst hinter mir.« Ich hatte zu lange auf dem Boden gesessen. Mit steifen Gliedern stand ich auf und streckte mich. »Soll ich uns einen Tee machen?«

Auf diese Taktik griff ich oft zurück, wenn ich über etwas nicht sprechen wollte, wohl wissend, daß ich meiner Mutter nichts vormachen konnte. Aber sie ließ sich nichts anmerken und folgte mir nicht in die Küche, sondern gab mir Zeit, mich zu sammeln. Während ich den Kessel füllte, atmete ich tief durch und zwang die Tränen zurück. Ich hatte noch nie gern vor anderen geweint, noch nicht einmal vor meiner Mutter, aber so kurz vor Justins Geburtstag fiel es mir schwer, meine Gefühle unter Kontrolle zu halten.

Sein Geburtstag – so nannte ich ihn in Gedanken. Das war leichter, als von seinem Todestag zu sprechen.

Manchmal kam es mir immer noch vor wie gestern, als lägen keine fünf Jahre dazwischen. Ich erinnerte mich an jeden Moment der Geburt, an jede einzelne Wehe, wußte noch, wie froh ich war, meine Mutter dabeizuhaben und nicht meinen Mann. Martin war zu diesem Zeitpunkt schon seit drei Monaten tot, und obwohl ich eine Zeitlang getrauert hatte, war ich insgeheim erleichtert gewesen, als wäre mir eine große Last von der Seele genommen worden. Martin hatte das Kind von Anfang an nicht gewollt. Zuerst hatte er mich als nachlässig und selbstsüchtig beschimpft, sich dann mißmutig mit meiner Schwangerschaft abgefunden und nicht die geringste Freude gezeigt über die Aussicht, Vater zu werden. Sein Tod hatte das Baby noch mehr zu meinem eigenen Kind gemacht.

Ich hatte seinen Namen selbst ausgesucht, an dem Tag, als ich erfuhr, daß es ein Junge werden sollte. In großen, bunten Buchstaben hatte ich ihn an die Tür des Kinderzimmers gemalt: Justin. Ich hatte die Regale mit Jäckchen und Höschen, Büchern und Stofftieren gefüllt und die Ausflüge geplant, die ich mit ihm machen, die Orte, die ich ihm zeigen wollte. Monatelang war ich wie auf Wolken geschwebt.

Er war ein großes Baby, über acht Pfund, und ich hatte mich auf eine schwere Geburt vorbereitet. Bald, dachte ich immer wieder während der Wehen, bald ist der Schmerz vorbei, und ich halte Justin in meinen Armen ...

Ein letztes Pressen, neues Leben, das aus meinem Körper glitt, und ein Aufwallen überwältigenden Glücks.

Doch dann plötzliche Verwirrung, angespannte Stimmen, eilige Hände, eine Gestalt mit Mundschutz und sterilem Kittel, die mein Baby aus dem Kreißsaal riß und mit ihm in einem hallenden Korridor verschwand. Ich hörte lautes Weinen, das zu einem Schrei anschwoll, und richtete mich auf, um meinem Kind zu folgen. »Was ist los?« fragte ich die Schwestern flehend. »Was ist mit ihm?«

Meine Mutter sah mich schmerzlich an, und die Ärztin sagte, Justin atme nicht. Ich schüttelte den Kopf und rief: »Aber er weint doch ... ich kann ihn schreien hören ...«

Nein, sagten sie sanft. Das sei ein anderes Kind, nicht meines.

Ich weigerte mich, es zu glauben. *Das ist er nicht*, dachte ich, als sie mich zu dem kleinen, toten Körper führten und ihn mir in die Arme legten. *Mein Baby lebt, es hat geweint, ich habe es gehört ...*

Der Kessel dampfte auf dem Herd und begann zu pfeifen. Mit ungeduldiger Hand wischte ich meine Wangen ab, zwang mich in die Gegenwart zurück und suchte die Teekanne.

Meine Mutter rief aus dem Wohnzimmer: »Brauchst du Hilfe?«

»Nein«, rief ich zurück, »ich komme schon zurecht.« Dann noch einmal leise, aber entschieden zu mir selbst: »Ich komme zurecht.«

Mit Bridget zurechtzukommen war wieder ein ganz anderes Problem. Meiner Mutter mochten keine besonders entspannenden Tage in Vancouver bevorstehen, wenn Großmutter einen Streit nach dem anderen anzettelte, aber ich hatte so eine Vorahnung, daß meine Feiertage auch nicht viel ruhiger verlaufen würden. Bridget besaß ein gewisses Talent dafür, sich und andere in Schwierigkeiten zu bringen. Schon die Autofahrt nach Wales stellte ein Abenteuer dar.

Mir war gar nicht bewußt gewesen, daß ich den Atem angehalten hatte, bis ich ihn in einem Seufzer purer Erleichterung ausstieß, als der Fahrer vor uns seinen rostigen Ford bei der ersten Abzweigung aus dem Kreisverkehr lenkte.

»Mach dich bloß vom Acker, du Schlafmütze!« rief Bridget ihm hinterher, ungeachtet dessen, daß er sie nicht hören konnte. Sie trat das Gaspedal durch, und ihr sportlicher blauer MG machte einen Satz und beschleunigte derart, daß ich in meinen Sitz gedrückt wurde. »Manchen Leuten gehört wirklich der Führerschein abgenommen«, bemerkte sie.

Ich biß mir gerade noch rechtzeitig auf die Zunge.

Dann sah ich aus dem Beifahrerfenster, betrachtete die verschwommene Linie der vorbeiflitzenden Hecken und machte mit dem kleinen Spiel weiter, das ich immer spielte, wenn ich mit Bridget fuhr: zählen, wie oft wir schon dem sicheren Tod entronnen waren. Kurz hinter Bristol, als es um Haaresbreite zu einem Zusammenstoß gekommen wäre, hatte ich mich verzählt und den Überblick verloren, doch seitdem war die Punktzahl schon wieder auf respektable 19 gestiegen. 20, verbesserte ich mich, als wir den nächsten Wagen in einer unübersichtlichen Kurve überholten.

Nicht, daß ich wirklich ein Unglück befürchtete. Bridget hätte mit verbundenen Augen über ein Minenfeld gehen können und wäre unbeschadet ans andere Ende gelangt – sie mußte einen ausgezeichneten Schutzengel haben. Dennoch atmete ich auf, als wir aus der Kurve kamen und die Straße vor uns frei war.

»Nicht viel Verkehr hier«, bemerkte ich.

»Du solltest die Gegend mal im Sommer sehen. Überall Massen von Touristen.« Sie verzog das Gesicht. »Im Juli habe ich eine Ewigkeit für die Strecke gebraucht.«

Ich sah sie an. »Im Juli?«

»Ja. James ist öfter mal dort.«

»Verstehe. Also seid ihr beiden ...«

Bridget warf mir einen schelmischen Seitenblick zu. »Ich werde doch jetzt nichts ausplaudern.«

»Ich dachte, du liebst es, Dinge auszuplaudern.«

Sie lachte. »Ganz schön frech. Ich hätte größte Lust, ein Keuschheitsgelübde abzulegen, nur damit ihr bei Simon Holland nichts mehr zu tratschen habt. Schließt Graham immer noch Wetten über mein Liebesleben ab?«

»O ja. Ich fürchte nur, James Swift gibt er keine großen Chancen.«

»Der arme, alte James«, sagte sie zärtlich. »Ich habe ihn auf der diesjährigen Londoner Buchmesse kennengelernt, wußtest du das? Auf einer dieser unzähligen Cocktailpartys, ich kann mich nicht mehr genau erinnern. James hat mich danach zum Essen eingeladen und ... den Rest kannst du dir vorstellen. Er sieht halt wirklich verdammt gut aus, das muß man ihm lassen.«

»Aber?« hakte ich nach, und sie lächelte.

»Genau, aber.«

»Er ist jedenfalls genau dein Typ«, sagte ich, denn ich wußte, wie sehr ihr diese klassischen, leicht raubvogelartigen Züge bei Männern gefielen. »Daran kann es also nicht liegen.«

»O nein, er ist absolut top«, bedachte sie ihn mit ihrem persönlichen Ausdruck höchsten Lobs, der schon zu einem Markenzeichen geworden war. »Aber du kennst mich ja, ich brauche die Herausforderung. James finde ich auf Dauer zu langweilig.«

Ich traute meinen Ohren nicht. »Ein Mann, der Bücher wie ›The Leaden Sky‹ schreibt, kann unmöglich langweilig sein.«

»Dann eben zu intellektuell. Er denkt zuviel. Ich bevorzuge Männer, die *handeln.*«

Ich sah sie amüsiert an. »Warum hast du dann überhaupt zugesagt, Weihnachten mit ihm zu verbringen?«

»Weil er mich darum gebeten hat. Und ich hasse es, Leute zu enttäuschen.« Sie schaltete, überholte den Wagen vor uns und streifte beinahe einen Radfahrer, der die Faust schüttelte und uns etwas hinterherbrüllte, während er versuchte, sein Gleichgewicht zu halten. »Außerdem«, fügte Bridget hinzu, die keine Notiz davon nahm, »ist James nicht der einzige interessante Mann in Angle.«

Ich kannte diese Andeutungen und wußte, daß sie Ärger verhießen. »O nein, Bridget!«

»Was?« fragte sie mit Unschuldsmiene.

»Du hast doch nicht etwa vor, etwas mit einem anderen armen Kerl anzufangen, während wir dort sind?«

»Darling«, entgegnete sie mit einem durchtriebenen Lächeln, »er ist kein armer Kerl. Er ist Bühnenautor.«

Ich verdrehte die Augen gen Himmel. »Gott, gib mir Kraft.«

»Ach, sei doch nicht so viktorianisch. Schließlich bin ich nicht mit James verheiratet oder so was.«

»Das nicht, aber wenn du dich von ihm einladen läßt ...«

»Mach dir keine Sorgen«, sagte Bridget. »Ich werde diskret sein.«

»Wie diskret?«

»Keine Fotos.« Sie zwinkerte mir zu. »Im übrigen wird James so sehr ins Gespräch mit dir vertieft sein, daß er gar nicht dazu kommt, mich zu überwachen.«

»Aha, *jetzt* verstehe ich.« Mir ging ein Licht auf. »Deshalb wolltest du mich also dabeihaben. Damit ich ihn ablenke, während du deine Spielchen treibst.«

»Und damit du nebenbei einen neuen Klienten gewinnen kannst.«

»Hör mal, du lebst in einer Traumwelt, wenn du glaubst, ein Mann könnte mich so faszinierend finden, daß er dich darüber vergißt.«

Sie schnalzte mit der Zunge. »Du unterschätzt dich.«

»Ich stelle nur eine Tatsache fest.« Damit lehnte ich mich wieder in meinem Sitz zurück und betrachtete die veränderte Umgebung. Wir hatten inzwischen die Ausläufer eines Ortes erreicht, die Hecken wurden von Häusern abgelöst, und links zeigte ein Schild den Weg zum Bahnhof an. »Wo sind wir jetzt?« fragte ich.

»In Pembroke.«

»Oh, wirklich?« Ich beugte mich vor, weil ich gern einen Blick auf die berühmte Burg werfen wollte, aber Bridget lenkte den Wagen schon elegant um einen Kreisel und raste einen Hang zwischen pastellfarbenen Häusern hinunter. Danach verlief die Straße wieder eben und beschrieb eine Schlangenlinie entlang einer Grünfläche, während die Stadt selbst sich auf einer felsigen Anhöhe zu unserer Rechten ausbreitete. Teile der alten Stadtmauer, die einst das mittelalterliche Pembroke umgeben hatte, standen noch trutzig am Rand des Parks und stützten die dicht an den Felshang gedrängten Häuser und Geschäfte. Erst als wir das Ende der Grünanlage erreicht hatten und an einer Kreuzung abbogen, konnte ich einen ersten Blick auf die Burg erhaschen.

Ihre dunklen, schmutziggrauen Mauern erhoben sich uneinnehmbar am Rand des Felsplateaus, wo sie als starrer Wachtposten die Hauptstraße begrenzte, so daß Verkehr und Gehwege sich bis an ihre Tore drängten. Beeindruckt verrenkte ich den Hals, um die mächtige Festung länger betrachten zu können, und versuchte mir vorzustellen, wie sie vor fünf Jahrhunderten auf die Bauern gewirkt haben mußte, die sich auf den Feldern in ihrem Schatten abplagten.

»Mensch, du Penner«, schimpfte Bridget und drückte auf die Hupe. »Beweg dich endlich.«

Diesmal meinte sie einen Fußgänger, einen alten Mann mit wehendem weißen Haar, der sich beim Überqueren der Straße Zeit ließ. Er drehte sich gelassen um, sah mich an und lächelte.

»Idiot«, murmelte Bridget. Wir wurden wieder schneller, bogen um eine weitere, enge Kurve zwischen Altstadthäusern. Als wir an einem Fluß entlangfuhren, konnte ich noch einen letzten Blick aus einer anderen Perspektive auf die Burg werfen, ehe die Straße durch einen Wald führte, wo Eschen, Pappeln, Birken und dürre Haselnußbäume aus einem dichten Laubteppich wuchsen und ein Dach über unseren Köpfen bildeten. Bridget verkündete aufmunternd: »Wir sind fast da. Nur noch etwa zwanzig Minuten bis Angle.«

Ich hatte auf eine Küstenstraße gehofft, damit ich das Meer sehen konnte, doch als wir aus dem Wald herauskamen, führte die Straße weiter hartnäckig durchs Binnenland und wurde zudem von hohen Wällen begrenzt, die die grünen Wiesen auf der anderen Seite fast vollständig verbargen. Es waren merkwürdige Wälle aus aufgeschichteten Steinen und grasbewachsener Erde, mit hohen Schlehdornhecken obendrauf. Etwas Ähnliches hatte ich noch nie gesehen.

»Das sind echte Pembrokeshire-Wälle, eine Besonderheit dieser Gegend«, sagte Bridget, als ich sie danach fragte. »Ich nehme an, sie wurden gebaut, um Schutz vor Sturm und Regen zu bieten. Das Wetter kann hier ziemlich ekelhaft sein.«

Heute war es jedenfalls nicht ekelhaft. Ein sanftes Lüftchen wehte durch das tote wintergelbe Gras am Straßenrand. Es hätte Frühling sein können. Während der vergangenen Wochen hatte ich ein paar Reiseführer über Wales studiert und endlose Vorträge meines walisischen Assistenten über mich ergehen lassen; daher wußte ich, daß das Wetter hier aufgrund des Golfstroms relativ mild war. Auch hatte ich mir genug von den Karten der Gegend eingeprägt, um zu wissen, daß wir in westlicher Richtung über die Halbinsel von Angle fuhren. Nördlich von uns, aber leider außer Sicht, mußte sich der lange Meeresarm namens Milford Haven befinden. Vor uns und in südlicher Richtung erstreckten sich viele Meilen einer unter Naturschutz stehenden Küste, die mit ihren hohen, zerklüfteten Klippen, windgepeitschten Stränden und urtümlichen Höhlen den Pembrokeshire Coast National Park bildete. Dieses Naturschutzgebiet war ein Wanderparadies, wie die Reiseführer schwärmten, eine der schönsten Küstenregionen Großbritanniens und die einzige, die für würdig erachtet worden war, zum Nationalpark erklärt zu werden.

Ich hatte mich auf eine atemberaubende Landschaft gefreut, doch als ich kurz darauf endlich den Meeresarm erblickte, mußte ich feststellen, daß das Panorama durch eine riesige Ölraffinerie entstellt war.

Bridget stimmte mir zu, daß sie einen Schandfleck darstellte. »Aber irgendwo müssen die Leute ja Arbeit finden. Und wenigstens haben sie die Raffinerieanlagen auf diesen Teil des Milford Haven beschränkt. Sobald man um die Spitze der Halbinsel herum ist, ahnt man nichts mehr von ihrer Existenz. Aber James haßt sie trotzdem«, erzählte sie. »In dieser Hinsicht ist er genauso schlimm wie dein Bruder, kann sich stundenlang darüber aufregen.«

Ich fand, daß dies eher für ihn sprach. »Hat er Familie hier in der Gegend?«

»Wer, James? Nein, nicht daß ich wüßte. Warum?«

»Nur so aus Interesse. Seine Mutter stammt aus Wales, soweit ich mich erinnere.«

Bridget grinste. »Hast brav über James Swift nachgelesen, was?«

»Na ja, ein bißchen ...«

»Dann weißt du sowieso mehr als ich. Ich glaube, ich habe ihn nie nach seiner ... Gottverdammt!« fluchte sie plötzlich und machte eine Vollbremsung.

Mein Gurt riß mich in den Sitz zurück, und ich starrte verwundert auf das Verkehrshindernis vor uns. Ein paar Enten überquerten gemütlich watschelnd in Reih und Glied die Straße, während Bridget mit laufendem Motor wartete.

»Das machen sie jedesmal, wenn ich hier vorbeikomme«, beschwerte sie sich. »Ich könnte schwören, daß sie das Auto wiedererkennen.«

Damit hatte sie wahrscheinlich recht, denn der anführende Erpel schien es in der Tat darauf abgesehen zu haben, Bridget zu ärgern. Als er die andere Seite erreicht hatte, zupfte er desinteressiert an ein paar Blättchen, machte dann gleich wieder kehrt und führte seine Truppe zurück über die Straße zum sicheren Teich. Er sah recht selbstgefällig drein, als er vorbeiwatschelte, und Bridget rief ihm etwas Unflätiges zu.

»Ich dachte, du magst Enten«, lachte ich.

»Und ob«, flötete sie. »Schön knusprig gebraten in Orangensoße.« Der letzte Vogel flatterte nervös zur Seite, als Bridget den Gang hineinrammte und der kleine Sportwagen nach vorn schoß. »Aber ich traue mich nicht, sie zu überfahren. Die Pressesprecherin meines Verlags würde einen Anfall bekommen. ›Kinderbuchautorin tötet hilfloses Entenküken‹ – die Schlagzeile wäre nicht gut für mein Image.«

Die Straße wurde immer schmaler und kurvenreicher, so daß die Wälle uns auf beiden Seiten einschlossen und die Schlehdornhecken das Auto streiften. Es war unmöglich, um die nächste Kurve zu sehen oder eventuell entgegenkommenden Fahrzeugen auszuweichen, aber Bridget fuhr unverdrossen weiter, ohne vom Gas zu gehen. Ich schloß die Augen und öffnete sie erst wieder, als sie fröhlich verkündete: »Da liegt Angle.«

Wir hatten den Kamm eines steil ansteigenden Hügels erreicht und hielten kurz an, bevor wir zum Dorf hinunterfuhren. Unter uns strudelte das Meer um die stumpfe Landspitze und fraß sich zu beiden Seiten in die Felsen. Eine schnurgerade Straße lag wie ein Band über der schmalsten Stelle der Halbinsel, zog sich von der einen halbkreisförmigen Bucht zur anderen. Entlang dieses Bandes konnte ich die verstreuten Würfel weißer Cottages erkennen, hinter denen ein Patchworkmuster aus Feldern einen Hang bedeckte, der fast so hoch war wie der, auf dem wir uns befanden, nur daß er auf der anderen Seite zum eisblauen Wasser des Meeresarms abfiel.

Es herrschte viel Betrieb auf dem Milford Haven. Zwei große, graue Schiffe, vermutlich Tanker, schoben sich an langen Molen vorbei, die wie Klauen vom gegenüberliegenden Ufer ins Wasser ragten, und eine Handvoll kleinerer Boote kreuzte im Kielwasser einer riesigen, weißen Fähre auf dem Weg nach Irland. Die Ölraffinerie war auch hier nicht zu übersehen und erstreckte sich nach der rechten Seite, aber wenigstens konnte ich einen Blick auf einen herrlichen, unverbauten Abschnitt werfen, als wir zum Dorf hinunterfuhren.

Mein erster Eindruck von Angle war kurz: eine Ansammlung von Cottages, die in den typischen Pastellfarben der Küstenorte gestrichen waren – Hellbeige, Zitronengelb, Rosa und Minzgrün –, Rauchwolken aus den Schornsteinen, ein grauer, mit Zinnen versehener Turm, wahrscheinlich der Kirchturm, eine bunte Eiscremetafel vor dem Dorfladen. Viel mehr konnte ich auf die Schnelle nicht erkennen. Bridget bog in eine Gasse ein und holperte um die östlichste der kleineren Buchten herum, wo Fischerboote in einem geschützten Hafenbecken an ihren Ankerketten schaukelten. Eine kleine Brücke überspannte eine Flußmündung, die den Kiesstrand in zwei Hälften teilte. Wir ließen das Dorf hinter uns und rollten über die Brücke, hinter der das Tor zu einem langgestreckten, einladend aussehenden Gebäude auftauchte.

Wie Bridget erwähnt hatte, waren es ursprünglich drei Häuser gewesen, deren Trennmauern ich noch an der Frontfassade ausmachen konnte. Der halbverfallene Turm, den sie mir versprochen hatte, war noch romantischer als in meiner Vorstellung. Seine dicken, größtenteils intakten Mauern überragten das Haus an einer Seite, und ein paar große Krähen umkreisten die Spitze und machten das Bild perfekt. Haus und Turm hätten auch wunderbar in eine einsame Moorlandschaft gepaßt, über die der Wind fegte und Brachvögel schreiend hinwegzogen. In dieser Umgebung wirkte das Anwesen jedoch nicht weniger beeindruckend. Es war nur einen Katzensprung von dem verschlafenen Fischerdorf entfernt, wobei die schilfüberwucherte Mündung des kleinen Gezeitenflusses eine Art Graben zwischen dem Turm und dem im Schatten liegenden Gemeindefriedhof bildete.

Was für ein wunderbarer Ort zum Arbeiten für einen Schriftsteller, dachte ich.

Bridget folgte meinem Blick zu dem gemütlich schmauchenden Schornstein auf dem Dachfirst und deutete ihn ganz falsch. »Keine Angst«, beruhigte sie mich unnötigerweise, »das Kaminfeuer brennt nur der Atmosphäre wegen. James würde sich niemals in einem Haus ohne Zentralheizung aufhalten.«

Beim Geräusch des heranrollenden Wagens richtete sich eine Gestalt im Vorgarten auf – ein hochgewachsener Mann in Jeans und einem dicken Rippenpullover; sein dunkelblondes Haar war etwas länger, als ich es von den Fernsehauftritten in Erinnerung hatte. Er hob grüßend eine Hand und kam auf uns zu. Erst als er neben meinem heruntergelassenen Fenster stehenblieb, sah ich, daß es sich nicht um James Swift handelte.

»Hallo«, sagte er fröhlich, legte einen Arm auf das Autodach und beugte sich zu uns herunter. »Sie sind früh dran.«

Bridget hob eine Augenbraue. »Und Sie sind ...?«

»Christopher«, antwortete er mit einem jungenhaften Grinsen. »Ich fürchte, James ist im Moment nicht da, aber wenn Sie den Wagen schon mal hinterm Haus parken wollen, kann ich Sie auf Ihre Zimmer bringen.«

Er ging pfeifend auf der Auffahrt voraus, während Bridget im Schrittempo folgte. »Sehr interessant«, murmelte sie. »Sein Bruder – was meinst du?«

»Anzunehmen. Die Ähnlichkeit ist ziemlich groß.«

»Allerdings.«

Ich sah sie prüfend an, aber ihr Gesicht zeigte nur Neugier, sonst nichts. »Bridget ...«

»Ja?«

»Dieser Einheimische, auf den du ein Auge geworfen hast ... er ist Theaterautor, sagst du?«

»Stimmt.«

»Jemand, den ich kenne?«

»Aber, aber«, sagte sie augenzwinkernd, »das wäre nun wirklich aus dem Nähkästchen geplaudert.«

»Ach, komm schon.«

Doch sie blieb standhaft und schüttelte den Kopf. »Du wirst es früh genug herausfinden«, versprach sie. »Reich belohnt werden die, die warten können.«

IV

An ancient bridge, and a more ancient tower,
A farmhouse that is sheltered by its wall.

W. B. YEATS, »My House«

Es erforderte Maßarbeit, den MG durch die schmale Durchfahrt zwischen dem alten Turm und der hohen Steinmauer, die den Rasen begrenzte, zu manövrieren, aber Bridget meisterte die Aufgabe souverän und folgte einem um das Farmhaus herumführenden Weg. Wir fuhren einen kleinen Hang hinauf, der sanft bis auf die Höhe der Fenster im ersten Stock anstieg, so daß das Haus immer tiefer in die Erde zu sinken schien.

Vor uns tauchten drei in einer Reihe stehende große Schuppen auf, wobei die Tür des mittleren von einem Traktor mit schlammigen Reifen blockiert war. Ehe ich die naheliegende Frage stellen konnte, hob Bridget schon zu einer Erklärung an.

»Das Anwesen heißt nicht nur Castle Farm – es ist immer noch eine richtige, bewirtschaftete Farm, die James' Onkel Ralph und seiner Tante Pam gehört. Sie sind keine Blutsverwandten, glaube ich, sondern alte Freunde seiner Mutter, die er schon von klein auf kennt. Ihre Tochter wohnt irgendwo oben in Yorkshire, und wenn sie sie besuchen, hütet James das Haus, während Owen – ein Nachbarsfarmer – sich um die Tiere kümmert.«

Ich brauchte nicht zu fragen, was für Tiere sie meinte. In einer Senke hinterm Haus waren die Blechdächer von Kuhställen zu sehen, und auf den Weiden über uns am Hang grasten dickwollige Schafe, die unser Herannahen mit trägem Interesse beobachteten. Eine rotgetigerte Katze sprang aus dem Weg, als Bridget auf einer ebenen Grasfläche zwischen einem grauen Rover und einem silberfarbenen Mercedes Coupé parkte.

Christopher holte uns einen Augenblick später ein und streckte gleich die Hand nach Bridgets Koffer aus. »Warten Sie, ich nehme Ihnen den ab. Sehen Sie sich vor«, warnte er, als wir uns umdrehten, um zu Fuß zum Haus zurückzukehren. »Gegen Mittag hat es geregnet, und der Weg ist noch ein bißchen rutschig.«

Ich hatte vergessen, wie schnell sich das Wetter an der Küste ändern konnte. Im Moment gab es keinerlei Anzeichen von Regen, noch nicht einmal Wolken, und die Sonne strahlte von einem blitzblauen Himmel. Der Wind war jedoch schneidend kalt, und ich schlug den Mantelkragen hoch, als ich mit meinem Koffer in der Hand hinter Bridget und Christopher hertrottete.

Die Castle Farm wirkte aus dieser erhöhten Perspektive nicht ganz so groß. Das mittlere der drei verbundenen Häuser war ein Stück zurückgesetzt von seinen Nachbarn und bildete durch den entstandenen Mauerwinkel eine Art Innenhof, geschützt durch den hohen Erdwall, über den die bogenförmige Auffahrt verlief, und begrenzt von Eschen und einem großen Fliederbusch. In diesen Innenhof führte uns Christopher nun. Der mit Steinplatten gepflasterte Pfad war in der Tat sehr rutschig, und ich mußte meinen Koffer anders halten, um nicht das Gleichgewicht zu verlieren. Erst als ich wieder sicheren Tritt hatte, hob ich den Kopf, um dieses Gartenparadies auf kleinstem

Raum zu bewundern, in dem jede ebene Stelle, jeder Winkel mit Töpfen voller Grünpflanzen und Blumen bestückt war, die sich irgendwie gegen die Kälte behauptet hatten. Ein einsames Blatt tanzte noch an der Spitze eines anmutigen Schneeballstrauchs. Da muß jemand dieses Haus sehr lieben, dachte ich, um sich soviel Mühe mit der Begrünung zu geben.

Ich folgte Christopher und Bridget durch das Labyrinth von Tontöpfen zu einer weißgestrichenen, verglasten Veranda, die den Hintereingang des Hauses vor Wind und Wetter schützte. Dort lagen zwei weitere Katzen, eine große graugetigerte, die uns mit ungewöhnlich intelligenten Augen beobachtete, und eine kleine hellgraue, die sich auf einem Fenstersims zusammengerollt hatte.

Bridget beugte sich zu der größeren herunter. »Hallo, Dickerchen.«

Christopher drehte sich um. »Stimmt ja, Sie sind schon einmal hiergewesen, nicht wahr? Dann wissen Sie ja Bescheid über die Katzen. Tante Pam hat mittlerweile sieben. Elen kümmert sich um sie und füttert sie, aber sie treiben sich trotzdem hier vor der Tür herum und geben die Hoffnung nicht auf.«

Die kleine graue stieß ein lautes Maunzen aus und sprang mit einer geschmeidigen Bewegung auf meine Schulter.

Christophers Warnung kam zu spät. »Das macht er gern, der Kleine hier. Warten Sie, ich helfe Ihnen.« Der junge Kater, der es sich bereits gemütlich gemacht hatte, ließ sich nicht leicht herunternehmen, doch nach ein paar Versuchen löste er sich mit einem an einen Klettverschluß erinnernden Geräusch von meinem Mantel.

Ich hob den Kopf und schnupperte, erkannte den angenehmen Geruch von Kohlefeuer. »Das ist etwas, das man in London nicht mehr allzuoft riecht.«

»Wie? Ach so, das Feuer.« Christopher setzte den Kater neben der Tür ab. »Ja, ich mag es gern, wenn ein ordentliches Feuer im Kamin brennt. James macht sich nichts daraus. Aber Onkel Ralph hat gesagt, ich kann soviel Kohle verbrauchen, wie ich will, und Onkel Ralph«, betonte er, »ist der Herr der Castle Farm. Er hat mehr zu sagen als James.«

Bridget hob eine Augenbraue. »Sie sind James' Bruder, nehme ich an?«

»Voll ins Schwarze getroffen«, beglückwünschte er sie und hielt die Tür auf. »Ich bin weder so talentiert noch so berühmt, fürchte ich, aber dafür sehe ich viel besser aus.«

Er sagte es in scherzhaftem Ton, begleitet von einem charmanten Lächeln, und Bridget lächelte zurück.

Wie Spiegelbilder, dachte ich, jeder versucht den anderen zu becircen. Doch Christopher hatte seine Chancen bereits verspielt. Bridget machte sich grundsätzlich nichts aus Männern, die so offen mit ihr flirteten. Sie interessierte sich nur für solche, die ihr zuerst einen Korb gaben und somit ihre Eroberungslust herausforderten. Ich hätte ihm einen kleinen Tip geben können, aber nachdem er so bereitwillig Bridgets Koffer getragen hatte, während ich meinen allein über die schlüpfrigen Steine schleppen mußte, war ich nicht geneigt, Christopher Swift meine Hilfe anzubieten.

Schweigend trat ich an ihm vorbei in die lichtdurchflutete Veranda, die zwischen dem mittleren und dem linken Seitenhaus verlief und an jedem Ende eine hölzerne Tür hatte. Der leicht moderige, anheimelnde Geruch alter Häuser kam mir entgegen.

»Durch die rechte Tür«, wies Christopher uns an.

Wir stiegen eine Stufe hinauf und betraten eine große, sonnengelb gestrichene Küche, die aussah, als hätte sie einst aus zwei Räumen bestanden. Man hatte zwar die Trennwand entfernt, aber der offene Kamin war geblieben. Aus roten Ziegelsteinen gemauert, stand er fest in der Mitte der Küche, und durch die weiten Bögen an seinen Seiten konnte ich in den Wohnbereich blicken, wo ein modernes, blaues Sofa und passende Sessel einen Fernseher umrahmten. Die Küchenmöblierung war schlichter: ein Tisch aus Kiefernholz stand an einer Wand nahe der Tür, und zu meiner Linken enthielt ein antiker walisischer Geschirrschrank ordentlich aufgereihtes, elfenbeinfarbenes Steingutgeschirr. Ich war beinahe enttäuscht, einen modernen Herd und einen großen Kühlschrank im amerikanischen Stil zu sehen – fast hatte ich auf einen altmodischen Kohleherd und eine Speisekammer gehofft.

Immerhin brannte ein Feuer im Kamin, und die seitlich gerafften Vorhänge mit Blumenmuster ließen die Nachmittagssonne herein.

»Bitte entschuldigen Sie die Unordnung«, sagte Christopher, während er Teller und Tassen auf einer Arbeitsplatte zusammenschob. »Wir hatten gestern abend eine kleine Krise wegen Elen und Stevie und sind noch nicht zum Abwaschen gekommen. Aber Ihre Betten sind frisch bezogen, das haben wir zum Glück geschafft.«

»Elen ist hier?« fragte Bridget mit scharfer Stimme und warf mir einen beunruhigten Blick zu. »Ich dachte, sie wollte nach Bristol fahren.«

»Wollte sie auch. Aber dann hatte sie irgendeinen verdammten Traum oder so etwas, der ihr sagte, sie solle hierbleiben.« Christopher zuckte die Achseln und führte uns durch einen schmalen Korridor. »Sie kennen Elen ja.«

Unfähig, meine Neugier länger zu bezähmen, fragte ich: »Wer ist Elen?«

»Sie hat das große Haus am anderen Ende gemietet, das

Osthaus.« Wir standen nun in der vorderen Eingangshalle, von der mehrere Türen abgingen. Eine sehr alt wirkende Flügeltür öffnete sich zu der lichten vorderen Veranda mit ihren schachbrettartig angeordneten roten und grauen Fliesen. Während wir eine breite Treppe zum ersten Stock hinaufstiegen, erklärte Christopher, daß das Osthaus immer noch eine eigenständige Einheit war. »Onkel Ralph wollte es eigentlich mit diesen beiden zusammenlegen«, sagte er und beschrieb mit einer kreisenden Handbewegung die beiden verbundenen Häuser, in denen wir uns befanden, »aber nachdem Elen und Tony eingezogen waren – Tony war ihr Mann, ein netter Kerl, der leider vorletzten Sommer gestorben ist –, hat Onkel Ralph seine Pläne erst mal auf Eis gelegt. Und jetzt, wo Elen mit dem Baby allein ist ... Also, ich glaube nicht, daß es in absehbarer Zeit zu irgendwelchen Umbauarbeiten kommen wird.«

Ich hob ruckartig den Kopf. »Sie hat ein Baby?«

»Ja, einen kleinen Jungen, Stevie. Er ist noch kein Jahr alt. Sie werden ihn bestimmt hören«, versprach er. »Er zahnt gerade.«

Mein Körper versteifte sich, meine Beine wurden schwer, und auf den letzten Stufen zog ich die Füße nach. Ich merkte, wie Bridget mich forschend ansah, als Christopher im Flur stehenblieb und eine Tür zu einem großen Zimmer mit hoher Decke und einem Himmelbett aufstieß. »Sie schlafen hier«, teilte er mir mit, »und Bridget, Ihr Zimmer ist am Ende des Gangs, neben dem von James ...«

»Das Kleopatra-Zimmer? Das kenne ich. Ich kann Lyn den Rest zeigen«, sagte sie und schenkte ihm ein strahlendes Lächeln. »Wären Sie vielleicht ein Schatz und würden den Kessel aufsetzen? Ich hätte für mein Leben gern eine Tasse Tee.«

Sie folgte mir ins Zimmer, blieb aber bei der Tür stehen, während ich meinen Koffer auf die elastische Matratze fallen ließ und mich umsah. Es war ein schöner, angenehmer Raum mit cremefarbenen Tapeten und meergrünen Teppichen und Draperien. Das Himmelbett selbst war ein Prachtstück, echt antik, begrenzt von geschnitzten Pfosten, die dank jahrelangem Polieren dunkel glänzten. Etwas Ähnliches hatte ich bisher nur in den königlichen Schlafgemächern in Hampton Court gesehen. Ich fuhr mit den Fingern über einen der schweren Pfosten, als Bridget hinter mir sagte:

»Hör mal, ich wußte nicht, daß sie hiersein würde, sonst hätte ich dir davon erzählt. Von dem Baby, meine ich.« Bridget war damals, als ich Justin verlor, noch nicht meine Klientin gewesen. Meine Vorgesetzten bei Simon Holland hatten sich anfangs etwas besorgt gezeigt, als ich sie unter Vertrag nahm, denn eine Kinderbuchautorin zu betreuen bedeutet notwendigerweise, bei Autogrammstunden und anderen Veranstaltungen mit Kindern in Kontakt zu kommen. Aber ich hatte sie davon überzeugen können, daß die Gesellschaft von Kindern mir nichts ausmachte. Nur mit Babys war es schwierig.

Meines Wissens hatte ich Justins Tod Bridget gegenüber nie erwähnt. Aber das Literaturgeschäft war eine klatschsüchtige Branche. Sie hatte bestimmt Gerüchte gehört.

»Wenn es ein Problem für dich ist ...«, fuhr sie fort.

»Nein, ist schon in Ordnung.« Ich setzte ein Lächeln auf und drehte mich um, damit sie mir glaubte. »Mach dir keine Gedanken.«

Erleichtert kam sie näher. »Tolles Zimmer, was? Ich habe James gesagt, daß es dir gefallen wird, allein schon wegen des Blicks.«

Da es ein Eckzimmer war, in dem eines der großen Fenster nach vorn hinausging und das andere sich an der Seitenwand neben dem zierlich gemeißelten Kamin befand, war ich nicht sicher, welchen Blick sie meinte. Ich entschied mich für das vordere Fenster und zog einen der grünen Samtvorhänge beiseite.

Die Ruine des alten Turms, hoch aufragend und düster, beherrschte alles. Sie schien zum Greifen nahe, nur ein paar Meter Rasen lagen dazwischen, und die schmalen, schwarzen Schießscharten starrten mich an wie Augen – nicht böse, aber wachsam. Auf den abgebröckelten Zinnen hockte eine riesenhafte Krähe und schien mit gesenktem Kopf mißmutig auf die Boote in der Bucht zu starren. Hinter dem Turm war das Dorf zu sehen – der graue, vierkantige Kirchturm, ein niedrigeres Gebäude mit einem Spielplatz daneben, in dem ich die Schule vermutete, und eine Reihe zusammengedrängter Dächer an der Straße entlang, hinter der sich handtuchschmale Felder erstreckten.

Im Sommer wimmelte es in Angle wahrscheinlich vor Urlaubern mit Wohnwagen, bellenden Hunden und Kindern, die noch naß vom Strand waren und eisverschmierte Gesichter hatten. Doch jetzt im Winter war alles ruhig und leer. Nur ein einziges Auto rollte gemächlich an den Häusern vorbei.

»Der beste Blick im ganzen Haus«, bemerkte Bridget an meiner Schulter. »Ich dachte, es würde dir gefallen, den Turm so nahe vor dir zu haben. Nie werde ich vergessen, wie du mich durch all diese Ruinen in Frankreich geschleppt hast.« Sie runzelte die Stirn. »Ich persönlich könnte nicht mit diesem Ding vorm Fenster schlafen. Da würde ich Alpträume bekommen.«

Alpträume würde ich sowieso haben, ob mit oder ohne Turm, aber das sagte ich ihr nicht. »Tja, ich habe ja auch nicht deine Phantasie. Mir wird es nichts ausmachen.« Ich ging wieder zum Bett, öffnete meinen Koffer und packte seinen wenig aufregenden Inhalt aus – ein paar Pullis, Jeans, eine schlichte schwarze Hose, Wollsocken …

»Gott, wie ich dich beneide«, sagte Bridget. »Du packst immer so vernünftig.«

»Jahrelange Übung.« Ich hatte nur ein Kleid mitgenommen, ein kleines Schwarzes aus Samt, ärmellos und mit tiefem Ausschnitt, das ich jetzt in den Schrank hängte, ehe ich den Rest meiner Sachen in Schubladen verstaute. »Aber meiner Mutter kann ich noch lange nicht das Wasser reichen. Sie ist immer mit einem winzigen Handköfferchen in den Urlaub gefahren und hat es trotzdem irgendwie geschafft, jeden Tag in einer neuen Aufmachung zu erscheinen.«

Bridget, die auf der Bettkante saß und mir zusah, schlang die Arme um ihre Knie und grinste. »Deine Mutter ist eine beängstigende Frau, stimmt's? Wie Mary Poppins. Gibt es eigentlich irgend etwas, das sie *nicht* kann?«

Spontan fiel mir nichts ein. Ich schloß die Schublade mit den Socken und sah mich zufrieden um. »So, das wäre geschafft.«

»Du hast etwas vergessen.« Bridget zeigte auf den zum Platzen gefüllten wattierten Umschlag, der noch in einer Ecke meines Koffers lag.

»Ach so, der kann ruhig dort bleiben. Ich habe Lewis beauftragt, ein paar Bücher aus dem Bestand im Büro auszuwählen, um sie als Weihnachtsgeschenke mitzunehmen, weil ich nicht genau wußte, wer alles hiersein würde.«

Sie griff nach dem Paket und bedachte mich mit einem ironischen Seitenblick. »Erzähl mir noch einmal, daß du nicht wie deine Mutter bist.«

»Bin ich auch nicht, überhaupt nicht. Und du kannst aufhören, an dem Päckchen herumzudrücken. Dein Geschenk und das für James sind noch im Auto.«

Sie zog eine Grimasse, drehte den Umschlag um und ließ seinen Inhalt aufs Bett purzeln. »Es wundert mich, daß du Lewis die Auswahl überlassen hast. Soweit ich mich erinnern kann, hat er einen ziemlich eigenartigen Geschmack.«

Ich mußte lächeln. Mein Assistent war der einzige mir bekannte Mann, der Bridgets Charme widerstehen konnte – sogar mit Leichtigkeit, weshalb er ihr stets etwas verdächtig vorkam.

»Guck mal«, sagte sie und hielt ein Buch wie zum Beweis in die Höhe, »es ist sogar eins in irgendeiner blöden Fremdsprache dabei.«

Ich las den Titel und mußte lachen. »Das ist Walisisch, glaube ich. Auf Lewis kann man sich verlassen. Was hat er noch hineingetan?«

Sie ging die Bücher durch und nannte das jeweilige Genre. »Krimi, Krimi, Gedichte, irgendein historisches Sachbuch, das hier ist ein Reisebericht über eine Trekkingtour durch Afrika, und das ... oh, der gute Junge, er hat sogar eines von meinen ausgesucht.« Sie drehte es um. »Gott, warum hast du mich bloß dieses Foto verwenden lassen? Ich sehe ja furchtbar aus.«

Es war ihr erstes Buch aus der »Llandrah«-Reihe. Lewis, tüchtig wie immer, hatte Geschenke für alle Interessen und Altersgruppen ausgewählt, sogar für die ganz Kleinen, die noch nicht selbst lesen konnten. Ich wollte nicht an das Baby nebenan denken und räusperte mich. »Schön, ich werde mich jetzt ein wenig frisch machen, wenn du mir sagst, wo das Bad ist.«

»Wenn du zur Tür herauskommst, links. Aber bleib

nicht zu lange, hörst du?« rief sie mir nach. »Es wird wirklich höchste Zeit für meinen Tee.«

Unten hatte Christopher den Küchentisch mit Teetassen, Keksen und einer recht verlockend aussehenden Platte mit Schinkensandwiches gedeckt. »Die haben Sie James zu verdanken«, bemerkte er und deutete mit dem Kinn auf die Sandwiches. »Er dachte, daß Sie hungrig sein würden.«

»Der gute James«, lobte Bridget und bediente sich. »Wo, sagten Sie, steckt er?«

»Habe ich noch gar nicht gesagt.« Christopher lehnte sich mit dem Rücken an den Schrank. »Er ist rüber zum Gutshaus gegangen. Fasane schießen.«

Bridget sah überrascht auf. »James kann Waffen doch nicht ausstehen.«

»Stimmt. Aber er brüskiert auch nicht gern den örtlichen Landadel. Er ist nicht so unhöflich wie ich. Ich habe die Einladung abgelehnt«, erklärte er und nahm sich einen Keks. »Vögel vom Himmel zu knallen entspricht nicht meiner Vorstellung von einem unterhaltsamen Nachmittag. Außerdem besteht die Gefahr, daß ich selbst abgeknallt werde statt der Fasane, wenn James dabei ist.«

Die Ähnlichkeit zwischen den beiden Brüdern ist wirklich verblüffend, dachte ich und betrachtete ihn genauer. Die gleichen blauen Augen, das gleiche dunkle Blond, das meine Mutter einmal als »englisches Blond« bezeichnet hatte, das gleiche eckige Kinn und das gleiche verwegene Lächeln, hinter dem eine Reihe so ebenmäßiger, perfekter Zähne zum Vorschein kam, daß man beinahe an ihrer Echtheit zweifelte. Allerdings war Christopher mindestens fünf Jahr jünger, schätzte ich.

Seine Augen waren immer noch auf Bridget gerichtet, er versuchte, sie einzuschätzen, ließ seinen Charme spielen.

»Als James sagte, er hätte eine Schriftstellerkollegin über die Feiertage eingeladen, habe ich mir nicht eine Frau wie Sie vorgestellt, muß ich gestehen.«

Sie lächelte. »Sie dachten an Tweedkostüme und derbe Schuhe?«

»Nicht ganz. Eher an eine große, hagere Person in Schwarz mit Nickelbrille und Vollpony.«

»Tut mir leid, Sie enttäuschen zu müssen.«

»Ganz im Gegenteil.« Er wandte sich an mich. »Sie werden mich sicher für schrecklich unhöflich halten, aber ich fürchte, ich habe Ihren Namen vergessen.«

Daran war ich in Bridgets Gegenwart gewöhnt. »Ich heiße Lyn. Lyn Ravenshaw.«

»Sie ist meine Agentin«, fügte Bridget hinzu. »Ich vermute, sie entspricht auch nicht Ihrem Bild von einer Literaturagentin.«

»O doch.« Er betrachtete mich von oben bis unten. »Sie sieht genauso aus, wie eine Agentin aussehen sollte.«

Amüsiert schlürfte ich meinen Tee. »Ist das nun ein Kompliment oder nicht?«

Aber er hatte seine Aufmerksamkeit schon wieder meiner attraktiven Klientin zugewandt. »Sie schreiben also Kinderbücher, sagt James? Das muß Spaß machen.«

»Ich glaube nicht, daß irgendeine Form des Schreibens als Spaß bezeichnet werden kann«, entgegnete Bridget. »Schreiben ist befriedigend, manchmal beglückend, auf jeden Fall verdammt harte Arbeit.« Sie nahm sich ein weiteres Sandwich, obwohl sie noch am ersten kaute. »Sie selbst schreiben demnach nicht?«

Christopher schüttelte den Kopf. »Nein, ich bin nicht so genial wie mein Bruder. Kann kaum einen anständigen Satz formulieren.«

»Was tun Sie dann?«

»Mit Antiquitäten handeln«, antwortete er. »Ich habe ein Geschäft in Bath.«

Bridget sah ihn entzückt an. »*Tatsächlich?*« Sie hatte schon immer eine Schwäche für Antiquitäten gehabt. Doch Christopher, der davon nichts wußte, versäumte es, seinen Vorteil zu nutzen, und gab sich bescheiden.

»Ist längst nicht so aufregend wie ein Schriftstellerleben, fürchte ich. Neben euch komme ich mir richtig langweilig vor.«

Sein Lächeln jedoch erweckte in mir den Verdacht, daß Christopher Swift sich noch nie für langweilig gehalten hatte. Sein Ego würde das kaum zulassen.

Zu mir sagte er: »Wir beide sind nämlich die Außenseiter hier, müssen Sie wissen. In Angle scheint es zur Zeit mehr Schriftsteller als sonstwas zu geben.«

Ich witterte eine Chance, meine Neugier zu befriedigen. »Ja, Bridget hat mir schon erzählt, daß hier auch ein Bühnenautor lebt, aber ich weiß den Namen nicht mehr ...«

»Kommt da ein Auto?« fragte Bridget und lauschte mit schräg geneigtem Kopf.

Christopher spitzte ebenfalls die Ohren. »Ich höre nichts.«

»Hab' mich wohl geirrt.«

»Entschuldigung, was sagten Sie gerade?«

»Der Bühnenautor«, half ich nach, ohne mich um Bridget zu kümmern.

»Ah ja.« Er nickte, nahm den Faden wieder auf. »Seinen Namen werden Sie bestimmt schon gehört haben, er ist sogar noch berühmter als mein Bruder. Zum Glück, möchte ich sagen, denn der alte James ist schon eitel genug ...«

Eine Stimme unterbrach ihn von der Hintertür aus, eine kultivierte männliche Stimme, die ich sofort erkannte.

»Das ist Verleumdung, mein Lieber.« Er schloß die Küchentür hinter sich, als er ins Warme trat, und seine blauen Augen richteten sich zuerst auf Bridget, dann auf Christopher und verweilten schließlich auf mir. »Miss Ravenshaw, nehme ich an.« Das aus den Medien vertraute Lächeln blitzte auf, als James Swift auf mich zuging, um mich zu begrüßen, und mir eine von der nachmittäglichen Jagd dunkelrot beschmierte Hand entgegenstreckte. »Stören Sie sich nicht an dem Blut«, sagte er. »Ich habe nur gerade einen Mord begangen.«

V

And after that, she set herself to gain
Him, the most famous man of all those times.

ALFRED LORD TENNYSON, »Merlin and Vivien«

Ich hatte schon von der Anziehungskraft dieses Mannes gehört, doch trotz dieser Vorbereitung spürte ich, wie ich ihr nun selbst erlag. Er war etwas kleiner als sein Bruder und untersetzter, seine Gesichtszüge wirkten weniger scharf umrissen, als wären sie von einer hastigeren Hand geformt worden. Das überraschte mich nicht. James Swifts Vorliebe für gutes Essen und Trinken und schöne Frauen war legendär, und nun, da er auf die Vierzig zuging, begann er den Preis für seinen ausschweifenden Lebenswandel zu zahlen. Die einst ausgeprägten Linien um Kinn und Wangenknochen waren weicher und schwammiger geworden, gaben seinem Gesicht etwas Schweres. Er mußte die Veränderung selbst bemerkt haben, denn er hatte sich einen Bart stehenlassen, seit ich ihn zuletzt in einem Fernsehinterview gesehen hatte – einen kurz gestutzten dunklen Bart, der einen verwegenen Kontrast zu seiner bis auf den Hemdkragen fallenden Löwenmähne bildete.

Diese Mähne schüttelte er nun lächelnd zurück und ließ meine Hand los. »Sie sehen überhaupt nicht gefährlich aus«, sagte er. Dann, über meine Schulter hinweg zu Bridget: »Liebste, mit dieser zarten Person kann ich keine

Verhandlungsgefechte austragen. Ich hätte Angst, ihr weh zu tun.«

»Laß dich bloß nicht täuschen«, erwiderte Bridget. Sie nahm sich ein neues Sandwich, zog geschmeidig ein Bein an und setzte sich darauf. »Lyn jagt meinem Verleger eine Heidenangst ein. Was glaubst du, weshalb er mir diese unanständig hohen Vorschüsse zahlt? Nur weil er Angst hat, sich ihr zu widersetzen. Am Anfang hat er es einmal versucht«, berichtete sie kopfschüttelnd, »und seitdem ist er nie wieder ganz der alte gewesen.«

»Was du nicht sagst.« James Swift warf einen zweiten, prüfenden Blick auf meine harmlose Miene, ehe er sich über das Waschbecken beugte, um sich die Hände zu waschen. »Bridget hat Ihnen sicher erzählt, daß ich mich mit Ivor zerstritten habe.«

Ich nickte. »Ja, sie hat erwähnt, daß Sie nicht ganz glücklich bei ihm sind.«

»Hat sie sich so ausgedrückt? Wie ungemein höflich.« Er drehte den Wasserhahn zu und trocknete sich die Hände an einem Geschirrtuch ab. »Die Wahrheit ist, daß wir uns bei unserem letzten Treffen beinahe an die Kehle gegangen sind. Aber ich brauche Ihnen ja nicht zu erzählen, wie Ivor ist«, er drehte sich wieder zu mir um. »Sie haben mal für ihn gearbeitet, nicht wahr?«

O ja, ich hatte in der Tat für den großen Ivor Whitcomb gearbeitet. Ivor war der Goliath der Londoner Literaturszene, ein alteingesessener Agent, mächtig, diktatorisch, scharfzüngig, ein Mann, vor dem *ich* eine Heidenangst gehabt hatte, als ich bei ihm anfing. Meine Ehe war mehr oder weniger von ihm arrangiert worden. Martin Blake war sein Liebling gewesen, sein bevorzugter Klient, und Ivor hatte mich später für Martins Exzesse und seinen frühen Tod verantwortlich gemacht. Wäre ich ihm eine bessere Ehefrau gewesen, hatte er einmal zu mir gesagt, wäre Martin in jener Nacht bei mir zu Hause geblieben, statt nach irgendeiner Party so sturzbetrunken durch die Gegend zu rasen, daß er die Straße nicht mehr erkennen konnte. Ich hatte mir die Vorwürfe nicht weiter zu Herzen genommen, denn Ivor gehörte einfach zu der Sorte von Chefs, die man reden ließ und ertrug, weil die Bezahlung gut war. Aber ich konnte ihm nicht verzeihen, was er an meinem ersten Arbeitstag nach dem Verlust Justins zu mir gesagt hatte. Der Tod des Kindes sei meine Schuld gewesen, ich hätte leichtsinnig gehandelt und nicht das Reiten aufgegeben, wie es Martins Wunsch gewesen sei. Kein Wort des Trostes, nicht die kleinste Geste des Mitgefühls. Noch am selben Nachmittag hatte ich Bewerbungen an andere Agenturen verschickt.

Zu James sagte ich nur: »Das ist richtig. Ich habe drei Jahre lang für Ivor gearbeitet, ehe ich bei Simon Holland anfing.«

»Lyn hält es für unmoralisch, dir einen Vertrag anzubieten, solange du noch bei Ivor auf der Liste stehst«, verriet Bridget.

»Wirklich?« Der Bart gab seinem Lächeln eine schalkhafte Note. »Unmoralisch ist es vielleicht. Unmöglich nicht. Sind noch Sandwiches übrig?«

Christopher, der es offenbar gewohnt war, in den Kulissen zu bleiben, während sein Bruder seinen Auftritt hatte, kam nun nach vorn, beanspruchte zwar nicht die Bühnenmitte, trat aber ins Scheinwerferlicht. »Hast du denn im Gutshaus nichts zu essen bekommen?« fragte er und schob James die Platte mit den Broten hin. »Oder sollen Jäger hungrig bleiben?«

»Um den Jagdinstinkt wachzuhalten, meinst du? Nein, wir sind sogar sehr gut verköstigt worden, aber das ist schon wieder Stunden her. Seitdem bin ich schließlich den gesamten Besitz abgelaufen. Wenigstens kommt es mir so vor«, schränkte er seine Behauptung ein und streckte sich ausgiebig.

»Du bist eben außer Form«, kam es munter von Bridget. »Ich hab's dir ja gesagt – du kannst nicht den ganzen Tag auf dem Hintern hocken und vor dich hin schreibseln und dann erwarten, daß du fit bist. Du mußt Sport treiben.«

»Tust du doch auch nicht«, gab er zurück.

»Nein, aber ich habe dafür einen hohen Grundumsatz.« Demonstrativ nahm sie sich einen Keks. »Mein Stoffwechsel arbeitet auf Hochtouren. Und ich schreibe alle meine Bücher, indem ich in der Wohnung hin- und hertigere. Ich sitze praktisch nie still. Wohingegen du«, neckte sie ihn, während er sich auf dem Stuhl neben ihr niederließ, »dich stundenlang nicht vom Fleck bewegst. Das kann nicht gesund sein.«

»Meine Liebe, es ist das Schicksal großer Schriftsteller, jung zu sterben. All die berühmten sind nicht alt geworden. Was mich daran erinnert – von wem habt ihr eigentlich geredet, als ich hereinkam? Ein Autor, der berühmter ist als ich?«

»Gareth.« Christopher schlenderte zum Tisch und griff sich ebenfalls einen Keks. »Lyn hat mich nach ihm gefragt.«

Da ich schon immer ein Fan von Ratespielen gewesen war, stürzte ich mich sofort auf den Hinweis. Ein bekannter Bühnenschriftsteller, dessen Vorname Gareth war. Mein Gedächtnis arbeitete fieberhaft, ging Listen von Namen durch ...

James Swift strich sich mit der Hand über sein bärtiges Kinn, als sei das Gefühl noch neu und unvertraut. »Natürlich muß ich der Behauptung entschieden widersprechen, daß Gareth bekannter sein soll als ich. Schließlich hat er seit ›Red Dragon Rising‹ nichts mehr geschrieben, und das ist jetzt sieben Jahre her.«

Ich verschluckte mich beinahe an meinem Tee. »›Red Dragon Rising‹?«

»Ja. Sie erinnern sich?« Sein Ton war ironisch. »Ich bin noch nie jemandem begegnet, der das verdammte Stück nicht gesehen hat.«

Das war nicht verwunderlich. Das Theaterstück hatte im Londoner West End eingeschlagen wie eine Bombe und sämtliche Konkurrenz davongefegt. Beim erstenmal hatte ich es mit Martin zusammen gesehen, und wir waren beide vollkommen gebannt von der Vorstellung gewesen, einer Geschichte voller Gewalt und Leidenschaft, die von der Rebellion des walisischen Helden Owen Glendower – oder Owain Glyn Dŵr wie wir zu sagen lernten – im 15. Jahrhundert gegen die Engländer erzählte. Die Dialoge waren so ergreifend schön, daß ich mich immer noch an ganze Passagen erinnern konnte, die sich unauslöschlich in mein Gedächtnis gegraben hatten. Ich war noch viermal alleine in die Aufführung gegangen und wie alle tief beeindruckt von dem Talent des jungen walisischen Autors namens Gareth Gwyn Morgan gewesen.

Ein Mann von unauffälligem Äußeren, soweit ich mich erinnerte. Sein Gesicht konnte ich nicht mehr klar vor mir sehen, aber er hatte auf mich weder besonders gut aussehend gewirkt noch die Miene des wilden, einzelgängerischen Dichterrebellen zur Schau getragen. Allerdings hatte er wenig Interesse an Rampenlicht und Medienpräsenz gezeigt. Während die Kritiker sich in Lobeshymnen ergingen und die Theaterszene schon ungeduldig auf Morgans nächstes Meisterwerk wartete, war der Umschwärmte in Nachahmung des Helden seines Stücks, wie ein Schatten aus London verschwunden und hatte sich auch den hartnäckigsten Journalisten entzogen.

Ein paar Jahre später, als auf der Grundlage des Stücks ein ebenso mitreißender Film gedreht wurde, der einiges Aufsehen in Cannes erregte, hatte »Red Dragon Rising« noch einmal für Furore gesorgt, und das Gerücht ging, daß Gareth Gwyn Morgan wieder aus der Versenkung auftauchen würde. Aber er war nicht aufgetaucht, und nach ein paar halbherzigen Versuchen, den Mann aufzuspüren, hatten die Medien das Interesse verloren.

Ich selbst hatte mir ein Bild von dem Dramatiker als eines modernen Glyn Dŵr gemacht, der verstohlen und unbemerkt in den rauhen Bergen von Nordwales umherwanderte. Es war geradezu ein Schock zu erfahren, daß er hier in Angle lebte.

»Wie hast du es bloß geschafft, mir nichts davon zu erzählen?« fragte ich Bridget. »Du kannst doch sonst kein Geheimnis für dich behalten.«

»Stimmt. Ich bin über mich selbst erstaunt. Allerdings kann ich nicht behaupten, daß ich nicht versucht gewesen wäre, dem einen oder anderen Boulevardblatt einen Tip zu geben und von dem Geld einen schönen, langen Urlaub in Griechenland zu machen.«

James lachte. »Du hättest es noch nicht mal bis zum Flughafen geschafft, Liebling. Gareth steht unter dem besonderen Schutz der Einheimischen.«

Verwundert sah ich ihn an. »Aber im Sommer ist hier doch sicher sehr viel los. Eigentlich erstaunlich, daß ihn noch niemand erkannt und seinen Aufenthaltsort preisgegeben hat.«

James fand das nicht. »Gareth hat kein Gesicht, das man in der Öffentlichkeit erkennt.«

»Im Gegensatz zu dir, meinst du«, warf Bridget ein und versetzte ihm einen freundschaftlichen Stups.

»Genau. Ich könnte nicht untertauchen, selbst wenn ich es wollte. Wäre pure Zeitverschwendung, es auch nur zu versuchen. Außerdem«, fügte er hinzu und legte eine Hand auf Bridgets, »bin ich sicher, daß ich vermißt würde.«

Nicht von Bridget, dachte ich. Nicht, solange es aufregendere Beute zu jagen gibt. Ich kannte sie und brauchte ihr nur ins Gesicht zu sehen, um zu wissen, daß sie den mysteriösen Gareth Gwyn Morgan bereits getroffen hatte und er nicht an ihr interessiert gewesen war. Nichts reizte sie mehr als das.

Ihre Augen halb hinter den langen Wimpern verbergend, sah sie James sanftmütig an. »Natürlich würde ich dich vermissen, Darling.« Dann drückte sie kurz seine Hand und ließ sie los. »Lyn ebenso. Sie liebt deine Bücher. Du hättest mal hören sollen, mit welchen Schimpfkanonaden sie die Booker-Prize-Jury im letzten Jahr bedachte.«

»Tatsächlich?« fragte er geschmeichelt. »Obwohl ich im Grunde keinen großen Wert auf solche Preise lege.«

Bridget lästerte, daß immer nur diejenigen so etwas sagten, die leer ausgingen. Dann streckte sie sich gähnend und sah auf ihre Uhr. »Ich bin hundemüde. Die ganze Fahrerei. Glaubst du, ich habe noch Zeit für ein Bad und ein Nickerchen?«

James hob fragend die Augenbrauen. »Zeit?«

»Vor dem Abendessen.«

»O Gott.« Er verdrehte die Augen. »Jetzt geht das wieder los.«

»Nun ja, ich brauche schon ab und zu etwas zu essen, mein Lieber.«

»Alle fünf Minuten?«

Sie lächelte. »Übertreib nicht so. Habe ich noch Zeit vor dem Abendessen oder nicht?«

»Nimm dir soviel Zeit, wie du brauchst«, antwortete er. »Wir gehen nur hinüber in den Pub.«

»Gut. Dann verziehe ich mich mal nach oben.«

Christopher folgte ihr mit den Augen zur Tür, und ich stellte erneut fest, wie ähnlich er Bridget war. Man konnte beinahe sehen, wie sich die Rädchen in seinem Kopf drehten, wie er überlegte, was wohl die beste Eroberungsstrategie in diesem Fall sein mochte.

James hatte es auch bemerkt. »Hände weg, kleiner Bruder.«

»Man wird doch wohl mal einen Blick riskieren dürfen.« Er schnappte sich das letzte Schinkensandwich, schob seinen Stuhl zurück und stand auf. »Ich denke, ich werde mich auch ein wenig hinlegen. Bei all dem Hin und Her letzte Nacht habe ich nicht viel Schlaf abbekommen.«

Pfeifend ging er hinaus, und James fühlte sich bemüßigt, eine Erklärung zu liefern: »Wir waren beide ziemlich lange auf, ich weiß nicht, ob er Ihnen davon erzählt hat ...«

»Er hat etwas von einer Krise gesagt, doch.«

»Krise.« Das Wort schien James zu amüsieren. »So kann man es auch nennen. Elen, die das Haus nebenan gemietet hat, ist ein bißchen wirr im Kopf. Sie hat gestern nacht ein Geräusch im Zimmer ihres Sohns gehört und ist hysterisch geworden, weil sie dachte, irgendein Geist wäre gekommen, um ihn zu holen. Wir mußten Owen rufen, um sie zu beruhigen. Owen ist ein Freund meines Onkels aus dem Dorf. Sie werden ihn morgen kennenlernen, er kümmert sich um die Farm, wenn mein Onkel nicht da ist. Er wird wahrscheinlich versuchen, sie für seine Whistrunden zu gewinnen«, warnte er mich.

»Ich kann nicht Whist spielen.«

»Um so besser. Also«, sagte er nach einer kurzen Pause, »wollen Sie gleich zum Geschäft kommen und mir ein Angebot von Simon Holland unterbreiten, oder möchten Sie, daß ich Ihnen die Farm zeige und Sie den Schafen vorstelle?«

»Ein kleiner Spaziergang wäre wunderbar.«

Das war eindeutig nicht die Antwort, die er erwartet hatte, denn er lehnte sich schon in Vorbereitung auf ein Gespräch bequem zurück und verschränkte die Arme vor der Brust. Meine Reaktion brachte ihn aus dem Konzept. »Oh, gut, natürlich. Ich hole nur meine Jacke.« Er erhob sich ein wenig schwerfällig und betrachtete mich mit neuem Interesse. »Bridget hat offensichtlich die Wahrheit gesagt, was Ihren Moralkodex betrifft.«

Meine Entscheidung hatte nichts mit Moral zu tun. Es würde mir nicht die geringsten Schuldgefühle bereiten, Ivor Whitcomb einen Klienten abspenstig zu machen, aber ich hatte den ganzen Tag im Auto gesessen und sehnte mich danach, mir die Beine zu vertreten und frische Luft zu schnappen. Körper und Geist wollten von der Hektik und dem Lärm Londons gereinigt werden. In meinem jetzigen Zustand über Geschäfte zu sprechen wäre das Dümmste, was ich machen konnte. Ich mußte mich zuerst ein wenig erholen.

Außerdem hatte ich schon immer eine kleine Schwäche für Schafe gehabt.

Die zusammengedrängte Herde hielt respektvollen Abstand auf ihrer Seite des Zauns. Hier und da hob sich ein Kopf, um uns zu beobachten, dampfender Tieratem stieg in die kühle Luft des späten Nachmittags auf. Es dämmerte bereits, und die sinkende Sonne ließ die Wolken vor einem mattblauen Abendhimmel golden und rosa aufleuchten.

James stützte seine Ellbogen auf die oberste Zaunlatte und fuhr fort, den Fremdenführer zu spielen. »Sie stehen übrigens auf dem Grund und Boden der einzigen selbständigen Farm in ganz Angle.«

»Wirklich? Wem gehören denn die anderen?«

»Der Familie drüben im Gutshaus, bei der ich zur Fasanenjagd war. Ihr gehört alles – das Gutshaus, das Dorf, alles. Schon seit fast zweihundert Jahren. Einer ihrer Vorfahren hat in den Burenkriegen gekämpft, deshalb sehen auch ein paar Häuser in Angle so aus, als entstammten sie der alten Kolonie. Neo-Natal nennen sie diesen Stil mit den flachen Dächern, nach der südafrikanischen Provinz. Das Globe Inn« – er zeigte hinter uns auf den Umriß eines säulenverzierten Gebäudes an der Dorfstraße – »ist das beste Beispiel. Könnte auch in Johannesburg stehen.«

Ich ließ meinen Blick über die schmalen Rechtecke aus fetter, rotbrauner Erde und blaßgrünem Weideland schweifen, die von allen Seiten sanft abfielen und die Talsenke des Dorfes bildeten, und dachte daran, wie sehr mein Bruder Patrick sich darüber empören würde, daß dies alles einer einzigen Familie gehörte. Er hielt Großgrundbesitz für ein Verbrechen.

»Die Castle Farm«, erklärte James weiter, »steht auf dem ehemaligen Pfarrland, das in den zwanziger Jahren öffentlich versteigert wurde. Onkel Ralphs Vater gelang es irgendwie, die Gutsherren und adeligen Landbesitzer der Gegend zu überbieten. Damals umfaßte das Anwesen nicht viel, nur den Turm, das Taubenhaus und ein verfallenes Wohnhaus, aber Onkel Ralphs Vater baute alles wieder auf und fügte das Osthaus hinzu.«

Ich drehte mich um und betrachtete das langgestreckte,

harmonische Gebäude mit seinen graubraunen Rauhputzwänden. »Der Teil, in dem wir wohnen, ist also der älteste.«

»Ja. Niemand kennt das genaue Alter, obwohl man weiß, daß zur Elisabethanischen Zeit hier ein Gasthaus stand.«

Mit zusammengekniffenen Augen studierte ich das westliche Ende des Hauses und verglich die massiven Steinmauern mit dem Baustil des Turms. »Der Turm ist aber noch älter, oder?«

»Normannisch«, bestätigte er mit einem Nicken. »Es rankt sich eine Sage um den Turm, nach der einst drei Schwestern den Besitz ihres Vater erbten, die jedoch nicht miteinander unter einem Dach leben wollten. Also ließ eine ein Haus an der Stelle bauen, wo heute das Gutshaus steht, eine erbaute das Schloß – es steht dort drüben, hinter der Post«, erklärte er und zeigte wieder auf das Dorf, »oder zumindest die Reste davon, viel ist nicht mehr übrig. Und die dritte Schwester baute sich diesen viereckigen Turm.«

»Aber niemand weiß, wer diese Schwestern waren?«

»Ach, ich bezweifle, daß es sie überhaupt gab. Wahrscheinlicher ist, daß der Turm zur Burg eines normannischen Edelmanns gehörte. Gewöhnliche Leute«, behauptete er, »besaßen keinen Taubenschlag.«

Wir standen keine zehn Meter von besagtem Taubenschlag entfernt, einem kleinen Rundbau mit kuppelartigem Dach und einer halb offenstehenden Holztür. Die Schafe grasten um ihn herum, unbeeindruckt von seinem hohen Alter, und der graugetigerte Kater döste auf der Türschwelle. Ich lächelte. »Ich muß ein Foto davon machen, für eine gemeinsame Freundin von Bridget und mir – Bridgets frühere Illustratorin. Sie hat eine Schwäche für Taubenschläge.«

»Christopher ebenfalls«, bemerkte James. »Mein Bruder würde es am liebsten bei Todesstrafe verbieten lassen, irgendein Gebäude abzureißen, das vor dem letzten Krieg erbaut wurde. Aber ich schätze, er ist erblich belastet durch unsere Mutter. Sie liebt alte Dinge.«

Er stieß sich vom Zaun ab, um weiterzugehen, und ich riß mich von den glotzäugigen Schafen los und folgte ihm zurück zur Auffahrt. Wir hatten die Farm einmal umrundet, und der Turm, der am Beginn des Fahrwegs stand, schien auf uns zu warten.

In seinem Schatten fühlte ich mich klein. Trotz seines Alters und stellenweise abbröckelnden Mauerwerks erhob er sich gut zehn Meter kerzengerade in die Höhe und stach mit moosbefleckten Zinnenfingern in den Himmel. Es war ein schmaler Bau, streng und schnörkellos, abgesehen von einer halbrunden Ausbuchtung an einer Ecke, hinter der sich vermutlich eine Treppe verbarg.

Ich streckte die Hand aus und strich im Vorbeigehen zärtlich über die kalten Steine. »Kann man ihn besteigen?« fragte ich, stets begierig, ein altes Gebäude zu erkunden.

»Ja, ich denke schon. Onkel Ralph hat bestimmt irgendwo einen Schlüssel, ich werde morgen danach suchen.«

Für heute war es sowieso zu spät, um hinaufzusteigen, es wurde zusehends dunkler. Meine Finger stießen auf etwas Scharfkantiges, und ich zog die Hand von der Turmmauer zurück.

»Kommen Sie«, sagte James, »es wird kalt. Gehen wir hinein und genehmigen uns einen Drink.«

VI

In faith he is a worthy gentleman;
Exceedingly well read, and profited
In strange concealments …

WILLIAM SHAKESPEARE, »King Henry IV«

Wir gingen zur Vordertür ins Haus, durch die Veranda mit dem Schachbrettboden. Dort roch es nach frisch gesägtem Holz, Kohlestaub und feuchten, unglasierten Kacheln.

»Falls Sie je die Lust überkommt, Feuer im Kamin zu machen, finden Sie alles Nötige hier drin«, sagte James und hob den Deckel einer langen Holzkiste an, die genau unter eines der Verandafenster paßte. »Hier ist eine Kohlenschaufel – jedes Zimmer hat einen eigenen Kohlenkasten, der leider ziemlich schwer zu bewegen ist –, und in diesem Karton sind Anmachspäne. Feueranzünder und Zeitungen befinden sich in dem Schrank im Flur. Aber verbrennen Sie keine Lokalzeitungen«, bat er, »die sammele ich zu Recherchezwecken.«

Ich nickte, zog meine Jacke aus und wartete einen angemessenen Moment, ehe ich an die letzte Bemerkung anknüpfte. »Spielt ihr neuer Roman demnach in Angle?«

»Nicht direkt – ich möchte mir ja keine gerichtlichen Klagen von seiten der Einheimischen zuziehen. Nein, ich habe die etwas hinterhältigere Methode gewählt, mein eigenes Dorf an der Küste zu erfinden.« Er ging voraus in den Flur, stieß eine Tür auf und machte einen Schritt zur

Seite, um mir den Vortritt zu lassen. »Ich habe sogar schon überlegt, noch etwas weiterzugehen und meine eigene Grafschaft zu erfinden. So wie Thomas Hardy, wissen Sie. Obwohl jeder halbwegs intelligente Leser die Ähnlichkeiten mit der Gegend um Milford Haven erkennen wird, egal, wieviel Mühe ich mir gebe.«

Dies ist eindeutig das Zimmer, in dem er schreibt, dachte ich beim Hineingehen. In der Mitte eines großen Teppichs stand ein spindelbeiniger Tisch aus Rosenholz, auf dem sich Bücher und Zeitschriften neben einem Laptop mit kühl-professionellem Design stapelten. Der elegant verzierte Sims des Kamins dahinter diente ebenfalls als Bücherablage. Auf dem Kaminrost türmte sich ausgeglühte Kohle, als hätte jemand ein Feuer machen wollen und wäre dann abgelenkt worden, so daß die Kohlenstücke an ihrer eigenen Asche erstickt waren.

Mein Zimmer mußte sich direkt über diesem befinden, denn die Fenster boten einen ähnlichen Blick über die Felder im Westen, den von einer Mauer eingefaßten Rasen und ein Stück der Auffahrt. Und auf den Turm natürlich. Er wirkte beinahe verloren im letzten Tageslicht.

James zog die schweren, weinroten Samtvorhänge zu. »Dieser Raum erinnert mich immer an Kriminalromane alten Stils. Hinter den Vorhängen könnte sich wunderbar ein Mörder verbergen, und man würde ihn nicht entdecken.«

Ich verstand, was er meinte. Die Mauern waren so dick, daß die Fenster tiefe Nischen in den weißverputzten Wänden bildeten, und das lange Fenster zur Vorderseite ergab eine regelrechte Bucht, in der jemand bequem stehen konnte. Er könnte sogar dort *sitzen*, dachte ich, in einem dicken Polstersessel, und trotzdem nicht gesehen werden.

James knipste zwei Leselampen neben einer Sesselgruppe an und schaltete das Deckenlicht aus. In dem wärmeren Licht überkam mich ein plötzliches Gefühl des Wiedererkennens. »Sie haben diesen Raum in einem Ihrer Bücher beschrieben, nicht wahr? In ›The Leaden Sky‹, als Bernards Arbeitszimmer.«

Sein überraschter Blick sagte mir, daß ich den Nagel auf den Kopf getroffen hatte. »Wie zum Teufel haben Sie das herausbekommen?«

»Sie haben ihn ausgezeichnet beschrieben, bis hin zu dem fehlenden Ziegelstein im Kamin und dem Sessel, in dem der Hund immer schlief.« Ich zeigte auf einen Sessel in der Ecke, und er lächelte.

»Können Sie sich immer so genau an Bücher erinnern, die Sie gelesen haben?«

»Nein, normalerweise erinnere ich mich überhaupt nicht an sie, noch nicht einmal an die meiner eigenen Autoren. Ich habe schon so viele Geschichten gelesen, veröffentlichte und unveröffentlichte, daß ich die Handlung und die Figuren fast immer vergesse und nur noch weiß, was für ein Gefühl ich beim Lesen hatte. Es gibt Schriftsteller, die die geschliffenste Prosa schreiben können, aber einen emotional völlig kalt lassen.«

Er blieb hinter seinem Schreibtisch stehen und sah mich gespannt an. »Und was für ein Gefühl haben Sie bei meinen Büchern?«

»Ein unbehagliches.« Ich stützte mein Kinn in die Handfläche und suchte nach einer Erklärung. »Das meine ich nicht negativ, sondern … Es ist ein bißchen wie bei der Lektüre von Marx, verstehen Sie. Man wächst mit einer bestimmten Weltsicht auf, und dann kommt Marx daher und sagt: Nein, alles falsch. Du mußt das ganz anders betrachten. Und plötzlich ist man aus dem Gleichgewicht gebracht, fühlt sich unbehaglich.«

»Genau.« Sein Blick wurde warm und freundlich.

»Trotzdem vergesse ich auch bei Ihren Romanen die Geschichte«, gestand ich mit einem Lächeln. »Und die Figuren.«

»Sie haben sich an Bernard erinnert.«

»An Bernards Arbeitszimmer. Das ist nicht dasselbe. Ihre Beschreibungen sind so plastisch, daß man sie wie Schnappschüsse im Kopf abspeichert. Aber ich könnte Ihnen zum Beispiel nicht mehr sagen, was Bernard alles in diesem Zimmer tat – ich weiß nur noch, daß es sein Zimmer war.«

»Wie merkwürdig. Ich hingegen erinnere mich an alles, was ich je gelesen habe. Das schlimme ist, je miserabler das Buch, desto tiefer scheint es sich in mein Gedächtnis zu graben.«

»Das wäre tödlich für eine Literaturagentin«, erwiderte ich lachend. »Bei den vielen Manuskripten, die ich jede Woche zu lesen bekomme, ist es ein Segen, vergessen zu können.«

Das sah er ein. »Setzen Sie sich doch bitte, schaffen Sie sich irgendwo Platz. Ich neige leider sehr zur Unordnung, wenn ich schreibe.«

Es war für mich ein größeres Privileg, inmitten von James Swifts Unordnung sitzen zu dürfen, als in dem tadellos aufgeräumten Wohnzimmer eines weniger talentierten Autors. Allein die Tatsache, daß ich mich in seinem Arbeitszimmer befand und mit ihm sprach, gab mir ein aufregendes, prickelndes Gefühl, das ich mir jedoch nicht anmerken ließ. Ich hob einen Stapel Zeitungen von einem bequem aussehenden Ohrensessel und ließ mich darin nieder, während James sich stirnrunzelnd an einer Schrankbar zu schaffen machte. »Möchten Sie vielleicht ein Glas Sherry? Ich fürchte, wir haben nur Fino, nichts Süßes.«

»Ist mir recht, ich trinke lieber trockenen Sherry.«

Er schenkte sich ebenfalls ein Glas ein und setzte sich an seinen Schreibtisch, wobei er den Stuhl so drehte, daß er mich direkt ansehen konnte. »Sagen Sie, Miss Ravenshaw …«

»Lyn.«

»Lyn. Gibt es irgendwelche moralischen Bedenken dagegen, daß ein Autor einer Agentin Fragen stellt?«

»Nicht, daß ich wüßte«, antwortete ich lächelnd.

»Gut. Darf ich Sie dann fragen, wie lange Sie schon für Simon Holland arbeiten?«

»Seit vier Jahren.« Wie ein Angler, der den ersten Biß am Köder spürt, richtete ich mich gespannt auf und wartete.

»Und wie viele Autoren vertreten Sie?«

Ich ging sie im Geiste durch. »Zwölf.«

»Auch welche, die ich kenne?«

»Nun ja, Bridget natürlich, dann Edgar Salazar und Dorian Peake und …«

Er unterbrach mich mit überraschter Miene. »Du liebe Güte, ich kann mir die drei noch nicht einmal im selben Taxi vorstellen, geschweige denn beim selben Agenten. Sie müssen einen sehr breitgefächerten Geschmack haben.«

»Ich mag, was ich mag«, erwiderte ich achselzuckend.

»Wie lange sind Sie jetzt Bridgets Agentin?«

»Ebenfalls seit vier Jahren. Seit ich zu Simon Holland kam.«

»Oho.« Er hob sein Glas und prostete mir scherzhaft zu. »Dann besitzen Sie also auch Durchhaltevermögen. Sie ist nicht ganz einfach im Umgang, oder? Obwohl ich der Fairneß halber einräumen muß, daß Ivor von mir dasselbe sagen würde.«

Das brachte mich auf einen Gedanken. »Darf ich *Ihnen* jetzt eine Frage stellen?«

»Selbstverständlich.«

»Warum wollen Sie nicht bei Ivor bleiben?«

»Weil er neuerdings dazu neigt, sich einzumischen.«

»Inwiefern?«

James lehnte sich zurück, ein Arm ruhte auf der polierten Tischkante. »Es stört ihn, daß meine Bücher nicht erfolgreich genug sind, kommerziell gesehen. Nicht, daß er meinen Stil nicht mag – der gefällt ihm nach wie vor. Aber in letzter Zeit hat er begonnen, mir Vorschläge zu machen. Über welche Thematik ich schreiben und wo die Handlung spielen soll und solche Sachen, verstehen Sie. Niemand«, endete er mit Nachdruck, »redet mir in meine Arbeit hinein.«

Ich kannte diesen eigensinnigen Ton, für mich ein Kennzeichen des wahren Schriftstellers. Und ich war ganz und gar auf seiner Seite. Originalität läßt sich nicht im Team planen, und jede Geschichte, die es wert ist, erzählt zu werden, entsteht in der Abgeschiedenheit eines unabhängigen Geistes.

Über uns knarrten die Dielen. James warf einen Blick zur Decke, leerte seinen Sherry und beendete unser Gespräch. Es machte mir nichts aus. Der Köder hing immer noch an meinem Haken, und ich wußte, daß der Fisch zurückkommen und wieder anbeißen würde.

Er lächelte mich an. »Ich werde jetzt besser gehen und mich umziehen. Bridget scheint gerade aufgewacht zu sein, und Sie wissen ja, wie sie ist, wenn man sie nicht rechtzeitig füttert.«

»Eine Schüssel Garnelen«, las Bridget von der Speisekarte vor und ließ die Worte auf der Zunge zergehen. »Das klingt schon mal himmlisch. Oder soll ich die Champignons im Brotteig nehmen?«

James, der gerade mit einem Päckchen Silk Cut vom Zigarettenautomaten zurückkehrte, zündete sich eine an und machte es sich auf seinem Stuhl bequem. »Nimm doch beides«, schlug er vor. »Ich kenne deinen Appetit, meine Liebe. Das schaffst du mit links.«

Irgend etwas an seinem Verhalten ihr gegenüber war merkwürdig an diesem Abend. Zumindest kam es mir merkwürdig vor, nachdem ich sie am Nachmittag zusammen erlebt hatte. Zuvor war er zärtlich und ganz offensichtlich erfreut gewesen, sie zu sehen, doch jetzt wirkte er beinahe gleichgültig.

Da es mich nichts anging, dachte ich nicht weiter darüber nach und studierte lieber die Speisekarte. Die Garnelen reizten mich auch, doch mit einem schnellen Blick auf die Dessertauswahl beschloß ich, die Vorspeise gegen einen klebrigen Toffeepudding zum Nachtisch einzutauschen. Ich wählte die Scholle mit Ofenkartoffel als Hauptgericht, legte dann die Karte beiseite und ließ meine Augen über die Gegenstände schweifen, die an den sonnengelben Wänden des gemütlichen Speiseraums im Hibernia Inn hingen.

Ein glänzend poliertes Gewehr mit langem Lauf war über der Eingangstür angebracht worden, und ein Säbel hing über der Tür zur Küche. Es gab noch andere Trophäen – ein Militärhelm hinter Glas und ein Schiffssextant schmückten zu beiden Seiten einer farbigen Luftaufnahme von Angle die Wand gegenüber, und ein riesiges Steuerrad, schimmerndes Messing auf Holz, zierte eine andere und war umringt von kleineren Fotografien, die anscheinend Rettungsboote zeigten.

Auf dem wuchtigen, steingemauerten Kamin, der beinahe eine ganze Seite des Raums einnahm, war ein weiteres Schwert samt Scheide neben einem alten Blasebalg aus

Holz und Leder ausgestellt, und zwei gerahmte, pergamentene Flugblätter ermahnten mich, die »ehrenwerte Teerjacke Englands« überzuziehen und der königlichen Marine beizutreten.

Meine Lieblingsdekoration wurde jedoch sofort die Sammlung von Matrosenmützen, die wie Pilze ohne Stiele hinter dem Tresen an der Decke klebten, jede mit dem Namen eines anderen Schiffes versehen. Der Wirt hatte von dort alle drei Gasträume im Auge: den Speisesaal, den eigentlichen Pub und einen kleineren Raum weiter hinten, aus dem das gedämpfte tschak-tschak-tschak eines Dartspiels zu hören war.

Es war noch früh, der Wirt mußte nur unseren Vierertisch bedienen und hatte Zeit für einen Schwatz.

Mit seinem dunklen Schnurrbart und den lachenden Augen erinnerte er mich ein wenig an meinen Vater. »Also, lassen Sie mich raten«, sagte er zu James. »Steak mit Pommes frites.«

»Und Salat.«

»Jeden Abend haben wir vier Spezialgerichte«, beklagte sich der Wirt kopfschüttelnd, während er die Bestellung notierte, »und nie wollen Sie eines davon versuchen.«

Christopher grinste. »Er ist halt ein Gewohnheitstier. Schon immer gewesen. Ich dagegen werde das Tikka Masala probieren.« Er legte die Tageskarte ab und deutete nach oben zur Decke. »Hübsche Weihnachtsdeko übrigens.«

»Danke. Haben die Mädchen gemacht.« Der Wirt sah ebenfalls nach oben auf die bunten Girlanden aus Metallfolie, die um Deckenbalken und Lampen geschlungen waren. Sie glänzten auch an den Wänden und entlang der Vorhangvolants über den Fenstern hinter uns. Neben uns, in einer Ecke beim Kamin, zwinkerte ein lichtergeschmückter kleiner Baum vor der pechschwarzen Nacht draußen. »Sie haben sich Mühe gegeben, nicht wahr?«

Christopher bestätigte, daß sie hervorragende Arbeit geleistet hatten. »Wir dagegen werden dieses Jahr noch nicht einmal einen Baum haben. Mein Bruder, der Geizhals, hält so etwas für Geldverschwendung.«

»James!« rief Bridget vorwurfsvoll. »Natürlich brauchen wir einen Baum. Kein richtiges Weihnachtsfest ohne einen Baum!«

»Wir werden sehen«, sagte er.

Der Wirt zwinkerte in die Runde. »Sie haben ja noch genug Zeit, ihn zu überreden.«

Da hatte er recht. Weihnachten war erst am kommenden Freitag – noch eine ganze Woche bis dahin. Ein wunderbarer Gedanke. Ich hatte eine Menge Sticheleien von den Kollegen über mich ergehen lassen müssen, weil ich so lange Urlaub bekam. Aber Bridget war eine unserer Starklientinnen, und als sie meinem Chef unterbreitete, ich solle sie nach Angle begleiten, war von vornherein klargewesen, daß er keine Einwände haben würde. So wie ich jetzt an dem Ausdruck in ihren Augen erkannte, daß wir einen Weihnachtsbaum auf der Castle Farm haben würden, und zwar noch ehe morgen die Sonne unterging.

James, der Bridgets Blick entweder nicht bemerkt hatte oder seine Bedeutung nicht kannte, zog seelenruhig den Aschenbecher zu sich heran und wünschte offenbar jedem viel Glück, der versuchte, ihn zu etwas zu überreden, das er nicht wollte.

»Mit Brandy kann man ihn immer bestechen«, verriet Christopher. Dann fragte er, an den Wirt gewandt: »War Gareth schon hier?«

»Noch nicht. Er wird oben im Point sein, schätze ich.

Sie hatten heute irgendeine Übung mit dem Rettungsboot, und danach gehen sie gewöhnlich in den Point.«

Bridget mischte sich ein. »Ich wußte gar nicht, daß Gareth etwas mit dem Rettungsboot zu tun hat.«

»Tja«, bemerkte James, »er engagiert sich eben sehr viel mehr für die Gemeinde als unsereins.« Ich glaubte, eine kleine Spitze darin zu hören, doch dann richtete er voll Charme das Wort an mich. »Entschuldigen Sie, wie unhöflich von mir. Sie wissen sicher nicht, was der Point ist, oder?«

»Ach, das braucht sie gar nicht zu wissen«, meinte der Wirt grinsend, aber James verriet es mir trotzdem.

»Das ist der andere Dorfpub, der ältere, er liegt nicht weit hinter unserem Haus an der Bucht. Angeblich ist das Kaminfeuer dort ... wie lange? dreihundert Jahre? ununterbrochen unterhalten worden.«

Der Wirt nickte. »Schade, daß sie damit aufhören mußten. Aber es ist schön dort, Sie sollten einmal hingehen«, riet er mir, »wegen der Atmosphäre. Aber nur wegen der Atmosphäre.« Er zwinkerte. »Ich will ja nicht meine Kundschaft verlieren.«

Christopher erinnerte ihn daran, daß der Point im Winter sowieso nur an den Wochenenden geöffnet hatte. »Sagen Sie mir bitte Bescheid, wenn Gareth in den Pub kommt, ja? Ich muß ihm etwas von Elen ausrichten.«

Bridget sah von der Speisekarte auf. »Warum sollte Elen ihm etwas ausrichten lassen?«

»Weil Gareth ihr ritterlicher Beschützer ist«, warf James ein.

Der Wirt grinste. »Manche würden auch sagen, er hat ein schlechtes Gewissen. Der kleine Stevie sieht seinem Vater nicht sehr ähnlich, wenn Sie verstehen, was ich meine.«

»Ich bitte euch«, sagte Bridget. »Wie Gareth sieht er nun schon überhaupt nicht aus. Außerdem ist sie viel zu jung für ihn.«

Die drei Männer wechselten einen schnellen Blick, bevor ihre Gesichter merkwürdig ausdruckslos wurden.

»Ja, wahrscheinlich haben Sie recht«, sagte der Wirt zu Bridget, vermied aber ihren Blick. »Alles bloß Tratsch. So – was kann ich Ihnen bringen?«

Wie üblich war Bridgets Bestellung die längste. Die Augen des Wirts wurden groß, und er ließ sie zweimal über Bridgets schlanke Figur wandern, als fragte er sich, wo sie das alles hinaß. Natürlich verkniff er sich taktvollerweise eine Bemerkung.

Als er in die Küche gegangen war, lehnte sich James zurück und blies gedankenvolle Rauchringe zu den girlandengeschmückten Deckenbalken hinauf. »Gareth und Elen. An diese Möglichkeit hatte ich noch gar nicht gedacht«, gestand er. »Sie mag ja auf eine gewisse Art recht hübsch sein … aber im Ernst, bei ihrem Geisteszustand kommt mir eine solche Liaison geradezu unanständig vor.«

Bridget sah ihn an. »Ich dachte, du hast etwas gegen Klatsch.«

»Habe ich auch. Ich finde nur die Vorstellung faszinierend.«

»Also, ich wette zehn Pfund, daß das alles nur Gerede ist.«

Er warf ihr einen forschenden Seitenblick zu. »Woher dieses plötzliche Interesse an Gareth? Ich dachte, du kannst ihn nicht leiden.«

»Darling«, entgegnete sie mit einem süßen Lächeln. »Jeder hat das Recht auf ein paar kleine Geheimnisse.«

Das war eine ihrer berühmten sphinxhaften Antworten, die man auf verschiedenste Weise auslegen konnte. Sie griff stets darauf zurück, um die Fallstricke einer glatten Lüge zu vermeiden. In den Jahren meiner Bekanntschaft mit Bridget war ich recht geübt im Lösen ihrer Rätsel geworden und deutete die kleinen Geheimnisse als ihr erotisches Interesse an Gareth Gwyn Morgan. James maß der Antwort offenbar nicht soviel Bedeutung bei.

»Da kann ich dir nicht widersprechen«, sagte er. »Trotzdem werde ich mir Elens Sohn bei Gelegenheit mal genauer ansehen.«

»Viel Glück.« Bridgets Ton war beißend. »Sie wird dich gar nicht erst in seine Nähe lassen. Weißt du noch, wie sie im Sommer auf mich losging, als ich versuchte, ihn in die Arme zu nehmen?«

James versicherte ihr, daß er es nicht vergessen hatte. »Wie könnte ich? Du hast eine lautstarke Szene gemacht.«

»Sie hat sich ja auch wic eine hysterische Gans benommen. Meine Geduld war am Ende. Schließlich habe ich dem Kind nicht weh getan oder so etwas.«

Christopher zuckte die Achseln. »Sie ist halt ein bißchen besorgt um Stevie.«

»Ein *bißchen* besorgt?«

James drückte seine Zigarette aus und ging geschickt dazwischen. »Wir sollten Lyn nicht länger mit diesen Geschichten langweilen. Bestimmt fällt uns noch ein interessanteres Gesprächsthema ein.«

Eigentlich war ich überhaupt nicht gelangweilt, aber ich kannte den Ausdruck auf James Swifts Gesicht. Martin hatte ähnlich ungeduldig ausgesehen, wenn das Gespräch auf einer Party sich zu lange um eine andere Person gedreht hatte. Wie eine der empfindlichen Rosen meines Vaters welkte sein Selbstwertgefühl dahin, wenn man es nicht ständig hegte und pflegte. Autoren konnten in dieser Hinsicht harte Arbeit bedeuten, soviel hatte ich gelernt.

Aber schließlich war ich aus einem bestimmten Grund hier und wußte, daß es einiges an Takt erfordern würde, mehrere Tage in der Gesellschaft von Schriftstellern zu verbringen. Ich setzte mein Weinglas ab, zeigte James mein aufmerksamstes Gesicht und sagte mit der Gewandtheit langjähriger Erfahrung: »Wissen Sie, ich würde gern erfahren, wie Sie zum Schreiben gekommen sind ...«

»Das hast du gut gemacht«, sagte Bridget später, als wir von der Dorfstraße abbogen und dem stillen Globe Hotel den Rücken kehrten, dessen schmale, säulengeschmückte Fassade noch von einem bernsteinfarbenen Licht angeleuchtet wurde. Das Licht folgte uns nicht weit auf dem finsteren Kiesweg, der zur Castle Farm führte. Christopher und James, unbehindert durch hohe Absätze, schlenderten einige Meter vor uns, zwei undeutliche Schatten, die nicht voneinander zu unterscheiden waren.

Ich stolperte über eine Wurzel und packte Bridget am Ärmel, um nicht zu fallen. »Was habe ich gut gemacht?«

»Du weißt schon. Wie du James abgelenkt hast.«

»Das gehört zu meinem Job«, antwortete ich. »Obwohl er schon hätte blind sein müssen, um nicht zu bemerken, wie du ständig zur Tür gestarrt hast.«

»War das wirklich so auffällig?«

»Ja.«

»Oh.« Sie runzelte einen Augenblick die Stirn und ging dann achselzuckend darüber hinweg. »Macht nichts, er ist ja nicht gekommen. Gareth, meine ich. Er muß noch oben im Point sein.«

Ich spähte blinzelnd auf den unebenen Weg vor uns und

versuchte, die Dunkelheit zu durchdringen. Nachts sah ich nicht gut. Ich wußte, daß links von uns Weideland zu einem Hügel anstieg und die lange, schwarze Silhouette geradeaus die Castle Farm sein mußte, aber das einzige, was ich tatsächlich mit einiger Klarheit erkennen konnte, war die gewaltige Ölraffinerie auf der anderen Seite der Bucht, ein Gespinst aus trüben Lichtern, die in einem sternenlosen Nachthimmel schwebten. Der andere Pub lag nach James' Beschreibung irgendwo jenseits der nächsten Landzunge, hinter der Farm. Mir schwante Übles. »Du hast doch nicht etwa vor, mich auf einen Schlummertrunk dort hinaufzuzerren, oder?«

»Großer Gott, nein, nicht heute abend. Ich kann in diesem Zustand nicht mehr fahren und denke nicht daran, auch nur einen Schritt weiter zu gehen, als ich unbedingt muß. Kein Mann ist es wert, sich Blasen an den Füßen zu holen.«

Das hielt ich für eine sehr weise Haltung und sagte es ihr. »Außerdem«, fügte ich hinzu, »ist er inzwischen wahrscheinlich nicht mehr im Pub, sondern längst zu Hause. Es ist schon ziemlich spät.«

»Darling, er ist Bühnenautor«, erinnerte mich Bridget, als machte ihn das automatisch zur Nachteule. »Und er kann noch nicht zu Hause sein. Das ist nämlich sein Cottage dort drüben, das ohne Licht.«

Ich sah in die angedeutete Richtung, konnte aber nur eine dichte Hecke und den Umriß eines Daches ausmachen. Als ich mich wieder umdrehte, blieb ich erneut mit dem Absatz zwischen den losen Steinen hängen und konnte den Sturz gerade noch abfangen. »Wir hätten eine Taschenlampe mitnehmen sollen.«

»Stimmt, daran habe ich nicht gedacht«, sagte Bridget. »Ich vergesse jedesmal wieder, wie dunkel es hier draußen ist. Aber James hat ein paar Taschenlampen im Haus, das weiß ich. Eine bewahrt er immer in seinem Arbeitszimmer auf, falls der Strom ausfällt.« Sie blieb kurz stehen. »Apropos Arbeitszimmer, ich muß sagen, ich bin etwas erstaunt über dich.«

»Wie das?«

»Wir haben soviel übers Schreiben geredet beim Essen, und du hast ihn nicht ein einziges Mal nach seinem neuen Buch gefragt.«

»War das ein Fehler?«

»Nein, ich fand es nur ungewöhnlich zurückhaltend für dich.« Das Lächeln in ihrer Stimme war deutlich zu hören. »Ich habe mich schon gefragt, ob es dir vielleicht nicht gutgeht ...«

»Sehr komisch. Ich habe übrigens Urlaub, falls du das vergessen hast.«

»Agenten«, teilte sie mir mit, »haben niemals Urlaub.«

»Ach nein?«

»Das ist doch allgemein bekannt. Ihr könnt einfach nicht abschalten. Oh, verdammt«, fluchte sie plötzlich. »Ich bin in etwas Schlüpfriges getreten.«

»Mach dir nichts draus. Wir sind fast da.«

Die beiden Schemen vor uns, die zu Christopher und James gehörten, waren neben dem Tor stehengeblieben, um auf uns zu warten. Hinter ihnen erhob sich die schwarze Masse des Turms, und Bridget sah schaudernd hinauf.

»Gott, bin ich froh, daß *meine* Fenster nicht auf dieses Gemäuer hinausgehen. Ich könnte überhaupt nicht schlafen.«

Wenn sie wüßte, wieviel ich dafür geben würde, nur eine einzige Nacht nicht zu schlafen, dachte ich, während ich schweigend neben ihr weiterlief. Denn schlafen bedeutete träumen.

VII

Or if she slept she dream'd
An awful dream.

ALFRED LORD TENNYSON, »Guinevere«

Justin weinte.

Ich hörte sein Schreien, es drang durch den rauhen Wind, der über das Ödland fuhr – ein fernes, aber unverkennbares Geräusch. Er ist zu weit weg, dachte ich. Viel zu weit weg. Ich stolperte auf der endlosen Straße und fiel hin, spürte die scharfkantigen Steine, die sich in meine Haut bohrten. Dann strich etwas an mir vorbei, etwas Kaltes, schwarz wie die Nacht, und ich sah, daß es die Schlange war, riesenhaft angeschwollen vom Austrinken des Flusses. Ich erkannte, daß sie hinter Justin her war, sie folgte seinem Schreien und würde ihn finden.

»Nein!« Mühsam kam ich auf die Beine und rannte ihr nach, sah ihren furchtbaren Schwanz in der Dunkelheit davongleiten und wußte, daß ich sie unmöglich einholen konnte. Unter mir bebte die Erde und öffnete sich, und ich schrie, als ich kopfüber in die Spalte stürzte …

Ein Geräusch weckte mich.

Gerade fiel ich noch, und im nächsten Moment waren meine Augen offen und sahen verschwommen auf den Baldachin über mir, wanderten dann zu den schweren Draperien, die um die Bettpfosten zu meinen Füßen geschlungen waren. Sie sahen aus wie zwei Frauen in langen Kapuzengewändern, die mich stumm beobachteten. Einen Moment lang empfand ich so etwas wie Furcht, ehe ich das kindische Gefühl ungeduldig abschüttelte.

Mich auf die Seite rollend, kehrte ich den imaginären Augen den Rücken zu und vergrub mich unter der Decke gegen die schleichende Kälte, die trotz des Feuers im Kamin zwischen die Laken drang. Das Feuer ...

Ich hob den Kopf und starrte darauf, bis ich überzeugt war, daß es sich nicht um eine Halluzination handelte. Es konnte noch nicht lange brennen, denn die Flammen begannen gerade erst, sich in die Kohlen zu fressen, ihre blaugeränderten Zungen wurden von dem heftigen Luftzug nach oben zum Rauchfang gestreckt.

Verwirrt setzte ich mich auf, lehnte mich gegen die weichen Kissen und sah langsam von der Tür, die durch einen Messingriegel fest von innen verschlossen war, zum Fenster mit seinem Blick auf die schlafende Kirche und das Dorf. Der alte Turm blickte freundlich auf mich herab, und hinter seinen Mauern schimmerte die Bucht im schwachen, unsteten Mondlicht. Während ich nachdenklich auf das Wasser sah, bewegten sich die Vorhänge und wurden zu einem Gewand, das leise raschelte, als seine Trägerin einen Schritt auf mein Bett zumachte.

»Fürchte dich nicht«, sagte eine sanfte Stimme. »Ich bin es nur.«

Ich hatte keine Angst, denn ich verstand auf einmal, daß ich nicht wach war, sondern immer noch träumte.

Die Frau kam näher, und im Licht des Kaminfeuers konnte ich sie deutlicher sehen. Sie war jung und schlank und ganz in Blau gekleidet, ihre ruhigen Gesichtszüge wurden von einer Art Nonnenschleier eingerahmt, der ihr das Aussehen einer Heiligen verlieh.

Ich betrachtete sie genauer und schüttelte den Kopf. »Es tut mir leid, aber ich kenne Sie nicht.«

»Doch, das tust du.« Sie hob einen Arm, und ich sah ein Kind, das sich an ihren Rock klammerte. Ein Junge von vier oder fünf Jahren, mit zerzausten blonden Locken und blauen Augen. »Mein Sohn«, sagte sie. »Mein einziges Kind. Ich bitte dich, ihn zu beschützen.«

»Wer? Ich? Aber ...«

»Bitte, du mußt es tun. Sie wollen ihm Böses. Sie wollen ihn mir fortnehmen.« Sie nahm die Hand des Jungen und hielt sie mir flehend hin. »Bitte.«

Das Kind sah schweigend zu mir auf, klein und vertrauensvoll, und ich wich in meine Kissen zurück. »Ich kann nicht«, sagte ich und wünschte, es gäbe einen Weg, es ihr zu erklären. »Es tut mir leid, aber ich kann nicht.«

»Dann ist er verloren.« Mit todtraurigen Augen wandte sie sich ab und führte ihren Sohn langsam durch Wände davon, die sich im Zwielicht auflösten und zu Bäumen und mondbeschienenen Feldern und einer dunklen, in die Ferne führenden Straße wurden.

Ich träume, dachte ich. *Es ist nur ein Traum.* Durch den schweren, dichten Nebel, der mich umgab, konnte ich das kühle Leinen der Bettwäsche an meiner Wange spüren. Ich griff nach diesem Rettungsanker und konzentrierte all meine Willenskraft auf den einfachen Akt des Augenöffnens. Es kostete mich mehrere Versuche und eine gewaltige Anstrengung, bis sich meine Lider endlich hoben.

Einen Augenblick lag ich ganz still und wartete, bis meine Umgebung klare Formen annahm. Ich fühlte keine schleichende Kälte, sah kein Feuer ... und außer mir war niemand im Zimmer.

Doch irgendwo, weit entfernt, glaubte ich ein Kind in der Nacht schreien zu hören.

VIII

Then when he had filled the air with so many and so great complaints, new fury seized him and he fled to the woods not wishing to be seen as he fled.

GEOFFREY OF MONMOUTH, »Vita Merlini«

Die Krähen sammelten sich um den Turm.

Sie stiegen hinterm Haus auf und strichen dicht über das Schieferdach, eine dunkle, schwatzende Masse, die sich auflöste, wieder verdichtete und von neuem zu einer perfekten Formation schloß. Die Vögel stießen auf den Turm herab, krallten sich an die altehrwürdigen Steine, lösten sich wieder und zogen ihre Kreise. Wo eine sich niederließ, schwang sich eine andere mit lautem Krächzen in die Luft, als könnten die Mauern nur ein bestimmtes Gewicht tragen.

Ich zog die Haustür hinter mir zu, ging ein paar Schritte über das nasse Gras und sah zu den Fenstern mit ihren geschlossenen Vorhängen hinauf, erstaunt, daß bei dieser Kakophonie der Krähen überhaupt noch jemand schlafen konnte. Als mein Blick die Fassade hinunterwanderte, blieb er an etwas hängen, das ich zuvor nicht bemerkt hatte – einem steinernen Gesicht über dem Türgiebel. Trotz der geschlossenen Augen, der abgebrochenen Nase und den geraden Lippen wirkte es heiter und schien zu lächeln, die länglichen Züge wirkten eher männlich als weiblich. Ich betrachtete es eine Weile und hatte das seltsame Gefühl, daß diese geschlossenen Augen mich ebenfalls fixierten.

Noch als ich mich umdrehte und weiterging, fühlte ich mich beobachtet. Ich ging aufrecht und hielt mein Gesicht in den salzigen Wind, der vom Meeresarm und der halbmondförmigen Bucht landeinwärts wehte. Seit ich von den Alpträumen heimgesucht wurde, hatte ich mir angewöhnt, nach dem Aufwachen einen Spaziergang zu machen, um meinen Kopf zu durchlüften.

An diesem Morgen war das nötiger denn je.

Seit fünf Jahren träumte ich den gleichen Traum mit immer gleichem Ablauf, wobei die einzige Veränderung darin bestand, wie lange ich in der Einöde nach meinem Sohn suchte. Der Traum war mir vertraut geworden, soweit man das von Alpträumen sagen konnte, und ich verstand seine Bedeutung. Doch in der vergangenen Nacht schien mein Unterbewußtsein eine neue Wendung hinzugefügt zu haben. Psychologie war nicht gerade meine Stärke, aber ich hatte genug Bücher über Träume und Traumdeutung gelesen, um zu wissen, daß die Bilder und Symbole nicht zufällig entstanden, sondern einen bestimmten Ursprung hatten. Irgendwo, erinnerte ich mich, hatte auch gestanden, daß eine Neuerung in einer immer wiederkehrenden Traumhandlung auf eine wichtige Veränderung im Leben des Träumenden hinwies.

Die einzige Veränderung, die mir bewußt war, war der Umgebungswechsel von London nach Wales, und der konnte wohl kaum negative Auswirkungen gehabt haben. Selbst der Tagesanbruch war hier ruhiger und friedlicher. Die Sonne stieg langsam in den milchblauen Himmel, mein Atem bildete kleine Nebelwölkchen, und meine Schritte verursachten knirschende Geräusche auf dem Kiesweg. Ich schob die blaugekleidete Frau und ihr goldlockiges Kind aus meinen Gedanken und ging forsch weiter.

Eine der Katzen kam, um mich zu begrüßen – der kleine hellgraue Kater, der mir am Vortag auf die Schulter gesprungen war. Er ging ein paar Meter mit, war aber nicht versessen darauf, sich allzuweit vom Haus zu entfernen, und verließ mich am Tor. Dort verlief die Auffahrt ein Stück abwärts und ging in eine ungepflasterte Straße über, die sich bald darauf gabelte und auf der einen Seite über die kleine Steinbrücke ins Dorf führte, während sie auf der anderen am Wasser entlanglief und allmählich bergan stieg, bis sie um eine Krümmung in der Küstenlinie verschwand.

Da ich den Weg über die Brücke schon mit Bridget gefahren war und keine Lust hatte, durchs Dorf zu gehen, wählte ich die Küstenroute und genoß die Einsamkeit. Der Weg war tief gefurcht und durch kürzlichen Regen aufgeweicht, so daß ich achtgeben mußte, um mir nicht den Knöchel zu verstauchen. Dafür konnte ich nun die Fischerboote besser sehen, die in der ablaufenden Flut an ihren knarrenden Tauen und Ankerketten zerrten und gegen die Molen stießen. Dahinter, weiter am Strand entlang, stand ein Regiment hoher Bäume und bewachte die östliche Grenze des Dorfes.

Als ich um eine Biegung kam, blies der Wind stärker, denn die Bucht weitete sich hier, und ihre gekräuselten Wellen vereinten sich mit dem blaueren Wasser des Meeresarms. Ich atmete tief durch und ging ein wenig schneller, vorbei an einer Gruppe schlafender Häuser und an einem schmalen Strandstreifen entlang, wo streng riechende Tanghaufen die Gezeitenlinie markierten, bis die Straße abrupt in einem Parkplatz vor einem kleinen weißen Gebäude mit dem Schild »The Point House« endete.

Das war also der Pub, von dem gestern abend soviel die Rede gewesen war und der nur an den Wochenenden geöffnet hatte. Zu dieser Stunde war er jedenfalls eindeutig geschlossen. Die einzigen Lebenszeichen waren die flatternde Wäsche hinterm Haus und drei schwarze walisische Kühe auf einer eingezäunten Weide daneben, die mir neugierig entgegensahen.

Ich blieb stehen, starrte sie an und überdachte meine Möglichkeiten. An einer Ecke des Parkplatzes konnte der Weidezaun durch einen Zauntritt überwunden werden, über dem ein holzgeschnitzter Wegweiser auf den Küstenpfad hinwies, der dort seinen Anfang nahm. Doch der Pfad verlief zunächst über die Weide, wo die Kühe mir den Weg versperrten. Nein, verbesserte ich mich nach genauerem Hinsehen, nicht Kühe, sondern Ochsen.

»Verflixt«, murmelte ich. Ich hatte eigentlich keine Angst vor Ochsen, sie waren zum Glück nicht so bösartig wie Stiere. Aber sie hatten immer noch genug Testosteron in ihren Adern, um mich mit ihren massigen Körpern einschüchtern zu können, wenn sie wollten. Da ich nur ein schwaches Menschenkind war und noch dazu ein weibliches, schätzte ich meine Chancen, sie zu vertreiben, nicht sehr hoch ein.

Trotzdem ließ ich es auf einen Versuch ankommen. »Hoi, hoi«, rief ich – das hatte ich mir von einem Bauern im Fernsehen abgeguckt. Ich wedelte mit den Armen über dem Kopf, holte tief Luft und probierte es noch einmal in voller Lautstärke: »Hoi! Hoi!«

Die drei Schwarzgesichter bewegten sich nicht, abgesehen von einem Zucken der Ohren.

»Eingebildete Mistviecher«, beschimpfte ich sie. »Wenn ihr nur einen Funken Höflichkeit im Leib hättet ...«

Der mir am nächsten stehende Ochse unterbrach mich mit einem Mitteldding zwischen Brüllen und Schnauben, und auf einmal machten alle drei kehrt und trotteten über die Wiese in Richtung des gegenüberliegenden Zauns. Kurz darauf sah ich, was sie zu ihrer Meinungsänderung bewegt hatte. Ein winziger, weiß-brauner Fleck kam den Küstenpfad herunter auf mich zu. Er kümmerte sich überhaupt nicht um die Ochsen und hoppelte hasengleich durch das hohe Gras, nur daß er mit einem wedelnden Schwanz versehen war. Seine kurzen Beine und der kräftige Körperbau ließen mich zuerst an einen Jack-Russell-Terrier denken, aber sein Fell war viel länger und stand nach allen Seiten ab wie der Schopf eines verrückten Wissenschaftlers.

Ich ging in die Hocke, um den Hund zu begrüßen, nachdem er sich unter dem Zaun hindurchgezwängt hatte. »Hallo, du Räuber«, sagte ich. »Wo kommst du denn her?«

Er setzte sich auf die Hinterläufe und zog die Lefzen hoch wie zu einem Grinsen; in seinen dunklen Knopfaugen funkelte der Schalk. Ich kraulte ihn hinter den Ohren, wobei meine Finger ein Lederhalsband ertasteten, das tief verborgen in seinem dichten, wirren Fell saß. Der Name »Morgan« stand auf dem Messinganhänger. »Dann bist du also ein Junge, ja, Morgan? Bist du ein Rüde?« Obwohl ich mich schon immer gefragt hatte, warum Menschen alles zweimal sagten, wenn sie mit Tieren sprachen, zumal es sehr unwahrscheinlich war, daß sie eine Antwort erhielten, konnte ich mich nicht rühmen, eine Ausnahme zu bilden. »Lauf, Morgan, zeig mir den Weg. Los, zeig mir den Weg.«

Der kleine Hund sprang voraus, während ich über den Zauntritt kletterte und dabei die argwöhnisch blickenden

Ochsen im Auge behielt. Ich brauchte mir jedoch keine Sorgen zu machen. Sie blieben dicht am Zaun, weil mein neuer Freund ständig hin und her flitzte, meine Beine umkreiste und mich aufforderte, ihm zu folgen.

»Ich komme«, versprach ich, worauf er ein lautes Bellen von sich gab und wieder davonschoß, um mich den steil ansteigenden Pfad hinaufzuführen. Hinter der Wiese verlief der Weg zwischen Feldern und wilden Hecken von Brombeeren und Stechginster, die sich kaskadenartig das Steilufer hinabstürzten. Auf einem solchen Klippenpfad war ich schon lange nicht mehr gegangen und hatte ganz vergessen, was für ein tolles Gefühl es war, so hoch über allem zu sein und auf die kreischenden Möwen und das in der Sonne glitzernde Wasser hinunterzusehen, wo Tanker und kleinere Schiffe ruhig aneinander vorbeizogen und nichts von meiner Anwesenheit wußten. Ganz in den Anblick vertieft, beachtete ich die Rettungsstation kaum, als wir daran vorbeikamen. Mein Begleiter schnupperte kurz an den Stufen, die hinunter zum Boot führten, konnte aber nichts Interessantes an ihnen finden und lief wieder voraus.

Besonders mutige Wanderer – oder vielleicht auch Schafe – hatten schmale Trampelpfade am Hang angelegt, die hier und da im Stechginster verschwanden und sich bis zum Wasser zogen. Doch da ich schon immer einen gesunden Respekt vor Klippen und ihren Gefahren gehabt hatte, blieb ich brav auf dem Hauptpfad und umging nur die Stellen, wo die weiche, rote Erde schlammig geworden war, damit ich nicht ausrutschte.

Nach einer Weile nahm eine Gruppe kahler Platanen die Stelle von Stechginster- und Brombeerhecken ein. Die Bäume neigten sich kühn dem Wasser entgegen, das an dieser Stelle weiß schäumend um die Felsen strudelte. Ein alter Schuppen, ziemlich heruntergekommen und verlassen, stand neben dem Pfad. Ich zögerte, sah zwischen den Platanen und dem Schuppen mit seinen zerbrochenen Fenstern und dem verrosteten Blechdach hin und her und spürte dieses ungute Gefühl, das mich immer an verlassenen Orten überkam. Doch Morgan hatte sich schon unter dem nächsten Zaun hindurchgezwängt und wartete schwanzwedelnd und unbeeindruckt von der veränderten Atmosphäre auf mich. Ich überwand mein Zögern und folgte ihm. Schließlich ist das ein öffentlicher Weg, sagte ich mir, als die Bäume sich zu beiden Seiten um uns schlossen und die Luft schwer wurde von den Gerüchen des feuchten Bodens, der dicht mit Lichtnelken und Fingerhut und braunen Farnbüscheln zwischen wildem Knoblauch bewachsen war. Selbst zu dieser Jahreszeit wurde er sicher häufig von Wanderern frequentiert, besonders an einem Samstag. Falls mir hier etwas geschieht, tröstete ich mich, wird meine Leiche wenigstens nicht lange unentdeckt bleiben.

Der Hund stellte plötzlich die Ohren auf und blieb stehen. Witterte aufmerksam.

»Was ist los, Morgan?« Aber ich hatte die Schritte auch schon gehört. Glucksende Schritte, die mir auf dem schlammigen Pfad entgegenkamen. Ich vergrub die Hände in der Jackentasche, richtete meinen Blick auf das Wasser des Haven, das zwischen den Platanen hindurchschimmerte, und versuchte, möglichst unbesorgt auszusehen. Zuerst erhielt ich nur einen flüchtigen Eindruck von dem Mann, der zwischen den Bäumen erschien – er war dunkelhaarig, nicht besonders groß und trug Jeans und Stiefel. Der Hund lief mit gesenktem Kopf auf ihn zu, und ich stieß einen scharfen Pfiff aus. »Morgan! Komm her, bei Fuß!«

Der Mann blieb abrupt stehen, so daß er den schmalen Pfad versperrte, und beobachtete uns abwartend.

»Keine Angst«, sagte ich, »er tut nichts.« Dann schnippte ich mit den Fingern und befahl in strengem Ton: »Komm her, Morgan, hörst du wohl?«

Der Fremde verschränkte die Arme vor der Brust und durchbohrte mich mit einem vernichtenden Blick. »Sein Name ist Chance«, verkündete er. Eine rauhe Stimme mit walisischem Akzent und ohne den geringsten Anflug von Humor. »Und damit Sie es wissen – ich komme selten, wenn man mich ruft.«

Da erkannte ich ihn. Weniger sein Gesicht als seinen Tonfall, die Bewegungen, seine Kopfhaltung. Der Name am Hundehalsband tat natürlich sein übriges. »Entschuldigung«, sagte ich. »Ich habe die Hundemarke gesehen und einfach angenommen ...«

Gareth Gwyn Morgan unterbrach mich kurz angebunden: »Nun, jetzt wissen Sie es besser.«

Es war wohl der herablassende Ton, der mich auf die Palme brachte. Ich hatte es noch nie vertragen können, wie eine Schwachsinnige behandelt zu werden. Die Fäuste in den Taschen geballt, sah ich ihn herausfordernd an. »Die meisten Leute, Mr. Morgan, bringen den Namen des Hundes am Halsband an und nicht ihren eigenen, also brauchen Sie nicht so furchtbar beleidigt zu tun.«

Seine dunklen Augen streiften mich unbeeindruckt, dann pfiff er dem Hund und wollte ohne ein weiteres Wort an mir vorbeigehen. Fassungslos sah ich zu den Bäumen hinauf, als suchte ich nach Zeugen für dieses rüpelhafte Verhalten.

Ich konnte es mir nicht verkneifen, ihm ein spitzes »Schönen Tag noch« hinterherzuschicken, ehe ich mich umdrehte und dem Pfad weiter in die andere Richtung folgte. Blöde Schriftsteller, grummelte ich. Dabei hatte ich *Bridget* immer für schwierig gehalten ...

Ich spürte seinen Blick zwischen meinen Schulterblättern brennen, und auf einmal rief er mir unfreundlich nach: »Sie sind verrückt, wenn Sie dort weitergehen. Der Klippenpfad ist kein Weg für eine Frau allein.«

Er pfiff wieder nach dem Hund, und ich hörte das Knacken von Zweigen, als er weiterging. Unfähig, mich zu beherrschen, fuhr ich herum.

»Wenn das eine Abgangszeile sein soll, mangelt es ihr an Logik, finden Sie nicht?«

Er blieb stehen. »Was?«

»Sie können nicht sagen, daß ich hier nicht alleine gehen soll, und mich dann allein lassen. Das ergibt einfach keinen Sinn«, erklärte ich und merkte befriedigt, wie er nach Luft schnappte. »Von jemandem mit Ihrem Talent hätte ich einen besseren Dialog erwartet.«

Er betrachtete mich eingehender, und ich sah, wie seine Augen hart und wachsam wurden. »Was zum Teufel wissen Sie schon über mein Talent?«

»Zufällig eine ganze Menge. Ich hatte mich darauf gefreut, Sie kennenzulernen, aber jetzt ...«

»Verdammt noch mal«, fuhr er mich übellaunig an, »was für ein Käseblatt ist es diesmal? Ihr kapiert es einfach nicht, ihr Presseleute. Ihr verschwendet bloß eure Zeit und meine dazu, indem ihr hierherkommt. Ich gebe keine Interviews.«

»Sehr klug von Ihnen«, sagte ich. »Man liest ja heutzutage genug unangenehme Dinge.«

Da ich bei einem Streit gern das letzte Wort behielt, machte ich damit kehrt und marschierte mit energischen Schritten weiter, in der Hoffnung, daß mein durchgedrückter Rücken die pure Verachtung ausdrückte.

»Natürlich mochtest du ihn nicht.« Bridget bestrich ihren Toast mit Butter und zeigte die überlegene Miene eines Privatdetektivs, der wieder einmal schlauer gewesen war als Scotland Yard. »Die Sache mit den Namen, verstehst du.«

Ich setzte stirnrunzelnd meine Kaffeetasse ab. »Was für Namen?«

»Na, überleg doch mal. Wie heißt du?«

»Lyn.«

»Mit vollem Namen.«

»Lynette.«

»Eben, und er heißt Gareth.« Selbstgefällig griff sie nach der Marmelade. »Die Artussage, erinnerst du dich? Lynette ging nach Camelot, um einen tapferen Ritter zu finden, der ihre Schwester retten konnte. Sie wollte Lancelot, bekam aber nur Gareth.«

»Ja, stimmt«, sagte ich, als es mir langsam wieder einfiel. »Sie hat ihm die Hölle heiß gemacht, soweit ich mich erinnere.«

»Und ob. Sie haßten sich. Deshalb kannst du nicht erwarten, dich mit Gareth zu verstehen.«

»Wegen der Sache mit den Namen.«

»Genau.«

»Gab es denn irgend jemanden in der Sage, der mit Gareth auskam?«

»Lynettes Schwester«, antwortete Bridget. »Die er zu retten auszog. Sie verliebten sich unsterblich ineinander.«

»Siehst du, da enden die Parallelen auch schon. Ich habe keine Schwester.«

»Ich auch nicht, was bedeutet, daß du und ich sozusagen Wahlschwestern sind, nicht wahr? Weshalb Gareth sich zwangsläufig in mich verlieben muß.«

Ich machte mir gar nicht erst die Mühe, diese Logik

nachzuvollziehen, sondern trank meine zweite Tasse Kaffee. »Vermutlich existiert irgendwo im Universum ein Planet, auf dem deine Theorien einen Sinn ergeben«, erwiderte ich gähnend, streckte mich und sah mich in der sonnendurchfluteten Küche um. »Ist außer uns noch niemand wach?«

»Keine Ahnung, was Christopher treibt, aber James schnarchte noch kräftig, als ich nach unten ging. Er ist ein echter Nachtmensch. Ich glaube, ich habe ihn noch nie vor zwölf Uhr mittags auf den Beinen gesehen.«

»Das klingt beneidenswert.«

»Was?«

»Bis mittags schlafen zu können.«

Bridget grinste. »Komm mir bloß nicht auf dumme Gedanken. Du sollst mich nämlich gleich auf eine hoch geheime Mission begleiten.« Sie hob den Deckel der Teekanne an und prüfte die Farbe des Inhalts, ehe sie sich eine erste Tasse einschenkte. »Ich habe schon mit Owen gesprochen, er hilft uns gerne.«

Owen, erinnerte ich mich, war der Mann, der sich vertretungsweise um die Farm und die Schafe und Kühe kümmerte. Ich sah Bridget mißtrauisch über den Rand meiner Tasse hinweg an. »Hilft uns gerne bei was?«

»Wirst du schon sehen.«

»Bridget ...«

»Es ist nichts Illegales«, versicherte sie. »Du mußt nicht gleich so ein mißbilligendes Gesicht machen. Owen ist viel zu ehrlich, um etwas wirklich Ungesetzliches zu tun.«

»So, so«, machte ich unverbindlich.

»Du wirst ihn mögen. Er fährt einen Lieferwagen«, fügte sie hinzu, als wäre das irgendwie von Belang.

Aus langjähriger Erfahrung wußte ich, daß ihre Gedanken zwar häufig sprunghaft, aber selten zusammenhanglos waren. »Und wir brauchen einen Lieferwagen für diese geheime Mission, von der du gesprochen hast?«

»Wart's ab.« Sie sah auf ihre Armbanduhr und löffelte Zucker in den Tee. »Jedenfalls haben wir noch eine halbe Stunde, ehe wir mit ihm verabredet sind. Genügend Zeit für eine neue Runde Toast«, erklärte sie fröhlich.

Mir würde ewig schleierhaft bleiben, wo Bridget das alles hinfutterte. Sie schien ständig zu essen, aber ihre Taille verlor ungerechterweise nichts von ihrem Wespenumfang. Ich dagegen brauchte eine Scheibe Frühstücksspeck nur anzusehen, und schon fühlte sich meine Hose eine Nummer zu klein an.

Sie war mir auch im Moment ein wenig zu eng, stellte ich fest, als ich meinen Stuhl zurückschob. »Ich werde mich zuerst noch umziehen, wenn du gestattest.«

»Wozu?«

»Na, so kann ich nicht gehen. Ich bin praktisch durch Schlamm gewatet.« Ich verdrehte ein Bein, um ihr den bespritzten Saum meiner Jeans zu zeigen. »Und diesen Pullover trage ich nur zum Spazierengehen, er ist schon ganz noppig und ausgeleiert.«

»Macht nichts«, behauptete Bridget. »Es wird dich niemand sehen, wir fahren nicht weit.«

»Ja, ja, als ich diese Worte das letzte Mal von dir hörte, landeten wir auf einer Gartenparty, wo überall Fotografen von ›Hello!‹ und ›Private Eye‹ herumschwirrten, weißt du noch? Ich möchte lieber nicht dem ganzen Land in diesem Pullover präsentiert werden.«

»Oh, ihr Kleingläubigen«, seufzte sie. »Na schön, dann zieh dich eben um, wenn du unbedingt mußt. Aber bleib nicht zu lange, hörst du? Und weck um Gottes willen James nicht auf.«

IX

Now, worn out with weeping, she is not what she was …

GEOFFREY OF MONMOUTH, »Vita Merlini«

Ich mochte Owen auf Anhieb. Er war schon älter, hatte graue Haare, eine gesunde Gesichtsfarbe und eine kräftige Statur mit großen, zupackenden Händen. Seine von Lachfalten eingerahmten grauen Augen schienen das Leben amüsant zu finden.

Von seinem Lieferwagen war ich allerdings weit weniger angetan. Er stellte sich als kompaktes, rotes Gefährt heraus, das an einen Paketwagen der Royal Mail erinnerte und nicht eben im Hinblick auf Fahrgastkomfort gebaut worden war. Ich mußte mich auf den Rücksitz zwängen, wo ich kaum Bewegungsfreiheit hatte. Als einziger Trost blieb mir, daß Bridget diesmal wenigstens nicht am Steuer saß und es auch angeblich nicht weit war – wo immer wir überhaupt hinfuhren.

Als wir durch das östliche Tor der Castle Farm hinunter zur Bucht rollten, beugte Bridget sich vor und spähte durch die Windschutzscheibe zum Himmel. »Hoffentlich fängt es nicht an zu regnen.« Die Luft war seit meinem frühmorgendlichen Spaziergang milder geworden, und der Wind hatte Wolken vom Meer hergetrieben. Sie bauschten sich zusammen, bildeten dicke Kissen und verbanden sich, bis das Sonnenlicht verblaßte und die Schatten verschwanden.

Owen sah ebenfalls hinauf, mit dem geschulten Blick des Einheimischen. »Da steckt kein Regen in diesen Wolken. Noch nicht jedenfalls.« Er nahm die Straße über die Brücke und hupte einer jungen Frau am Rand zu, die einen Kinderwagen schob. Ich sah beim Anblick des Kinderwagens schnell zur Seite, so daß ich nur ein flüchtiges Bild von ihr erhielt, eine kleine, schlanke Gestalt mit einer blonden Lockenmähne.

Bridget drehte sich zu mir um, während wir zur Hauptstraße des Dorfes hinaufholperten. »Das war Elen.«

»Haben Sie sie schon kennengelernt?« fragte Owen.

»Nein, ich ...«

»Sehr nettes Mädchen«, meinte er. »Sie ist, was man früher ein Blumenkind nannte, ein Freigeist mit einem großzügigen Wesen. Verliert nie ein böses Wort über andere.« Er bog in die leere Dorfstraße ein, fuhr das kurze Stück bis zur nächsten Abzweigung und folgte dem Hinweisschild zu der heckengesäumten Straße nach Pembroke. Kopfschüttelnd bemerkte er: »Sie hat kein leichtes Leben, die Kleine. Sie wissen, daß sie ihren Mann verloren hat?«

»Ja.«

»Lyn ist auch verwitwet«, warf Bridget ein, wie zum Beweis, daß Elens Leid nicht einzigartig war.

Owen sah mich betroffen an. »Tatsächlich? Das tut mir leid. Dann können Sie sicher nachfühlen, was das arme Mädchen durchgemacht hat. Sie und Tony ... sie waren wirklich ein schönes Paar. Sehr verliebt. Es ist eine Schande, wenn jemand so jung stirbt.«

Bridget erkannte fix die Gelegenheit zum Klatsch und fragte: »Er starb, ehe Stevie geboren wurde, nicht wahr?«

Owen nickte. »Elen wußte zu der Zeit noch nicht einmal, daß sie schwanger war. Als sie es herausfand ... ich glaube, es war das einzige, was sie während des letzten Winters durchhalten ließ. Zu wissen, daß sie ein Kind von ihm erwartete.«

Bridgets Profil sah ich an, daß sie an die Kommentare dachte, die wir gestern abend über die zweifelhafte Identität des Vaters gehört hatten. Wohl wissend, daß Bridget in der Lage war, eine taktlose Bemerkung zu machen, die Owen nicht gefallen würde, lenkte ich das Gespräch unauffällig in andere Bahnen und fragte ihn, ob Elen Familie in Angle hatte, die ihr half.

»Nein, nicht mehr. Sie hatte nur noch ihre Mutter, aber die ist schon vor einer Weile gestorben. Krebs«, sagte er. »Und Tonys Familie lebt irgendwo weiter im Norden. Seine Eltern sind noch nicht einmal zu seiner Beerdigung gekommen. Sie waren gegen die Heirat mit Elen und sagten sich von ihm los. Einfach so, ganz kaltschnäuzig.«

Das war allerdings der Gipfel der Kaltschnäuzigkeit, fand ich. Ich konnte mir keine Eltern vorstellen, die so etwas taten. Meine waren zwar auch nicht begeistert von meiner Verbindung mit Martin gewesen, aber sie hatten ihn immer höflich behandelt.

Owen zuckte die Achseln. »Elen hat ihnen eine Karte geschrieben, nachdem Stevie geboren war, aber sie haben sie postwendend zurückgeschickt. Sie hätten keinen Enkelsohn, war die einzige Antwort. Stellen Sie sich das mal vor.«

Bridget ließ sich dummerweise nicht ablenken. »Aber sie ist doch nicht ganz allein, oder? Ich habe gehört, daß Gareth sich um sie und das Baby kümmert.«

»Sicher, Gareth war schließlich eng mit Tony befreundet.« Owens Ton besagte, daß dies allgemein bekannt war. »Außerdem hat er immer noch Schuldgefühle, weil er nicht da war, um Tony vorm Ertrinken zu retten. Es war viel zu gefährlich zum Angeln an diesem Tag, mit dem heraufziehenden Sturm. Bei so einem Wetter türmen sich manchmal riesige Wellen aus dem Nichts auf. Man vermutet, daß so ein unerwarteter Brecher ihn glatt von den Felsen gespült hat. Seine Leiche wurde erst viele Stunden später geborgen.«

»Ich verstehe nicht, wie Gareth ihn hätte retten können«, sagte Bridget. »Man kann niemanden vor einer Welle beschützen.«

Owen stimmte ihr zu. »Aber Schuldgefühle sind eine vertrackte Sache. Sie setzen sich fest, nagen an einem und trüben den Verstand.«

Ich wußte genau, wovon er sprach – ich lebte seit fünf Jahren mit solchen Schuldgefühlen und quälte mich mit der Frage, ob Ivor nicht vielleicht doch recht gehabt hatte, ob das Reiten Justin geschadet hatte oder vielleicht ein Medikament oder das eine Glas Wein auf einem Verlagsempfang ... Gareth Gwyn Morgan, entschied ich, wußte nicht, was Selbstvorwürfe waren. Er sollte einmal einen Tag lang in meiner Haut stecken.

Owen hielt jedoch offenbar große Stücke auf den Mann. Mit einem Lächeln fuhr er fort: »Außerdem, wenn Gareth sich etwas in den Kopf gesetzt hat, ist es zwecklos, dagegen anzureden. Er ist ziemlich dickköpfig.«

Mir wären da noch ein paar andere Bezeichnungen eingefallen, aber ich schwieg und betrachtete lieber die Landschaft. Wir waren inzwischen beinahe in Pembroke, näherten uns dem schönen Waldstück am Ortsrand.

»Sehen Sie mal, dort drüben steht ein Haus wie aus einem Roman«, sagte Owen und deutete mit dem Kopf auf ein altes Gebäude. Es stand ein gutes Stück abseits der Straße am Waldrand, düster und unheimlich. »Meine Mutter mußte früher hier mit Pferd und Wagen vorbei, als junges Mädchen. Das Haus jagte ihr jedesmal schreckliche Angst ein, und sie sagte immer, daß es dort spuke.«

Ich konnte es ihr nicht verdenken. Es fiel nicht schwer, in dieser Umgebung an Gespenster zu glauben. Während wir durch den stillen Wald fuhren, wo helle Buchenstämme und dürre Haselnußsträucher sich geistergleich aus dem rostroten Laub erhoben, bildete ich mir ein, daß hundert Augen uns verfolgten und hier und da etwas Ungreifbares durch die Büsche huschte. Als wir schließlich die Stelle erreichten, wo der Fluß breiter wurde und die Burg erhaben im Vordergrund aufragte, hätte es mich wenig überrascht, mittelalterliche Wächter auf den Zinnen zu entdecken oder die belagernde Armee irgendeines walisischen Prinzen vor den Mauern.

Doch Pembroke Castle zeigte sich erwartungsgemäß in neuzeitlicher Umgebung. Ich betrachtete es sehnsuchtsvoll, aber da Bridget meine Begeisterung für historische Stätten nicht teilte, war mir klar, daß dies kaum das Ziel unserer vormittäglichen Geheimmission sein dürfte. Ich behielt recht. Owen fuhr weiter, vorbei an den pastellfarbenen Häuschen mit ihren Geschäften und am anderen Ende wieder zur Stadt hinaus. Beim nächsten Dorf bog er in südliche Richtung ab. Wir hatten gerade eine enge S-Kurve hinter uns gelassen und sahen rechts eine kleine Kirche zwischen Bäumen auftauchen, als ich meine Neugier nicht länger bezähmen konnte.

Ich beugte mich vor und sah Bridget fragend an. »Hätte ich ein paar Stullen zum Mittagessen einpacken sollen?«

Sie lachte nur, ohne ihr Geheimnis preiszugeben, und

ich mußte warten, bis Owen einige Augenblicke später auf einen belebten Parkplatz fuhr. »Wir sind da«, verkündete er.

Ich sah mich um, las das Schild über dem Eingang und begriff.

»Das hätte ich mir ja wirklich denken können«, sagte ich.

James zündete sich eine Zigarette an, blieb in der Tür zum Eßzimmer stehen und blinzelte ungläubig wie ein Mann, der beim Aufwachen einen Elefanten auf seinem Bett sitzen sieht. »Wo, bitte schön, kommt der denn her?«

»Aus dem Gartenzentrum in Manorbier.« Bridget hockte sich auf den Boden und vermied es dabei, die Lichterketten zu zertreten, die sich über den Teppich zogen.

Er inhalierte tief, während sein Blick über die volle Höhe der norwegischen Fichte bis zu dem Punkt wanderte, wo ihre Spitze an die Decke stieß. »Sie haben also einfach einen vorbeigebracht, ja?«

Sein Sarkasmus war an Bridget verschwendet. »Nein, natürlich nicht. Owen hat uns heute morgen mit seinem Lieferwagen hingefahren.«

»Aha.«

»Kein richtiges Weihnachtsfest ohne einen Baum«, erklärte Bridget.

Sie hatte nicht ganz unrecht, fand ich, und der von ihr ausgesuchte Baum war wirklich ein Prachtstück. Er maß gut drei Meter, und seine gerade gewachsenen, buschigen Zweige breiteten sich zwischen den beiden Fenstern an einer Schmalseite des Raums aus. Ich war zum erstenmal in diesem eleganten Eßzimmer mit seiner hohen Decke, das wie ein Anbau von der Rückseite des mittleren Hauses in den Garten hineinragte. Pinkfarbene Rosen kletterten die Tapeten hinauf und rankten sich um die elfenbeinfarbenen Vorhänge, die nun zurückgezogen waren, um das Tageslicht hereinzulassen. Ein langer Eßtisch samt Stühlen und eine Anrichte aus Walnußholz hielten am einen Ende hof, während sich am anderen eine Sitzgruppe befand. Nachdem wir die mit altrosa Samt bezogenen Sessel und Fußschemel zur Seite geschoben hatten, rahmten sie den perfekten Platz für unseren Baum ein.

»Einen größeren hast du wohl nicht finden können, was?« fragte James, den Blick immer noch nach oben gerichtet.

Bridget zuckte nur mit den Schultern. »Owen meinte, wir bräuchten einen großen, bei diesen hohen Räumen.«

»Tja, gegen Owens Wort komme ich natürlich nicht an.« Er gähnte und rieb sich den Nacken. »Es ist wohl nicht noch zufällig etwas Kaffee da?«

»Darling«, erwiderte sie, »es ist ein Uhr mittags. Falls wirklich noch Kaffee übrig sein sollte, wirst du ihn kaum trinken wollen.«

Er bedachte dies, sagte nichts und schlurfte durch den Flur davon. Bridget grinste.

»Er ist immer so muffelig, wenn er gerade aufgestanden ist«, sagte sie. »Hier, stöpsel mal den Stecker ein. Ich will diese Dinger zuerst testen.«

Die bunten Lichter blinkten wie eine Miniaturlandebahn auf dem Teppich. »Wie viele hast du eigentlich gekauft?«

»Drei Kartons mit hundert Lichtern pro Kette. Aber sag bloß James nichts, sonst verbringt er die ganze Nacht damit, auf den Stromzähler zu starren.«

Ich versprach es. Der Baum sah wirklich märchenhaft aus mit all den Lichtern, wenn wir auch ungefähr eine

Stunde brauchten, bis sie zu Bridgets Zufriedenheit angebracht waren. »Ach verdammt«, fluchte sie plötzlich. »Der Schmuck. Ich muß ihn in Owens Wagen gelassen haben. Warte hier auf mich, ich laufe nur schnell hinüber und hole ihn.«

Nur allzu glücklich, dieser Aufforderung Folge zu leisten, ließ ich mich in den nächsten Sessel fallen und massierte meine zerstochenen, juckenden Hände. Nachdem Bridget weg war, verfiel das Haus seufzend in Schweigen. Wenn ich nicht gewußt hätte, daß James irgendwo war – zweifellos schrieb er in seinem Arbeitszimmer –, hätte ich geglaubt, allein zu sein.

Ich gähnte. Die Weihnachtsbaumlichter verschwammen zu winzigen Sternen, die vor einem dunklen Hintergrund tanzten, und die Lider fielen mir zu. Nur eine Minute, nahm ich mir vor. Ich werde nur für eine Minute die Augen schließen. Doch es mußten mehrere Minuten vergangen sein, als das Geräusch schnell näher kommender Schritte mich aufschrecken ließ. Ich rieb mir die Stirn und suchte nach einer Entschuldigung für mein Wegdämmern.

Aber es war nicht Bridget.

Die blaugekleidete Frau kam auf mich zu, bis der Stoff ihres Gewandes neben meinem Sessel flüsterte. Aus der Nähe und bei Tageslicht betrachtet, sah ich, daß sie nicht wirklich schön war, doch ihre jungen, feingeschnittenen Züge drückten Stärke und Würde aus. Kein Gesicht, dachte ich, daß man schnell wieder vergißt. Sie richtete ihre sanften, vorwurfsvollen Augen auf mich und seufzte. »Willst du mir nicht diesen einen Dienst erweisen?«

Mühsam fand ich meine Stimme. »Hören Sie, es tut mir leid, aber ...«

Wortlos hob sie die Hand, und der kleine Junge erschien wieder. Sein schmales Gesicht sah noch flehender aus als beim letzten Mal und war naß vor Tränen. Mein eigener Sohn hätte so aussehen können, wenn er überlebt hätte – ein fünfjähriger Knabe mit goldblonden Locken. Meine Augen begannen zu brennen, und ich mußte wegsehen.

»Du bist seine einzige Hoffnung«, sagte die Frau. »Seine letzte Hoffnung. Sie werden ihn mir wegnehmen.«

»Aber warum?« fragte ich. »Warum sollten sie das tun? Warum sollte jemand diesem Jungen schaden wollen?«

»Mein Sohn wurde unter dem Banner der Drachenkönige geboren, und in diesen finsteren Zeiten fürchten die Menschen Merlins Prophezeiungen.« Sie hielt inne, wandte sich halb ab und lauschte. »Die Zeit eilt, es ist schon spät. Sie werden bald kommen. Bitte ... nimm ihn, verstecke ihn, beschütze ihn.«

Aber ich konnte ihn nicht beschützen, das war ja das Problem. Es war mir noch nicht einmal gelungen, mein eigenes Kind zu retten; wie konnte ich da Verantwortung für ein anderes übernehmen? Ich schüttelte den Kopf. »Du weißt nicht, was du von mir verlangst.«

»Du bist die, die er erwählt hat.«

Als wollte er mich selbst inständig bitten, machte der Junge mit ausgestreckten Armen einen Schritt auf mich zu, doch noch in der Bewegung löste er sich auf wie warmer Atem in der Winterluft, wurde durchscheinend und verschwand.

Seine Mutter sah mich verzweifelt an. »Zu spät«, stöhnte sie. »Zu spät.«

Dann begann auch sie zu verblassen. Ich streckte die Hand aus und rief ihr zu, sie solle warten, aber die Farben des Traums liefen schon ineinander, und mir strömten die Tränen übers Gesicht.

Langsam schlug ich die Augen auf. Ich sah mich in dem leeren Zimmer um und wußte, daß ich allein war und die ganze Zeit über allein gewesen war. Die Frau und ihr Kind waren nichts als Traumbilder. *Es war nur ein Traum*, sagte ich mir. *Es ist nicht wirklich geschehen.*

Trotzdem hörte ich nicht auf zu weinen. Die Tränen wenigstens waren Wirklichkeit.

X

I met a lady in the meads,
Full beautiful – a faery's child,
Her hair was long, her foot was light,
And her eyes were wild.

JOHN KEATS, »La Belle Dame Sans Merci«

»Merlins Prophezeiungen?« James' Augen über dem Computerbildschirm zeigten noch diesen träumerischen Ausdruck kreativer Versunkenheit, obwohl er beteuert hatte, ich störe ihn nicht. Er lehnte sich auf seinem Schreibtischstuhl zurück und versuchte, eine Antwort auf meine Frage zu finden. »Merlins Prophezeiungen«, wiederholte er. »Also, ich glaube ... «

»Es ist zwecklos, James nach so etwas zu fragen«, unterbrach ihn Bridget, die zu uns ins Arbeitszimmer kam. »Er hat ein Gedächtnis wie ein Sieb, nicht wahr, mein Lieber?« Sie war oben gewesen, um ein Bad zu nehmen, und brachte einen zarten Duft von Seife und Lavendel mit sich. Nachdem sie ihre feuchten Haare zu einem lockeren Pferdeschwanz zusammengedreht hatte, schob sie die Ärmel ihres Pullovers hoch und ging zum Kohlenkasten, wobei sie mich neugierig über die Schulter ansah. »Warum interessierst du dich auf einmal für Merlin?«

Ich hatte gehofft, nicht danach gefragt zu werden, denn ich konnte ja schlecht die Wahrheit sagen – daß mir im Traum eine Frau erschienen war, die etwas über Merlins Prophezeiungen gemurmelt hatte. Diese Begründung kam mir selbst lächerlich vor, und ich konnte es mir nicht leisten, daß James mich für verrückt hielt. Aber ich hatte nun schon zweimal von dieser Frau geträumt, was mich langsam beunruhigte. Ich dachte, wenn ich diesen neuen Traum in seine Bestandteile zerlegen und analysieren könnte, würde ich wenigstens ein Gefühl der Kontrolle über ihn gewinnen. Schnell überlegte ich mir eine andere Erklärung. »Du warst der Auslöser, glaube ich«, sagte ich zu Bridget, »als du heute morgen über Artus gesprochen hast.«

Sie runzelte die Stirn, nahm eine von James' verworfenen Manuskriptseiten, die über den Teppich verstreut waren, knüllte sie zusammen und stopfte sie zwischen die Kohlen im Kamin. »Ich kann mich nicht erinnern, etwas über Artus gesagt zu haben. Nur über Gareth.«

»Doch, du hast auch Artus erwähnt«, beharrte ich, »und das ließ mich an Lewis denken. Meinen Assistenten«, erklärte ich James. »Er kommt aus Wales und besteht immer darauf, daß Artus Waliser war und kein Engländer. Und er hat einmal gesagt, daß alle Waliser Merlins Prophezeiungen kennen sollten.« Das stimmte sogar, und ich freute mich, daß es mir in diesem Moment eingefallen war. Ich konnte mich nun deutlich an diese Bemerkung erinnern, die Lewis während eines seiner Vorträge über walisische Geschichte gemacht hatte. Zweifellos hatte sie sich irgendwie in meinem Unterbewußtsein festgesetzt und war im Traum wieder aufgetaucht. Ich fühlte mich erleichtert. »Aber es ist nicht wichtig. Wenn Sie nichts darüber wissen ... «

»Ich muß passen, fürchte ich.« James sah Bridget nachdenklich an, als hätte sie ihn auf etwas gebracht. Auf einmal erhellte sich sein Gesicht, und er sagte zu mir: »Ich habe eine Idee, Sie müssen unseren Nachbarn fragen, Gareth Morgan. Er kennt sich mit diesem alten Zeug aus. Ich kann Sie ihm vorstellen, wenn Sie möchten.«

»Nein, danke. Wir sind uns schon begegnet.«

»Tatsächlich?«

»Heute morgen, auf dem Küstenpfad. Er hielt mich für eine Journalistin.«

»Oje.« James lächelte. »Aber Sie sind noch heil und unversehrt?«

Bridget meinte, er solle sich keine Sorgen um mich machen. »Ich habe schon erlebt, wie Lyn mit ganz anderen Rüpeln als Gareth fertig geworden ist.« Sie riß ein Streichholz an, hielt es an das Papier und blieb vor dem Kamin hocken, um zu sehen, ob das Feuer in Gang kam. »So, drückt die Daumen, daß die Späne diesmal brennen ... gut, das wär's.« Zufrieden stand sie auf und wischte sich die rußigen Hände an ihren Jeans ab. »Wirklich, James, du solltest diesen Kamin öfter benutzen. Er gibt dem Raum erst Atmosphäre.«

Er schwenkte auf seinem Stuhl hin und her. »Weißt du, ich habe schon einen Baum, der seine Nadeln im Eßzimmer verstreut, mehr Atmosphäre brauche ich gar nicht. Im übrigen ist es Sinn und Zweck einer Zentralheizung, uns das umständliche Feuermachen im Kamin zu ersparen.«

»Sei nicht so stur. Kein richtiges Weihnachtsfest ohne knisterndes Kaminfeuer«, entgegnete Bridget.

»Gott steh mir bei.« James verdrehte die Augen zur Decke. »Nicht noch eine von deinen Weihnachtsregeln. Was kommt als nächstes? Ein flackerndes Weihnachtsscheit im Flur und Rentiere, die einen Schlitten durch mein Arbeitszimmer ziehen?«

»Ich dachte eher an ein Krippenspiel. Einen Esel hätten wir schon mal.«

»Vielen Dank.« Er sah mich an. »Wie lange sind Sie schon Bridgets Agentin, sagten Sie?«

»Vier Jahre.«

»Sie sollten heiliggesprochen werden.« Er schloß seinen Laptop und schob ihn von sich, damit er einen Ellbogen auf die Tischplatte stützen konnte. »Ich gebe den Gedanken an Arbeit wohl besser auf, solange ihr hier seid. Damengesellschaft bedeutet eine zu große Ablenkung für mich.«

Auf sein galantes Lächeln hin fragte ich: »Schreiben Sie jeden Tag?«

»Nein, nicht jeden Tag. Ich halte die Sonntagsruhe ein, und manchmal, wenn es nicht so gut läuft, gebe ich mir den einen oder anderen Tag frei.«

Bridget setzte sich in den Sessel mir gegenüber. »Mit anderen Worten, er arbeitet so gut wie gar nicht. Deshalb braucht er auch so verdammt lange, bis ein Buch fertig ist.«

Schlagfertig parierte er ihre Neckerei. »Das, meine Liebste, unterscheidet einen ernsthaften Autor von einem Schundromanschreiberling. Es braucht eben Zeit, um jeden einzelnen Satz perfekt zu formen.«

»Ach, verschon uns, du aufgeblasener Kerl«, sagte sie und schüttelte ein Kissen in ihrem Rücken zurecht. Dann verschränkte sie die Finger über dem Bauch, streckte die Beine zum Feuer aus und gähnte. »Also, sag schon, wieviel hast du heute geschafft?«

»Vier Absätze immerhin.« Er tastete nach seinen Zigaretten und zündete sich eine an. »Ein recht guter Tag für dieses Buch. Aus irgendeinem Grund geht es nicht so flott voran wie bei den anderen, die Ideen kommen langsamer. Ivor behauptet, es liege am Schauplatz«, sagte er mit Blick zu mir. »Es gefällt ihm nicht, daß ich die Handlung in

Wales angesiedelt habe – Schottland verkauft sich besser, meint er.«

Mir lag eine bitterböse Bemerkung über Ivors Ansichten auf der Zunge, aber ich hielt mich zurück und antwortete diplomatisch: »Ich bin sicher, es wird ein großartiges Buch, egal, wo es spielt.«

Ein Stöhnen ertönte aus dem Flur. »Um Himmels willen«, sagte Christopher und steckte den Kopf zur halboffenen Tür herein, »schmeicheln Sie ihm bloß nicht noch. Er ist wirklich schon eingebildet genug.«

James schwenkte zu ihm herum. »Wo hast du dich denn den ganzen Tag versteckt?«

»In Pembroke. Elen hatte ein paar Einkäufe zu erledigen und konnte Gareth nicht finden, also habe ich sie hingefahren.« Er ging zum Kamin und schürte das bereits munter flackernde Feuer mit dem Haken. »Habe ich etwas verpaßt?«

»Nicht viel«, antwortete James. »Im Eßzimmer ist ein Wald aus dem Boden geschossen, aber davon abgesehen …«

»Du liebe Güte.« Sein Bruder machte ein verblüfftes Gesicht. »Du willst mir doch nicht erzählen, daß du einen Weihnachtsbaum gekauft hast?«

»Natürlich nicht. Er war einfach da, als ich aufstand.«

»Verstehe. Gut gemacht«, sagte Christopher grinsend zu Bridget. »Sie haben das Unmögliche möglich gemacht.« Er sah sich in der Runde um, und bei meinem Anblick schien ihm etwas einzufallen, denn er begann sofort, seine Jackentaschen abzuklopfen. »Ach, beinahe hätte ich es vergessen, es ist ein Brief für Sie gekommen … ah, hier haben wir ihn.«

Ich stöhnte innerlich auf, als ich die verschlungenen,

grünen Initialen S und H auf dem schmalen Umschlag erkannte.

Bridget wurde sofort neugierig. »Woher hat die Agentur diese Adresse?«

»Ich habe sie Lewis gegeben, für alle Fälle.«

James sah seinen Bruder stirnrunzelnd an. »Wann ist der denn gekommen? Mit der Vormittagspost?«

»Ja.«

»Und du hast so lange gebraucht, um ihn Lyn zu geben?«

»Na ja, ich bin dem Postboten begegnet, als ich aus dem Haus ging, also habe ich den Brief angenommen. Dann war ich den ganzen Tag unterwegs und bin gerade erst zurückgekommen.«

James fand das reichlich gedankenlos. »Es könnte doch etwas Dringendes sein.«

»Das glaube ich nicht«, sagte ich, um einen Streit zu vermeiden. »Die Agentur würde mich anrufen, falls es irgendwo brennt.« Zum Beweis, daß ich seinen Inhalt für nebensächlich hielt, legte ich den Brief ungeöffnet beiseite.

Christopher, der sowieso nicht unter einem schlechten Gewissen zu leiden schien, war mit den Gedanken schon woanders. »Wir haben doch heute abend noch nichts vor, oder?«

James' Augen verengten sich mißtrauisch. »Warum?«

»Elen hat uns zum Abendessen eingeladen.«

»Ich weiß nicht, ob ich Lust auf Makkaroniauflauf habe ...«

»Es gibt Spaghetti Bolognese«, berichtigte sein Bruder. »Gareth kommt auch, und das ist offenbar sein Lieblingsessen.«

Damit war die Sache für Bridget natürlich entschieden.

Eine Stunde später, als ich in ihrem Zimmer saß und geduldig zusah, wie sie ihre Garderobe durchging, fiel ihr ein, daß ich vielleicht weniger begierig auf die Einladung bei Elen sein könnte. Mit einem Kleiderbügel in der Hand und zweifelndem Blick drehte sie sich zu mir um. »Es macht dir doch nichts aus, oder? Ich meine, weil ein Baby im Haus ist und so …«

»Ist schon in Ordnung. Ich kann es aushalten, ein Baby zu sehen, Bridget.«

»Gut.« Merklich erleichtert wandte sie ihre Aufmerksamkeit wieder dem Kleiderschrank zu. »Jetzt mal ehrlich – welches würdest du anziehen?«

Ich legte den Kopf schräg und überlegte. »Das türkisfarbene, glaube ich.«

»Du hast recht. Das schwarze ist viel zu sexy für Spaghetti, nicht? Schade, ich sehe darin mindestens drei Kilo leichter aus.«

Falls Bridget noch leichter würde, bestand die Gefahr, daß sie sich in Luft auflöst, dachte ich. Auch so schon nahm sie nicht viel Fläche in dem riesigen Spiegel neben dem Bett ein. Sie zog das türkisfarbene Kleid an und drehte sich kritisch nach allen Seiten.

Ich hatte schon öfter an diesem Ritual teilgenommen und wußte, wie wichtig es war, ein neutrales Gesicht zu machen und den Mund zu halten – schon der harmloseste Kommentar oder eine veränderte Mimik konnten bewirken, daß Bridget zurück zum Kleiderschrank stürzte und alles wieder von vorn begann. Also sah ich mich in ihrem Zimmer um. Es war größer als mein eigenes und mit Chippendalemöbeln aus einem dunklen Holz eingerichtet, die vor der goldenen Damasttapete gut zur Geltung kamen. Der ganze Raum schimmerte in Schattierungen von Gold und Nilblau, wie eine ägyptische Grabkammer, und in dem weichen Himmelbett, auf dem ich saß, versank man in Seide und Satin. Ich seufzte. »Du bist offenbar wirklich James' Favoritin.«

»Was?« Sie wirbelte herum. »Ach so, wegen des Zimmers, meinst du? Ja, es ist wirklich prachtvoll. Nicht ganz das, was man in einem Farmhaus erwarten würde, aber James' Onkel ist ein Mann von Geschmack. Er sammelt alte Möbel. Die meisten davon hat er von Elen gekauft, wie ich höre.«

Verwundert sah ich auf. »Von Elen nebenan? Wirklich?«

»Ja, das ist ihr Beruf, weißt du. Sie restauriert Möbel und verkauft sie. James sagt, sein Onkel Ralph ist ihr bester Kunde.«

Christopher bestätigte dies, als er uns unten in Empfang nahm. »Elen wollte nicht, daß er die Miete senkte, als Tony gestorben war, also begann er, Möbel von ihr zu kaufen, um sie auf diese Weise zu unterstützen. Damit wird er noch ein Weilchen beschäftigt sein«, mutmaßte er. »Elen und Tony haben nämlich ihre gesamte Freizeit auf Auktionen verbracht. Der grüne Schuppen hinterm Haus ist noch voll bis unters Dach mit ihrer Ausbeute. Elen wird Jahre brauchen, bis sie das alles restauriert hat.«

Bridget war begeistert. »Wirklich? Ein Schuppen voll alter Möbel? Da würde ich gern mal einen Blick reinwerfen.«

»Nichts leichter als das«, bemerkte James, der in der Eingangshalle zu uns stieß. »Elen vergißt ständig, das Vorhängeschloß an der Schuppentür zu schließen.« Mir fiel auf, daß auch er sich nicht die Mühe machte, die Haustür hinter uns abzuschließen, aber wir gingen ja nur nach nebenan.

Die Abendluft war frisch, und ich schlug meinen Kragen hoch, als ich den anderen über den Rasen zum Osthaus folgte. Es verband sich harmonisch mit den älteren Gebäuden, obwohl ich erkennen konnte, daß es erst im zwanzigsten Jahrhundert hinzugekommen war. Nachdem Christopher kurz an die Tür geklopft und sie mit dem lässigen Hallo eines Mannes, der dort ein und aus ging, geöffnet hatte, betraten wir einen Wintergarten mit farbigen Kacheln und floralen Buntglasfenstern im schönsten Jugendstil. Die weitläufige Eingangshalle dahinter ließ unsere Gastgeberin irgendwie klein und verloren wirken, als sie schließlich zur Begrüßung erschien.

Andererseits war sie tatsächlich recht klein. Elen Vaughan reichte mir kaum bis zum Kinn. Sie besaß dieses mädchenhaft-zerbrechliche Aussehen, das manche Frauen sich bis weit über ihre Jugend hinaus bewahren, und ich scheute mich beinahe, ihr die Hand zu geben, aus Angst, sie zu zerdrücken. Owen hatte sie mit »Blumenkind« recht gut beschrieben, nur daß man ihren Look heutzutage als »New Age« bezeichnen würde – Silberringe an den Fingern, ein Kristallanhänger um den Hals und eine lange Lockenmähne, die sie mit einem lavendelfarbenen Schal zurückgebunden hatte. Ihre bestickte Bauernbluse ähnelte den Modellen aus meiner Kinderzeit – in der Mode kommt alles wieder, wie meine Mutter zu sagen pflegt –, und an der Taille des indischen Baumwollrocks, der um ihre Knöchel wallte, saßen winzige Glöckchen und bimmelten, wenn sie sich bewegte. Sie konnte nicht viel älter sein als zwanzig, schätzte ich. Beim Händeschütteln betrachtete sie mich freimütig wie ein Kind, und als sie lächelte, verstand ich, was Männer wie Gareth Gwyn Morgan, Owen und Christopher dazu bewegte, als ihre Beschützer aufzutreten.

Nur James schien gegen ihren Zauber immun zu sein. »An Bridget erinnerst du dich sicher«, sagte er, nachdem ich ihr vorgestellt worden war.

»Ja.« Die puppengleichen blauen Augen wanderten an mir vorbei, und ihr Lächeln wurde schmaler. »Wie geht es Ihnen?«

Nicht gerade eine enthusiastische Begrüßung, fand ich, aber Bridget war nicht beleidigt. »Gut, danke«, antwortete sie und sah sich um. »Der Kleine ist nicht auf, wie ich sehe?« Sie klang erfreut.

Der Rest von Elens Lächeln verschwand, ihr Gesichtsausdruck wurde wachsam. »Er schläft.«

Eine tiefe Stimme ließ sich aus dem dämmerigen Flur hinter ihr vernehmen. »Und wehe, es weckt ihn jemand wieder auf, der bekommt es mit mir zu tun. Ich habe eine volle Stunde gebraucht, um ihn zum Einschlafen zu bringen.« Gareth Gwyn Morgan schlenderte auf uns zu, leger in dunkle Hosen und Rollkragenpullover gekleidet, ein Glas in der Hand. In dieser Umgebung sah er zwar etwas weniger bedrohlich aus als auf dem Klippenpfad am Morgen, aber er machte immer noch alles andere als einen freundlichen Eindruck auf mich. Eine der Katzen war mit ihm herausgekommen, und er schob sie mit dem Fuß beiseite, worauf das Tier zurück in den Gang huschte. Dann begrüßte er James und Christopher mit einem Nicken, ließ seinen Blick auf Bridget verweilen …

»Hallo, Gareth«, säuselte sie, »wie schön, Sie wiederzusehen. Ich glaube, Lyn haben Sie schon kennengelernt.«

Er starrte mich mit ausdrucksloser Miene an. »Wir sind uns noch nicht richtig vorgestellt worden.«

»Lyn Ravenshaw.« Ich nahm die Herausforderung an, indem ich ihm direkt in die Augen sah und meine Hand ausstreckte. »Ich arbeite für Simon Holland.«

Etwas flackerte in seinem Blick auf, als wir uns die Hände gaben, aber die Reaktion war kaum merklich. »Das hätte ich mir ja denken können.«

»Wie bitte?«

»Ihr Boß ist eine hartnäckige Nervensäge, das muß ich ihm lassen. Ich habe ihm eine Absage nach der anderen erteilt, aber er gibt einfach nicht auf.«

Ganz schön eingebildet, der Gute, dachte ich. Zuerst hielt er mich für eine Reporterin auf der Jagd nach einem Interview, und nun glaubte er offenbar, daß ich ausgeschickt worden war, ihn unter die Fittiche von Simon Holland zu locken. Ich setzte mein lieblichstes Lächeln auf und belehrte ihn eines Besseren. »Ich enttäusche Sie nur ungern, Mr. Morgan, aber ich bin nicht Ihretwegen hier.«

James legte einen Arm um meine Schultern, als wollte er meine Ehre verteidigen. »Sie ist wegen mir gekommen. Aber sie vertritt auch Bridget als Agentin. Ist das ein Drink, was Sie da in der Hand halten?«

»Ihre Agentin? Tatsächlich?« suchte Gareth lakonisch Bestätigung bei Bridget. »Dann sollten Sie besser auf sie aufpassen und sie nicht allein über den Klippenpfad wandern lassen.«

»Oh, Lyn kann sehr gut auf sich selbst aufpassen«, erwiderte Bridget. »Ich könnte Ihnen da ein paar Geschichten erzählen ...«

Entschlossen unterbrach ich sie: »Untersteh dich, sonst erhöhe ich die Provision.«

»Sehen Sie?« Bridget lachte. »Hart wie Stahl.«

James, immer noch den Arm um meine Schultern gelegt, schielte wieder auf Gareths Glas. »Was haben Sie da, Scotch?«

»Nein, Apfelsaft. Aber keine Angst, wir können bestimmt etwas Stärkeres auftreiben.«

Elen, die sich wieder gefangen hatte, bot Sherry und Scotch an. »Gareth, könntest du …?«

»Natürlich.« Er übernahm die Gastgeberpflichten und führte uns ins Eßzimmer, während Elen vermutlich in der Küche verschwand, um nach dem Essen zu sehen. Ich war froh, mich bewegen und James' Umarmung entschlüpfen zu können. Er meinte es rein freundschaftlich, das wußte ich, aber Bridget teilte nicht gern, und ich wollte es mir mit keinem von beiden verderben. Daher blieb ich absichtlich ein Stück zurück und ließ die anderen vorangehen.

Das Eßzimmer war womöglich noch größer als sein Pendant nebenan und besaß einen großen Kamin mit Jugendstileinfassung und einen lichten, hohen Alkoven, der zum Verweilen einlud. Am anderen Ende des Raums, wo sich eine zweite Tür zu einem schwachbeleuchteten Korridor öffnete – der Durchgang zur Küche, vermutete ich –, wurde fast die gesamte Wand von einer ausladenden Porzellanvitrine verdeckt.

»Phantastisch«, sagte Bridget und ging auf die Vitrine zu, »die gefällt mir.«

»Sie ist nicht zu verkaufen«, bemerkte Gareth kurz angebunden. Dann, als wäre es ihm gerade wieder eingefallen, zeigte er auf die Flaschen und Gläser, die auf einem Sideboard bereitstanden, und sagte: »Bitte bedienen Sie sich.«

Ich entschied mich für einen Sherry und wanderte damit zu einer Gruppe von Fotos an der Wand gegenüber. Den Ehrenplatz in der Mitte nahm ein Hochzeitsfoto ein, und als ich Elen darauf stolz und lachend in den Armen ihres Mannes sah, empfand ich einen Stich des Mitgefühls. Er sah so jung aus, jung und voller Leben, und sein breites Lächeln strahlte heller als die Sonne auf seinem blonden Haar.

»Sie haben bereits den Schrein entdeckt, wie ich sehe«, sagte James hinter mir. Der Kommentar erschien mir reichlich herzlos für einen Mann, der mit solchem Einfühlungsvermögen über die Schicksale anderer Menschen schrieb, aber vielleicht hatte James Swift noch nie einen geliebten Menschen verloren. Außerdem hatte er nicht ganz unrecht – das Arrangement stellte wirklich eine Art Schrein dar. Fehlten nur noch Kerzen und Räucherstäbchen.

Auf allen Bildern war derselbe junge Mann zu sehen, manchmal allein, manchmal mit anderen, und immer lächelnd. Mit Ausnahme des Hochzeitsfotos war er auch immer im selben Alter, als hätte sich sein Leben in einem einzigen kurzen Sommer abgespielt.

»Es wundert mich, daß sie dieses hier aufgehoben hat.« James zeigte auf ein Foto am Rand, einen laienhaften Schnappschuß von Tony Vaughan in Anglerkleidung, auf dem sein Gesicht halb von der Kapuze seiner orangenen Regenjacke verborgen wurde. »So sah er an dem Tag aus, als er starb. Man sollte meinen, daß sie nicht ständig daran erinnert werden will.«

»Waren Sie hier in Angle, als es passierte?« fragte ich, froh, mich von den Fotos abwenden zu können, die mich allmählich deprimierten.

»Ja. Die Idee für das Buch, an dem ich schreibe, hatte gerade zu keimen begonnen, und ich war hierhergefahren, um ein wenig herumzustöbern, zu recherchieren. Kein besonders glücklicher Zeitpunkt, muß ich sagen. Ich kam an einem Sonntag morgen an, und am Abend bargen sie die Leiche. Elen verlor fast den Verstand«, berichtete er. »Man sprach sogar davon, sie in eine Klinik einweisen zu lassen.«

»In eine Klinik? War es so schlimm?«

»Meine Liebe, sie drehte vollkommen durch. Sah Dämonen im Schlafzimmer und lauter solche Sachen. Die Ärzte fürchteten, sie könnte sich etwas antun.«

»Und wie geht es ihr jetzt?«

»Angeblich besser.« Er zuckte die Achseln. »Ich bin kein Psychiater, ich kann es nicht beurteilen. Aber manche Leute meinen, der kleine Stevie sollte besser der Fürsorge übergeben werden.«

Wenig später mußte ich an seine Worte denken, als ich Elen beim Brotaufschneiden beobachtete. Das lange Messer wirkte in ihrer kleinen Hand irgendwie besonders gefährlich, vergleichbar mit einem Dobermann, der von einem Kind an der Leine geführt wird. Man bekam das Gefühl, daß sie keine Kontrolle darüber hatte.

»Nun, Elen«, sagte James, »ich gehe davon aus, daß letzte Nacht alles ruhig war? Keine Geräusche mehr aus Stevies Zimmer?«

Gareth antwortete für sie, und ich hatte den Eindruck, daß in der einen Silbe eine Warnung an James mitschwang. »Nein.«

Elen, die nichts von dem kurzen Intermezzo zwischen den beiden Männern mitbekommen hatte, sagte: »Gareth hat ein neues Schloß am Fenster für mich angebracht, so daß Stevie jetzt in Sicherheit ist.«

In Sicherheit vor was oder wem? dachte ich, wollte aber nicht fragen. Je weniger die Rede von Babys war, desto entspannter würde der Abend für mich verlaufen. Mit gesenktem Kopf konzentrierte ich mich auf das Essen, was nicht schwerfiel, da es ausgezeichnet schmeckte. Elen mochte nicht ganz richtig im Kopf sein, aber kochen konnte sie. Ihre Pastasoße kam nicht wie bei mir aus dem Glas, ebensowenig das marinierte Gemüse, das sie auf einer Platte als Antipasti angerichtet hatte. Selbst das Brot war frisch gebacken, seinem warmen, köstlichen Duft nach zu schließen.

Christopher, der offenbar nicht nur Bridgets Neigung zum Flirten teilte, sondern auch ihren Appetit, war mit seiner ersten Portion schneller fertig als alle anderen. Erwartungsvoll fragte er Elen: »Gibt es noch einen Nachschlag?«

»Aber ja ...«

»Schon gut, ich bediene mich selbst.« Er nahm seinen Teller und ging in die Küche, während Elen verkündete: »Es ist von allem noch reichlich da. Ich koche immer zuviel.«

»Wenn Bridget und mein Bruder eingeladen sind, braucht man niemals Angst zu haben, auf irgendwelchen Resten sitzenzubleiben«, beruhigte sie James. Er schenkte sich Wein nach und sah Gareth über den Tisch hinweg an: »Mir fällt gerade etwas ein ... Lyn fragte mich vorhin danach. Was wissen Sie über Merlins Prophezeiungen?«

»Die Prophezeiungen?« Sein Stirnrunzeln hatte etwas Diabolisches, fand ich. »Eine ganze Menge. Ich habe das Buch zu Hause.«

»Welches Buch?« fragte James.

»›A History of the British Kings‹ – ›Eine Geschichte der britischen Könige‹ von Geoffrey of Monmouth. Die Prophezeiungen sind ein Teil davon. Sehr schwer zugängliche Prosa aus dem zwölften Jahrhundert. Die eigentlichen Prophezeiungen ergeben nicht viel Sinn, sind zumeist in Rätselform abgefaßt.«

»Na prima«, sagte Bridget zu mir. »Du solltest dir das Buch ausleihen.«

Eingehend betrachtete ich mein Gegenüber. »Ich glaube nicht, daß Mr. Morgan seine Bücher gerne verleiht.«

Wir maßen uns mit Blicken, während er seine Antwort

sorgfältig abwägte. »Nein, da haben Sie recht«, sagte er endlich. »Sie werden es an Ort und Stelle lesen müssen.« Ein Lächeln zuckte um seinen Mund, wahrscheinlich weil er wußte, daß ich lieber sterben würde, als ihn zu besuchen. »Sie können morgen vormittag kommen, wenn Sie möchten.«

»Schön«, befand James, »das wäre also geklärt. Möchte noch jemand Wein?«

Gareth lehnte ab. »Warum interessieren Sie sich für die Prophezeiungen?« fragte er mich.

Ich bekam keine Gelegenheit mehr zu antworten. Aus dem Stockwerk über uns ertönte plötzlich ein durchdringendes Geräusch, das alle Aufmerksamkeit forderte.

Elens Kind war aufgewacht und schrie nach seiner Mutter.

XI

For if there ever come a grief to me;
I cry my cry in silence, and have done;
None knows it.

ALFRED LORD TENNYSON, »Guinevere«

Ich hielt mich an meinem Weinglas fest, um mir nicht anmerken zu lassen, welche Wirkung dieses Schreien auf mich hatte. *Bitte hör auf*, flehte ich still. *Bitte, bitte hör auf zu weinen.* Meine Finger klammerten sich krampfhaft um den dünnen Stiel des Glases, und er zerbrach, als ich es gerade an den Mund führte.

»Oh, Mist!« Zu spät wich ich zurück. Granatroter Wein tropfte über meine Bluse und in meinen Schoß und breitete sich zu großen Flecken aus.

»Weißwein, schnell«, sagte Bridget. »Irgendwo habe ich gelesen, daß man weißen Wein auf roten gießen soll, damit die Flecken herausgehen. Haben Sie welchen da, Elen?«

»Leider nein, zu dumm ...«

James fiel ein, daß sich in Onkel Ralphs Eßzimmer ein oder zwei Flaschen befinden müßten. »Sehen Sie in der Schrankbar nach, unterm Fenster.«

Dankbar, dem Zimmer, dem Haus und dem schreienden Kind entfliehen zu können, stand ich auf.

»Soll ich mitkommen?« fragte Bridget.

»Nein, nicht nötig.« Das Schreien von oben schwoll an

und wurde beharrlicher. Meine Hand zitterte, als ich meine Serviette neben dem Teller ablegte. »Ich finde mich schon zurecht. Bin gleich wieder zurück.« Es gelang mir, aufrecht und mit ruhigen, festen Schritten hinauszugehen, ein ehrenhafter Rückzug. Erst als ich draußen war, begann ich zu rennen.

In der verglasten Veranda des größeren Hauses angekommen, zog ich die Tür hinter mir zu und lehnte mich dagegen, um Atem zu holen. Das Weinen konnte mir nicht bis hierher folgen. Alles, was ich hörte, war das leise Klappern der Fensterscheiben über der Kohlenkiste und ein paar raschelnde Blätter auf dem Schachbrettboden. Erleichtert schloß ich die Augen und wartete, bis mein Herzschlag sich beruhigte. Gut, dachte ich, so ist es besser. Ich schaffe es schon.

Oben zog ich mich um und hielt mich eine Weile im Bad auf, wo ich einen kalten Waschlappen gegen meine Wangen preßte, bis das Gesicht im Spiegel weniger gerötet war und ich mich wiedererkannte. Gerade ließ ich das Wasser aus dem Waschbecken ab, als ich ein Knarren im Flur hörte.

»Bist du das, Bridget?«

Keine Antwort.

Ich nahm ein Handtuch, trocknete mein Gesicht und öffnete die Tür. »Hallo?«

Niemand zu sehen.

Als ich kurz darauf mit der weinbefleckten Bluse in der Hand nach unten kam, fand ich Bridget in der Küche, die systematisch alle Schränke durchsuchte. »Du bist so lange weggeblieben«, erklärte sie. »Also dachte ich, ich sehe mal lieber nach, ob du Hilfe brauchst. Hast du die Bluse? Gut. Wir können die Spülschüssel nehmen, ich denke, die ist sauber genug.«

»Du warst nicht zufällig gerade oben, oder?«

»Nein. Warum?«

»Ich dachte, ich hätte etwas gehört.«

»Alte Häuser, du weißt doch, wie das ist. Ständig quietscht und knarrt irgendwas … ah, hier haben wir, was wir suchen.« Triumphierend hielt sie eine Flasche Weißwein in die Höhe.

Ich warf einen Blick auf das Etikett. »Den sollten wir lieber nicht nehmen, Bridget.«

»Wieso nicht?«

»Weil das ein exzellenter Bordeaux ist, deshalb. Wir brauchen einen schlichten Tafelwein, nicht so etwas Teures …«

Aber sie hatte bereits den Korkenzieher angesetzt. »Wein ist Wein«, behauptete sie unerschütterlich. Dann warf sie meine Bluse in die Schüssel und begann, die Flasche darüber zu leeren, wobei sie mir einen forschenden Seitenblick zuwarf. »Es war doch nicht wegen des Babys, oder?«

»Was?«

»Daß das passiert ist.« Sie zeigte auf die eingeweichte Bluse, die nun rosa Schlieren zog. »Denn wenn das Baby für dich ein Problem ist, solltest du es mir sagen. Ich habe gedacht, der Kleine wäre nicht hier, ehrlich, und ich möchte nicht, daß es traurige Weihnachten für dich werden.«

»Es werden keine traurigen Weihnachten, bestimmt nicht«, versprach ich.

Sie drehte die Flasche rechtzeitig um, um noch etwas von dem Wein zu retten. »Gut. Dann laß uns jede ein Glas von diesem edlen Tropfen hier trinken und wieder zurückgehen. Du mußt doch James beschäftigen«, sagte sie augenzwinkernd, »damit ich mich in Ruhe mit Gareth unterhalten kann.«

Ich kämpfte gegen mein Schlafbedürfnis an.

Nicht, weil ich so große Angst vor dem Traum hatte, aber nach diesem Abend bei Elen, dem immer wieder schreienden Stevie und Gareth, der wiederholt provozierende Bemerkungen über Londoner im allgemeinen und Literaturagenten im besonderen in meine Richtung schickte, war ich mit den Nerven ziemlich am Ende. Das letzte, wonach mir der Sinn stand, war die blaue Frau mit ihrem Sohn im Schlepptau.

Daher stopfte ich mir ein paar Kissen in den Rücken und begann zu lesen. Ich las nicht oft zum Vergnügen, aber in einem Bücherregal im Eßzimmer hatte ich eine Taschenbuchausgabe von Wilkie Collins' Roman »Die Frau in Weiß« entdeckt, einen lange vergessenen Lieblingsschmöker und genau das richtige, um mich wachzuhalten.

Es war mir nie gelungen, das Geheimnis von Collins' Stil zu ergründen. Auf den ersten Blick war er so überladen und schwerfällig, wie man es von einem echten Viktorianer erwartete, voll detailgenauer Beschreibungen von Nebensächlichkeiten und mit Hilfe zahlloser Kommata und Semikolons auf ganze Seiten ausgedehnter Satzungeheuer. Dennoch besaß diese üppige Prosa eine Kraft, die mich vorantrieb wie eine unnachgiebige Hand im Rücken, so daß ich nicht mehr aufhören konnte, wenn ich ein Buch von ihm einmal angefangen hatte.

Als ich den Roman zu Ende gelesen hatte, war es hell.

Zwar noch nicht taghell, aber eine mattgraue Morgendämmerung drang bereits durch die Fenster. Der Mond, eine silbrigweiße Scheibe, hatte sich am Rand des Turms festgeklammert, als wollte er die Herrschaft über den Himmel noch nicht aufgeben. Auch der Morgenstern war da und blickte abwartend auf mich herab. Er wirkte klein und kalt, und ich spürte ein antwortendes Frösteln in meinen Gliedern. Inzwischen war ich so übermüdet, daß ich jenen benommenen und zugleich dünnhäutigen Zustand zwischen Schlafen und Wachen erreicht hatte, in dem weder das eine noch das andere möglich ist. Doch meine schweren, schmerzenden Beine verlangten nach Bewegung.

Ich zog mich an und ging hinunter, um mir einen Tee zu kochen, aber es erwies sich als äußerst schwierig, leise zu sein und die anderen nicht zu wecken. Jede Fußbodendiele hatte ihre eigene Stimme, die Schranktüren quietschten in den Scharnieren, und als ich den Wasserhahn aufdrehte, donnerte das Wasser durch die Rohre, daß die Wände bebten. Es war wohl besser, auf den Tee zu verzichten. Ich stellte den Kessel wieder an seinen Platz und holte meine Jacke.

Im Freien lief ich wenigstens nicht Gefahr, das ganze Haus aus dem Schlaf zu reißen. Solange ich den Kiesweg mied und auf dem Rasen blieb, machten meine Schritte keine Geräusche.

Am Beginn der Auffahrt wandte ich mich diesmal nach Westen, kehrte dem Turm und der Flußmündung den Rücken zu und folgte dem gewundenen Fußweg, der mich zur Dorfstraße bringen würde. Wir waren am ersten Abend auf diesem Weg vom Pub nach Hause gekommen, aber ich kannte ihn nicht bei Tageslicht. Von Tageslicht konnte man allerdings auch jetzt noch kaum sprechen – die Sonne war nicht mehr als ein langsam sich ausdehnender hellroter Fleck über der Bucht. Trotzdem ließ die Dämmerung schon genug von der Umgebung erkennen.

Links von mir führte ein nur wenig ausgetretener Pfad durch struppiges Gras zu einem Gittertor, hinter dem sich ein kleiner Park mit Spielplatz befand. Beim Anblick der im Wind schwingenden Schaukeln spürte ich ein Ziehen in der Brust und sah schnell zur anderen Seite, wo die immer noch grünen Weiden hangaufwärts in schmale, gepflügte Felder aus rötlicher Erde übergingen. Vermutlich Kartoffelfelder, aber ich war mir nicht sicher. Ich mußte Owen fragen, was hier in Angle angebaut wurde, welche Feldfrüchte so nahe an der See gediehen.

Ein nicht unangenehmer Geruch von Salz und Tang hing in der feuchten Morgenluft, die über mein Gesicht strich, und ich schloß die Augen und atmete ihn tief ein. Die leichte Brise war wie ein belebendes Tonikum für mich, ich fühlte mich vom Schmutz und Streß der Großstadt gereinigt, und das Murmeln der Wellen sang in meinen Ohren wie der beruhigende Refrain eines alten Liedes, das mich nicht mehr losließ. Ich dehnte meine Lungen und überließ mich ganz diesen Eindrücken. So versunken war ich, daß mich das neue Geräusch völlig überraschte.

Es war ein merkwürdiges Geräusch, ein leises Schnauben und Grunzen, als würde ein Ferkel zu meinen Füßen im Gras wühlen. Ich öffnete die Augen und sah hinunter. Der kleine Drahthaarterrier, diesmal mehr braun als weiß vor lauter Schlamm, hob mir sein freches Gesicht entgegen und wedelte kräftig mit dem Stummelschwanz. Sofort blickte ich mich um, aber nirgends war ein Anzeichen von Gareth Gwyn Morgan zu entdecken. Der Hund ging offenbar allein spazieren.

»Guten Morgen, Chance«, begrüßte ich ihn und bückte mich, um die aufgestellten Ohren zu kraulen. »Wo ist denn dein böses Herrchen, hm? Wo ist er?«

Chance legte den Kopf nach rechts und dann nach links wie alle Hunde, die versuchen, aus Menschensprache schlau zu werden. Mit einem ulkig-menschlichen Achselzucken gab er es bald auf, lief ein Stück den Weg entlang und drehte sich erwartungsvoll zu mir um.

»Ich wollte sowieso in diese Richtung, weißt du«, sagte ich. »Du kannst mich gern begleiten, wenn du möchtest.«

Das tat er, wenn er auch praktisch nie bei Fuß ging. Auf seinen kurzen, flinken Beinchen sprang er ständig voraus und untersuchte alles mögliche am Wegrand. Als wir um eine Biegung kamen und nur noch wenige Meter von der Dorfstraße entfernt waren, schwenkte er plötzlich nach links ab, flitzte geradewegs in den Garten irgendwelcher Leute und schnüffelte an ihren Mülltonnen.

»Chance!« zischte ich, darauf bedacht, nicht die ganze Nachbarschaft zu wecken. »Komm raus da!«

Meine Worte waren in den Wind gesprochen. Er ignorierte mich und umkreiste die Mülleimer noch dichter, eindeutig sehr angetan von ihrem Geruch.

»Chance, hierher!« Unsicher blieb ich stehen, während die Fenster des Cottages, zu dem der Garten gehörte, vorwurfsvoll auf mich herabblickten. »Komm jetzt«, drängte ich, doch als meine Aufforderung weiterhin auf taube Hundeohren stieß, nahm ich meinen Mut zusammen und ging, um ihn zu holen.

Es war ein ungleicher Kampf. Trotz seiner kurzen Beine und des untersetzten Körperbaus war der Terrier schnell wie der Blitz. Er schien das Ganze als ungeheuer lustiges Spiel anzusehen – drei Runden um die Mülltonnen, abruptes Anhalten, dann wieder rundherum in die andere Richtung. Dabei wedelte er so begeistert mit dem Schwanz, daß ich fürchtete, er könnte ihm abfallen. Als ich versuchte, ihm den Weg abzuschneiden, wich er mir aus und warf mit höllischem Scheppern einen Eimer um.

Das verflixte Ding rollte davon, aber zu meiner großen Erleichterung fiel der Deckel nicht ab. »Da hast du aber Glück gehabt«, sagte ich streng zu Chance, der überhaupt nicht zerknirscht dreinsah, während er beobachtete, wie ich dem Eimer hinterherjagte. Ich hatte ihn gerade gepackt und wieder aufgerichtet, als sich die Hintertür des Cottages öffnete. Der Hund bellte, machte sich feige aus dem Staub und überließ mich meinem Schicksal. Doch ehe ich mich umdrehen und zu einer Erklärung anheben konnte, hörte ich eine nüchterne Stimme und erstarrte.

»Die Müllabfuhr kommt jeden Dienstag und leert die Eimer, aber trotzdem vielen Dank.«

Das war zuviel. »Verdammter Mist.« In einem Anfall von Wut und Frustration wuchtete ich die Tonne zurück an ihren Platz und sah auf, um mich Gareth Gwyn Morgan zu stellen.

Er stand breitbeinig in der Tür, mit verschränkten Armen und steinerner Miene. »Sind Sie sicher, daß Sie keine Journalistin sind? So etwas ist typisch für dieses Pack – in anderer Leute Müll herumwühlen.«

Die Genugtuung, ihm eine Antwort zu geben, gönnte ich ihm nicht. Statt dessen biß ich die Zähne zusammen, bedachte ihn mit einem, wie ich hoffte, hochmütigen Blick und stolzierte aus seinem Garten. Hinter mir gab Chance ein jähes Jaulen von sich. Ich konnte den inneren Konflikt im Aufseufzen seines Herrn hören.

»Miss Ravenshaw.«

Ich blieb stehen, drehte mich aber nicht um.

»Möchten Sie vielleicht hereinkommen?«

Die Einladung sah ihm so wenig ähnlich, daß ich unwillkürlich herumfuhr und ihn anstarrte. »In Ihr Haus?«

»Dort bewahre ich meine Bücher auf«, sagte er. »Und soweit ich mich erinnere, war Ihnen viel daran gelegen, Merlins Prophezeiungen zu lesen.«

»Die Prophezeiungen …«

»Ich habe Ihnen doch gesagt, daß es mir heute morgen paßt«, fuhr er fort, während sein Blick zu dem rötlichen

Streifen am Horizont wanderte. »Und jetzt ist es eindeutig Morgen.«

Das ist schon wieder eine Herausforderung, dachte ich, und seine nächsten Worte bestätigten es. Die dunklen Augen blieben ausdruckslos, aber sein Mund verzog sich zur Andeutung eines Lächelns. »Oder fürchten Sie sich davor, eine Stunde in meiner Gesellschaft zu verbringen?«

Überlegen hob ich eine Augenbraue. »Vor was sollte ich mich denn fürchten?«

»Ja, vor was eigentlich?« fragte er zurück und trat beiseite, um mich ins Haus zu lassen.

XII

Sometimes he angers me,
With telling me of the moldwarp and the ant,
Of the dreamer Merlin and his prophecies,
And of a dragon …

WILLIAM SHAKESPEARE, »King Henry IV«

Ein kalter Hauch ging von den grobverputzten Steinmauern des Cottages aus und strich über meinen Nacken, als ich durch die Tür trat.

»Lassen Sie Ihre Jacke lieber an«, lautete Gareths knapper Rat. »Ich bin nicht so zivilisiert wie Ihr Freund Swift, ich habe keine Zentralheizung. Und der Herd ist heute morgen ein widerspenstiges Miststück.«

Ich hatte mir einen Aga, den traditionellen Küchenherd auf dem Land, immer als ein glänzendes, teures Gerät vorgestellt, das man in den herrschaftlichen Häusern der an London angrenzenden Grafschaften findet. Doch der Herd in Gareths spartanisch eingerichteter Küche erhob keinerlei Ansprüche auf Vornehmheit. Es handelte sich um ein recht betagtes, solides Modell mit eierschalfarbenem Emailgehäuse, das eingezwängt in der Nische des ehemaligen Kamins stand. Sein langes, schwarzes Ofenrohr verschwand im Kaminschacht. Die rechteckige Abdeckung war aufgeklappt worden und gab einen eisernen Einsatz für den Teekessel frei, der mit den Jahren des Gebrauchs einen rötlichen Rand bekommen hatte. Rechts neben den beiden Backofenröhren stand die Feuerklappe offen, so daß man zusammengeknülltes Papier und schwach glühende Kohlen darin erkennen konnte. Aus den kalten Aschehaufen und abgebrannten Streichhölzern auf der gemauerten, alten Feuerstelle schloß ich, daß der Hausherr schon eine Weile mit dem Küchenherd gerungen hatte.

»Und du, mein Freundchen«, sagte er zu dem kleinen Hund, der um die Asche herumschnüffelte, »wirst deine große Nase mal schön da raushalten. Ich habe nämlich keine Lust, den Rest des Vormittags hinter dir herzuputzen.«

Nach meinem eigenen Erlebnis mit den Mülleimern konnte ich mir ein Lächeln nicht verkneifen. »Zu welcher Rasse gehört er eigentlich?«

»Zu einer verdammt sturen«, antwortete Gareth. »Er ist ein langhaariger Jack.«

»Ein Jack-Russell-Terrier? Also doch. Ich wußte gar nicht, daß es auch eine Langhaarsorte gibt.«

Wie zum Beweis schüttelte Chance sich kräftig, so daß sein drahtiges weißes Fell in alle Richtungen abstand und er mehr denn je wie ein verrückter Wissenschaftler aussah. Dann tapste er an uns vorbei und spähte hoffnungsvoll in seinen Futternapf.

»Er frißt mir noch die Haare vom Kopf«, sagte sein Herrchen. »Du hast dein Frühstück schon bekommen, Chance. Jetzt gibt es nichts mehr. Warum führst du die Dame nicht lieber zu den Büchern?«

Beim letzten Wort spitzte der Terrier die Ohren, legte den Kopf schräg, gab ein zustimmendes »Wau« von sich und trottete an einem blanken Eichentisch vorbei zu einer halb offenstehenden Tür. Der angrenzende Raum war wohl einmal als Eßzimmer gedacht gewesen, aber Gareth Morgan schien mir kein Mann zu sein, der häufig Gäste empfing. Daher standen an den Wänden auch keine Geschirrschränke oder Anrichten, sondern diverse Bücherregale, die meisten davon alt. Manche waren mit Vitrinentüren versehen, manche lackiert, alle waren sie vollgestopft mit Bänden in sämtlichen Formaten und Umfängen. Unterhalb des einzigen Fensters, durch das man auf den hinteren Garten sah, stand ein imposantes Rollpult mit einem Stuhl davor, der zugleich die einzige Sitzgelegenheit darstellte. Ich brauchte gar nicht erst die bekritzelten Seiten, aufgeschlagenen Bücher und verstreuten Schreibgeräte zu sehen, um zu wissen, daß dies Morgans Arbeitsplatz war.

Gareth ging zum Pult, um die Lampe darauf anzuknipsen und das gelehrtenhafte Dämmerlicht zu vertreiben.

Eigentlich brauchte ich das Buch mit Merlins Prophezeiungen gar nicht mehr zu lesen, fiel mir ein. Ich wußte ja bereits, wie sie in meinen Traum gelangt waren: Es war ganz allein Lewis' Schuld, mit seinen ewigen Vorträgen über walisische Geschichte. Kein Wunder, daß mein Unterbewußtsein etwas davon aufgenommen und gespeichert hatte. Dennoch gab es da einen Teil in meinem Traum, den ich mir nicht erklären konnte, und ich war mit der Zeit ein wenig besessen geworden, was die Traumdeutung anbelangte. Ich wollte wissen, welchen Ursprung die Symbole hatten und was sie bedeuteten.

Gareth drehte seine beschriebenen Seiten um und schob den Stuhl in meine Richtung. »Setzen Sie sich.«

Ich nahm Platz und blies stoßweise den Atem aus, um zu sehen, ob sich Wölkchen bildeten. Meine Nase fühlte sich taub an vor Kälte. Mit tief in den Jackentaschen vergrabenen Händen beobachtete ich, wie Gareth, der in seinem dicken irischen Wollpullover nicht zu frieren schien, die Regalreihen absuchte.

Er sah gar nicht so übel aus, räumte ich widerwillig ein, auch wenn er nicht den konventionellen Vorstellungen von einem attraktiven Mann entsprach – dazu hätte er größer sein müssen, sein Gesicht weniger finster, seine Züge ebenmäßiger. Doch als ich ihn so vorgebeugt im Profil sah und sein dichtes, schwarzes Haar ihm in die Augen fiel und sein Stirnrunzeln milderte, konnte ich verstehen, warum er für Bridget »top« war.

»Hier ist es«, sagte er schließlich. »Geoffrey of Monmouth.« Er zog ein schmales Bändchen aus einem der unteren Fächer. Dieses Buch hatte offensichtlich schon einiges mitgemacht. Der Rücken war gebrochen, und einzelne Seiten hatten sich aus der Bindung gelöst. Gareth blätterte sie vorsichtig um, während er sich aufrichtete. »Es ist nicht unbedingt die verläßlichste Geschichte Britanniens, aber ganz gut für ihre Zeit. Sie enthält auch die Geschichte von Troy.«

»Troy?«

»Auch Brutus der Trojaner genannt«, erklärte er. »Er war der Urenkel von Aeneas, dem großen trojanischen Helden.«

»Der aus Virgils ›Aeneis‹?«

»Genau.«

Ich sah ihn neugierig an. »Was hat er mit der britischen Geschichte zu tun?«

»Eine ganze Menge, wenn man Geoffrey of Monmouth glauben darf. Ihm zufolge bekam Brutus es satt, gegen die Griechen zu kämpfen, und stach auf Rat der Göttin Diana mit einer kleinen Schar von Trojanern in See. Er landete hier, erbaute ein neues Troja an der Stelle, wo heute London steht, zeugte zahlreiche Nachkommen und wurde der erste Herrscher Britanniens.«

»Sie machen Witze.«

Er zuckte die Achseln und blätterte eine neue Seite um. »Diese Überlieferung ist auch nicht seltsamer als viele andere. Ich nehme an, Sie interessieren sich nur für die Prophezeiungen, nicht für den Teil mit Vortigerns Turm.«

»Wessen Turm?«

»Vortigerns.« Ich mußte ihn immer noch verständnislos angesehen haben, denn er seufzte. »Das ist der britische König, der Merlin sozusagen entdeckt hat.«

»Aha. Dann fange ich wohl besser damit an.«

»Gut.« Er legte das Buch vor mich hin und tippte mit dem Finger auf die Stelle. »Hier fängt es an.«

Statt hinauszugehen und mich allein zu lassen, wie ich es erwartet hatte, blieb er hinter mir stehen, so daß sein Blick mir im Nacken brannte. Ich las den ersten Satz, las ihn ein zweites und drittes Mal, aber es hatte keinen Zweck. Ich konnte mich nicht konzentrieren, wenn er mich beobachtete wie ein Habicht die Maus. Also legte ich das Buch ab und sah mit charmantem Lächeln zu ihm auf. »Wenn ich verspreche, keine Eselsohren hineinzumachen und nichts an den Rand zu schmieren, sind Sie dann beruhigt?«

»Was?«

»Sie scheinen mir nicht über den Weg zu trauen.«

Aus seinem Stirnrunzeln wurde vorübergehend ein wütendes Funkeln, aber er gab nach. An der Tür fiel ihm noch eine letzte Anweisung ein. »In der Ecke dort steht ein elektrischer Heizofen, den sollten Sie anmachen. Swift soll mir nicht vorwerfen können, Sie hätten sich bei mir eine Lungenentzündung geholt.«

Ich fand den kleinen Ofen, stellte ihn dankbar an und hielt meine Füße, so nahe ich es wagte, an die rotglühenden Heizstäbe. Aus der Küche kamen die Geräusche von knisterndem Papier, kratzendem Metall auf Ziegelstein und ratternden Kohlen, die mir sagten, daß Gareth seinen Kampf mit dem Herd wiederaufgenommen hatte. Chance, der zwischen uns beiden hin- und hergerissen war, drehte sich ein paarmal im Kreis, ließ sich dann auf der Türschwelle nieder, legte den Kopf auf die Vorderpfoten und tat sein Bestes, beide Räume gleichzeitig im Auge zu behalten.

Endlich ungestört, begann ich zu lesen.

Was ich über Merlin wußte, war nicht viel mehr, als daß er als Weiser und Seher eine gewisse Rolle in der Artussage spielte. Im übrigen hatte ich ihn mir immer als alten Mann mit Rauschebart und langen Gewändern vorgestellt, weshalb es mich sehr verblüffte, ihm in Monmouths langatmiger Chronik als kleinem, vaterlosen Jungen zu begegnen, über den man munkelte, er sei der Sohn des Teufels.

Ich las, wie Vortigern, ein allseits verhaßter britischer König, erfolglos versuchte, einen Turm auf einem Hügel zu erbauen. Seine Berater redeten ihm ein, die Mauern würden immer wieder zusammenstürzen, bis der Mörtel mit dem Blut eines Kindes ohne Vater vermischt worden sei. Eine scheinbar unerfüllbare Bedingung, da selbst uneheliche Kinder Väter hatten. Durch einen Zufall stießen die Männer des Königs auf Merlin, dessen Mutter schwor, kein sterblicher Mann habe ihn gezeugt. Doch als sie den Jungen zu Vortigern brachten, wußte dieser sich zu helfen.

Seine Opferung werde nichts nützen, sagte er dem König. Der Turm werde weiterhin zusammenfallen, denn das Problem liege viel tiefer. Unter einem Teich im Inneren des Hügels schliefen zwei Drachen, die regelmäßig erwachten und gegeneinander kämpften. Ihr Kampf erschüttere die Erde und lasse den Turm einstürzen.

Und so, gleich Joseph in der Bibel, der freigelassen

wurde, weil er die Träume des Pharaos deuten konnte, retteten Merlins mystische Kräfte ihm das Leben. König Vortigern ließ den Teich trockenlegen, damit die Drachen herauskonnten. Es kamen ein weißer und ein roter Drache zum Vorschein. Als die beiden Ungeheuer fortfuhren, sich zu bekämpfen, bat der König den Jungen, ihm die Bedeutung zu erklären.

Die Antwort lag auf der Hand, sogar für mich: Der weiße Drache stand für die Sachsen, der rote für die Britannier. Die Sachsen würden anfangs die Oberhand behalten, doch die Britannier würden sich eines Tages erheben und sie besiegen.

Für die Waliser bedeutete das also, daß sie als die Nachfahren der Britannier irgendwann gegen die Engländer rebellieren und den Kampf gewinnen würden. Aber Merlin gab sich damit nicht zufrieden. Vom König ermutigt, holte er tief Luft und ließ seine eigentlichen Prophezeiungen vom Stapel – und ab da verstand ich kein Wort mehr.

Obwohl aus dem Lateinischen in verständliches Englisch übertragen, ergab seine Rede für mich keinen Sinn. Die von ihm beschriebenen Visionen waren so verworren und mit Allegorien befrachtet, daß es eine Aufgabe für alte Männer in staubigen Bibliotheken war, sie in jahrelanger Kleinarbeit zu deuten. »Ein Mann wird einen Löwen im Wein umarmen, und der strahlende Glanz des Goldes wird die Augen der Betrachter blenden«, weissagte Merlin dem König. »Silber wird weiß werden im Umkreis und mehrere Weinpressen peinigen.«

Mir schien, daß Merlin selbst ein wenig zu tief ins Weinfaß geblickt hatte. Er klang wie mein Bruder nach mehreren Pints Lagerbier.

»Als er diese und viele andere Prophezeiungen verkündete«, berichtete der Text feierlich, »rief Merlin bei allen

Anwesenden große Bewunderung ob der Vieldeutigkeit seiner Worte hervor.«

Das glaubte ich gern. Was hatte die Frau in meinem Traum gesagt? *In diesen finsteren Zeiten fürchten die Menschen Merlins Prophezeiungen.* Wahrlich kein Wunder. Der Versuch, aus den Weissagungen dieses Mannes schlau zu werden, hätte jeden in die Trunksucht oder in den Wahnsinn getrieben.

Seufzend las ich die Seiten noch einmal gründlich durch. Ich suchte nach einem Hinweis, nach irgendeinem Bezug zu dem einzigen Symbol meines Traums, das mir unverständlich blieb – die Drachenkönige, von denen die Frau in Blau gesprochen hatte. Drachen kamen zwar reichlich vor – rote Drachen, weiße Drachen, Drachen aus Gold. Aber keine Drachenkönige.

In der Küche wurde eine Ofentür zugeknallt. Gareths Schritte knarrten auf dem Holzfußboden, er ließ Wasser aus dem Hahn laufen. Das Rauschen hörte auf. Kurze Stille. Dann wieder sein gemessener Schritt, der auf die offene Tür des Zimmers zukam, in dem ich las.

»Ich mache Tee«, erklärte er.

Trotz der ruppigen Formulierung beschloß ich, dies als Angebot aufzufassen. »Danke, ich nehme gern eine Tasse.«

Seine Gastfreundschaft ging allerdings nicht so weit, ihn mir zu servieren. Er rief mich einfach, als das Wasser kochte. Der Herd hatte mittlerweile begonnen, die Küche zu erwärmen. Als ich am Tisch stand und Zucker in meinen Tee löffelte, konnte ich die Hitze des Feuers an den Beinen spüren.

»Wie ich sehe, haben Sie den Kampf gewonnen«, bemerkte ich.

»Das tue ich immer.« Er führte seinen Becher zum

Mund und lehnte sich gegen eine hölzerne Arbeitsplatte. »Hat Merlin Sie weitergebracht?« fragte er in einem Ton, der besagte, daß er dies für nicht sehr wahrscheinlich hielt.

Ich hätte lügen sollen, hätte behaupten sollen, mir sei die Lektüre leichtgefallen. Aber der heiße Tee und die Wärme des Ofens stimmten mich träge und friedlich, und es war sehr viel einfacher zuzugeben, daß ich keinen blassen Schimmer hatte, wovon Merlin sprach. »Macht aber nichts, weil er in dem Buch sowieso kein Wort über die Drachenkönige verliert.«

»Die was?«

»Das ist die Prophezeiung, nach der ich suche«, erklärte ich. »Es geht darin um ein Kind, das unter dem Banner der Drachenkönige geboren wurde, was immer das ...«

»Warum?« Seine Stimme war schneidend, und ich zögerte.

»Was meinen Sie?«

»Eine ganz einfache Frage. Warum wollen Sie etwas darüber wissen?«

Eine Ahnung sagte mir, daß meine Antwort entscheidend war, doch er wirkte nicht wie jemand, auf den Träume Eindruck machten. »Es ist für einen meiner Autoren«, log ich.

»Doch nicht für Bridget?«

»Du lieber Himmel, nein. Bridget hätte Sie ganz sicher selbst danach gefragt.« Das war immerhin die Wahrheit, und ich erkannte an dem Zucken um seine Mundwinkel, daß das Argument ihn überzeugte. Er trank einen Schluck Tee und sah mich aus seinen dunklen Augen ruhig und abschätzend an.

Schließlich sagte er: »Ich glaube, was Sie brauchen, sind Merlins Gedichte, nicht die Prophezeiungen.«

»Merlin hat Gedichte geschrieben?«

»Das hängt ganz davon ab, ob man an seine Autorschaft glauben will oder nicht. Ähnlich wie bei den Evangelien.« Er suchte nach einer bequemeren Haltung an der harten Kante der Arbeitsplatte. »Auf meinem Schreibpult liegt ein kleines grünes Buch, in der hinteren linken Ecke. Bringen Sie es her, dann suche ich Ihnen das Gedicht heraus.«

Einen Moment lang haderte ich mit diesem Befehl, doch am Ende siegte meine Neugier über meinen Stolz. Ich ging und holte das Buch.

Er blätterte schnell und methodisch durch die Seiten, wie jemand, der wußte, was er suchte. In kürzester Zeit hatte er das Gedicht gefunden. »Lesen Sie das«, sagte er und reichte mir den Band.

»*Afallenau*?« Meine Zunge hatte Schwierigkeiten mit dem Titel.

Er korrigierte meine Aussprache, indem er aus dem »f« ein »w« machte und das doppelte »l« in einen mir unbekannten Laut verwandelte, bei dem die Zunge hart gegen die Vorderzähne geschlagen wurde. »Das ist Walisisch und heißt ›Apfelbäume‹.«

»Aha.« Ich las die ersten Verse und zog die Stirn in Falten. »Das ist eindeutig von Merlin.«

»Was macht Sie so sicher?«

»Er gibt sich gerne dunkel und geheimnisvoll. Oh, Moment, hier ist etwas … ›Ich verkünde euch die reine Wahrheit – es wird ein Kind aufsteigen aus dem entlegenen Süden‹. Aber keine Erwähnung von Königen oder Drachen.«

»Suchen Sie etwas weiter unten, gegen Ende des Gedichts.«

Ich fand die Stelle in der achten Strophe.

»›Diese Geschichte wird sich ereignen.‹« Ich las die Zeilen langsam laut vor. »›Ein goldener Stab, Zeichen der Tapferkeit, wird von den ruhmreichen Drachenkönigen verliehen. Der Gesegnete wird den Entweiher überwinden. Vor dem Kind, strahlend und kühn, werden die Sachsen fallen, und die Barden werden neue Lieder singen.‹«

Er nickte. »Das ist es.«

»Die Drachenkönige wären demnach ...?«

»Das alte Geschlecht der britischen Könige, die ihre Abstammung auf Brutus zurückführten.«

»Schon wieder Brutus der Trojaner.«

»Genau.«

»Aber er ist nur ein Mythos, oder?«

»Die meisten Sagen und Legenden wurzeln in einem Mythos«, sagte Gareth. »Und Legenden leben länger als die Wahrheit.«

Verwirrt las ich die Verse ein zweites Mal, wobei mir klar wurde, daß sie unmöglich meinen Traum beeinflußt haben konnten. Ich hatte nie Gedichte von Merlin gelesen, noch nicht einmal etwas von ihrer Existenz gewußt. Selbst Lewis hatte sie nie erwähnt. Doch die Worte mußten von irgendwoher gekommen sein. »Mit den Sachsen sind immer die Angelsachsen gemeint?«

»Die Engländer im allgemeinen«, bestätigte er.

Hier ging es also wieder um den roten Drachen, der sich erhob, um den weißen Drachen von England zu besiegen. Darüber hinaus prophezeite dieses Gedicht, daß die Waliser von einem Kind angeführt würden.

Gareth beobachtete mich. »Wer ist es?«

»Wie bitte?«

»Dieser Autor, von dem Sie sprachen. Der zu faul ist, seine eigenen Nachforschungen zu betreiben.«

»Ach so.« Ich versuchte, mit einem Achselzucken darüber hinwegzugehen. »Sie kennen ihn bestimmt nicht.«

»Vielleicht ja doch. Wie ist sein Name?«

Fieberhaft überlegte ich und kam auf einen Namen, der ihm ganz sicher nichts sagen würde – den meines Assistenten.

Gareth zog die Brauen hoch. »Das ist doch ein walisischer Name.«

»Ja, ich glaube, er ist in Caernarvon geboren ...«

»Dann sollte er sich schämen. Jeder Waliser sollte Merlins Prophezeiungen kennen. Sie sind Teil der *Brut*, der alten Lieder und Gedichte aus dem Untergrund, die den walisischen Widerstand nährten.«

Ich mußte lächeln, weil er sich anhörte wie Lewis, doch bei dem Wort »Widerstand« stutzte ich, und plötzlich fiel mir wieder ein, in welchem Zusammenhang ich schon einmal von Merlins Prophezeiungen gehört hatte. »Aber natürlich, sie kommen in ›Red Dragon Rising‹ vor, nicht wahr? In der Szene in der Kirche, kurz bevor Owain Glyn Dŵr sich gegen die Engländer erhebt – an dieser Stelle spricht er von den Prophezeiungen.«

»Sie haben ein gutes Gedächtnis.«

»Na ja, ich habe das Stück ein paarmal gesehen.« Deutlich erinnerte ich mich nun an diese kurze, mitreißende Szene, in der der Anführer des walisischen Widerstands sich seinem Schicksal stellte. Ich war mir sogar fast sicher, daß er darin ausdrücklich die Drachenkönige erwähnte. »Haben Sie ein Exemplar des Stücks hier?«

Er schüttelte den Kopf. »Ich lese meine Texte nicht mehr, wenn ich sie abgeschlossen habe. Man findet immer noch etwas zu verbessern.«

»Verstehe.«

»Aber Sie haben recht, Owen bezieht sich auf die Prophezeiungen. Auch der historische Owen streute sie großzügig in seine Reden ein, um die Auflehnung anzuheizen. Ein kluger Mann«, urteilte Gareth über den legendären Rebellen, »und wahrscheinlich der größte Held, den Wales hervorgebracht hat. Einer hiesigen Überlieferung zufolge wurde er in Pembrokeshire geboren, nicht weit von Wolfscastle entfernt, wo ich aufgewachsen bin.«

»Haben Sie deshalb über ihn geschrieben?«

»Ja, zum Teil. Als Waliser kommt man jedoch kaum drum herum, sich mit Owen verbunden zu fühlen, egal, wo er geboren wurde. Er war für Wales, was William Wallace für Schottland war, und noch mehr. Für die Menschen, die ihm folgten, verkörperte Owain Glyn Dŵr den wiedergekehrten Artus, den die alten Weissagungen versprachen. Er ist nie verraten worden«, schloß Gareth und lehnte sich wieder an den Schrank. »Das ist verdammt selten in unserer Geschichte. In der Geschichte aller Völker, nebenbei bemerkt. Selbst Wallace wurde am Ende von den Schotten verkauft.«

Ich nickte und sah auf das Buch in meiner Hand. »Das Kind, von dem Merlin in diesem Gedicht spricht, ist das nun Artus oder Owain oder ...?«

»Beide, kann man sagen. Die Geburt eines göttlichen Kindes – des *mab y darogan* oder Sohn der Prophezeiung – ist einer der Eckpfeiler der keltischen Mythologie. Nehmen Sie zum Beispiel Artus. Er wurde durch ein Wunder gezeugt und von Fremden aufgezogen, ein klassischer Archetypus. Außerdem ist er nicht gestorben, wie Sie sich vielleicht erinnern werden. Genausowenig wie Owain. Die Barden besangen nie seinen Tod, nannten nie sein Grab.« Er schwieg einen Moment und ließ seinen Blick aus dem Fenster über die sanft ansteigenden Felder schweifen. Seine Stimme mit dem wohlklingenden Akzent bekam etwas Melodiöses, wie die Zeilen, die er für die Bühne schrieb. »Wir lassen keinen von ihnen sterben, hier in Wales, ob Merlin oder Artus oder Owain. Wir behalten sie in der Nähe, lassen sie in den Hügeln schlafen, damit wir sie wecken können, wenn wir sie brauchen.«

Der Zauber seiner Worte umfing mich – und noch etwas anderes. Ein Gefühl von Verläßlichkeit und Dauer und tiefem Frieden, das Gareth und die walisische Landschaft verband, zog mich in seinen Bann. Doch diese Stimmung hielt nur einen Augenblick an. Dann räusperte er sich und sagte ganz sachlich: »Also, wenn Sie fertig sind, würde ich jetzt gern mit meiner Arbeit beginnen.« Alle Poesie war vergessen, er ging zum Herd, um sich Tee nachzuschenken.

XIII

For so must all things excellent begin.

THOMAS HEYWOOD, »The Life of Merlin«

»Einem Mann, der nicht trinkt, traue ich grundsätzlich nicht.« James briet Spiegeleier am Herd und zündete sich nebenbei eine Zigarette an. Ihm selbst konnte man jedenfalls keine Abstinenz vorwerfen – er hatte sich einen großzügigen Schuß Brandy in seinen Kaffee gegossen.

Bridget sah von ihrem Teller auf. »Warum trinkt Gareth eigentlich nichts? Das wollte ich immer schon mal wissen.«

Christopher kippte seinen Stuhl zurück, verschränkte die Arme hinterm Kopf und antwortete mit überlegener Miene: »Weil der Mann Alkoholiker ist, meine Liebe.«

»Niemals.«

»O doch. Obwohl ich korrekterweise sagen müßte, daß er ein – wie nennt man das? – ach ja, ein trockener Alkoholiker ist. Dazu verurteilt, für den Rest seines Lebens Fruchtsaft zu trinken.«

James ließ für einen Moment seine Eier aus den Augen. »Tatsächlich? Das habe ich ja gar nicht gewußt.«

»Es ist auch nicht allgemein bekannt.«

»So, so, und woher hast du deine Weisheit?«

»Von Elen.«

»Aha. Ich sollte dem Mädchen wirklich mal sagen ...«
»Was?« bohrte Christopher.
James grinste. »Daß du kein Geheimnis für dich behalten kannst, natürlich.«
Sein Bruder murmelte etwas Unflätiges über Geheimnisse und ließ seinen Stuhl gähnend nach vorn fallen. »Ich glaube kaum, daß einer aus unserer Runde sofort damit zur Presse rennen wird. Außerdem hat Bridget mich gefragt.«
Bridget, ganz in Gedanken versunken, merkte beim Klang ihres Namens auf. »Was? Ach so, ja, ich habe mich eben gewundert. Es gibt meistens einen Grund dafür, weshalb jemand keinen Alkohol trinkt, und Gareth macht auf mich nicht den Eindruck eines Gesundheitsapostels.« Sie schob ein Spiegelei auf eine gutgebutterte Scheibe Toast und streckte die Hand nach der Pfeffermühle aus. »Jedenfalls bin ich ganz schön sauer auf dich, Lyn, weil du mich heute morgen nicht geweckt hast. Ich hätte sein Cottage zu gern mal von innen gesehen.«
»Er hat viel Arbeit hineingesteckt«, sagte James, ließ die Eier aus der Pfanne auf den Teller gleiten und setzte sich zu uns an den Tisch. »Das obere Stockwerk soll nicht wiederzuerkennen sein, habe ich gehört. Tante Frances wäre entzückt.«
»Und wer ist Tante Frances nun schon wieder?« wollte Bridget wissen. »Nicht die Frau deines Onkels Ralph, oder?«
»Nein, nein, das ist Tante Pam. Tante Frances war ... weißt du das noch, Chris? Eine Tante von Onkel Ralph?«
Christopher gestand, daß auch er das Verwandtschaftsverhältnis nicht durchschaute. »Sie war praktisch mit allen im Dorf verwandt. Gareth kann noch so lange in diesem Haus wohnen und es noch so oft renovieren, es wird immer Tante Frances' Cottage bleiben.«

Bridget lächelte. »Manchmal vermisse ich das Dorfleben.«

»Ich muß gestehen, ich kann mir dich überhaupt nicht in einem Dorf vorstellen«, sagte James. »Du mußt doch ständig für Skandale gesorgt haben.«

»Ja, pausenlos. Aber das ist ja schließlich der größte Spaß, wenn man auf dem Land lebt. Außerdem wird von einer Schriftstellerin doch quasi erwartet, daß sie ihre Macken hat.«

Auch ich erinnerte mich gut an die beiden Jahre, die sie in ihrem kleinen Haus in Hampshire verbracht hatte. Die Nachbarn mußten sich vermutlich immer noch therapeutisch behandeln lassen.

»Also, Lyn, nun erzähl schon«, forderte sie mich auf. »Wie sieht es aus?«

»Gareths Cottage?« Ich zuckte die Achseln. »Wie man es von einem alten Cottage erwartet. Du kannst es dir ja vorstellen.«

Sie seufzte. »Du würdest eine miserable Spionin abgeben.«

»Bridget, verschon mich bitte. Ich habe doch nur zwei Räume gesehen.«

»Erstaunlich, daß Sie überhaupt etwas gesehen haben«, bemerkte James. »Um diese Zeit würde ich meine Augen noch gar nicht aufbekommen.«

Sie waren auch jetzt kaum offen, stellte ich fest, als er sie gegen den Rauch einer neuen Zigarette zusammenkniff. Jemand wie James, dessen Figuren sich vorwiegend in der nächtlichen Großstadt tummelten und ihre seelischen Konflikte in Bars und Kneipen trugen, würde nie verstehen, was ich an meinen morgendlichen Spaziergängen fand. Er würde nie begreifen, wie schön es war, in die frische, klare Luft hinauszutreten, in der alles neu und unverbraucht vor mir lag wie am ersten Tag der Schöpfung.

Da ich es ihm nicht erklären konnte, sagte ich schlicht: »Ich bin schon immer ein Morgenmensch gewesen.«

»Sechs Uhr früh, meine Liebe, ist nicht morgens, sondern mitten in der Nacht.«

Christopher schaukelte grinsend auf seinem Stuhl zurück und meinte: »Sie haben Glück gehabt, daß Gareth schon auf war.«

»Ich hatte überhaupt nicht vor, ihn zu besuchen«, erwiderte ich, damit niemand auf falsche Gedanken kam. »Der Weg führte an seinem Haus vorbei, und ich blieb kurz stehen, um mit seinem Hund zu spielen. Auf einmal machte er die Hintertür auf und bat mich herein.«

Ich sah, wie es in Bridgets Kopf arbeitete. »Ob Gareth wohl jeden Morgen so früh aufsteht?« sinnierte sie.

»Soweit ich weiß, schon«, antwortete Christopher. »Das ist seine Zeit zum Schreiben. Zumindest sagt Elen ...«

»Elen sagt dir eine ganze Menge, was?« schnitt ihm James das Wort ab.

»Ja, scheint so.« Christopher hob herausfordernd das Kinn, worauf es zu einem merkwürdig feindseligen Blickwechsel zwischen den beiden Brüdern kam. James gab als erster nach und richtete gewandt das Wort an mich.

»Nun, Lyn, konnten Sie einen Blick auf das Meisterwerk erhaschen? Gareths neues Stück«, fügte er hinzu, als ich ihn begriffsstutzig ansah.

»Ich wußte gar nicht, daß er an einem schreibt.«

»Mein Gott, und ich dachte immer, Literaturagenten könnten ein vielversprechendes Werk sofort wittern«, rief James verwundert. »Wie Bluthunde. Es muß doch auf seinem Schreibtisch gelegen haben.«

»Es sei denn, er hat es versteckt.« Bridget stand auf, um

ihren Teller abzuwaschen. »Er ist ein Mensch, der nicht viel von sich preisgibt.«

Aber er hatte es nicht versteckt. Ich erinnerte mich an die handbeschriebenen Seiten auf seinem Pult, die er umgedreht hatte, ehe ich mich hinsetzte. »Worum geht es in dem neuen Stück?«

»Keine Ahnung«, sagte James. »Das wollte ich ja gerade von Ihnen wissen.«

Christopher konnte der Versuchung nicht widerstehen, erneut mit seinem Insiderwissen anzugeben. »Es ist anscheinend wieder etwas Historisches.«

»Aha.« James drückte seine Zigarette aus. »Nichts Neues also.«

Christophers Mund verzog sich spöttisch. »Ich würde es an deiner Stelle nicht so voreilig abtun. Mit seinem letzten hatte er immerhin einen ziemlichen Erfolg.«

Gern hätte ich ihn nach Einzelheiten ausgehorcht, doch just in dem Moment wurden wir von einem kräftigen Bariton unterbrochen, der »White Christmas« schmetterte. James griff sich in gespieltem Schock ans Herz und spähte hinaus in den Garten. »Gott helfe uns, da kommt Engelbert Humperdinck.«

Der Gesang ging in gutgelauntes Pfeifen über, als Owen durch die Hintertür hereinkam, die Stiefel schwer von Mist aus dem Kuhstall. »Was zum Teufel macht ihr denn an diesem herrlichen Morgen im Haus?« lautete seine Begrüßung.

»Frühstücken«, sagte James.

»Um Viertel nach zehn? Ein Skandal, so etwas.« Er schüttelte den Kopf, sah dann zu mir hinüber. »Aber die hübsche junge Frau hier war schon draußen, wie ich höre.«

Bridget stieß mir einen Ellbogen in die Seite. »Siehst du? So ist das Dorfleben. Jeder schielt dir zum Fenster herein.«

Owen grinste. »Ich schiel' durch gar nichts rein. Gareth hat's mir gerade erzählt. Ich hab' ihn getroffen, als er von seinem Ausritt zurückkam.«

»Gareth reitet?« Es gab mir einen Stich, und ich hörte den wehmütigen Ton, der sich in meine Stimme geschlichen hatte. Zuletzt hatte ich während meiner Schwangerschaft auf einem Pferd gesessen, ein paar Monate vor Justins Geburt. Damals nahm ich mit großer Begeisterung an Dressurwettkämpfen teil, auf meiner eigenen, geliebten Stute. Doch nachdem Justin gestorben war, verkaufte ich sie. Ivors Worte hatten bewirkt, daß ich sie nicht mehr ansehen konnte, ohne daß mir Zweifel kamen. Obwohl meine Ärzte mir versichert hatten, daß das Reiten in keinerlei Zusammenhang mit dem Tod des Kindes stehe, waren genug Schuldgefühle zurückgeblieben, um mir die Freude daran zu nehmen.

Dennoch vermißte ich es. Ich vermißte den Geruch der Pferde, das Gefühl ihrer kräftigen Körper unter mir, und konnte nicht umhin, Gareth ein wenig zu beneiden.

Owen nickte. »Sie müßten auf dem Weg zum ›Hib‹ an seiner Stute vorbeigekommen sein.«

»Das ist der Pub, in dem wir zu Abend gegessen haben«, warf Bridget ein. »Das Hibernia Inn.«

»Kurz vor dem Pub, auf dieser Seite der Straße, ist eine Koppel«, erklärte Owen. »Dort hält Gareth seine Sovereign. Sie kommt an den Zaun, wenn Sie sie rufen. Aber Sie dürfen sie nicht füttern«, warnte er, »das würde Gareth Ihnen nie verzeihen.«

James unterdrückte ein Gähnen und erinnerte sich seiner Gastgeberpflichten. »Eine Tasse Tee, Owen?«

Er sah auf seine Uhr. »Nein, danke, ich muß fix nach Hause und mich für die Kirche umziehen. Ich bin nur gekommen, um euch zum Mittagessen einzuladen.«

Bridget wurde hellwach. »Mittagessen?«

James hob flehend die Hände. »Liebste Bridget, das ist nicht dein Ernst. Du hast doch gerade erst gefrühstückt.«

»Aber James, ein Sonntagsessen ... Es wird doch ein richtiges Sonntagsessen geben, nicht wahr, Owen?«

»Mit allem Drum und Dran. Kommt um halb eins«, schlug er vor, »dann können wir uns vorher noch einen Drink genehmigen.«

Damit war auch James überredet. »Also gut. Sehr nett von dir und Dilys, uns einzuladen.«

Owen zwinkerte. »Wenn du meine Dilys besser kennen würdest, Junge, wüßtest du, daß das keine Einladung ist, sondern ein Befehl.«

Bridget steckte ihren Kopf zu meiner Zimmertür herein. »Wir haben noch gut eine Stunde bis zum Mittagessen. Hast du Lust, dir das Pferd anzusehen?«

»Mmm«, nickte ich, ohne aufzusehen. »Laß mir nur eine Minute Zeit.«

Wie ein kleines Mädchen, das ungeduldig auf den Beginn eines Ausflugs wartet, schwang sie sich mit einer Hand am Türrahmen ins Zimmer und trat zu mir, um herauszufinden, in was ich so vertieft war. »Was ist das?«

Haltsuchend lehnte ich mich an den Bettpfosten. »Ein Brief von der Agentur.«

»Doch nicht der von gestern? Du hast ihn erst jetzt aufgemacht?«

»Ich bin schließlich im Urlaub, oder?«

»Was steht drin?«

Zum drittenmal las ich den Brief, um sicherzugehen, daß ich ihn richtig verstanden hatte. »Sieht so aus, als würden sie mir einen Posten in der Geschäftsleitung anbieten.«

»Na, wird ja auch höchste Zeit! Herzlichen Glückwunsch.«

Kopfschüttelnd bremste ich sie. »Ich sagte, sie bieten ihn mir an. Noch habe ich ihn nicht.«

Bridgets Seufzer sprach Bände. Sie hatte noch nie viel Geduld mit der Agenturleitung gehabt. »Wo liegt das Problem? Mußt du zuerst den Ärmelkanal durchschwimmen oder was?«

Das kam der Sache so nahe, daß ich lachen mußte. »Die Bedingung lautet, daß ich einen bestimmten Klienten unter Vertrag nehmen muß.«

»James?« Sie winkte ab. »Das ist doch kein Hindernis, oder? Er ist schon so gut wie entschlossen. Braucht nur noch einen kleinen Schubs.«

»Bridget, bitte.«

»Oh, schon gut. Du schubst nicht gerne, ich weiß. Ich wollte damit nur sagen, daß es dir leichtfallen sollte, James für die Agentur zu gewinnen. Er ist ganz begeistert von dir.«

Die leichte Veränderung in ihrem Ton entging mir nicht. »Was meinst du damit?«

»Auf einmal hört man ständig ›Lyn hier‹ und ›Lyn da‹ von ihm. Du hast ihn sogar dazu gebracht, zum Frühstück aufzustehen, was er sonst nie ...«

»Bridget«, unterbrach ich sie protestierend. »Ich interessiere mich nicht für James. Und er macht sich nichts aus mir, nicht das geringste.«

»Nein?«

»Das wüßte ich«, versicherte ich ihr.

Sie überdachte meine Antwort und gab sich damit zufrieden. »Du hast recht. Dumm von mir. Jetzt komm aber, sonst wird es zu spät. Laß uns nach dem Pferd sehen.«

Resigniert faltete ich den Brief zusammen und steckte

ihn wieder in den Umschlag. So verlockend das Angebot meiner Agentur auch sein mochte, ich machte mir keinerlei Hoffnungen auf diese Beförderung. Der Preis war einfach zu hoch. James Swift würde ich jederzeit mit dem größten Vergnügen unter Vertrag nehmen, aber auf keinen Fall würde ich Gareth Gwyn Morgan hinterherlaufen.

Offenbar war jemand so schlau gewesen, eine Verbindung zwischen dem Bühnenautor und der Urlaubsadresse, die ich meinem Assistenten gegeben hatte, herzustellen. Gareth hatte nicht übertrieben, als er meine Agentur besonderer Hartnäckigkeit bezichtigte. Der Brief sprach eine deutliche Sprache.

Nun, wenn sie bei Simon Holland so scharf auf ihn waren, sollten sie doch selbst herkommen. Der Mann mochte Talent haben, aber ich persönlich dachte nicht im Traum daran, ihn zu umwerben.

Bridget hatte schon wieder ganz andere Dinge im Kopf. Als wir ein paar Minuten später den Fußweg zum Dorf entlanggingen, schlich sie sich unversehens in den Garten hinter Gareths Cottage heran und spähte hinein. »Meinst du, er ist zu Hause?«

»Woher soll ich das wissen?«

Wir bogen um die Hausecke. »Nein, sein Wagen ist nicht da. Mist.«

Ich warf ihr einen ironischen Blick zu. »Ich dachte, du hast mich mitgeschleppt, um mir sein Pferd zu zeigen.«

»Genau. Ich weiß doch, wie sehr du Pferde liebst.« Ihre Munterkeit war bereits zurückgekehrt, und sie ging beschwingt weiter und führte mich auf die ruhige Straße, die zum Pub führte. Gleich hinter dem Wartehäuschen der Bushaltestelle und einer Telefonzelle erstreckte sich eine eingezäunte Koppel. Ich blieb stehen und stützte mich mit den Ellbogen auf das Gatter aus Querlatten.

»Ich kann es nirgends sehen.«

»Wahrscheinlich ist es dort hinten in der Ecke, hinter dem Schuppen.« Frech kletterte sie auf eine der Latten und stieß einen schrillen Pfiff aus. Bridget konnte pfeifen wie ein Gassenjunge, mir platzte beinahe das Trommelfell.

Aber das Pferd wurde tatsächlich auf uns aufmerksam und zeigte sich.

»Siehst du?« sagte Bridget stolz und schaukelte auf dem Gatter herum. »Das ist also Sovereign.«

Ich beobachtete, wie die Stute langsam hinter dem Schuppen hervorkam, ein schönes, pechschwarzes Tier mit einem weißen Fuß und einer lanzenartigen Blesse auf der Stirn. »Sie ist riesig«, sagte ich. Sie war wirklich sehr groß und erreichte mindestens ein Stockmaß von sechzehn Handbreit. Trotz ihrer Größe hatte sie einen ausgesprochen anmutigen Gang, und in ihren dunklen, feuchten Augen schimmerten Sanftmut und Intelligenz.

»Sie ist hübsch, nicht wahr?« Bridget beugte sich über das Gatter und hielt dem Pferd eine Möhre hin, die sie aus ihrer Jackentasche gezogen hatte. »Komm her, mein Mädchen. Guck mal, was ich dir mitgebracht habe.«

»Hat Owen nicht gesagt, du sollst sie nicht füttern?«

»*Du* sollst sie nicht füttern. Zu mir hat er nichts gesagt.« Sie hielt die Möhre höher, und die Stute tat ihr den Gefallen und kam schnuppernd näher. Einen Meter vor dem Gatter blieb sie stehen, baute sich vor uns auf und streckte den langen Hals aus, um zu prüfen, mit wem sie es zu tun hatte. Ihre Augen ermutigten mich, und so streckte ich eine Hand aus und streichelte ihre Nase, spürte den warmen, feuchten Atem an meinen Fingern.

»Na, du Schöne«, schmeichelte ich und fuhr mit der anderen Hand unter ihre Stirnlocke. Die schwarzen Ohren zuckten beim Klang meiner Stimme – und zuckten erneut, als ein leises Quietschen von Rädern auf dem Bürgersteig näher kam. Ein Kinderfahrrad, dachte ich zuerst. Nein, das Geräusch war anders, irgendwie rhythmischer …

»Das sollten Sie lieber nicht tun«, warnte Elen hinter uns. »Gareth mag es nicht.«

Ich drehte mich zu ihr um. Sie hielt den Kinderwagen an, und das Baby begann bei dem plötzlichen Stillstand zu greinen. Es weinte nicht richtig, quengelte nur ein wenig halbherzig vor sich hin, aber ich merkte, wie ich gegen das Gatter zurückwich.

Sovereign dagegen, die geräuschvoll auf der Möhre kaute, schien sich an nichts zu stören und sah mit mildem Blick auf uns herab, während Elen einen neuen Anlauf nahm. »Gareth sieht das wirklich nicht gern.«

»Ach, es ist doch nur eine Möhre.« Bridget rümpfte die Nase, sprang vom Gatter herunter und wischte sich die Hand an ihrer Jeans ab. »Außerdem hat er es ja nicht gesehen, stimmt's?«

Das Kind wurde ungeduldig und brach in ein Heulen aus, wobei es mit den Händchen die Seiten des Kinderwagens umfaßte, als wollte es ihn vorantreiben. Mit seinen acht Monaten war Stevie Vaughan schon ein recht kräftiges Kerlchen. Trotz seines zornesroten Gesichts und laufender Nase sah man, wie hübsch er war, blondgelockt und blauäugig unter dichten, schwarzen Wimpern.

Während Elen noch mit Bridget sprach, zog er sich plötzlich hoch, um nach seiner Mutter zu greifen, verlor dabei das Gleichgewicht, kippte zur Seite und fiel über den Rand des Kinderwagens.

Instinktiv machte ich einen Satz.

Hinterher wußte ich nicht mehr, wie es dazu gekommen war, daß ausgerechnet ich ihn auffing. Wir streckten alle drei die Hände nach ihm aus, um seinen Sturz auf das Pflaster zu verhindern, und auf einmal hielt ich ihn in den Armen, ein warmes Gewicht an meiner Brust. Seine winzigen Finger klammerten sich an meinen Jackenkragen.

Elen starrte mich aus großen Augen an, als hätte sie gerade eine Erscheinung gehabt. »Sie ... « Das Wort kam als kaum hörbares Flüstern heraus.

Das Kind bewegte sich in meinen Armen, sein weiches, duftiges Haar streifte mein Kinn. Ich spürte etwas Kaltes zwischen meinen Schulterblättern, einen Eiszapfen, der knapp mein Herz verfehlte, und schob den Kleinen von mir weg, um ihn seiner Mutter in die Arme zu drücken. »Hier, er wird mir zu schwer.«

Sie nahm ihn mir ab, ohne beleidigt zu sein, und legte ihn wieder in den Wagen. Stevie strampelte protestierend und streckte die Hände mit den kleinen Fäustlingen nach mir aus. Elen lächelte mich ein wenig zittrig, aber glücklich an. »Ich wußte, daß du kommen würdest«, sagte sie. »Margaret hat es mir versprochen.«

Ehe ich etwas erwidern konnte, schob sie den Kinderwagen an und ging ihres Wegs.

XIV

Why dost thou fix thine eye so deeply on that book?

WILLIAM ROWLEY, »The Birth of Merlin«

»Sie ist nicht ganz richtig im Kopf.« Owens Frau entkorkte den Sherry und begann, unsere Gläser zu füllen, wobei ihre Lippen zu einem tadelnden Strich wurden. »Manchmal glaube ich, daß die Männer in Angle den Verstand verloren haben. Ständig heißt es ›Die arme Elen hier, die arme Elen da‹, aber keiner verschwendet einen Gedanken an den kleinen Stevie, der schließlich darunter zu leiden hat.«

Dilys war in der Tat eine einschüchternde Frau. Klein, rundlich und kompakt, mit vorgeschobener Brust, erinnerte sie mich an einen weiblichen Napoleon, der seine Truppen mit eiserner Hand befehligt. Wir waren gerade erst angekommen, und schon hatte sie uns auf Stühle und Sessel in ihrem Wohnzimmer verteilt, wo wir mit geschlossenen Knien und kerzengeraden Rücken saßen wie Kinder in der Sonntagsschule.

Der Vergleich mit einer Sonntagsschule drängte sich auch durch den Raum selbst auf. Von den gestärkten Falten der Vorhänge bis zum gläsernen Couchtisch stand alles stramm vor Ordnung und Sauberkeit. Selbst die Topfpflanzen am Fenster wagten es nicht, die Köpfe hängenzulassen oder ein welkes Blatt zu zeigen. Der appetitanregende Geruch von Brathähnchen aus der Küche schien geradezu fehl am Platz, ebenso wie Owen, der selbst in seinem besten Sonntagsstaat alles andere als förmlich aussah.

Er saß breitbeinig auf einem Stuhl ohne Armlehnen und hatte die Füße gegen den Teppich gestemmt, damit er nicht von dem glatten Chintzpolster herunterrutschte. Aber er würde es nicht wagen, sich zu beschweren, dachte ich. Dieses Zimmer gehörte ganz allein Dilys, er hatte darin nichts zu melden. Und Dilys war, wie ich schnell gelernt hatte, eine Frau mit festen Überzeugungen.

»Schuld sind nur diese sogenannten Experten. Psychologen!« Sie spuckte das Wort beinahe aus. »Wollen einem erzählen, daß man ein Kind nicht seiner Mutter wegnehmen darf. Purer Unsinn, sage ich. Wenn die Mutter verrückt ist, gibt man das Kind zu Pflegeeltern, die es anständig aufziehen können.«

Als sie die Gläser herumreichte, brach Christopher neben mir aus der Formation aus und lehnte sich lässig in die Polster zurück. »Elen ist nicht verrückt.«

Demütig und mit einem gemurmelten Dankeschön nahm ich meinen Sherry entgegen und duckte mich schnell aus Dilys' Schußlinie.

»So, und wie würdest du das nennen, wenn ein Mädchen im ganzen Dorf herumerzählt, daß ein Drache versucht, ihr Kind zu stehlen? Findest du das normal?«

Owen stieß einen Seufzer aus. »Bitte, Dilys ...«

»Nein, ich kann das einfach nicht durchgehen lassen.« Sie schüttelte entrüstet ihren dunklen Kopf. »Ein Drache! Das muß man sich mal vorstellen. Sie ist eine Gefahr für den Jungen, da gibt's nichts dran zu deuteln. Ein Glück, daß Sie da waren, um ihn aufzufangen, als er aus dem Kinderwagen fiel«, sagte sie zu mir.

Ich hatte versucht, nicht mehr daran zu denken. »Das war doch nichts Besonderes.«

Bridget widersprach und sagte, sie sei sehr beeindruckt gewesen. »Man hätte meinen können, du stündest im Tor der englischen Nationalmannschaft, so wie du dich auf das Kind gestürzt hast. Mir blieb wirklich die Spucke weg.«

»Nun, ich hoffe, Elen hat sich angemessen bei Ihnen bedankt«, sagte Dilys.

»Sie hat nicht ausdrücklich danke gesagt, oder?« antwortete Bridget für mich. »Sie murmelte nur, sie hätte gewußt, daß du kommen würdest, was immer das heißen soll.«

»Aha«, mischte sich James mit wissendem Blick ein. »Verstehe. Elen hat Sie als Stevies Beschützerin auserkoren.«

Mein Traum blitzte wieder vor mir auf. »Was?«

»Verrücktes Geschwätz«, sagte Dilys mit aufrechtselbstgerechter Haltung. »Kümmern Sie sich gar nicht darum, meine Liebe. Sie sind schließlich auf Urlaub hier. Lassen Sie sich Ihren Aufenthalt nicht von diesem dummen Mädchen verderben. Wirklich«, fuhr sie mit neuem Kopfschütteln fort, »ich kann mir nicht vorstellen, was den armen Tony dazu getrieben hat, sie zu heiraten. Sie war schon immer sehr eigenartig. Schon als Kind war sie überhaupt nicht hübsch, bestand fast nur aus zerzausten Haaren und knochigen Knien und hatte praktisch keine Freunde. Ihre Mutter war genauso, stimmt's, Owen?«

Owen rutschte unbehaglich auf seinem Stuhl herum und entgegnete, Elens Mutter habe seines Wissens nach eine Menge Freunde gehabt.

»Ja, männliche Freunde. Davon hatte sie reichlich«, schnaubte Dilys. »Sie hat gern Unruhe gestiftet und für Skandale gesorgt. War ständig hinter den Männern anderer Frauen her.«

Owen runzelte die Stirn. »Komm, du weißt, daß das …«

»Jede anständige Frau«, schnitt seine Gattin ihm das Wort ab, »wäre vor Scham über ein uneheliches Kind in den Boden versunken, aber nicht sie. Ich sehe noch, wie sie hocherhobenen Hauptes mit dem Kinderwagen durchs Dorf stolzierte, als wäre sie obendrein stolz darauf. Kein Wunder, daß ihre Tochter so geworden ist.«

Christopher nahm einen großen Schluck Sherry. »Wie geht es eigentlich eurem Sohn, Dilys? Wie ich höre, hat er wieder geheiratet.«

»Ja, das stimmt.«

»Dann ist das jetzt seine … die wievielte? Seine dritte Ehe?«

»Seine vierte, der blöde Hund«, erklärte Owen fröhlich. »Dabei sind es nicht so sehr die Ehen, die mich stören, sondern die vielen Enkelkinder. Ich glaube, wir haben inzwischen dreizehn Stück, man verliert allmählich den Überblick. In den Ferien gibt es hier immer ein ganz schönes Gedränge.«

»Aber er ist ein guter Vater, Owen, das mußt du zugeben«, verteidigte Dilys ihren Sohn.

»O ja, darin ist er wirklich gut. Macht Kinder wie ein Weltmeister.« Owen grinste und leerte sein Glas in einem Zug. »Muß an seiner Arbeitsstelle liegen, sie scheint auf ihn abzufärben.«

Bridget sah auf. »Ah ja? Wo arbeitet er denn?«

»In einer Klinik für künstliche Befruchtung in Cardiff. Er macht all diese Sachen im Labor.«

Christopher fand deutlichere Worte. »Er selektiert Sperma.«

Dilys wurde rot und wollte gerade zu einer Antwort ansetzen, als Owen sie ablenkte, indem er schnüffelnd die Nase hob. »Da brennt was an.«

Sie roch prüfend. »Ich rieche nichts.« Aber die besorgte Gastgeberin in ihr gewann die Oberhand. Als sie geschäftig hinauseilte, um nach dem Essen zu sehen, lehnte Owen sich zurück und schüttelte amüsiert den Kopf in Christophers Richtung.

»Fordere das Schicksal nicht zu oft heraus, mein Junge. Beim nächstenmal komme ich dir vielleicht nicht zu Hilfe.«

»Ach, ich habe keine Angst vor ihr.« Christopher warf einen Arm über die Sofalehne. »Meine Mutter ist genauso. Hunde, die bellen, beißen nicht.«

»Darauf würde ich mich nicht verlassen. Wenn du sie noch ein bißchen mehr reizt, wird dir das Lachen schon vergehen.«

Doch Christophers Streitlust legte sich von alleine, als das Essen aufgetragen wurde.

Dilys mochte eine Frau mit vielen Vorurteilen sein, aber ihr Sonntagsessen war eine Offenbarung. Man konnte den Tisch nicht mehr sehen vor lauter Köstlichkeiten – Berge von zarten, dampfenden Hähnchenteilen, Schüsseln mit der dazugehörigen Füllung aus Erbsen, Salbei und Zwiebeln, knusprige, goldbraune Bratkartoffeln, eine köstlich duftende weiße Soße, in der dicke Fettaugen schwammen, Karotten, gewürfelte Steckrüben und zwei extra Saucieren mit Bratensoße, die man über all das gießen konnte.

»Essen Sie«, befahl sie und schob mir eine Platte mit Lauchgemüse hin. »Sie sind zu dünn.«

Man hatte mir schon vieles im Leben nachgesagt, aber noch nie, daß ich zu dünn sei. Dennoch leistete ich keinen großen Widerstand, wie ich gestehen muß. Auf die Gefahr hin, den Reißverschluß meiner Hose über Gebühr zu strapazieren, nahm ich mir zweimal nach und krönte das Ganze mit Schokoladenpudding und Schlagsahne. Als wir schließlich nach Hause watschelten, fühlte ich mich träge wie eine Mastgans.

Die Treppe zu meinem Zimmer hinaufzusteigen kam nicht in Frage. Viel zu anstrengend. Also folgte ich den anderen in die dämmerige Wärme des Eßzimmers, wo ich mich stöhnend in einen der bequemen Sessel am Fenster fallen ließ und mit zurückgelegtem Kopf die blinkenden Lichter an Bridgets Märchenbaum bewunderte.

»Es ist erstaunlich, daß Owen nicht mindestens drei Zentner wiegt«, bemerkte ich gähnend.

Christopher, der noch genug Energie besaß, um schlendernde Runden durchs Zimmer zu drehen, grinste mich an. »Er arbeitet alles wieder ab zwischen seiner Farm und dieser hier. Aber Sie haben recht, falls er sich je zur Ruhe setzt, bekommt er Probleme.« Er blieb vor dem Bücherschrank stehen, in dem ich den Wilkie-Collins-Roman gefunden hatte, und musterte seinen Inhalt. »Hey, James, wußtest du, daß Onkel Ralph deine sämtlichen Werke besitzt?«

»Natürlich. Ich habe Sie ihm gegeben.«

»Ach so, deshalb. Ich hätte nicht gedacht, daß sie sein Geschmack sind. Genausowenig wie das hier.« Er zog einen größeren Band heraus und las den Titel auf dem weißen Hochglanzumschlag. »›Das Jahr des Druiden‹? Was zum Teufel ...?« Als er es aufschlug, um den Klappentext zu überfliegen, entdeckte er eine Widmung. »Oh, es ist von Gareth. Das ergibt schon mehr Sinn.«

Bridget sagte der Titel etwas. »›Das Jahr des Druiden‹? Ich glaube, das hat meine Freundin Julia illustriert – steht ihr Name auf dem Umschlag? Julia Beckett?«

Christopher sah nach. »Ja, stimmt. Sie sind mit ihr befreundet? Sie ist verdammt gut.«

»Ich weiß. Sie hat meine ersten Bücher illustriert. Werfen Sie mir den Band doch mal rüber, ja?«

Ich erkannte Julias Zeichnungen auf den ersten Blick an der großzügigen Verwendung von Farben und den beinahe pingeligen Details, die ihr Markenzeichen waren. Das Buch schien eine Art Kalender zu sein, der die Rituale und Feste der alten keltischen Religion in den verschiedenen Jahreszeiten verzeichnete. Bridget schlug sofort den Monat Juni auf und sah nach, was bei ihrem Geburtstag stand, während Christopher sich wieder vor den Bücherschrank hockte.

»Ich schätze, das hier hat Onkel Ralph auch von Gareth«, sagte er und hielt ein schmales rotes Bändchen in die Höhe.

James verdrehte den Hals und blinzelte. »Was ist das, sein Stück?«

»Genau.« Christopher richtete sich auf und blätterte durch die Seiten. »Enthält eine Menge saftiger Schlachtszenen. Ziemliches Machozeug.«

Neugierig streckte ich die Hand aus. « Kann ich es mal bitte kurz sehen?«

Christopher reichte es James, der ihm am nächsten saß und es mir mit flatternden Seiten zuwarf. »Hier, fangen Sie«, sagte James überflüssigerweise. »Was wollen Sie damit?«

»Nur meinem Gedächtnis auf die Sprünge helfen.« Ich blätterte bis zum Ende des ersten Aktes, auf der Suche nach jenem Monolog von Owain Glyn Dŵr. Er hatte die

Drachenkönige ganz bestimmt erwähnt – so waren sie in meinen Traum gelangt …

»Sagten Sie nicht, Sie erinnern sich nicht an das, was Sie gelesen haben?« fragte James. »Nur an das Gefühl, das Sie dabei hatten?«

»Das stimmt. Mit Ausnahme von Dichtung.«

»Ach so, verstehe«, rief er, und wenn das Lachen in seinen Augen nicht gewesen wäre, hätte ich geglaubt, sein Stolz sei verletzt. »Gareths Werk ist also Poesie, während meines …«

»Ihres ist wunderbar, ich liebe Ihre Bücher. Aber Theaterstücke lesen sich anders als Romane, die Sätze haben einen anderen Rhythmus, eine andere Melodie«, versuchte ich zu erklären.

Bridget hob ihre Nase aus dem Druidenkalender und bedachte James mit einem spöttischen Blick. »Eifersüchtig, Darling?«

»Auf Gareth? Was hätte ich für einen Grund, auf den eifersüchtig zu sein?«

Ich hielt mich wohlweislich aus diesem Geplänkel heraus und suchte weiter in »Red Dragon Rising« nach der Stelle, an die ich mich zu erinnern glaubte. Ja, da war sie … Glyn Dŵrs Stimme, Gareths Worte: *In meinen Adern fließt das Blut Cadwaladrs, des letzten der nach dem Drachen benannten Könige …*

Befriedigt las ich die Zeilen noch einmal. Jetzt hatte ich alle neuen Elemente in meinem Traum auf ihre Quelle zurückgeführt, mit Ausnahme der Frau in Blau, und für die würde ich auch noch eine einleuchtende Erklärung finden.

Mir gegenüber war Bridget wieder ganz das sanfte Kätzchen geworden. Sie streckte ihre Füße aus und betrachtete sie nachdenklich. »James?«

»Ja, Liebste?«

»Was sollen wir eigentlich wegen des Weihnachtsessens machen?«

Er stieß einen Laut aus, der ein Mittelding zwischen Stöhnen und Lachen war, und ließ seinen Kopf erschöpft gegen das Sitzpolster sinken. »Um Himmels willen, Bridget ...«

»Nein, ich meine, soll es hier stattfinden oder woanders?«

»Ich weiß es nicht. Ich habe mir noch keine Gedanken darüber gemacht.«

Sie überlegte eine Weile und kam dann zu dem Schluß: »Ich denke, wir sollten hier essen. Zu einem richtigen Weihnachtsfest gehört, daß man gemütlich zu Hause ißt.«

James hob eine Augenbraue. »Wirst du das Festmahl zubereiten?«

»Mal sehen.« Sie kuschelte sich tiefer in ihren Sessel und machte dann ein entschlossenes Gesicht. »Meine Bratkartoffeln werden zwar nie so perfekt wie die von Dilys, aber meine Brottunke ist köstlich.«

Christopher, der sich von den Büchern abgewandt hatte und zu einem der hohen, schmalen Fenster mit Blick auf den rückwärtigen Garten spaziert war, drehte sich halb zu Bridget um. »Könnten Sie eine Maronenfüllung machen? So eine richtige, traditionelle, meine ich?«

»Wenn ich die nötigen Zutaten habe.« Sie sah James bedeutungsvoll an.

»Schon gut.« Er unterdrückte ein Gähnen. »Vielleicht fahren wir morgen in die Stadt, damit du deine Weihnachtseinkäufe machen kannst.«

»Ich muß noch dein Geschenk besorgen, weißt du.«

»Damit ist die Sache entschieden. Wir fahren morgen auf jeden Fall in die Stadt.« Er streckte sich und sagte zu mir: »Sie sind so ruhig dort drüben in Ihrer Ecke.«

»Ich verdaue noch.« Widerstrebend klappte ich Gareths Stück zu und ließ die Seiten noch einmal an meinem Daumen vorbeigleiten. Ich hatte es genossen, wieder darin zu lesen und mich an der klangvollen Sprache zu erfreuen. Schade, daß der Autor ein derart unangenehmer Zeitgenosse war. So gern ich dieses Talent vertreten und gefördert hätte, so wenig wollte ich mit dem Mann selbst Näheres zu tun haben. »Also, Leute«, sagte Bridget und sah auf ihre Armbanduhr. »Wir haben noch eine halbe Stunde, dann sollten wir uns fertig machen.«

»Und wofür sollten wir uns fertig machen?« fragte James.

»Für die Weihnachtsmesse.«

»Aha.«

»Sie beginnt um halb fünf. Wenn wir um Viertel nach vier hier aufbrechen, sind wir ...«

»Ich war seit zwanzig Jahren nicht mehr in der Kirche«, unterbrach er sie und schloß die Augen. »Ist nicht mein Ding. Ich habe nie begriffen, wann ich sitzen, stehen, niederknien oder sonstwas tun soll. Wer will sich schon mit so etwas abplagen?«

Bridget dachte nicht daran, ihn so leicht davonkommen zu lassen. »Es ist die Weihnachtsmesse«, wiederholte sie. »Kein richtiges Weihnachten ohne den Besuch der Messe.«

Er hielt die Augen geschlossen und machte sich nicht die Mühe zu widersprechen.

Aber sein abgrundtiefer Seufzer sprach Bände.

XV

Therefore submit thy wayes unto his will,
And do by all dew meanes thy destiny fulfill.

EDMUND SPENSER, »The Faerie Queene«

Ich schlug mich auf Bridgets Seite. Nicht nur weil sie meine Klientin war und Anspruch auf meine Loyalität hatte, sondern auch weil mir der Gedanke gefiel, in einer Dorfkirche zu sitzen und Weihnachtslieder zu hören. Das Weihnachtsfest stand schließlich vor der Tür. Ich war so mit meinen Träumen und Elens Baby und den Wortgefechten mit Gareth beschäftigt gewesen, daß ich beinahe vergessen hatte, warum ich nach Angle gekommen war.

Nur fürchtete ich, daß ich es nicht rechtzeitig schaffen könnte, meinen satten Körper aus dem Sessel zu hieven, um an der Messe teilzunehmen. Aber mit einiger Mühe gelang es mir, und um vier Uhr hatte ich mich bereits frisch gemacht und war hinausgegangen, um auf die anderen zu warten.

Ich stand eine Weile einfach nur auf dem Rasen und genoß das Alleinsein. Diese Stunde, dachte ich, und nicht der frühe Morgen war die richtige Zeit für einen Kirchgang, wenn die Natur in der Betrachtung des Heiligen Atem zu holen schien.

Der ganze Himmel war mit einem tiefen, leuchtenden Gold überzogen, das nur dort, wo die untergehende

Sonne sich auf den Hügeln niederließ, in ein helles Karminrot überging. Die Krähen, die wie immer auf den Turmzinnen hockten, blickten mit angelegten Flügeln über die marschartige Flußmündung zum Dorf. Auf dem Friedhof gegenüber warfen die Bäume lange Schatten auf die Reihen von schiefen Grabsteinen, aus denen sich anmutig die Kirche zum Licht reckte. Und zwischen Farm und Friedhof, wo der Fluß an den Mauern des Turms vorbeiglitt, sang das Schilf und beugte die gefiederten Köpfe in der Brise wie blasse Chorknaben, die sich auf die Abendandacht einstimmten.

Die Haustür quietschte in den Angeln, und James kam über den Rasen auf mich zu.

Sein Feuerzeug klickte, eine Rauchwolke streifte meine Wange. »Verraten Sie mir, warum ich das tue«, sagte er.

Ich mußte lächeln. Er erinnerte mich an einen kleinen Jungen, der von seinen Eltern in die Kirche geschleift wurde, obwohl er lieber zu Hause bei seinen Spielsachen geblieben wäre. »Um Bridget glücklich zu machen«, antwortete ich.

»Ah ja, richtig.« Er rieb sich über den Nacken und nickte. »Eine anstrengende Aufgabe, Bridget glücklich zu machen. Sie ist sehr anspruchsvoll in der Instandhaltung, wissen Sie – wie ein Sportwagen, der ständig einen Satz neuer Reifen oder einen Ölwechsel braucht.« Er nahm einen Zug und betrachtete mich durch den Rauch. »Sie dagegen erinnern mich eher an einen Volvo.«

Ich lachte. »Oh, vielen herzlichen Dank.«

»Das war als Kompliment gemeint.«

Einen Augenblick lang fürchtete ich, Bridget könnte richtig gelegen haben mit ihrer Vermutung, daß James eine kleine Schwäche für mich hatte. Das wäre eine weitere Komplikation, die ich nicht gebrauchen konnte. Aber sein Gesicht verriet nichts weiter als ein allgemeines Interesse. Ich entspannte mich. »Ja, natürlich, jede Frau träumt davon, mit einem langweiligen schwedischen Auto verglichen zu werden.«

»Zuverlässigkeit ist etwas anderes als langweilig sein«, entgegnete er. Ich hatte den flüchtigen Eindruck, daß er mehr von sich selbst sprach als von mir, und musterte ihn einen Moment lang interessiert, ehe ich meinen Blick zu dem verwitterten Steingesicht über der Haustür wandern ließ.

»Ich wollte Sie schon die ganze Zeit fragen, was das ist«, sagte ich und deutete darauf. »Es sieht sehr alt aus.«

»Ah, der Gerald-Stein.« Er sah ebenfalls zu ihm hinauf. »Sie haben doch sicher von Giraldus Cambrensis, dem berühmten walisischen Geschichtsschreiber gehört?«

Vor vielen Jahren hatte ich mich einmal im Geschichtsunterricht durch seine Schriften gequält – Giraldus Cambrensis oder Gerald von Wales, ein Chronist und Mönch aus dem zwölften Jahrhundert, der in den turbulenten Zeiten von Richard Löwenherz dem Herrscherhaus der Plantagenets gedient hatte. »Ja, ich habe von ihm gehört.«

»Nun, er wurde nicht weit von hier geboren, in Manorbier. Wo Sie mit Bridget den Weihnachtsbaum gekauft haben. In seinen frühen Jahren als Priester wurde ihm Angle als Pfründe zugesprochen, und das da soll der Überlieferung nach sein Gesicht sein. Daher der Name.«

»Der Gerald-Stein«, wiederholte ich und betrachtete den heiteren Ausdruck, das angedeutete Lächeln mit neuen Augen.

»Niemand weiß, wie alt er ist oder wer der Steinmetz war«, fuhr James fort, »aber er ist auf jeden Fall älter als das heutige Haus.«

Eine Windböe traf mein emporgerecktes Gesicht und

ließ meine Augen tränen, und für eine Sekunde schienen die steinernen Züge sich zu verändern, schienen älter und weiser auf uns herabzublicken. Doch als ich blinzelte, war alles wie zuvor.

Bridget kam durch die Verandatür heraus und sah, wie wir gemeinsam nach oben starrten. »Was macht ihr denn da?«

»Ich habe Lyn gerade den Gerald-Stein gezeigt«, sagte James.

»Wie aufregend.« Sie schloß den Kragen ihres Mantels und sah sich um. »Können wir los? Wo ist dein Bruder?«

»Er ist nach nebenan gegangen, um Elen zu fragen, ob sie mitkommen will.«

»Oh, tolle Idee.«

»Wo bleibt deine weihnachtliche Gesinnung, Liebling?« spöttelte James. »Friede und Nächstenliebe allen Menschen auf Erden oder so ähnlich.«

Bridget reagierte mit einem liebreizenden Augenaufschlag. »Ich habe kein Problem damit, allen *Männern* meine Nächstenliebe zu beweisen …«

»Biest«, lachte er. Dann zog er seine Handschuhe aus und gab sie mir. »Halten Sie die bitte mal kurz für mich, Lyn. Ich habe kein Gefühl in den Fingern mit Handschuhen und muß nachsehen, ob ich genug Münzen für den Klingelbeutel bei mir habe.«

Bridget zog die Stirn in Falten. »Also, ich hoffe wirklich, daß Elen nicht mitkommt.«

»Scheint, als ginge dein Wunsch in Erfüllung.« James sah Christopher entgegen, der gerade allein um die Ecke des Osthauses kam.

»Sie war nicht da«, rief er, als er auf uns zutrabte.

»Ach, wie schade«, heuchelte Bridget. »Sollen wir jetzt gehen?«

»Unbedingt.« James schnippte seine Zigarette weg, steckte sein Portemonnaie ein, nachdem er dessen Inhalt kontrolliert hatte, und nahm mir die Handschuhe wieder ab. »Ich kann es kaum erwarten.«

»Versuchst du, sarkastisch zu sein?« fragte Bridget.

»Aber nie im Leben. Ich kann mir nichts Schöneres vorstellen, als in einer eiskalten Kirche zu sitzen, während alle um mich herum aus voller Kehle falsch singen.«

Christopher grinste. »Ja, das macht dich bestimmt ganz sentimental.« Zu uns beiden anderen gewandt: »James war nämlich mal Chorknabe, müßt ihr wissen.«

Sein Bruder durchbohrte ihn mit einem bösen Blick. »Ich hätte dich doch im Bad ertränken sollen, als Mutter dich damals aus der Klinik mit nach Hause brachte.«

»Es wäre dir ja wohl auch beinahe gelungen, nach allem, was ich gehört habe.«

»Tja, ich hätte dich eben länger unter Wasser drücken sollen.«

»James, bitte«, neckte Bridget, »was hast du mir gerade gepredigt? Frieden allen Menschen auf Erden.«

»Blödes Geschwätz.« Aber sein Mund verzog sich belustigt unter dem Bart, und er ging folgsam an meiner Seite, als Bridget uns am Turm vorbei und durch das Tor auf den Weg zum Dorf führte. Wir nahmen die Abkürzung über die Wiese und den eingezäunten Spielplatz, wo wir einer nach dem anderen das kleine Schwingtor passierten. Zwei Jungen spielten Fußball vor dem Gerüst mit den Schaukeln, aber sie nahmen kaum Notiz von uns. Auf der anderen Seite des Spielplatzes öffnete sich ein grünes Metalltor zur Straße.

Das schien ein noch kürzerer Weg zum Dorf zu sein, und ich merkte ihn mir, weil ich auf diese Weise nicht an Gareths Garten vorbeimußte. Sein Cottage lag nun zu meiner Rechten, hinter einer langen Mauer, die von wuchernden, rotglänzenden Zwergmispelbüschen halb verborgen wurde. Ich zeigte dem Haus die kalte Schulter und sah nach links, wo die Kirche stand.

Dorfkirchen waren für mich schon immer weihevollere Orte gewesen als große Kathedralen. In einer ähnlichen kleinen Kirche, in der Nähe meines Elternhauses in Kent, hatte ich geheiratet, und als mein Sohn gestorben war, ließ ich ihn dort auf dem Friedhof begraben, unter einer schützenden Eibe und zwischen all meinen Vorfahren, damit er nicht allein war.

Auch auf diesem Kirchhof stand eine Eibe, ein alter knorriger Baum, der seine dichtverzweigten Arme über die Grabsteine breitete und den Schlaf der Toten bewachte. Hier und da bedeckten Efeuteppiche die älteren Gräber, und verblichene Blumen welkten in Vasen. Ein spürbarer Friede lag über allem. Ich atmete ihn tief ein und seufzte, worauf Bridget neben mir sich vertraulich an James wandte.

»Ich sollte dich warnen, Darling. Lyn hat nämlich eine Schwäche für heilige Orte. Das mußte ich am eigenen Leib erfahren, als wir zusammen in Paris waren. Ich glaube, wir haben sämtliche Kirchen der Stadt abgegrast.«

»Hat dir bestimmt gutgetan«, lautete James' trockener Kommentar.

Sein Bruder drehte sich um. »Hört, hört, und das von dem Mann, der seit Jahren keine Kirche mehr von innen gesehen hat.«

»Jetzt gehe ich aber hin, wie du siehst.«

»Hoffen wir, daß Gott den Schock überlebt.«

James betrat das Gotteshaus ohne Zwischenfall. Außer der lächelnden jungen Frau, die am Eingang Liederblätter verteilte, bemerkte uns niemand, und ich sah kein Anzeichen, daß Gott etwas auffiel oder er gar vor Schreck verging. Die Heiligen in den Buntglasscheiben der Rundbogenfenster sahen einander weiter mit heiterer Gelassenheit über das Kirchenschiff hinweg an, in das die letzten Streifen des Tageslichts fielen. Selbst die Handvoll Leute, die bereits in den Bänken saß, schien sich mehr für Bridget zu interessieren als für James.

Es war eine hübsche kleine Kirche, erfüllt von diesem sonntäglichen Geruch nach geöltem Holz und alten Steinen, mit groben, weißverputzten Wänden und einem Rippenwerk aus dunklem Holz, das die gewölbte Decke trug. Gedenktafeln erinnerten an Angehörige einer einzigen Familie – die Vorfahren von James' Freunden im Gutshaus, vermutete ich.

»Das stimmt«, sagte er, als ich ihn danach fragte. »Schade, daß sie heute nicht hier sind, sonst würde ich Sie ihnen vorstellen. Sie wollten für ein paar Tage nach London fahren, aber zu Weihnachten müßten sie wieder zurück sein.«

Aber auch abwesend waren sie hier sehr präsent. Das Buntglasfenster neben der Bank, die wir ansteuerten, war zur Erinnerung an ein weiteres Familienmitglied gestiftet worden. Ich warf einen kurzen Blick auf die Widmung, ehe ich eine Kniebeuge in Richtung des Altars machte und neben Christopher in die Bank glitt, wo ich aus alter Gewohnheit zu einem stillen Gebet niederkniete.

Als ich von meinen gefalteten Händen aufsah, begegnete mein Blick unerwartet einem anderen aus ernsten, dunklen Augen. Gareth hatte sich auf seinem Platz weiter vorne umgedreht und lehnte mit einer Schulter an der kahlen Wand, während er meine Andacht beobachtete. Er war zu weit entfernt, als daß ich seinen Ausdruck hätte deuten können; ich wußte nicht, was er dachte.

Elen, die neben ihm saß und Stevie auf ihrem Schoß reiten ließ, drehte sich ebenfalls um, lächelte und winkte. James hob eine Hand zur Antwort und rutschte auf der Bank weiter, bis sein Bein an meines stieß, damit Bridget sich noch neben ihn quetschen konnte.

»Siehst du, du brauchst dir keine Sorgen um Elen zu machen«, sagte James zu Christopher. »Sie hat ihren ritterlichen Beschützer dabei.«

Mir war nicht klar, ob Christopher ernsthaft um Elen warb, aber falls er in diesem Moment Eifersucht empfand, ließ er sich nichts anmerken. Er sah zu den beiden hin und nickte, lehnte sich dann in der Bank zurück, um das Gesangsblatt zu studieren. Bridget war weniger zurückhaltend.

»Sieh mal, sie hat auch ihren Sohn mitgebracht. Ich werde nie verstehen, warum manche Mütter unbedingt ihre Babys in die Kirche mitschleppen müssen.«

James lächelte. »Normalerweise würde ich dir zustimmen. Aber da Weihnachten ist, erscheint es mir nicht ganz angebracht, Kleinkinder aus der Kirche zu verbannen. Auf jeden Fall würde die Krippe dadurch unvollständig.«

Das mußte Bridget wohl oder übel zugestehen. Sie reckte den Hals und sah sich interessiert um. »Gibt es denn eine Krippe hier? Wo ist sie?«

Es gab tatsächlich eine, die kunstvoll im hinteren Teil aufgebaut war, wo auch ein altmodischer Glockenstrang vom Turm herabpendelte.

»Wie hübsch«, sagte sie. »Allerdings sieht das Schaf auf der linken Seite ein wenig räudig aus, das arme Ding. Und das Jesuskind macht ein Gesicht, als hätte es gerade einen Erstickungsanfall …« Zu spät schlug sie sich auf den Mund und sah mich schuldbewußt an wie ein Kind, das eine ungezogene Bemerkung gemacht hat. »O Lyn, es tut mir leid. Ich sollte wirklich lernen, meine Klappe zu halten.«

»Ist schon gut.«

James sah fragend von einer zur anderen. »Was ist los?«

Ich merkte, wie Bridget sich in Gedanken in den Hintern trat, als sie antwortete: »Nichts, gar nichts.«

»Na, es muß schon etwas sein, wenn du …«

»Vertrau mir, James. Vergiß es einfach.«

»Gut.« Er folgte dem Beispiel seines Bruders und vertiefte sich in das Liederblatt, während Bridget mit einem langen Seitenblick prüfte, ob auch wirklich alles in Ordnung war.

Aber das war es – ich hatte die Wahrheit gesagt. Vielleicht lag es daran, daß wir uns in einer Kirche befanden, an einem Ort, der von der Außenwelt abgetrennt war, an den weder Böses noch Schmerz noch Sorge gelangen konnten. Frieden umgab mich hier wie sanftes Wasser, und meine Gedanken und Gefühle lösten sich und trieben erschöpften Schwimmern gleich mit der Strömung. Hier konnte ich an Justin denken, ohne daß es weh tat.

Natürlich wußte ich, daß dieser Zustand nicht lange anhalten würde. Die Kirche konnte mir nur vorübergehend Trost spenden. Nach der Messe würde ich wieder hinausgehen und mit meinem Leben weitermachen müssen. Aber für den Augenblick war es wunderbar, zwischen all den anderen zu stehen und in die alten Lieder einzustimmen, die mir besonders schön vorkamen, weil ich sie nur einmal im Jahr hörte. Die Kälte in der ungeheizten Kirche machte meine Nase taub und schickte ein Kribbeln in meine Finger, und wenn die Gemeinde sang, stiegen überall Atemwolken auf und vereinigten sich mit dem Weihrauch zu einem blassen Nebel über unseren Köpfen. Ein kleiner, aber gut geleiteter Kinderchor führte uns durch die Melodien, und die jungen Gesichter wirkten geradezu engelhaft im Kerzenlicht.

Zum erstenmal seit meiner Ankunft in Wales fühlte ich mich in Weihnachtsstimmung.

Es war ein freudiges, überschwengliches Gefühl, das sich in meiner Brust ausdehnte und keinen Raum für kleinliche Regungen ließ. Was vielleicht erklärt, weshalb ich, als die Messe zu Ende war, alle durch den Mittelgang hinausdrängten und mein Blick zum zweitenmal auf den Gareths traf, schelmisch mein Kinn hob und ihm ein strahlendes Lächeln schenkte. Den Teufel besiegt man am besten, indem man ihn anlächelt, pflegte mein Vater immer zu sagen.

Ob mein Lächeln Gareth besiegte, wußte ich nicht, aber es überraschte ihn jedenfalls. Ich sah noch, wie seine Augenbrauen in die Höhe schossen, bevor jemand zwischen uns trat und mir den Blick versperrte.

»Sieh an, wen wir da haben«, murmelte James.

Elen hörte ihn nicht. Sie rückte Stevie auf ihrem Arm zurecht und sah mich mit dem gleichen ausdrucksvollen, seligen Blick an wie am Nachmittag, ein Blick, der von einem geheimen Wissen sprach.

»Hallo«, sagte sie und blieb im Gang stehen, so daß sie dem Buntglasfenster über unserer Bank den Rücken zukehrte. Ich hatte zuvor nur flüchtig die Gedenkschrift am unteren Rand gelesen und es nicht näher betrachtet, aber jetzt sah ich, daß es passenderweise die Geburt Jesu darstellte. Elen wirkte wie eine moderne Verkörperung der Madonna, und ich lächelte. »Hallo.«

»Stevie wollte Sie gern sehen.«

Das bezweifelte ich, zumal er schlief und seine kleine Faust um eine Locke von Elens Haar geklammert hatte. Aber ich war immer noch in großzügiger Weihnachtsstimmung und spielte mit. »Das ist aber nett von ihm«, sagte ich und berührte tapfer seine Hand mit einem Finger. »Hallo, Stevie.«

Es hatte ein kurzer, freundlicher Kontakt sein sollen, nicht mehr. Doch Stevies kleine Hand öffnete sich, griff zu und umfaßte meinen Finger. Ein plötzliches, heißes Gefühl, wie ein elektrischer Schlag, schoß in meine Schulter hinauf, und mein Blick fiel auf die Worte, die unter der blaugewandeten Jungfrau und ihrem Kind in das Glas eingelassen waren. *Ein Kind ist uns geboren. Der Sohn Gottes ist uns gegeben.*

Ich versuchte, mich ihm zu entziehen, doch dann wurde ich von einem stärkeren Impuls geleitet, und meine Finger schlossen sich unwillkürlich um die des Jungen. Hitze durchströmte mich schnell wie ein Lauffeuer, und während sie sich ausbreitete, merkte ich, daß eine kleine, gefrorene Ecke meines Herzens zu schmelzen begann.

Möglicherweise ist das die Lösung, dachte ich – ich mußte mich meinen Ängsten stellen und sie dadurch überwinden. Ich fühlte mich seltsam frei und erlöst, als ich mit den anderen in der frühen Dunkelheit nach Hause ging. Der Wind war stärker geworden, er biß sich durch den Stoff meiner Jacke, ließ das trockene Laub auf dem Spielplatz tanzen und jagte schwere Wolken über den Himmel, die das Mondlicht trübten und bald ganz auslöschten.

James stapfte vor mir durch das dichte Gras. »Wenn ich es nicht mit eigenen Augen gesehen hätte, würde ich es nicht glauben«, sagte er. »Sie läßt sonst niemanden an ihn heran.«

»Ich sag's dir doch«, ließ Bridget sich vernehmen, »sie hält Lyn für eine Art Schutzengel.«

»Und wie kommt sie darauf, wenn ich fragen darf?«

»Durch irgendeine Margaret offenbar.« Mit nachdenklich gesenktem Kopf passierte sie das Schwingtor. »Möchte wissen, wer ...«

»Verdammt und zugenäht!«

Christopher, der uns einige Meter voraus war, drehte sich beim Ausbruch seines Bruders um. »Was ist los?«

»Die Kühe sind hier durchgekommen.« James hob angeekelt einen Fuß an, während ich als letzte hinter ihm durch das Tor ging.

»Kopf hoch«, munterte ich ihn auf. »Wir sind ja gleich zu Hause.«

»Oh, ich bin bester Dinge«, sagte er gedehnt. »Nichts stimmt mich fröhlicher als so ein Kirchgang.«

Bridget lachte. »Das muß irgendwie am männlichen Erbgut liegen. Der arme Gareth sah auch nicht gerade entzückt aus während der Messe.«

»Tja, Gareth bringt eben noble Opfer für Elen«, bemerkte James.

Christopher schüttelte den Kopf. »Er tut es nicht für Elen.« Die Wolken über uns rissen ein wenig auf, und ein blasser Mondstrahl traf seine Haare und seine Augen. »Gareth interessiert sich nicht für Elen. Was er tut, tut er für Stevie.«

»Ach wirklich? Und woher wissen Sie das?« fragte Bridget.

»Ich weiß viele Dinge.« Sein Lächeln war gewollt geheimnisvoll, und ich fragte mich, ob ich Christopher vielleicht unterschätzt hatte. Ein Mann mußte schon recht clever sein, um den richtigen Köder für Bridget auszulegen.

Seine Taktik hatte Erfolg.

Noch ehe wir den Turm erreicht hatten, ging sie an seiner Seite und sah kokett zu ihm auf; ihr Lachen verwehte im Abendwind.

Neben mir gab James ein Ächzen von sich. »Ich glaube, ich ertrag' es nicht.«

Aber er sah auf seine Armbanduhr, nicht zu Bridget. Das schwache Leuchten des Zifferblatts ließ ein ungehaltenes Stirnrunzeln erkennen. »Noch eine volle halbe Stunde, bis die Pubs aufmachen.«

XVI

Er ruft mich an, so will ich ihn erhören,
ich bin bei ihm in der Not, ich will ihn herausreißen
und zu Ehren bringen.

PSALMEN, 91.15

Ich fiel und fiel, ruderte mit den Armen durch die Dunkelheit …

Dann fühlte ich das Bett unter mir, warm, sicher und verläßlich. Langsam schlug ich die Augen auf, sah, wie die Flammen im Kamin tanzende Schatten auf die Wände warfen. Sie ist hier, dachte ich und hob meinen Kopf vom Kissen. Hier, in meinem Zimmer. Am Fenster.

Sie bewegte sich, worauf die Vorhänge sich blähten und um sie herumflatterten wie Segel um einen Mastbaum. »Du hast eine gute Tat getan.«

Ich sah sie an und strich mir ein paar wirre Haarsträhnen aus den Augen. »Was habe ich denn getan?«

Sie kam auf mich zu. Das Flüstern des blauen Gewands verstummte erst neben dem Bettpfosten, und das rötliche Licht vom Kamin wärmte eine bleiche Wange, als sie auf mich herabsah. Die schwere Traurigkeit, die sie umgeben hatte, war verschwunden, sie wirkte ruhiger. »Es wird nicht vergessen werden.«

»Was? Was wird nicht vergessen werden?«

»Doch höre auf meine Worte: Du mußt dich morgen hüten«, sagte sie ernst, »denn morgen ist der Tag, der

›Licht des Artus‹ genannt wird, ein Tag besonderer Gefahr. Du darfst nicht nachlassen in deiner Wachsamkeit und nicht den Worten des Blenders folgen.«

»Immer sprichst du in Rätseln«, beklagte ich mich. »Warum kannst du mir nicht einfach …?«

»Ich sage die Wahrheit, so deutlich ich kann, und dein Weg ist wahrlich gefährlich. Es zeugt von der Größe deines Herzens, daß du diese Gefahren um seinetwillen auf dich nimmst, und ich werde für immer in deiner Schuld stehen.«

Es war ein seltsames Gefühl zu träumen und zu wissen, daß ich träumte, und trotzdem zu sprechen und zu antworten, als wäre alles Wirklichkeit. Als sie sich von meinem Bett abwandte und gehen wollte, schlug ich die Decken zurück und stolperte ihr nach. »Warte«, rief ich, »du kannst noch nicht gehen. Du hast mir noch nicht gesagt, was ich tun soll.«

Sie schwebte davon, ohne sich umzudrehen. »Schlaf jetzt, denn morgen wirst du all deine Kraft brauchen.«

Plötzlich fiel mir auf, daß etwas fehlte. »Dein Sohn«, sagte ich, »wo ist er?«

Doch sie war schon am Fenster, wo die Samtvorhänge sie tief in ihre Schatten zogen, während das Glas zu einem Spiegel wurde, der mein Bild zurückwarf.

Aber nicht nur meines.

Eine kleinere Gestalt stand neben mir, leicht verzerrt durch das gewellte Glas. Der Widerschein des lodernden Feuers umgab ihn wie eine Aura, die goldenen Locken leuchteten um sein Gesicht.

Und als ich wieder Atem holte und meinen Blick von dem Spiegelbild löste, um das Kind anzusehen, fühlte ich, wie es seine Hand warm und vertrauensvoll in meine legte.

XVII

Then to her tower she climb'd, and took the shield,
There kept it, and so lived in fantasy.

ALFRED LORD TENNYSON, »Launcelot and Elaine«

Owen war dabei, hinterm Haus in der Nähe des Taubenschlags einen Zaun zu reparieren. Er hörte mich die Auffahrt entlangkommen und drehte sich überrascht um. »Was sehe ich da? Ich dachte, ihr Londoner seid alle Langschläfer, die so früh am Morgen keine zehn Pferde aus ihren Betten bringen.«

»Gilt nicht für mich.« Ich hätte beim besten Willen nicht länger im Bett bleiben können. Mein Traum hatte sich schon wieder verändert, und das beunruhigte mich, und wenn mich etwas beunruhigte, mußte ich hinaus und spazierengehen.

»Ach ja, richtig. Sie sind gestern schon im Morgengrauen durch Gareths Garten gestreift, stimmt's?« Grinsend hielt Owen eine Zaunlatte an und griff nach seinem Hammer. »Sehr mutig von Ihnen. Manche, die diesen Garten betreten haben, sind nie wieder herausgekommen, sagt man.«

Ich lächelte. »Er vergräbt sie in den Blumenbeeten, ja?«

»Höchstwahrscheinlich.« Er schlug einen Nagel ein, nahm den nächsten zur Hand und betrachtete mich nebenbei von Kopf bis Fuß. »Sie werden ihnen bald Gesellschaft leisten, Mädchen, wenn Sie sich nicht etwas Wärmeres anziehen.«

»Oh, ich friere nicht.« Ich streckte einen Arm aus und zeigte ihm, wie dick mein handgestrickter Pullover war. »Sehen Sie? Er ist ganz warm.«

»Na ja«, machte er väterlich und nicht ganz überzeugt, ehe er sich über den nächsten Nagel beugte.

Es war wirklich frisch an diesem Morgen. Der Wind hatte über Nacht die Richtung gewechselt und blies nun stetig von Südwesten, wobei er tiefhängende, rußgraue Wolken über den Meeresarm und die Wiesen vor sich hertrieb. Meine Hände und Ohren, unbedeckt von dem kuscheligen Pullover, prickelten in der kalten Luft, und meine Wangen mußten eine sehr gesunde Farbe haben.

Ich fühlte mich wach und lebendig und blieb noch ein wenig stehen, um Owen bei der Arbeit zuzuschauen. »Was heißt Zaun auf walisisch?« wollte ich wissen.

»Keine Ahnung. Ich spreche kein Walisisch.« Er schielte zu mir herauf. »In diesem Teil des Landes werden Sie nur wenige Leute finden, die es können.«

»Aber Gareth spricht es.«

»Er ist ja auch ein Zugereister.«

»Er sagte, er sei hier in Pembrokeshire geboren.«

»Oh, das stimmt, er ist ein echter Pembrokeshire-Mann, aber er kommt von der anderen Seite, nördlich des Landsker.«

»Des Landsker? Was ist das?«

»Eine Art Grenzlinie, markiert durch die alten Normannenfestungen, die uns hier im Süden von unseren walisisch sprechenden Nachbarn trennt. Die Normannen kamen kurz nach der Eroberung hierher«, sagte er mit einer Sicherheit, die verriet, daß er im Geschichtsunterricht gut aufgepaßt hatte. »Sie bauten Pembroke Castle und bekämpften die örtlichen walisischen Stammesfürsten, die bereits miteinander im Kampf lagen. Der Fürst, der sie zusammengehalten hatte – Rhys ap Tudor hieß er –, war gestorben, und alles ging ein wenig drunter und drüber. Außerdem lebten nicht nur Waliser hier, schon damals nicht. Es gab Wikinger, die auf ihren Raubzügen an dieser Küste gelandet waren, sich niedergelassen und walisische Frauen genommen hatten. Und die Wikinger«, wußte Owen, »waren mit den Normannen verwandt.«

»Natürlich.« Bruchstücke aus meinen eigenen Geschichtsstunden tauchten auf. »Das Wort Normanne ist nur eine Variante von Nordmann oder Norweger, nicht wahr?«

»Genau. Jedenfalls behielten die Normannen nach ein paar Kämpfen die Oberhand und brachten einige Bootsladungen voll flämischer Flüchtlinge ins Land, um die Waliser noch mehr auszudünnen. Seitdem sind wir eben anders. ›Klein England am Rand von Wales‹ nennt man unsere Gegend auch.«

»Ist das der Grund, weshalb die Ortsnamen hier unten eher englisch klingen?«

Owen nickte. »Manche sind englischen, manche skandinavischen Ursprungs. Angle zum Beispiel ist der altnordische Ausdruck für Haken«, erklärte er und versetzte dem Nagel einen letzten Schlag, bevor er prüfend an der Zaunlatte rüttelte. »Als jetzt überall zweisprachige Straßenschilder Vorschrift wurden, mußten sie für manche Orte erst walisische Namen erfinden. So ein Blödsinn. Man kann doch nicht einfach hergehen und mit einem neuen Namen neunhundert Jahre Geschichte verändern.«

»Dann sind Sie also gar kein richtiger Waliser.«

»O doch, und ob ich das bin.« Owen richtete sich auf und sah mich mit stolzem Kriegerblick aus seinen grauen

Augen an. »Ich bin so walisisch, wie man nur sein kann, egal, was die blöden Puristen sagen. Jeder Dummkopf kann eine Sprache lernen, das ist kein Maßstab für die Zugehörigkeit zu einer Nation. Die Abstammung, die Geburt ist es, was zählt.«

Er hatte natürlich recht. Ein Engländer konnte noch soviel Walisisch lernen und es wie ein Einheimischer sprechen, er würde trotzdem immer ein Engländer bleiben. Nationalität war mehr als die Sprache, derer man sich bediente.

Owen hatte mich zwar eines Besseren belehrt, aber er war viel zu nett, um mir meine Unwissenheit zu verübeln. Er streckte sich in den Schultern und stemmte einen Arm in die Seite. »Wollen Sie wieder einen Morgenspaziergang machen?«

»Ich glaube nicht«, antwortete ich mit einem abschätzenden Blick zum Himmel. »Es sieht zu sehr nach Regen aus.«

»Na, dann können Sie auch mitkommen und mir bei den Kühen helfen. Das ist mal was anderes für Sie, richtig aufregend.« Er zwinkerte mir zu und pfiff vor sich hin, während er mich in einem Bogen um die Rückseite des Hauses herumführte. Das Pfeifen ging in ein Summen über, und schließlich sang er aus voller Kehle in seinem angenehmen Baß-Bariton. Ich kannte das Lied und mußte über den Text lächeln.

»Glauben Sie, es besteht eine Chance, daß wir sie bekommen?«

»Was?«

»Weiße Weihnachten. White Christmas.«

Er lachte. »Wohl kaum. Es könnten nasse Weihnachten werden, aber bestimmt keine weißen. Wir hatten seit Jahren keinen Schnee hier in Angle. Vielleicht kriegen sie in

Pembroke welchen – im Inland, weiter weg von der Küste, schneit es schon öfter mal.«

Wir hatten die Reihe von Schuppen am Ende der Auffahrt erreicht. Owen blieb bei dem grüngestrichenen stehen, der dem Haus am nächsten war, und rüttelte an der Tür. »Dachte ich's mir doch«, sagte er, als das offene Vorhängeschloß zu Boden fiel. »Sie hat es schon wieder getan. Bei all den Sachen, die sie dort drin aufgestapelt hat, könnte sie wirklich mal ans Abschließen denken.«

Er sprach offenbar von Elen. Christopher hatte erzählt, daß sie in dem Schuppen die alten Möbel aufbewahrte, die sie mit ihrem Mann zusammengetragen hatte, um sie zu restaurieren.

Owen bückte sich und hob das Schloß auf. »Die Katzen folgen ihr gern dort rein, wenn sie ein Möbelstück herausholt, und sie hat immer Angst, versehentlich eine einzusperren. Deswegen wollte sie nie die Tür abschließen. Aber jetzt, wo ich die Katzenklappe eingebaut habe, sollte das kein Hinderungsgrund mehr sein.«

Ich betrachtete das Stück Gummimatte, das an den unteren Türrand genagelt war. »Aber es tut den Möbeln doch bestimmt nicht gut, wenn die Katzen darauf herumspringen.«

Owen versicherte mir, daß sie nicht von alleine hineingelangen konnten. Er hob eine Ecke der Matte an und führte mir stolz vor, daß die Klappe sich nur nach außen, aber nicht nach innen öffnen ließ, weil das ausgesägte Loch etwas kleiner im Umfang war als das Gummistück. Aber die Öffnung hatte immer noch eine ansehnliche Größe, und kurz darauf, angelockt durch Owens Hantieren an der Tür, kam auch schon der getigerte Kater aus einem Gewirr von Fuchsien- und Rosensträuchern heraus, um nachzusehen, was es da Interessantes gab.

»Husch, Dicker, geh weg da«, sagte Owen und schubste den Kater von der Klappe weg, während er das Schloß mit einem entschiedenen Klicken einschnappen ließ. Das Tier nahm es ihm nicht weiter übel und setzte seinen Weg über eine schmale steinerne Treppe fort, die in den Hof hinter Elens Haus führte.

Es war ein stilles, friedliches Eckchen. Am Fuß der Treppe stand ein Feigenbaum, dessen ausgreifende Zweige sich bis zu dem Schieferdach des Vorbaus am mittleren Haus erstreckten und einen Bogen bildeten, durch den man in den kleinen Hof gelangte. Sanft ansteigende Terrassen umgaben ihn, die von niedrigen, weißverputzten Mauern eingefaßt wurden. Nur dort, wo die Witterung den Mörtel gelöst hatte, zogen sich grüne Moosstreifen wie Tränenspuren durch das Weiß. Auch die Decksteine waren mit weichem Moos überzogen. In der nordöstlichen Ecke war die Mauer unterbrochen, um Platz für ein kleines Tor zu lassen. Dieses Tor, blau gestrichen wie auch die Regenrinnen und die Türen an der Rückseite des Osthauses, führte in den Farmhof und zu den Kuhställen dahinter.

Owen und ich nahmen einen kürzeren Weg, vorbei an dem grünen Schuppen und über eine andere, weniger malerische Treppe. Im Hof roch es anheimelnd nach Tieren. Ich stapfte hinter Owen drein und kümmerte mich nicht um den Schlamm und den Mist, der sich an meine Stiefel hängte. »Kann ich Ihnen vielleicht helfen? Nein, wirklich«, fügte ich hinzu, als er mich zweifelnd ansah, »ich habe Erfahrung mit dem Ausmisten von Pferdeställen.«

»Das hier sind Kühe.«

»Ja, ich weiß, aber ... «

»Nein, nein, das ist ein Unterschied wie Tag und Nacht, der zwischen Kühen und Pferden«, meinte Owen mit todernstem Gesicht, als wir den Kälberstall betraten. »Also setzen Sie sich am besten brav dorthin und leisten mir einfach Gesellschaft. In Ordnung?«

Ich setzte mich auf einen altmodischen Melkschemel an der Tür und lächelte. »Sind Sie immer so unnachgiebig?«

»Tja, das muß man wohl sein, wenn man mit Dilys zusammenlebt. Bei uns heißt es fressen oder gefressen werden, da gibt es kein Pardon.« Er nahm eine Mistgabel zur Hand und machte sich an die Arbeit. Ich sah ihm eine Weile schweigend zu.

»Owen?«

»Ja, meine Hübsche?«

»Kann ich Sie etwas fragen?«

»Nur zu.«

»Was Dilys gestern gesagt hat – daß Elen glaubt, ein Drache wolle Stevie rauben – stimmt das?«

»Ja.« Er warf eine Gabel voll Stroh beiseite, daß der Staub zur Decke aufwirbelte. »Meine Dilys mag eine Klatschtante sein, aber sie erfindet nichts.«

»Warum ein Drache?«

»Wie?«

Ich versuchte, mich klarer auszudrücken. »Ich kann verstehen, daß sie sich Sorgen macht. Das ist normal, jede Mutter tut das. Außerdem hat sie ihren Mann verloren, also ist es nur zu verständlich, daß sie Angst hat, Stevie auch noch zu verlieren. Aber man sollte doch meinen, daß sie sich vor *Menschen* fürchtet, die ihm schaden könnten, und nicht vor irgendeinem Fabelwesen.«

»Tja, Elen mag nun mal ihre Fabeln und Märchen. Sie lebt in ihnen. Schon als Kind hat sie sich ihre eigene kleine Welt geschaffen. Sie war schon immer ein wenig anders, wissen Sie. Genau wie ihre Mutter.« Sein Blick wurde weich. »Glaubte fest an Magie und Feen und Prinzen. Elen sagte einmal zu mir, Tony wäre ihr Pwyll und hätte sie vor dem Unglücklichsein gerettet, so wie Pwyll seine Rhiannon gerettet hat.«

»Wen?«

»Rhiannon.«

Der Name sagte mir nichts, und Owen schüttelte mit gespielter Mißbilligung den Kopf. »Dabei sind Sie doch eine gebildete Frau. Die Geschichte von Pwyll und Rhiannon ist die älteste der walisischen Sagen. Der erste Teil der Mabinogi.«

»Ach so, das ›Mabinogion‹.« Zumindest hatte ich von dem walisischen Sagenschatz schon gehört, wenn ich das Buch auch nie gelesen hatte. »Rhiannon war also ...«

»Eine Prinzessin.«

»Aha.«

»Sie müssen die Geschichte schon selbst lesen.« Er grinste. »Ich will Ihnen nicht die Spannung verderben. Entscheidend ist jedenfalls, daß Prinz Pwyll und Rhiannon ein Kind bekamen, einen kleinen Sohn, der gestohlen wurde, und zwar von ...«

»Einem Drachen«, schloß ich für ihn und nickte verstehend. »Daher hat Elen das also.«

»Genau.«

»Aber Sie halten sie nicht für verrückt?«

»Wen, Elen? Nein, natürlich nicht«, antwortete er, als wäre das ein völlig absurder Gedanke. »Sie hat so ihre Phantasien, klar, aber das ist ihre Art, mit dem Leben fertig zu werden. Sie hat sich schon als Kind in sie geflüchtet, um nicht zu weinen, wenn die anderen Kinder sie hänselten, weil sie keinen Vater hatte. Auch, als ihre Mutter starb, und dann wieder bei Tony. Nein, Elen weiß, was real ist«, sagte er im Brustton der Überzeugung. »Sie hat halt nur von ihrer Mutter eine andere Sicht auf die Welt geerbt, eine keltische Sicht, die vergangene und zukünftige

Welten mit der Gegenwart verschmilzt. Das ist nicht verrückt, das ist walisisch.« Er spießte ein weiteres Strohbündel auf und warf es in den Stall. »*Meine* Mutter hat mir zum Beispiel immer eingeschärft, eine weiten Bogen um Hexenringe im Gras zu machen, damit ich nicht aus Versehen hineintrat und verschwand. Das ist mindestens so versponnen wie Elens Drache, aber es hat mir nicht geschadet«, argumentierte er. »Und Stevie wird es auch nicht schaden.«

»Da haben Sie sicher recht.«

»Ich habe immer recht.« Er zwinkerte mir zu. »Außerdem – jetzt, wo Sie da sind, um ihn zu beschützen, kann dem Jungen doch gar nichts mehr passieren, oder?«

»Wie meinen Sie das?«

»Ich habe gehört, was in der Kirche vorgefallen ist. Sie läßt nicht jeden an ihr Kind heran, meine Hübsche. Von nun an bleibt Ihnen gar nichts anderes übrig, als den Schutzengel zu spielen.«

»Ich bin nicht sicher, ob ich das will.«

»Ach, es ist ja nur für eine Woche«, tat Owen meinen Einwand ab. »Sie werden das schon schaffen. Achten Sie nur darauf, den Jungen nicht mit hinauf in den Turm zu nehmen.«

»Warum?«

»Weil im Turm«, warnte er, »Elens Drache haust.«

XVIII

Behold, the enchanted towers ...
A castle like a rock upon a rock ...

ALFRED LORD TENNYSON, »The Holy Grail«

Ich stand in der Fensternische des Arbeitszimmers und sah zu, wie die Krähen sich auf dem Turm niederließen, von dessen grauen Steinen unter dem grauen Himmel die Feuchtigkeit tropfte. Die massiven, viereckigen Mauern wirkten bedrohlich und geheimnisvoll, und ich war fast bereit zu glauben, daß sich etwas Lebendiges hinter ihnen verbarg.

»Regnet es immer noch?« Bridget trat zu mir.

»Nicht richtig. Es scheint sich langsam aufzuhellen.«

Sie beugte sich vor, um die Lage selbst zu prüfen. »Gott sei Dank. Ich habe nämlich keine Lust, den ganzen Tag in diesen vier Wänden eingesperrt zu sein.«

Ich konnte es mir nicht verkneifen, sie darauf hinzuweisen, daß ein Einkaufsbummel in Pembroke auch nicht gerade als Freiluftaktivität bezeichnet werden konnte. »Geschäfte befinden sich im allgemeinen auch in geschlossenen Räumen.«

»Ja, schon, aber das ist etwas anderes. Im übrigen kann ich nicht richtig einkaufen, wenn es regnet. Dieses ständige Gerenne von Laden zu Laden, und überall tritt man in Pfützen.«

»Mach dir keine Sorgen«, beruhigte ich sie. »Falls es wieder zu regnen anfängt, wird es genügend Männer geben, die sich darum reißen, dir ihren Schirm anzubieten.«

»Wahrscheinlich«, sie grinste. »Männer sind wirklich Idioten.«

»Ah ja? Selbst Gareth Gwyn Morgan?«

»Na schön, mit Ausnahme von Gareth. Aber auch bei ihm bin ich mir nicht ganz sicher, so wie er sich von Elen vereinnahmen läßt.«

Ich zuckte die Achseln. »Er war eng mit ihrem Mann befreundet.«

»Mmm.«

»Was soll das denn nun wieder heißen?«

»Nichts, ich finde sein Benehmen nur auffällig«, sagte sie und wandte sich gelangweilt vom Fenster ab. »Vielleicht ist Gareth ja wirklich der Vater des Kindes, wie Christopher sagt.«

Ich folgte dem Flug der Krähen mit den Augen, als sie von dem Gemäuer aufstoben. »Das hat Christopher gesagt?«

»Na ja, nicht direkt«, gab sie zu, »aber er hat es angedeutet.«

Es erstaunte mich, daß sie Christophers leicht durchschaubarer Verführungstaktik so ohne weiteres auf den Leim ging. Zwar glaubte ich nicht, daß er es auf ein ernsthaftes, sexuelles Abenteuer anlegte, dazu respektierte er James wohl doch zu sehr, aber genau wie Bridget konnte er es einfach nicht lassen, mit dem Feuer zu spielen. Ich beschloß, sie ein wenig aufzuziehen: »Du scheinst deine Anziehungskraft zu verlieren, wenn du nicht mehr aus dem Mann herausbekommen kannst als bloße Andeutungen.«

»Miststück.« Ihre Augen funkelten vor Vergnügen. »Aber du hast recht, ich muß mich wohl mehr anstrengen.

Zu blöd, daß ich ihn nicht mal ein Stündchen für mich allein haben kann.«

»Ich könnte heute nachmittag versuchen, James zu beschäftigen«, bot ich an. »Wäre das eine Hilfe?«

»Ich weiß nicht recht …«

Bei ihrem zweifelnden Blick stöhnte ich auf. »Bridget, ich bitte dich. Mein Interesse ist rein beruflicher Natur. Ich bin nicht hinter James her, sondern hinter seinen Büchern.«

»Schon gut, schon gut. Tut mir leid.«

»Hör zu, wenn das ein Problem für dich ist … wenn du lieber nicht möchtest, daß ich versuche, ihn unter Vertrag zu nehmen …«

»Spinnst du? Damit du deine Chance auf eine Beförderung verpaßt? Kommt nicht in Frage.« Sie schüttelte den Kopf, daß die rote Mähne flog. »Natürlich mußt du James vertreten, keine Frage.«

Ich brachte es nicht über mich, ihr zu sagen, daß die angebotene Beförderung nichts mit James zu tun hatte und es Gareth war, auf den es meine Vorgesetzten abgesehen hatten. Aber ich konnte ihr auch aus einem anderen Grund nichts davon erzählen, denn Bridget besaß ein gewisses Talent zur Indiskretion, und das letzte, was ich wollte, war, daß Gareth von dem Brief von der Agentur erfuhr. Er würde ihn bloß als Bestätigung für seinen anfänglichen Verdacht sehen, daß ich seinetwegen nach Angle gekommen war. Im Grunde konnte es mir zwar egal sein, was er dachte, aber ich hatte keine Lust auf derartige Verwicklungen.

Bridget nahm ihre Haare im Nacken zusammen und begann, sie zu einem Zopf zu flechten. »Also abgemacht. Wenn wir nach Pembroke kommen, übernimmst du James.«

Es klang, als würde sie mich bitten, ihren Schoßhund auszuführen. Ich lächelte. »Und wohin möchtest du, daß ich mit ihm gehe?«

»Ach, irgendwohin, ich weiß nicht. Bitte ihn doch, dir die Burg zu zeigen, das wird ihm gefallen. Wie gesagt, ich brauche nur eine Stunde.«

Ich bewunderte ihr Selbstvertrauen. Doch im Fall einer Wette hätte ich mein Geld auf Christopher gesetzt. Nachdem ich ihn gestern abend beobachtet hatte, wußte ich, daß seine manipulativen Fähigkeiten denen von Bridget in nichts nachstanden. Was er auch über Gareth Gwyn Morgan wissen mochte, er würde es ihr nicht auf einen Schlag verraten, sondern die Geschichte in die Länge ziehen, ein Bröckchen hier und einen Krümel dort fallen lassen, um ihren Appetit zu reizen.

Sie sah mich von der Seite an. »Du mußt nur dafür sorgen, daß er keinen Verdacht schöpft.«

»Wer, James?« Ich verdrehte die Augen. »Der Mann, der gestern abend in aller Ruhe Sandwiches belegte und Chips in sich hineinstopfte, während du bei seinem Bruder Mata Hari gespielt hast? Mach dir keine Gedanken. Er ist entweder der vertrauensvollste Mensch, den ich je getroffen habe, oder hoffnungslos einfältig, was Liebesdinge betrifft.«

»Er ist nicht einfältig«, entgegnete Bridget. »Er ist nur sehr mit sich selbst beschäftigt.«

»Aha.«

»Die meisten Autoren sind das.«

»So, so, das muß ich mir merken.«

»Ich bin natürlich nicht so. Aber ich bin auch keine Autorin.«

»Was dann?«

»Ich bin Schriftstellerin«, erklärte sie. »Das ist ein Unterschied. Autoren sind Vertreter einer seltenen Spezies, die ernsthafte Literatur schreiben.«

»Und Schriftsteller?«

»Schreiben Bücher, die sich verkaufen«, ergänzte sie mit einem schelmischen Zwinkern.

Eine Stimme an der Tür ließ uns zusammenfahren. »Wirklich, meine Liebe, ich muß mir wohl abgewöhnen, mich anzuschleichen«, sagte James. »Jedesmal höre ich die verleumderischsten Bemerkungen.«

Bridget fuhr herum, beide Hände noch an ihrem halbfertigen Zopf. »Na schön«, entgegnete sie, »ich nehme alles zurück. Du schreibst keine ernsthafte Literatur.«

»Danke. Das hört sich schon besser an.« Er kam herein und gab ihr einen Kuß, während sie den Zopf mit einem Gummi befestigte und ihn über die Schulter warf. James konnte noch nicht allzulange im Flur gestanden haben, jedenfalls nicht lange genug, um zu hören, daß ich ihn einfältig genannte hatte, denn er lächelte mich freundlich an. »Können wir gehen?«

»Ja, ich will nur noch meine Regenjacke holen.« Denn schließlich, dachte ich, als ich zu den Garderobenhaken im Flur ging, besitzen wir nicht alle Bridgets Anziehungskraft. Falls es wieder anfing zu regnen, konnte *ich* mich nicht darauf verlassen, daß sofort jemand mit einem Schirm auf mich zustürzte.

Obwohl ich die Burg schon mehrmals von fern gesehen hatte, war ich nun aufs neue überwältigt, als wir um eine Kurve bogen und ihre gewaltigen Mauern sich auf dem Hügel vor uns erhoben. Die zusammengedrängten Häuser darunter und die Autos auf der steilen Zufahrtsstraße wirkten dagegen wie Spielzeug.

Es nieselte noch immer, und James schaltete die Scheibenwischer ein. Dann bog er kurz vor der Haupteinkaufsstraße in eine schmale Gasse ab, in die sein Mercedes gerade noch hineinpaßte. »Jetzt beginnt die leidvolle Aufgabe der Parkplatzsuche«, verkündete er.

Doch ich wußte, daß wir keine Schwierigkeiten haben würden, nicht mit Bridget im Auto. Sie konnte eine Parklücke auf dem Soho Square in London finden, und das hieß immerhin einiges. Als wir im Schrittempo durch die Gasse zuckelten, kamen wir an einer Reihe terrassierter Parkplätze vorbei, und ich lehnte mich zurück und beobachtete, wie Bridget die Nase gegen das Beifahrerfenster drückte.

»Da«, sagte sie und zeigte auf die Stelle.

James schüttelte den Kopf. »Wie machst du das bloß?«

»Es ist eine Gabe.«

Er parkte geschickt rückwärts ein, und die Scheibenwischer gaben ein letztes Quietschen von sich, ehe sie verstummten. Ein Schwall frischer, feuchter Luft strömte ins Auto, als James die Fahrertür aufstieß. »Also los, alle Mann raus.«

Christopher, der eingezwängt neben mir auf dem Rücksitz gesessen hatte, streckte versuchsweise ein Bein aus. »Ich glaube, ich kann mich nicht mehr bewegen. Ihr werdet mich wohl hierlassen müssen.«

»Sie Ärmster«, sagte Bridget. Sie stieg aus, schob ihren Sitz nach vorn und reichte ihm die Hand. »Kommen Sie, ich helfe Ihnen heraus.«

»Meine Füße sind eingeschlafen.«

»Alles meine Schuld, weil ich Sie gezwungen habe, hinten zu sitzen.« Bridget machte ein bedauerndes Gesicht. »Wenn mir auf dem Rücksitz bloß nicht immer schlecht würde ...«

»Schon gut.« Er kletterte aus dem Wagen und streckte

vorsichtig seine verkrampften Glieder. »Kein Grund zur Sorge. Das Blut wird schon gleich wieder zirkulieren.«

»Jetzt hör mal auf zu jammern«, sagte James. »Geh lieber und zieh mir einen Parkschein. Der Automat steht dort drüben.«

Christopher rührte sich zuerst nicht, doch dann gab er als der jüngere Bruder wie gewohnt nach und humpelte auf steifen Beinen davon.

Der von Steinmauern umgebene Parkplatz befand sich direkt hinter der Hauptstraße; ich konnte die Rückfront von Geschäften und Büros ausmachen und das Rauschen des unsichtbaren Verkehrs auf dem nassen Pflaster hören. Der regenschwere Wind ließ Blätter über die flachen Pfützen zu meinen Füßen segeln, und ich hielt mein Gesicht seinem feuchten Streicheln entgegen, während ich mich umsah.

Die niedrige, efeubewachsene Mauer auf der anderen Seite mußte einmal Teil der alten Stadtmauer gewesen sein. Hinter ihr fiel das Gelände steil in ein kleines Tal ab und stieg dann sachte wieder zu einem mit Dächern überzogenen Hügel an.

Bridget neben mir reckte den Hals, um den Streifen grüner Parklandschaft zu betrachten, der sich durch das Tal zog. »Wir hätten auch einfach dort unten parken können. Dort ist noch ein schöner Platz frei.«

Ich spähte angestrengt hinunter. »Wo?«

»Dort, neben diesem Baum. Siehst du ihn nicht?«

Christopher, der gerade mit dem Parkschein zurückkam, sah uns voll milder Verzweiflung an. »Was, wollt ihr jetzt doch woanders parken?«

»Nein, das wollen wir nicht.« Um seinen Worten Nachdruck zu verleihen, nahm James ihm den Parkschein aus der Hand und steckte ihn hinter die Windschutzscheibe.

»So, das wär's.« Die Türschlösser rasteten klickend ein. »Jetzt haben wir gut zwei Stunden Zeit.«

Bridget machte ein bedenkliches Gesicht. »Nur zwei?«

»Liebling, das hier ist Pembroke, nicht die Bond Street.«

Ich warf ihm einen mitleidigen Blick zu, als wir auf den schmalen Torbogen zugingen, der den Parkplatz mit der Hauptstraße verband. »Sie waren offenbar noch nie mit Bridget einkaufen.«

»Warum?«

»Na ja, sie ist nicht gerade die schnellste. Ich habe schon erlebt, daß sie allein zwei Stunden beim Zeitschriftenhändler zubrachte.«

»Oje.«

Bridget hakte sich bei ihm ein und lächelte einnehmend. »Darling«, sagte sie, als wäre ihr der Gedanke gerade gekommen, »warum zeigst du Lyn nicht solange die Burg?«

»Ich habe sie bestimmt schon hundertmal besichtigt.«

»Ja, aber Fremdenführer zu spielen macht mehr Spaß, als die ganze Zeit hinter mir herzutrotten.«

»Das ist auch wieder wahr.« Er sah sich nach mir um. »Hätten Sie denn Lust dazu? Also gut. Und was machst du, Chris? Begleitest du Bridget, oder kommst du mit uns?«

Bridget verlor vor Schreck ihr Lächeln. Mit dieser Möglichkeit hatte sie nicht gerechnet.

Doch Christopher gab die richtige Antwort. »Ich gehe mit einkaufen. Es gibt ein oder zwei Sachen, die ich besorgen will, wenn ich schon mal hier bin.«

Wir gingen durch den Torbogen und kamen neben einem Blumengeschäft heraus, vor dem Plastikeimer voll frischer Schnittblumen standen und den Bürgersteig mit schweren Düften überzogen. Das Schaufenster war von lauter Stechpalmenkränzen verdeckt, alle festlich geschmückt mit roten Bändern, Rosen oder Beerenzweigen.

»Oooh«, machte Bridget und blieb stehen.

James, der nicht das geringste für einen Schaufensterbummel übrig zu haben schien, sah auf seine Armbanduhr. »Gut, wir treffen uns um Viertel nach drei wieder hier.« Damit faßte er mich entschlossen am Jackenärmel und zerrte mich weg.

Die Hauptstraße jeder kleineren Stadt hat ihren eigenen Charakter, dachte ich. Manche waren jung-dynamische Unternehmertypen, aalglatt und geschäftstüchtig, während andere dickgeschminkten Mannequins ähnelten und mit bunten Fassaden ohne Substanz zu blenden versuchten. Andere wiederum glichen kultivierten älteren Damen, deren Schönheit das Alter nichts anhaben konnte. Die Haupteinkaufsstraße von Pembroke wirkte auf mich wie eine lebenslustige Tante mit einem breiten Schoß und kräftigen Armen, die einen an sich drückten.

Wie in Angle waren auch hier alle Häuser in freundlichen Pastelltönen gestrichen, welche mit ihrer Leuchtkraft zu der festlichen Atmosphäre beitrugen. In den Schaufenstern brannten warme Lichter und gaben dem grauen Nachmittag etwas Heimeliges; der Glanz von Lametta und Lichterketten wetteiferte mit Fetzen von Weihnachtsliedern aus den offenen Ladentüren um die Aufmerksamkeit der Passanten. Es herrschte ein ziemliches Gedränge, und die Menge schob sich auf dem Gehweg entlang wie ein träger, murmelnder Strom. Das junge Mädchen vor mir, dessen schreiend buntgestreifte Wollmütze stark nach Räucherstäbchen duftete, blieb plötzlich ohne Vorwarnung stehen, um in ein Fenster zu schauen, und als ich zur Seite ging, mußte ich gleichzeitig zwei Müttern ausweichen, die ihre Kinderwagen angehalten hatten, um sich zu begrüßen.

»Furchtbar, diese Menschen«, sagte James. »Das ist der Grund, weshalb ich nicht gern einkaufen gehe.«

»Ich weiß nicht, ob Sie mit mir die bessere Wahl getroffen haben – ich trödele nämlich gern in alten Burgen und Schlössern herum, was alle anderen immer zum Wahnsinn treibt.«

Er sah nicht besonders besorgt aus. »Ich werd's schon überleben.«

Einem schlummernden Ungeheuer gleich lag Pembroke Castle am oberen Ende der Straße und sah dem bunten Treiben zu wie schon all die vielen hundert Weihnachten zuvor. Seine Mauern ragten jetzt ganz nahe vor uns auf, und ich spürte eine kindliche Aufregung, als ich zu ihnen emporblickte.

»Vorsicht!« James packte mich am Arm und steuerte mich um eine Holzkiste voll weißer Kohlköpfe herum. Der Bürgersteig verengte sich unversehens vor einem Gemüsehändler. Ich atmete die würzige Duftmischung aus Tropenfrüchten und heimischem Wintergemüse ein und wartete an James' Seite auf eine Lücke im Verkehr, um dann mutig auf die andere Straßenseite zum Haupttor der Burg zu sprinten.

Wir kauften unsere Eintrittskarten in einem Andenkenladen vor dem Eingang. »Seien Sie nicht albern«, sagte James, als ich bezahlen wollte. »Sie sind mein Gast.«

Also investierte ich mein Geld statt dessen in einen Führer, eine dicke, umfassend wirkende Broschüre mit einem Faltplan der Burg in der Mitte. Ich klappte ihn aus, um mich zu orientieren, als wir durch das äußere Tor und das Vorwerk gingen.

»Sieht so aus, als ob wir den Rundgang dort beginnen sollen«, sagte ich und zeigte nach links. »Hinauf in einen der Seitentürme und im Uhrzeigersinn um die Burgmauern.«

»Dann lassen Sie uns andersherum gehen und gegen den Strom schwimmen.« Er sagte es scherzhaft, aber so, wie ich James bisher kennengelernt hatte, schien er gern den Rebellen zu spielen. Die Hände auf die Hüften gestemmt, blieb er unter dem Fallgitter stehen. »Der naheliegendste Ausgangspunkt ist natürlich der Bergfried. Man beginnt in der Mitte und arbeitet sich dann nach außen vor.«

Die Burg war wirklich sehr alt und meinem Führer zufolge von einem Normannenfürsten namens Roger de Montgomery erbaut worden. Der Text behauptete außerdem stolz, daß Pembroke Castle die einzige Burg im ganzen Südwesten von Wales sei, die standgehalten hatte, als die Waliser die normannischen Eindringlinge belagerten. Es war leicht zu erkennen, warum: Roger Montgomery und seine Nachfolger hatten die Burg als trutzige, sichere Festung mit zwei Burghöfen gebaut.

Wir betraten den äußeren Hof, eine ebene, kurzgemähte Rasenfläche mit einem geteerten Viereck in der Mitte, das vermutlich für diverse künstlerische Darbietungen genutzt wurde. Wenn in den alten Zeiten Gefahr drohte, konnten die Leibeigenen, die sich auf den Feldern jenseits der Burgmauern plagten, mit ihren Familien hier Schutz finden, während ihr Herr und Gebieter sich in den gewaltigen Bergfried im inneren Hof zurückzog. Dieser massive, runde Turm war als letzte Zuflucht gedacht, falls es den Feinden gelang, alle anderen Befestigungsanlagen zu überwinden, und seine Erbauer hatten gewußt, daß seine uneinnehmbaren Mauern ihnen eines Tages das Leben retten konnten.

Während die Gebäude um ihn herum nach und nach zusammengebrochen waren, hatte der Bergfried von Pembroke Castle acht bewegte Jahrhunderte überstanden und machte den Eindruck, als könnte er mit Leichtigkeit weiteren acht trotzen. Doch der Zahn der Zeit hatte unvermeidlicherweise auch an ihm genagt. Teile der Brüstung um das kuppelförmige Dach waren abgefallen oder zerstört worden, und als wir zur Nordseite herumgingen, sah ich ein schwarzes Loch in der Mauer gähnen, das den Eingang zum ersten Stockwerk bildete und all seiner einfassenden Blendsteine beraubt war. Aber solch kleine Schönheitsfehler konnten einem derart imposanten Bauwerk keinen Abbruch tun.

»Ich finde, das sollten Sie lieber lassen«, sagte James, als ich die Stufen zu dem Eingangsloch hinaufkraxeln wollte. »Die Treppe ist möglicherweise baufällig, und außerdem können Sie dort nicht hinein, Sie müssen durch diese Tür gehen.«

Mir schien die Treppe nicht gefährlich, aber ich überlegte, daß Widerborstigkeit möglicherweise keine Eigenschaft war, die sich James Swift von einer Agentin wünschte, und ich ihm lieber zeigen sollte, daß ich sehr wohl zuhören konnte. Also kehrte ich bedauernd um und folgte ihm durch den offiziellen Eingang zu ebener Erde. Es war, als würde man durch einen Tunnel gehen – die Mauern des Turms mußten gut sechs Meter dick sein –, doch schließlich wurden wir wie zwei verzagte Höhlenforscher in einen hohen weiten Raum entlassen.

»Sehen Sie?« James, der das alles schon kannte, zeigte nach oben auf ein Loch mit schartigen Rändern, durch das das Tageslicht hereinströmte. »Diese Tür führt ins Nichts, weil sämtliche Stockwerke verschwunden sind.«

Vollkommen verblüfft von dem Anblick legte ich den Kopf in den Nacken.

Ursprünglich mußte es über uns drei oder vier Etagen gegeben haben, mit großen Räumen, Holzfußböden und wärmenden Kaminfeuern in den Gemächern der Burgherren, doch all das hatte die gleichgültige Hand der Zeit hinweggewischt. Was übriggeblieben war, wirkte jedoch auf seine Art nicht weniger beeindruckend.

Auf die blanken Außenwände reduziert, erinnerte der Turm an eine Kathedrale, eine große, hallende Kirche mit einer perfekt gewölbten Decke und kleinen Bogenfenstern, durch die schräge Lichtstrahlen in das ehrfürchtige Halbdunkel fielen. Von jedem Gesims und jeder Öffnung zogen sich lange, moosgrüne Streifen zu Boden und durchkreuzten Schattierungen von Rostrot und Hellblau, wo der Putz noch nicht von den Steinen gebröckelt war.

Ich atmete tief durch, schluckte Staub und tastete nach meinem Führer.

»Dreiundzwanzig Meter«, sagte ich respektvoll. »Dieser Schacht ist dreiundzwanzig Meter hoch.«

James sah mich forschend an. »Sie sagen das, als wäre es eine Herausforderung.«

»Stimmt.« Ich war schon immer gern auf Türme und ähnliches geklettert. Als ich mich umsah, entdeckte ich an der Seite eine Wendeltreppe und stieg begeistert die enge Spirale zum ersten schmalen Absatz hinauf. Dort stützte ich die Hände auf ein eisernes Geländer und beugte mich durch den ehemaligen Türbogen zu James herunter. »Kommen Sie nicht mit?«

»Nein, danke, ich war schon oben.« Er bewegte sich durch ein flirrendes Gewebe aus Licht und Schatten, um mich besser sehen zu können. Als ich das dritte und letzte Geschoß erreicht hatte, stand er in der Mitte des Turms. »Warnen Sie mich bitte, wenn Sie fallen, damit ich rechtzeitig beiseite treten kann.«

»Sie würden mich nicht auffangen?«

»Aus dieser Höhe? Sind Sie verrückt?«

Ich hielt mich am Geländer fest und beugte mich, so weit ich es wagte, nach vorn, um die Decke bewundern zu können. Die Kuppel war, aus der Nähe betrachtet, ein Wunderwerk der Maurerkunst, Hunderte von Steinen mit unglaublicher Präzision so aneinandergefügt, daß sie eine perfekte Halbkugel bildeten. Völlig fasziniert lehnte ich mich weiter vor und fühlte gerade meine Hand vom Geländer rutschen, als mich jemand fest an der Schulter packte.

»Keine Angst«, sagte Gareth hinter mir, »*ich* werde Sie auffangen.«

XIX

Cadwalader's blood lineally descending,
Long hath be told of such a Prince coming,
Wherefore Friends, if that I shall not lie,
This same is the Fulfiller of the Prophecy.

WILLKOMMENSSPRUCH DER BÜRGER VON WORCESTER
AN HEINRICH DEN SIEBTEN IM JAHR 1486

Vor Schreck traf mich beinahe der Schlag. Erst als er mich vom Geländer weggezerrt hatte, mein Herz wieder zu schlagen begann und die Dinge um mich herum nicht mehr auf dem Kopf standen, verwandelte sich meine Angst in Wut. Ich schäumte und tobte und riß mich mit einem Ruck von ihm los. »Verdammt noch mal, was soll das? Sie haben mich zu Tode erschreckt.«

»Dann sind wir ja quitt.« Er versuchte nicht, mich festzuhalten, wich aber auch nicht zurück. So dicht stand er neben mir, daß ich den warmen Geruch seiner Haut wahrnehmen konnte und den herberen, mit feuchter Winterluft durchmischten seiner alten Lederjacke.

Er ist oben auf dem Dach gewesen, dachte ich. Ich spürte den kalten Luftzug, der von dem letzten Stück der Wendeltreppe herunterkam, und begriff, daß Gareth dort in der dunklen Ecke gestanden und den Wind abgehalten haben mußte, als ich das oberste Stockwerk erreicht hatte. Denn sonst hätte ich ihn gehört – er konnte unmöglich die Stufen hinauf- oder hinuntergegangen sein, ohne daß ich es bemerkt hätte. Also hatte er dort lautlos gewartet und mich beobachtet …

Auf dem engen Raum des Treppenabsatzes, rundum von Mauern umgeben, wirkte seine Gegenwart verstörend auf mich, und ich mußte den verrückten Drang niederkämpfen, über das Geländer ins Leere zu springen, um ihm zu entkommen.

»Sie hätten sich das Genick gebrochen bei einem Fall von hier oben«, ging er auf mich los.

Ich musterte sein sturmumwölktes Gesicht mit jener plötzlichen Ruhe, die auf einen großen Schrecken folgt, und verstand nicht, warum er sich so aufregte. »Es bestand keine Gefahr«, sagte ich mit sicherer Stimme. »Ich war die Ruhe selbst.«

»Ach ja? Nun, wenn Sie das nächste Mal die Ruhe selbst sind, sehen Sie zu, daß Sie nicht gerade zwanzig Meter über einem Abgrund stehen.«

James rief von unten: »Lyn?«

»Ja?«

»Ist alles in Ordnung?«

»Ja, alles bestens.«

»Mit wem sprechen Sie?«

Gareth übernahm arrogant die Antwort. »Mit mir.«

Ich hörte, wie James ein paar Schritte rückwärts schlurfte, um etwas sehen zu können. »Gareth?«

»Erraten.«

»Was zum Teufel machen *Sie* denn da oben?«

»Lebensretter spielen und mich zum Dank beschimpfen lassen.«

»Was?«

Seufzend ging ich dazwischen. »Ist nicht wichtig, James. Wir kommen gleich runter. Ich will mir nur kurz das Dach ansehen.«

Gareth schnaubte wie ein Pferd. »Na großartig. Ein Fall vom Dach wäre natürlich noch viel beeindruckender.«

»Ich werde nicht fallen.«

»Nein, das werden Sie auch nicht«, erklärte er, »weil ich nämlich mitkomme.«

Bei jedem anderen hätte mich diese Besorgnis um mein Wohlergehen gerührt, doch bei Gareth reizte sie mich nur. Vielleicht lag es an der Art, wie er mich an meiner Jacke festhielt, als ich nach oben kletterte. Sein Griff war nicht zögerlich oder entschuldigend, sondern fest und besitzergreifend.

»Das ist weit genug«, sagte er. »Von hier aus können Sie alles sehen, was es zu sehen gibt.«

Aus Trotz stieg ich noch eine Stufe höher, stellte mich breitbeinig in den böigen Wind und genoß das Gefühl, über allem zu stehen, wie ein Kapitän am Ruder eines Ozeanriesen. Unter mir verbeugten sich demütig die anderen Türme; ein schlammiger Gezeitenfluß wand sich von Westen nach Osten träge um die Burgmauern, da es nichts mehr zu verteidigen gab.

Der Anblick bot einen friedlichen Kontrast zu dem Gewimmel der Hauptstraße auf der anderen Seite, wo winzige Autos und Menschen sich an den winzigen Geschäften von Pembroke vorbeischoben.

Ich wäre noch höher gestiegen, denn es sah so aus, als ob man auch auf die Kuppel und bis zur Turmspitze gelangen könnte, doch die Hand an meinem Rücken blieb unnachgiebig.

»Genug gesehen?« fragte Gareth.

»Ich muß mich wohl damit zufriedengeben.« Direkt unter mir, an der Ostseite des Bergfrieds, entdeckte ich ein Gewirr von halbverfallenen Mauern. »Was ist das?«

Er sah über die Brüstung. »Die alten Wohngebäude und die Kanzlei. Warum, wollen Sie die auch besteigen, wenn Sie schon dabei sind?«

Hellhörig drehte ich mich um. Sein Blick war unverändert, aber den Anflug von Humor in seiner Stimme hatte ich mir nicht eingebildet. »Wäre möglich«, sagte ich.

»Dann werde ich Sie mal lieber selbst dorthin führen. Swift kann Ihnen keine Hilfe sein, er leidet an Höhenangst.«

James, der am Eingang zum Turm auf uns wartete, bestätigte das. »O Gott, nein, ich habe nicht das geringste Bedürfnis auf Gebäude zu steigen, die jeden Moment unter mir zusammenfallen.« Er schien erfreut, Gareth zu sehen, was mich wunderte. Nach allem, was ich seit meiner Ankunft in Angle mitbekommen hatte, war ich zu dem Schluß gekommen, daß die beiden Männer sich nicht sonderlich mochten. »Geht ihr beiden mal ruhig ohne mich.«

Darauf war ich allerdings nicht sonderlich erpicht. »Ich kann auch alleine gehen, kein Problem. Mr. Morgan hat bestimmt noch etwas anderes vor.«

Gareth ließ endlich meine Jacke los und zuckte die Achseln. »Ich hab's nicht eilig.«

Sein gelassener Ton war die reinste Provokation. Er wußte genau, daß ich es nicht wagen würde, in James' Gegenwart grob unhöflich zu ihm zu sein. Also schön, dachte ich und hob entschlossen mein Kinn. Wenn ich Gareth schon nicht daran hindern konnte, mir auf Schritt und Tritt durch die Ruinen zu folgen, wollte ich wenigstens dafür sorgen, daß es ihm keinen Spaß machte.

Meine Methode hatte Erfolg. Eine knappe halbe Stunde später, als ich mich auf eine Mauer der ehemaligen Versammlungshalle hinaufzog, zeigte Gareth erste Ermüdungserscheinungen. »Ist es wirklich notwendig, jede verdammte Treppe hinaufzusteigen, auf die Sie stoßen?«

»Nanu, schon erschöpft?«

»Nein.« Er klang wie ein dickköpfiger Junge, und ich mußte ein Grinsen verbergen.

»Ich habe Ihnen doch gesagt, daß Sie nicht mitzukommen brauchen. Ich bin noch nie irgendwo heruntergefallen. Und selbst wenn ich fiele«, fuhr ich fort, »kann Ihnen das reichlich egal sein. Sie mögen mich doch noch nicht einmal.«

Er dachte einen Moment darüber nach. »Wissen Sie was«, sagte er dann, »Sie haben vollkommen recht.«

Überrascht drehte ich mich um. »Wirklich?«

»Ja. Ich werde Sie in das nächste Verlies werfen, an dem wir vorbeikommen.«

Er macht nur Spaß, sagte ich mir, während ich schaudernd an das finstere Loch im Kerkerturm dachte, in dem die unglücklichen Gefangenen verschmachtet waren. Aber er wirkte so überzeugend mit seiner todernsten Miene, daß ich ein paar Sekunden lang schwankte. »Das würden Sie nicht wagen.«

Sein Lächeln kam unerwartet. Er stand auf und stellte sich mit auf die Hüften gestemmten Händen vor die Treppe. »Gehen wir jetzt wieder runter?«

Ich folgte ihm mißtrauisch, nicht sicher, wie ich mit einem gutgelaunten Gareth umgehen sollte. Am Fuß der Wendeltreppe wartete James geduldig und rauchte. Er sah richtig klein aus vor den Ruinen der großen Nordhalle mit ihren hochragenden Bögen. »Willkommen auf der Erde«, empfing er uns freundlich. »Jetzt gibt es hier nur noch den Wogan zu sehen.«

»Sie klettert gern in die Höhe«, erwiderte Gareth, »nicht in die Tiefe.«

Aber er ging trotzdem mit mir in den »Wogan«, der sich als große Sandsteinhöhle unter der Haupthalle herausstellte. Es war eine natürliche Höhle, die sich hoch über unseren Köpfen wölbte und deren Seitenwände im Dunkeln verschwanden. Das gähnende Maul des Eingangs wurde durch eine massive Wand abgeschlossen, mit Fenstern und Schießscharten über einem Schleusentor aus Eisenstäben.

»Das hier war früher das Bootshaus«, sagte Gareth.

»War der Wasserpegel denn damals höher?«

»Glaube ich nicht.«

»Wie haben sie dann die Boote hier hereingeschafft?«

»Na, sie werden die Kähne bestimmt nicht auf dem Rücken transportiert haben. Ich bin sicher, sie wußten bereits, wie man eine Helling baut.«

»Ach so.« Ich betrachtete seine dunkle, unbewegliche Silhouette vor dem kalten Licht, das durch die dicken Stäbe des Schleusentors fiel. »Dieser Ort«, bemerkte ich, »würde eine großartige Kulisse für ein Drama abgeben.« Als er mir nicht widersprach, wagte ich mich kühn noch weiter vor. »Wie ich höre, schreiben Sie an einem neuen historischen Stück?«

Er wandte langsam seinen Kopf, antwortete nicht sofort. »Vielleicht.«

»Spielt es hier in Pembroke?«

»Schon möglich.«

Ich zog meinen Führer aus der Jackentasche und durchforschte die Kapitel, in denen die lange Geschichte der Burg beschrieben wurde, nach einem möglichen Helden für sein neues Theaterstück. »William Marshal?« versuchte ich es mit dem Burggrafen, der die rechte Hand der ersten Plantagenets gewesen war und sie fast alle überdauert hatte – er hatte drei Könige überlebt und einem vierten als Reichsverweser zur Seite gestanden.

»Schon nicht schlecht, aber der ist es nicht. Raten Sie weiter.«

Ich beugte mich wieder über den Führer, versuchte angestrengt, in dem Zwielicht zu lesen. Wer konnte es Gareth angetan haben? Sein letztes Drama hatte er über Owain Glyn Dŵr geschrieben, einen Soldaten und Anführer, einen Mann, der viel gekämpft und große Gefahren überwunden hatte ...

»Henry Tudor«, sagte ich.

Gareth stand ruhig da und antwortete nicht.

»Der ist es, stimmt's? Heinrich der Siebte.« Er war der erste Tudorkönig, war in Pembroke geboren und hatte Verbannung und Intrigen überstanden, um die Krone in der Schlacht von Bosworth zu erringen. Er hatte die Rosenkriege beendet und sein eigenes Haus, das Haus Lancaster, mit dem rivalisierenden Haus York durch Heirat verbunden. Henry Tudor würde einen passenden Helden für ein Stück von Gareth Morgan abgeben.

Überzeugt, daß ich richtig lag, klappte ich den Führer zu. Gareth, der nur ein undurchdringlicher Schatten gegen das graue Licht war, trat einen Schritt vom Schleusentor zurück und drehte sich um, den Rest eines Lächelns auf den Lippen. »Wir sollten weitergehen«, sagte er. »Es gibt immer noch eine Menge von der Burg zu sehen.«

Aber so leicht ließ ich mich nicht abschütteln. Als wir den Pfad entlanggingen, der uns durch eine Zwischenmauer zurück in den äußeren Burghof führte, fragte ich James ganz unschuldig: »Wurde Heinrich der Siebte nicht hier geboren?«

»O ja, angeblich in diesem Turm dort«, antwortete er und zeigte auf die Befestigungsanlage vor uns. »Sein Onkel, Jasper Tudor, war der Graf von Pembroke. Es zahlte sich aus, mit dem König verwandt zu sein.«

Wieder mußte ich in meinen Erinnerungen an den Geschichtsunterricht graben und förderte den Namen Katharina von Valois zutage. Sie war die Witwe Heinrichs des Fünften und hatte ihr Leben durch eine heimliche Heirat mit dem Waliser Owen Tudor aufs Spiel gesetzt, dem sie zwei Söhne gebar – Halbbrüder des Königs Heinrich des Sechsten, der damals noch ein Kind war. Jasper, überlegte ich, mußte einer dieser beiden Söhne aus zweiter Ehe gewesen sein. Und der andere, der spätere Vater Heinrichs des Siebten, hieß …

»Edmund«, half James meinem Gedächtnis nach. »Edmund hatte das Glück einer vorteilhaften Ehe auf seiner Seite, denn seine Frau war ebenfalls von königlichem Geblüt. Ich glaube, Heinrichs Anspruch auf den Thron gründete sich irgendwie auf ihre Familie.«

»Ich würde gern das Zimmer sehen, in dem er geboren wurde«, sagte ich und sah auf meine Armbanduhr. »Vielleicht sollten wir gleich dorthin gehen, wir haben nicht mehr viel Zeit.«

Gareth gab mir durch einen Seitenblick zu verstehen, daß er sich nicht hinters Licht führen ließ. »Ich fürchte, Sie werden enttäuscht sein.«

James stimmte ihm zu. »Es gibt dort praktisch nichts zu sehen.« Doch er ließ mich bereitwillig gewähren.

Der Aufstieg vom äußeren Burghof in den Turm erwies sich als einfach und bequem, und der Turm selbst war gründlich restauriert worden. James hatte keine Schwierigkeiten, die Stufen zum ersten Stock hinaufzusteigen. Dort, in dem engen, runden Zimmer, erklärte er, sei der erste Tudorkönig geboren worden. »Nicht gerade ein schöner Raum«, meinte er und sah von den schmalen Fenstern, die auf die Stadt hinausgingen, zu dem großen Kamin gegenüber, auf dessen nachgebautem Sims eine Tafel an die Geburt Heinrichs des Siebten »in dieser Burg, am 28. Januar 1457« erinnerte.

»Ach, ich weiß nicht«, meinte ich, denn mir gefielen die Holzdielen mit ihrem warmen Braun und die dicken Deckenbalken über uns. »Ich finde ihn eigentlich recht gemütlich. Wenn man hier ein Bett hineinstellen würde und ein paar Wandbehänge ... «

Gareth unterbrach meine Ausschmückungen. »Heinrichs Mutter«, belehrte er uns, »war vierzehn Jahre alt, seit zwei Monaten Witwe und sollte zum erstenmal ein Kind gebären. Ich glaube kaum, daß sie großen Wert auf Wandbehänge legte.«

Ich dachte darüber nach, während ich beiseite trat, um drei Touristen Platz zu machen, die von dem Rundweg über die Burgmauern hereingestolpert kamen. Es waren junge Leute mit vor Kälte geröteten Gesichtern; sie spähten lachend durch die Fenster, tauschten Bemerkungen in einer Sprache aus, die ich für Deutsch hielt, und wirbelten dann an uns vorbei in den schmalen, dunklen Gang, der den Turm mit dem angrenzenden Torwächterhaus verband.

Ich spürte einen Luftzug in ihrem Gefolge, der mich sanft streifte wie der flüsternde Stoff eines Gewandes. Mit einem Blick in den Führer fragte ich: »Hat er lange hier gelebt?«

»Wer? Heinrich?« Gareth schüttelte den Kopf. »Das kann man nicht sagen. Als er vier oder fünf Jahre alt war, verlor sein Onkel Jasper die Burg an die Anhänger des Hauses York, die den Jungen als Geisel entführten. Das kam ständig vor in jenen Tagen«, ergänzte er, als er meinen bestürzten Gesichtsausdruck sah.

»Wie lange wurde er als Geisel gehalten?«

»Zehn Jahre oder so.«

Ich fand das barbarisch und machte meiner Empörung Luft. »Einer Frau ihr Kind wegzunehmen ... «

»Ich weiß«, sagte Gareth.

James reagierte weniger zimperlich. »Nun, sie hat ihn ja später wiederbekommen. Sein Onkel brachte ihn dann auf dem Kontinent in Sicherheit und holte ihn rechtzeitig zur Schlacht von Bosworth wieder her.« Er sah zu der Tafel über dem Kamin hinauf. »Wir stammen angeblich von ihm ab, Christopher und ich. Als Heinrich zum Kampf gegen Richard den Dritten marschierte, übernachtete er bei einer Familie in der Nähe von New Quay und fand Gefallen an der Tochter des Hauses. Die Familie meiner Mutter führt ihre Ahnenreihe auf Heinrichs kleines amouröses Abenteuer zurück.«

»Ist das wahr?« Gareth musterte ihn interessiert.

»Ja. Allerdings bin ich nicht sicher, ob es eine Ehre ist, das Blut der Tudors in seinen Adern zu haben. Man denke nur an Heinrich den Achten und seine Frauen oder an Maria die Katholische, auch die Blutige genannt ... Nicht gerade liebenswerte Persönlichkeiten, oder?«

Der Luftzug war immer noch zu spüren, unangenehm kalt. Ich wollte zur Seite treten, stieß gegen den Türpfosten und ließ meinen Führer fallen, der aufgeblättert auf dem Boden landete. Als ich mich nach ihm bückte, fiel mein Blick auf das Porträt einer Frau, das unter dem irgendeines Grafen von Pembroke abgebildet war.

Das Porträt war in Schwarzweiß wiedergegeben, so daß ich die Farbe des Kleides nicht bestimmen konnte, und die Dargestellte war keine junge Frau mehr. Doch ihr längliches, ernstes Gesicht und die Ringe an ihren Fingern erkannte ich sofort. Es handelte sich zweifellos um die blaugekleidete Frau aus meinen Träumen.

Kaum wußte ich, wer sie war, fiel mir auch ein, wo ich ihr schon einmal begegnet war. Erst im vergangenen Jahr hatte ich ein Buch über Frauen betreut, die in der Geschichte des Londoner Towers eine Rolle gespielt hatten, und das Porträt und die Geschichte dieser Frau waren auch darin vorgekommen. Sie hatte mit ihrem kleinen Enkelsohn im White Tower Zuflucht gesucht, während die Truppen seines Vaters belagert wurden.

Es kam mir nicht besonders merkwürdig vor, daß sie in meinen Träumen auftauchte – zumindest nicht merkwürdiger als andere Dinge, von denen ich träumte. Aber ich fand es schon seltsam, daß ich ausgerechnet dort, in diesem Zimmer, auf ihr Bild gestoßen war.

Denn der Enkel, den sie beschützt hatte, wuchs zu König Heinrich dem Achten heran. Und sie selbst war Lady Margaret Beaufort, die als verängstigte Vierzehnjährige, frisch verwitwet und umgeben von Fremden, in diesem Turm einen Sohn zur Welt gebracht hatte, der Henry Tudor genannt wurde.

XX

Und da der Drache sah, daß er verworfen war
auf die Erde, verfolgte er das Weib,
die das Knäblein geboren hatte.

OFFENBARUNG, 12.13

»Natürlich bin ich nicht sauer«, sagte Bridget und sortierte den Inhalt des bereits überfüllten Gefrierfachs neu, um Platz für eine weitere Packung Eiskrem zu schaffen. Dann richtete sie sich auf, überzeugte sich, daß alles untergebracht war, und knüllte die knisternden Einkaufstüten zusammen, die im Mülleimer landeten. Bridget hob nie etwas auf. »Ich hätte nur gern gewußt, daß er auch in der Burg war.«

»Es war mir schlecht möglich, dich zu benachrichtigen. Dazu hätte ich schon eine Flagge auf dem vordersten Turm hissen müssen, sehr unauffällig.« Mit einem Becher heißen Kaffees in den Händen folgte ich ihr ins warme Eßzimmer und setzte mich neben den glitzernden Baum. »Im übrigen bezweifle ich, daß du seine Gesellschaft anregend gefunden hättest. Er war ziemlich schlecht gelaunt.«

»Er ist immer schlecht gelaunt«, behauptete sie. »Er neigt zum Grübeln, weißt du. Wie Heathcliffe in ›Sturmhöhe‹.«

»Heathcliffe war noch nie mein Typ.«

»Nein? Meiner schon.«

Ein ausgesprochen weites Feld, dachte ich – Bridgets

Typ. Im Grunde fand sie jeden Mann attraktiv, der nicht sofort kam, wenn sie mit den Fingern schnippte. »Das nächste Mal mußt du eben schneller einkaufen«, riet ich. »Du hast ihn nur um wenige Minuten verpaßt. James wollte ihn sogar noch überreden, mit uns auf einen Tee einzukehren, aber ...«

»*James* wollte ihn überreden?«

Ich nickte.

»Höchst merkwürdig. Er kann Gareth nicht leiden.«

»Heute nachmittag war davon nichts zu spüren. Aber wahrscheinlich wäre James zu jedem freundlich gewesen, der ihn davon befreit hätte, mich herumzuführen. Ich glaube, er war nicht besonders versessen auf die Burgbesichtigung.«

»Nein?« In ihre Spekulationen vertieft, hatte sie mir nur halb zugehört.

Lächelnd wechselte ich das Thema. »Jetzt bist du dran. Wie war es mit Christopher?«

Wir brauchten nicht zu fürchten, daß uns jemand hörte. Christopher war nach oben gegangen, um vor dem Abendessen ein Nickerchen zu machen, völlig erschöpft von dem zweistündigen Einkaufsbummel mit Bridget. James hatte sich in sein Arbeitszimmer verkrochen und war außer Hörweite. Es war, als wären wir allein im Haus.

Bridget machte ein mürrisches Gesicht. »Nicht besonders ergiebig. Er bildete sich plötzlich ein, den Diskreten spielen zu müssen, der blöde Kerl. Aber eine interessante Sache hat er mir immerhin verraten«, sagte sie, und ihre Stirn glättete sich für einen Augenblick.

»Ja?«

»Gareth gibt Elen Geld. Einen monatlichen Scheck. Findest du das nicht aufschlußreich?«

Achselzuckend nippte ich an meinem Kaffee. »Was

mich viel mehr beschäftigt, ist, warum dir soviel daran liegt zu beweisen, daß Gareth der Vater des Kindes ist. Man könnte dich fast für eifersüchtig halten.«

»Auf Elen? Red keinen Unsinn. Nein, es ist die heimliche Affäre, die mich reizt, Lyn. Das Verborgene. Bist du denn kein bißchen neugierig?«

»Nein«, antwortete ich entschieden. Sosehr ich Gareths Leistung als Bühnenautor bewundern mochte – sein Privatleben interessierte mich nicht die Bohne.

»Na, dann nicht«, sagte Bridget. »Wenigstens war mein Tag kein völliger Reinfall. Ich konnte immerhin all meine Einkäufe erledigen.«

»Dann haben wir also alles fürs Weihnachtsessen?«

»Ja.« Sie betrachtete den Weihnachtsbaum mit einem kritischen Blick. »Bis auf das Gemüse, aber das kaufe ich sowieso besser frisch in dem Laden im Dorf. Außerdem wollte ich dich fragen, ob du vielleicht diese Geschichte mit dem Räucherlachs machen könntest, die du immer machst ...«

»Mit Frischkäse und Meerrettich? Aber gern.«

Sie seufzte. »Ich werde eine Diät anfangen müssen.«

»Niemand fängt über Weihnachten eine Diät an«, widersprach ich. »Deshalb habe ich nur bequeme, dehnbare Kleidung mitgenommen.« Der Gedanke an Essen ließ meinen Magen knurren, und ich versuchte, an dem Grad von Dunkelheit hinter den langen Fenstern abzulesen, wie spät es war. Zwecklos. »Wieviel Uhr ist es?«

»Erst halb sechs.«

»Oh. Was machen wir zum Abendessen?«

»He, das ist doch mein Satz.« Sie grinste. »Ich weiß nicht, was wir machen. Vermutlich wird es auf den Pub hinauslaufen. Meinst du, du kannst es noch solange aushalten?«

»Ich werd's versuchen.« Etwas Helles blitzte am Rand des Gartens auf, eine flüchtige Bewegung. »Ist das Owen da draußen?«

Sie verrenkte sich in ihrem Sessel. »Ich sehe niemanden.«

Wieder das Aufblitzen, diesmal neben dem Schneeballstrauch. »Da, jemand geht hintenherum zu Elen.« Aber als Bridgets Blick die Stelle fand, war dort nichts mehr zu sehen – nur der tiefhängende, federartige Zweig einer Konifere wehte im Wind hin und her und rechte den Kies. Bridget verlor das Interesse. »Es könnte schon Owen sein, obwohl ich nicht glaube, daß er so spät noch arbeitet. Wahrscheinlich war es eine der Katzen oder ...«

»Psst«, machte ich und lauschte mit schräg geneigtem Kopf.

Bridget haßte es, zum Schweigen gebracht zu werden. Ich sah, wie sie die Stirn runzelte und zu einer Erwiderung ansetzte, doch dann hielt sie inne. Sie hatte es auch gehört.

Es war zuerst ganz leise: schlurfende Schritte und murmelnde Stimmen, immer wieder vom Wind übertönt. Dann hörte das Murmeln auf, und aus der Dunkelheit erreichten uns liebliche, etwas unsichere Töne, die langsam anschwollen. Es war Gesang. Kinderstimmen, die zwar ein wenig schief, aber klar und hell das schönste aller Krippenlieder sangen: *Ihr Kinderlein, kommet.*

Bridgets Gesicht leuchtete auf und wurde richtig schön. »O Lyn, hör dir das an ... Sternsinger! Schnell, wo ist deine Geldbörse?«

Es war typisch, daß sie in einem solchen Moment nach *meiner* Geldbörse fragte, aber weil sie selbst wie ein Kind strahlte, gab ich nach und kramte nach Münzen, während wir durch den dunklen Korridor zur Hintertür gingen. »Hier, sind zwei Pfund genug?«

»Danke.« Sie öffnete die Tür.

Es waren fünf; sie standen im Halbkreis in dem gelben Lichtkegel, der aus dem Küchenfenster fiel. Mit roten Wangen und Nasen beugten sie sich über ihre Liederblätter. Das größte von ihnen konnte nicht älter als elf sein, schätzte ich. Als sie uns sahen, stießen sie sich gegenseitig an und sangen noch lauter: »... zur Krippe her kommet in Bethlehems Stall ...«

Ich sah in ihre kleinen, ernsten Gesichter und zwinkerte die plötzlichen Tränen an meinen Wimpern weg. Es war nicht Traurigkeit, die sie ausgelöst hatte, sondern Ergriffenheit von der Schönheit der Nacht und von diesen fünf Stimmen in ihrer unschuldigen Inbrunst.

Auch wenn man manchmal an der Menschheit verzweifeln konnte, so gab es eben auch diese Seite in uns, die solche Bräuche hervorgebracht hatte. Kinder, die singend von Tür zu Tür zogen und die Ankunft von etwas Wunderbarem verkündeten, gehörten eindeutig zu den Dingen, die mein Herz für meine Mitmenschen erwärmten.

Das Licht in Christophers Zimmer über uns ging an, und ich wußte, daß er ebenfalls zuhörte. Selbst James wurde aus seiner Höhle hervorgelockt und kam an die Tür. »Was ist das für ein Lärm?«

»Psst«, zischte Bridget.

Sie stimmten die letzte Zeile an und endeten nicht gleichzeitig, typisch für Kinder, weil manche vor Begeisterung noch weitersingen wollen, ehe sie mitbekommen, daß das Lied zu Ende ist. In der Mitte der Gruppe hob ein kleines Mädchen beide Hände vor den Mund, um ein Kichern zu unterdrücken, und ein anderes putzte sich die Nase. Keine Engel mehr, sondern ganz normale Kinder.

Als wir applaudierten, trat der älteste Junge schüchtern

mit einer bemalten Blechdose vor. »Wir sammeln für die Kirche.«

Bridget gab ihm meine zwei Pfund und bohrte James ihren Ellbogen in die Seite. »Los, rück was raus, du Geizhals. Es ist Weihnachten.«

Ergeben wühlte er in seinen Hosentaschen und brachte etwas Kleingeld zum Vorschein, das mit wichtigtuerischem Klappern in die Dose fiel. Der Junge dankte uns höflich und mischte sich wieder unter seine Gruppe. Ich dachte gerade, wie wohlerzogen und gut organisiert sie für ihr Alter doch waren, als sich hinter ihnen etwas bewegte und der Grund für ihr gutes Benehmen ins Licht trat.

»Gut gemacht, Jungen und Mädchen«, sagte Dilys, die in einem dunklen, knielangen Wollmantel mit Messingknöpfen wie ein General aussah. Wahrscheinlich lag es an dem Mantel, daß ich sie nicht früher bemerkt hatte, denn in ihm verschmolz sie fast mit dem dunklen Hintergrund der Nacht. Nun setzte sie sich wieder an die Spitze ihrer Truppe. »Zeit, zum nächsten Haus zu gehen. Nein, Angela, Kleines«, hielt sie ein Kleinkind in dicken Winterklamotten zurück, das gerade auf das Osthaus zuwackeln wollte, »nicht da lang. Wir besuchen jetzt Mr. Morgan.«

»Elen könnte sich übergangen fühlen«, rief James ihr nach.

Dilys schniefte abfällig und entgegnete, daß sie daran nichts ändern könne. »Wir sind sowieso schon spät dran, nicht wahr, Kinder? Der Pfarrer hat uns nämlich Kakao und Kekse versprochen, wenn wir fertig sind.«

Das trieb die Kinder natürlich zum Weiterziehen an. Sie drängten sich in einer plappernden, aufgeregten Schar um Dilys, als nebenan eine Tür zugeschlagen wurde und das Geräusch rennender Schritte auf uns zukam.

»Da haben wir's«, kommentierte James und beugte sich

schützend über die Flamme seines Feuerzeugs, um sich eine Zigarette anzuzünden. »Ich sagte doch, daß sie sich aufregen würde.«

Elen stürzte wie eine Besessene in den Garten, ihr Haar wehte wirr um ihren Kopf, ihr Gesicht war totenbleich. Sie hatte sich nicht die Zeit genommen, Stevie anzuziehen. Es steckte noch in seinem Schlafanzug und war in eine Decke eingehüllt, zu verwirrt, um zu weinen. Dafür sah seine Mutter aus, als wollte sie gleich in Tränen ausbrechen.

»Bitte«, keuchte sie. »Bitte helft uns. Er ist hinter Stevie her.«

Dilys schnaubte durch die Nase, ihre Lippen wurden schmal. »Elen, um Himmels willen ...«

»Er war in seinem Zimmer. Ich habe ihn gehört!«

James stieß einen schweren Seufzer aus. »Nicht schon wieder.« Woraus ich schloß, daß dies eine Wiederholung der Krise war, die er und Christopher am Abend vor unserer Ankunft zu bewältigen gehabt hatten. Auch da hatte Elen ein Geräusch in Stevies Zimmer gehört, erinnerte ich mich. James trat einen Schritt von der Tür zurück und sah mich an. »Es ist nichts Ernstes, Lyn, sie hat das schon öfter gemacht. Ich werde einfach Gareth holen.«

Auf seinem Weg durch den Flur zum Vordereingang stieß James mit Christopher zusammen, der nachsehen wollte, was los war. »Was gibt es? Ich dachte, ich hätte Elen gehört ...«

»Hast du auch.« James drängte sich an ihm vorbei, und Christopher wandte sich an Bridget. »Was ist passiert?«

»Ach, sie glaubt, jemand wäre hinter Stevie hergewesen.«

»Verstehe.« Er runzelte die Stirn. »War schon jemand nachsehen, ob sie recht hat?«

Das Kinderzimmer wirkte ausgesprochen sicher auf mich. Es war ein schmaler Raum mit hoher Decke, in dem es ein quadratisches Fenster gab, eine Tür zum Flur und eine zweite Tür zu einem Einbauschrank in der Ecke.

Stevie spielte stillvergnügt auf dem Teppich, umgeben von Spielsachen, und versuchte, ein Bauklötzchen auf der Nasenspitze seines Teddys zu balancieren, während Christopher mit großem Tamtam alles absuchte und seinen Kopf in den Schrank und unter das Bett steckte. »Niemand da«, verkündete er, ehe er hinausging.

»Aber ich habe ihn gehört«, sagte Elen. »Ganz deutlich.«

Unten fiel eine Tür ins Schloß, und Gareths Stimme mischte sich kurz mit Christophers, wonach schnelle Schritte die Treppe hinaufpolterten. Gareth kam schwer atmend herein, als wäre er den ganzen Weg gerannt. »Was zum Teufel ist hier los?« wollte er wissen.

Von seinem Spiel abgelenkt, begrüßte der Junge Gareth mit einem energischen »Da!« und schlug mit dem Klötzchen auf den Boden.

»Er war wieder hier«, sagte Elen. »Er kam, wie Margaret es vorausgesagt hat, und wollte Stevie holen.«

Die undurchdringlichen dunklen Augen schnellten zu Christopher und dann zu mir, registrierten meine Anwesenheit. »Ich verstehe.«

»Es war meine Schuld«, sagte Elen. »Ich hätte ihn nicht allein lassen dürfen. Margaret hat mich gewarnt, daß heute ein gefährlicher Tag ist, und ich habe Stevie die ganze Zeit nicht aus den Augen gelassen – bis eben. Ich dachte, das Zimmer wäre sicher, aber er ist trotzdem hereingekommen.« Sie strich mit einer Hand über die Locken ihres Sohns und erschauerte leicht. »Ich muß ihn verjagt haben, als ich heraufkam, um nach Stevie zu sehen.«

Christopher sah sich im Zimmer um. »Also, jetzt scheint ja alles in Ordnung zu sein …«

»Ihr glaubt mir nicht«, sagte Elen traurig. »Oder?« Als niemand antwortete, zeigte sie auf das Fenster, durch das man den Turm scharf umrissen im Mondlicht sah. »Er ist da durchgekommen, seht ihr? Ich mache Stevies Fenster nie auf. Nie.«

Das Schiebefenster stand nun zweifellos offen, aber nur einen kleinen Spalt breit, um Luft hineinzulassen. Kein Mensch hätte die Hauswand erklimmen und sich durch diesen Spalt zwängen können, dachte ich. Gareths Gesichtsausdruck entnahm ich, daß er dasselbe dachte, aber er ließ Elens Phantasiegebilde unwidersprochen und schloß das Fenster. »So«, sagte er. »Ich kann es auch zunageln, wenn du dich dann sicherer fühlst. Tonys Werkzeugkasten ist immer noch in dem Schrank unter der Treppe, oder? Gut. Ich bin gleich zurück.«

Geschirrklappern aus der Küche sagte mir, daß Christopher dabei war, Tee zu machen. Als Gareth nach unten kam, hörte ich wieder ihre durcheinander redenden Stimmen. Doch Elen achtete nicht darauf. Sie spielte mit Stevies Haaren, wickelte sich eine Locke um den Finger. Während ich ihr zusah, empfand ich auf einmal große Dankbarkeit, weil ich trotz meiner Trauer und meines Kummers bei Verstand geblieben war. Es mußte furchtbar sein, sich so nah am Rande des Wahnsinns zu bewegen.

»Ich hätte ihn nicht allein lassen dürfen«, sagte sie zu mir. »Margaret hat mich vor Gefahr gewarnt, weil heute ›Licht des Artus‹ ist.«

Ich spürte eine kalte Hand zwischen den Schulterblättern. »Wer ist Margaret, Elen?«

»Margaret«, wiederholte sie den Namen mit Nachdruck, als müßte ich die Frau kennen. »Sie hat mir gesagt, daß du kommen würdest, um meinen Stevie zu beschützen, weißt du nicht mehr?«

»Ist sie eine Freundin von dir?«

»O ja.«

»Ich würde sie gern kennenlernen.«

Sie zögerte. »Ich weiß nicht, ob das möglich ist. Margaret spricht nur im Schlaf zu mir, verstehst du, aber ich könnte sie fragen.«

Die Gardinen vorm Fenster bewegten sich in einem Luftzug, und auf einmal war ich wieder in dem einsamen, kleinen Turmzimmer in der Burg von Pembroke und starrte auf das Bildnis der Frau, die mich in meinen Träumen verfolgte, seit ich in Angle war – Henry Tudors Mutter, Margaret Beaufort ...

Nein, dachte ich, unmöglich. Wir konnten nicht beide von derselben jungen Frau träumen. Träume waren individuelle Prozesse, Produkte eines einzelnen Gehirns und keine Gemeinschaftserlebnisse.

»Sie hat einen Sohn«, erklärte Elen, immer noch mit Stevies Haaren beschäftigt. »Genau wie ich. Sein Name ist Henry. Der Drache wollte auch ihn rauben, weil er es wußte. Er wußte, was Henry war. Und was Stevie ist.«

Ich mußte schlucken. »Was sind sie denn?«

Elen schüttelte den Kopf. »Das darf ich nicht sagen. Er hat gesagt, daß ich nicht darüber sprechen darf.«

Na toll, dachte ich, als ich das männliche Pronomen hörte. Noch jemand, um die Sache zu komplizieren. »Wer hat es dir verboten?«

»Merlin.«

Das kam so selbstverständlich heraus, daß ich den Mund aufsperrte. Als würde sie von Gareth oder Christopher sprechen. »*Merlin?*« wiederholte ich schwach.

Elen nickte. »Er kommt auch zu mir, weißt du. Jedenfalls seine Stimme. Ich kann ihn durch den Nebel hindurch nicht richtig sehen. Aber ich kann ihn hören. Er spricht über Stevie und warum Stevie hier ist. Wegen dem Drachen nämlich«, sagte sie und begann zu flüstern. »Der Drache weiß, daß Stevie geschickt wurde, um ihn zu töten. Deshalb will er verhindern, daß er zu einem Mann heranwächst.«

»Aha«, sagte ich. Was sollte ich auch sonst sagen?

»Verstehst du«, fuhr Elen fort und beugte sich vertraulich zu mir, »der Drache, der im Turm lebt, ist weiß.«

Ich hörte Schritte auf der Treppe und eine Stimme im Flur, und dann kam Christopher mit einem Tablett herein. »So, meine Lieben, ich habe Tee gemacht«, verkündete er aufmunternd. »Tee hilft immer.«

Ein kräftiger Schluck Whisky würde mir jetzt mehr helfen, dachte ich bloß.

XXI

We are closed in, and the key is turned
On our uncertainty …

W. B. YEATS, »The Stare's Nest By My Window«

Eine Stunde später steckte Bridget ihren Kopf zur Eßzimmertür herein. »Ist wirklich alles in Ordnung mit dir?«

»Mmm. Bin nur total erledigt.« Und verfalle langsam, aber sicher dem Wahnsinn, fügte ich im stillen hinzu. Nach einem Tag wie diesem wollte ich nur noch mit einem Drink in einer Ecke sitzen und versuchen, Klarheit in meine Gedanken zu bringen.

»Du bleibst auch wirklich nicht wegen Elen zu Hause?«

»Nein.«

»Sie kommt nämlich sehr gut allein zurecht, weißt du.«

»Ich weiß.«

»Du hast es ja gehört, sie wollte niemanden bei sich haben, noch nicht einmal Owen.«

»Ich bleibe nicht wegen Elen zu Hause«, erwiderte ich bestimmt. »Noch ein Glas Whisky, und ich würde das Mädchen wahrscheinlich noch nicht einmal mehr schreien hören, geschweige denn ihr irgendwie helfen können.«

»Na gut. Du weißt, wo du uns findest, falls du deine Meinung änderst.«

»Geht ihr jetzt?« fragte ich, als sie sich über ihre Handtasche beugte, um nachzusehen, ob sie alles hatte.

»Ja, sobald James wieder einfällt, wo er die Autoschlüssel hingelegt hat.«

Lächelnd rollte ich meinen Kopf über das Sesselpolster. »Es sind doch nur zwei Minuten zu Fuß bis zum Pub.«

»Ich trage aber hohe Absätze«, sagte sie und hob zum Beweis einen Fuß. »Außerdem ist es angenehmer, mit dem Auto zu fahren. Es weht ein verdammt kalter Wind draußen.«

»Glaub' ich.« Ich konnte ihn hören. Seit wir von Elen zurück waren, hatte das Wetter umgeschlagen. Hinter den dicken Falten der Vorhänge erschauerten und klapperten die Fenster bei jedem heftigen Stoß, und im Schornstein heulte es. Ich fühlte mich warm und geborgen in meinem Sessel, hatte die Füße hinaufgezogen und genoß die Wärme des Whiskys, die sich langsam in meinen Adern ausbreitete.

James rief etwas von der Hintertür, und Bridget verabschiedete sich fröhlich. »Wir werden wohl nicht allzu lange bleiben.«

»Bleibt, solange ihr wollt«, sagte ich großzügig.

Es gefiel mir, das Haus einmal für mich zu haben. Da ich nun schon so lange alleine lebte, fiel es mir schwer, ständig von anderen Menschen umgeben zu sein. Sie störten meine liebgewonnenen Gewohnheiten. Es war schön, mal wieder einen Abend ganz nach meinem Belieben gestalten zu können und eine von meinen improvisierten Mahlzeiten zuzubereiten – Omelette und Pommes frites mit Früchtekompott, gefüllten Keksen und Tee. Ich trug alles in das kleine, gemütliche Wohnzimmer neben der Küche, damit ich, wie ich es gerne tat, mit dem Tablett auf den Knien vorm Fernseher essen konnte.

Inzwischen wieder einigermaßen beruhigt und getröstet, schaltete ich durch die Kanäle: »... weil du nie vorhattest, mich zu heiraten, oder? ... Sie müssen die Zutaten genau abmessen, sonst wird der Pudding ... jedes Jahr wieder, um die Sonnenwende zu feiern.« Bei dieser Sendung blieb ich und sah zu, wie die Kamera auf eine Gruppe von jungen Leuten in weißen Gewändern schwenkte, die offenbar Druiden spielten. Wo sie waren, hatte es geschneit, und eine feine Puderzuckerschicht lag über dem Gras und dem einzelnen, großen Stein, um den sie sich versammelt hatten. Eines der Mädchen trug einen Nasenring. Sie wirkten ungefähr so überzeugend wie Bridget in einem Nonnenhabit, fand ich.

Die tiefe, ernste Kommentatorenstimme fuhr mit dem Bericht fort. »Obwohl die beiden Sonnenwenden im Jahr für die alten Kelten offenbar wenig Bedeutung hatten, feiern moderne Druiden den Tag der Wintersonnenwende als Licht des ... «

Auf einmal, wie aus heiterem Himmel, gingen sämtliche Lichter aus. Verblüfft saß ich in der Dunkelheit, während der Wind heulte und prasselnden Regen gegen die Scheiben trieb. Der Sturm mußte die Stromversorgung unterbrochen haben.

Vorsichtig stellte ich mein Tablett ab und tastete neben dem Kamin nach der Schachtel mit den langen Streichhölzern, die ich dazu benutzte, die Küche abzusuchen. In der Schublade mit den Geschirrtüchern fand ich eine kleine Taschenlampe. Die Batterien waren fast leer, aber der dünne Lichtstrahl traf bald auf eine Packung einfacher weißer Tafelkerzen in einer Schrankecke. Darauf hatte ich gehofft: Jeder Farmer bewahrte für Notfälle wie diesen einen Kerzenvorrat in der Küche auf.

Sogar ein Kerzenständer stand daneben, ein reichverzierter, dreiarmiger Silberleuchter. Erleichtert riß ich ein Streichholz an.

Die Heizung war erst seit ein paar Minuten aus, doch schon drang die Kälte durch die Ritzen des alten Hauses. Die Kerzenflammen flackerten in einem Luftzug und warfen schräge Schatten, die am Rand der Dunkelheit tanzten. Ich fand noch genügend Kohlen in der Kiste im Wohnzimmer, um ein kleines Feuer zu machen, das aber nicht viel nützte. Was ich jetzt brauchte, war eine Decke, die mich warm hielt, bis die Heizung endlich wieder ansprang.

Ich fühlte mich wie in einem Hitchcock-Film, als ich langsam die Treppe hinaufstieg und den Leuchter theatralisch vor mir hertrug. Am Ende des Flurs stand ein Wäscheschrank, das wußte ich, denn ich hatte gesehen, wie James am Vortag frische Bezüge herausgeholt hatte. Ich konnte ihn zuerst nicht aufbekommen und rüttelte am Knauf, dann entdeckte ich bei genauerem Hinsehen einen altmodischen Schlüssel im Schloß. Merkwürdige Angewohnheit, einen Wäscheschrank abzuschließen, dachte ich, aber schließlich hatte jeder Haushalt seine Eigenheiten. Ich drehte den Schlüssel um, worauf die Tür geräuschlos nach innen aufschwang, ohne den erwarteten lautstarken Protest der Scharniere.

Es war nicht der Schrank, den ich gesucht hatte.

Einen Moment lang schaute ich verwirrt auf das Fach voller Jäckchen und Stofftiere im Kerzenlicht. Eine zweite Tür vor mir stand halb offen, durch die ich ein leises, schnelles Atmen hören konnte. Da wußte ich, wo ich mich befand. Ich war ins Osthaus gelangt und stand in dem begehbaren Einbauschrank in Stevies Kinderzimmer, nur drei Schritte von seinem Bettchen entfernt. Ich hätte ihn ganz einfach packen und mit ihm davonlaufen können, ohne daß seine Mutter etwas bemerkt hätte.

Diese Verbindungstür verstörte mich mehr, als ich wahrhaben wollte. Nicht weil ich glaubte, daß sich zuvor tatsächlich jemand in das Kinderzimmer geschlichen hatte, sondern weil ich nun wußte, daß es möglich war. Und das gefiel mir nicht.

Ich war mir selbst wie ein Eindringling vorgekommen, als ich still und reglos in dem dunklen Schrank gestanden hatte. Schuldbewußt war ich hinausgegangen und hatte die Tür wieder fest verschlossen. Ein paar Schritte weiter stieß ich auf den Wäscheschrank – unverschlossen, wie es sich für einen Wäscheschrank gehörte –, zog blindlings eine Decke aus den nach Sandelholz duftenden Fächern und schleifte sie hinter mir her ins Wohnzimmer.

Dann saß ich wieder in meinem Sessel, wickelte mich in die warme Decke und versuchte, vernünftig zu denken.

Es gab also eine Verbindung zum Osthaus. Na und? Niemand hier hatte einen Grund, Stevie schaden zu wollen. *Also sei nicht albern*, tadelte ich mich ungehalten. *Hör auf, dir Sorgen zu machen.*

Entschlossen wandte ich mich anderen Dingen zu. Mein Omelette und die Pommes frites waren in kaltem Fett erstarrt, aber Kekse und Kompott erwiesen sich als eßbar, und ich konnte der Kanne noch eine Tasse lauwarmen Tees entlocken. Zurückgelehnt starrte ich auf die schwarze, spiegelnde Mattscheibe, als wollte ich sie zwingen, wieder anzugehen und für Ablenkung zu sorgen. Selbst die Druiden wären mir in diesem Moment willkommen gewesen. Nun würde ich nie genau erfahren, warum sie wie die Verrückten im Schnee herumgetanzt waren. Um die Wintersonnenwende zu feiern, hatte der Sprecher gesagt. Irgendein Fest ... das Licht von irgendwas ...

Plötzlich fiel mir etwas ein. Ich legte meinen Löffel beiseite. »Mein Gott.«

Das Eßzimmer mit seinen bodenlangen Fenstern war bereits eiskalt, und der Sturm schien entschlossen, durch die Scheiben zu brechen, er pfiff und tobte und schlug mit den Fäusten dagegen. Ich hielt den Kerzenständer in die Höhe und ging zum Bücherregal, immer meinem Atemnebel hinterher. Das Buch stand noch dort, im zweiten Fach von unten – »Das Jahr des Druiden«.

Ich zog es heraus und fing an zu blättern, ohne auf Julias märchenhafte Zeichnungen zu achten. Die Monate flogen in verschwommenen Farben vorbei ... November ... Dezember ... meine Finger wurden langsamer ... einundzwanzigster Dezember.

»Alban Arthuan«, stand dort. »Von heutigen Druiden als der Tag begangen, an dem König Artus geboren und der Weissagung gemäß Merlin übergeben wurde. Manchmal auch ›Licht des Artus‹ genannt.«

Licht des Artus, dachte ich benommen.

Aber nicht das war es, was mich am meisten beunruhigte. Am meisten beunruhigte mich, daß jemand die Seite markiert hatte.

XXII

Scarce had we stept on the Forbidden Ground,
When the Woods shook …

JOHN DRYDEN, »Merlin or The British Enchanter«

Ich rannte, strauchelte immer wieder und zog das goldlockige Kind an einer Hand hinter mir her. Es war Nacht. Um uns herum wallte Nebel und formte seltsame, sich ständig verändernde Gebilde, und ich konnte nichts sehen außer dem schmalen Trampelpfad zu meinen Füßen. Ich hörte den Atem des Kindes und irgendwo tief unter uns das Rauschen der See. Dann drang aus dem Nebel ein anderes, furchtbares Geräusch an mein Ohr, das die Erde erzittern ließ wie das Gebrüll einer großen Raubkatze.

Ich riß den Jungen in meine Arme und rannte schneller, angetrieben von den klammernden Armen um meinen Hals und dem schnellen, furchtsamen Schlagen seines Herzens. Er weinte lautlos, die Tränen rannen warm über meine Haut. Ich drückte ihn fest an mich. »Es wird alles gut, mein Kleiner, wir sind fast da.«

Doch der Pfad schien endlos zu sein.

Die Bestie holte auf. Sie brüllte erneut, sehr viel näher, und der Schatten einer Klaue schnitt durch den Nebel. *O Gott,* betete ich stumm, *laß nicht zu, daß ich ihn verliere. Ich muß ihn beschützen.* Mein Atem kam jetzt als Schluchzen. Der Pfad stieg auf einmal steil an, und ich stolperte ihn keuchend hinauf, suchte mit den Füßen Halt, wo ich konnte.

Dann kam ich an einem Schemen vorbei, der wie James aussah, er stand neben dem Pfad und rauchte in Ruhe eine Zigarette. »Meine Liebe«, hörte ich seine Stimme, »das ist doch nicht das Ende der Welt.«

Weiter oben streckte jemand – Owen, glaube ich – die Arme aus, um mir das Kind abzunehmen, aber ich ließ es nicht los. Ich rannte und rannte. Der Boden unter mir bebte, und ich fühlte das sengende Fauchen meines Verfolgers im Nacken. Auf einmal verschwand der Pfad, und ich glaubte, ins Nichts zu stürzen, bis ich die tobende Brandung sah, die an den Felsen emporstieg, um uns zu verschlingen. Ich preßte den Jungen noch fester an mich und versuchte, ihn mit meinem Körper zu schützen; mein Schrei war genauso laut wie das Brüllen des Wesens hinter uns.

Da legte sich eine feste Hand auf meine Schulter.

»Keine Angst«, sagte Gareth Gwyn Morgan, »*ich* werde Sie auffangen.«

Ich schlug die Augen auf.

Unversehrt lag ich in meinem Bett und sah zum Baldachin hinauf. Meine Hände hatten sich in die Bettdecke gekrallt, und ich versuchte, sie bewußt zu entspannen und loszulassen. Immer noch von Panik erfüllt, drehte ich den Kopf zum Fenster, um mich davon zu überzeugen, daß der Traum wirklich vorbei war.

Heller Sonnenschein fiel durch die Gardinen und warf tanzende Muster auf die pastellfarbenen Wände. Ich konzentrierte mich darauf und atmete tief und regelmäßig, aber es dauerte trotzdem eine ganze Weile, bis mein Herzschlag zu seinem normalen Rhythmus zurückgefunden hatte.

Dann hörte ich ein Klopfen und Hämmern aus dem Badezimmer, begleitet von Stimmen. Begierig nach dem Trost menschlicher Gesellschaft stand ich auf, zog mich mit steifen Gliedern an und ging nachsehen, was da los war. Die Stromversorgung funktionierte offenbar wieder. Im Flur vor meinem Zimmer war die Luft schon nicht mehr so beißend kalt.

Im Bad fand ich Bridget auf dem Rand der Badewanne hockend vor, wo sie Owen zusah, der halb in einem doppeltürigen Lamellenschrank kniete und sich schnaufend darin zu schaffen machte.

»Na endlich«, sagte sie, als sie mich sah. »Ich hatte schon Angst, du wärst im Schlaf erfroren oder so was.«

Ihre vertraute, gutmütig-neckende Stimme half, den Schrecken meines Alptraums zu vertreiben, und ich fühlte mich schon sehr viel besser, als ich ihr versicherte, daß ich die Nacht gut überstanden hatte. »Mit ein paar zusätzlichen Decken war es kuschelig warm. Ich habe wie ein Stein geschlafen und noch nicht einmal gehört, wann ihr nach Hause gekommen seid.«

»Wir sind ziemlich spät zurückgekommen – nach eins, glaube ich. Im Pub war gute Stimmung.«

»Haben sie euch noch das Essen serviert, ehe die Lichter ausgingen?«

»Natürlich«, sie grinste. »Sonst wäre ich garantiert zwischendurch nach Hause gegangen, um mir ein Sandwich zu machen, Sturm hin oder her.«

Owen tauchte aus dem Schränkchen auf und wünschte mir einen guten Morgen.

»Guten Morgen. Was gibt es für ein Problem?«

»Der verdammte Boiler ist das Problem. Alles andere läuft wieder, bis auf dieses Mistding.« Er versetzte dem senffarbenen Gerät einen Schlag mit der flachen Hand und stand ächzend auf. »Dickköpfiger Bastard«, schimpfte er weiter, aber ob er den Boiler damit meinte oder sich selbst, konnte ich nicht sagen.

Bridget schlug eins ihrer langen Beine über das andere. »Allerdings, ich möchte endlich mein Bad nehmen. Ich warte schon seit einer Ewigkeit.«

»Noch einen Moment Geduld«, sagte Owen. »Ich geh mal eben nach unten und schraub eine Sicherung rein.«

Bridget wartete, bis er draußen war, und winkte mich dann verschwörerisch näher. »Er war da.«

Zur Sicherheit senkte ich ebenfalls meine Stimme. »Wer war wo?«

»Gareth war gestern abend im ›Hibernia‹. Und weißt du was, Lyn«, zischte sie mir zu, »ich glaube, er zappelt am Haken.«

»Tatsächlich?«

»Er hat mir einen Drink spendiert. Und rate mal, was noch!« Sie sah sich dramatisch nach beiden Seiten um, ehe sie fortfuhr. »Er hat mich gebeten, ihn heute nachmittag zu besuchen. Ganz allein.«

»Sieh an.« Ich wußte, was kommen würde, und wartete ab.

»Deshalb mußt du mir einen Gefallen tun. Nach dem Mittagessen, bevor James seine Nase in sein Manuskript stecken kann, bittest du ihn, dir die Sehenswürdigkeiten der Gegend zu zeigen.«

»Irgendwelche bestimmten Sehenswürdigkeiten?«

»Keine Ahnung, vielleicht Freshwater West oder die Kapelle von St. Govan. Er liebt es, Leute durch St. Govan zu führen. Frag ihn einfach danach. Dann schiebe ich eine Migräne oder irgendwas vor und bleibe hier.«

»Was ist mit Christopher?«

»Den werdet ihr wohl auch mitnehmen müssen, schätze ich.«

Ich machte ein nachdenkliches Gesicht. »Seltsam, ich kann mich einfach nicht erinnern, daß so etwas zu den vertraglichen Pflichten einer Literaturagentin gehört.«

»Aber natürlich! Es fällt unter die Paragraphen: ›Du sollst alles tun, worum dich deine Autorin bittet‹ und ›Du sollst deiner Autorin jederzeit dabei helfen, attraktive Männer zu verführen‹.«

Owen kam die Treppe herauf, und Bridget rückte von mir ab und verstummte.

Offenbar hatten seine Bemühungen gefruchtet. Er steckte den Kopf wieder in den Lamellenschrank, und im nächsten Augenblick sprang der Boiler mit einem hoffnungsvollen Summen an. »Na also, das hätten wir. Lassen Sie ihn jetzt ein Weilchen laufen, dann haben Sie soviel heißes Wasser, wie Sie wollen.«

»Wunderbar«, sagte Bridget. »Vielen Dank.«

Ich überließ sie ihrer Körperpflege und folgte Owen hinaus. »Sie kommen heute zu spät zu ihrem Morgenspaziergang«, neckte er mich.

Ich antwortete nicht gleich, weil ich auf die Tür hinter ihm starren mußte. Die Tür, die ich gestern abend aus Versehen geöffnet hatte und die durch den Schrank auf der anderen Seite in Stevies Zimmer führte. Sie sah aus wie immer, bis auf ein kleines Detail: Der Schlüssel steckte nicht mehr im Schloß. Er war auch nicht auf den Teppich gefallen. Jemand hatte ihn weggenommen.

»Stimmt etwas nicht?« fragte Owen.

»Nein, nein.« Ich sah schnell von der Tür weg und zwang mich zu einem munteren Lächeln. »Alles in Ordnung.«

Ich trieb mich zu einem schnelleren Gang an und erreichte den Kamm des Hügels mit stechenden Lungen. Eigentlich hatte ich gar keine Zeit für diesen Ausflug, denn es war schon nach elf. Bridget hatte inzwischen sicher ihr Bad genommen und würde einen Anfall bekommen, falls ich nicht rechtzeitig zum Mittagessen zurück war, um ihr bei der Durchführung ihres Plans zu helfen.

Aber ich brauchte diesen Spaziergang.

Ich hatte diesmal eine andere Route gewählt und war über die Brücke gegangen und am südlichen Ufer der Bucht entlang, wo der Weg durch den schattigen Mischwald führte, der das Gutshaus umgab. Vom Haus selbst hatte ich nicht viel gesehen, nur einen vagen Eindruck von einer hellen, reichverzierten Fassade erhalten, die am Ende einer langen Auffahrt zwischen den Bäumen hervorschimmerte. In Abwesenheit der Besitzer wirkte alles still und verlassen. Als sich der Pfad kurz darauf gegabelt hatte, um auf der einen Seite weiter am sandigen Ufer um die Bucht zu führen, war ich dem anderen Weg landeinwärts gefolgt und am Pförtnerhaus vorbeigekommen, wo ein kleiner Wachhund mir kläffend Beine gemacht hatte.

Der Hügel hatte von unten gar nicht so steil ausgesehen, doch jetzt, da ich auf der Höhe angelangt war, spürte ich den Aufstieg in den Beinen und mußte erst einmal verschnaufen.

Schließlich ging ich langsamer weiter, ohne auf meine Umgebung zu achten. Normalerweise bekam ich beim Gehen einen klaren Kopf, doch an diesem Tag half alles nichts. Meine Gedanken stoben weiterhin durcheinander. Einerseits wollte ich den anderen recht geben und Elens Geschichte auf eine überspannte Phantasie oder gar Wahnvorstellungen zurückführen, andererseits war ich mir selbst einfach nicht sicher.

Sowohl James als auch Christopher hätten gestern abend leicht in Stevies Zimmer eindringen können, überlegte ich. Nur wußte ich nicht, warum sie das tun sollten –

bestimmt nicht, um ihn zu entführen. Wenn jemand Stevie etwas antun wollte, hätte er das inzwischen längst getan, dessen war ich mir sicher. Vielleicht wollten sie der armen Elen einen Schreck einjagen, sich einen Scherz mit ihrem Verfolgungswahn erlauben. Das wäre zwar eine üble Gemeinheit, aber ein anderes Motiv fiel mir nicht ein. Je mehr ich darüber nachdachte, desto sicherer war ich, daß tatsächlich jemand das Kinderzimmer durch den Schrank betreten hatte. Warum sonst sollte der Schlüssel letzte Nacht gesteckt haben und heute morgen nicht mehr?

Und die markierte Seite im »Jahr des Druiden« konnte auch kein Zufall sein. Die betreffende Person hatte gewußt, daß gestern der Tag war, an dem Elen besondere Angst um Stevie hatte – der Tag, an dem ein anderes »auserwähltes Kind«, nämlich König Artus, seiner Mutter weggenommen worden war.

Ich dachte gerade an Gareth und seine Worte über das mythische göttliche Kind, als ich auf eine neue Wegkreuzung stieß und dem ausgeschilderten Pfad folgte, der in westlicher Richtung den Wald durchquerte.

Es war sehr friedlich dort, grün und wunderbar still, und das Laub auf dem Boden war so feucht, daß es nur leise seufzte, wenn ich darauf trat. Der Sturm der vergangenen Nacht hatte den Pfad aufgeweicht, und der Matsch zog an meinen Füßen und zwang mich, langsamer zu gehen und die verschiedenen erdigen Gerüche wahrzunehmen, das Sonnenlicht, das durch die Zweige fiel, und das Streicheln der sanften Morgenbrise. Auch den Boden betrachtete ich aufmerksam und sah die Furchen im Schlamm und die gerundeten, tiefen Abdrücke von Pferdehufen.

Daher hätte ich vorbereitet sein müssen. Ich hätte nicht

so vollkommen überrascht sein dürfen, als ich das Pferd hinter mir hörte, das gemächlich im Schritt ging, und eine inzwischen wohlbekannte männliche Stimme sagte: »Sie schon wieder!«

Gareth ähnelte auf dem Pferderücken einem der Zentauren, die ich als Kind in meinem Buch mit griechischen Sagen gesehen hatte – ein finster blickendes, ungezähmtes Wesen mit arrogant vorgestrecktem Kinn. Seine schwarzen Reithosen, die Stiefel und der grobgestrickte schwarze Pullover ließen ihn und die nachtschwarze Stute wie eine einzige Kreatur wirken, die hoch über mir aufragte. Sovereign hielt an, stampfte auf der Stelle im Schlamm und streckte mir ihren eleganten Hals entgegen, um mit geblähten Nüstern meinen Geruch aufzunehmen. Ich bildete mir ein, in ihren Augen ein Wiedererkennen aufblitzen zu sehen. In Gareths Augen dagegen war etwas ganz anderes zu lesen. »Gehen Sie immer so unauffällig vor, wenn Sie sich an einen potentiellen Klienten heranpirschen?«

Ich öffnete den Mund zu einer scharfen Replik und klappte ihn gleich wieder zu, weil es mir nicht der Mühe wert schien. Statt dessen drehte ich mich einfach um und ging weiter, als wäre er nicht da. Sovereign folgte mir wie ein Schatten.

»Was, keine schlagfertige Antwort?« bohrte Gareth. »Kein Protest? Kein Wort davon, was ich für ein unausstehlicher Mistkerl bin?«

»Also gut. Sie sind ein unausstehlicher Mistkerl. Zufrieden?«

»Überglücklich.« Er brachte die Stute an meine Seite und spähte prüfend in mein Gesicht.

Erneut blieb ich stehen und begrüßte mit großem Hallo Chance, der sein Schnüffeln nach Kaninchen und Mäusen unterbrochen hatte, um auf mich zuzustürmen, wobei sein ganzer Körper vom Schwanz aufwärts zu wackeln schien. Gareth seufzte resigniert, und unsere Blicke kreuzten sich kurz, ehe ich mich wieder abwandte. Doch das hatte schon genügt.

»Es ist etwas passiert«, sagte er.

»Blödsinn. Was soll denn passiert sein …«

»Erzählen Sie's mir.«

Ich weiß nicht, was in diesem Moment über mich kam. Vielleicht lag es daran, daß er auf einem Pferd saß und wehmütige Gedanken an meine eigenen Ausritte weckte und an die Freunde, mit denen ich meine Leidenschaft geteilt hatte. Vielleicht lag es auch an der Stille des Waldes – still wie ein Beichtstuhl –, in der Gareth mich an einen mittelalterlichen Einsiedler erinnerte, einen kriegerischen Mönch, der der eitlen Welt den Rücken gekehrt hatte. Oder es war die Ausstrahlung dieses Mannes, seine ruhige, sichere Art, die im Kontrast zu den wechselhaften Stimmungen im Farmhaus stand und genauso wenig forderte, wie sie gab.

Was auch der Grund war, ehe ich mich's versah, war ich dabei, ihm alles zu erzählen. Ich berichtete von der verschlossenen Tür und dem Schlüssel, vom »Jahr des Druiden« und vom »Licht des Artus«. Die Worte purzelten aus mir heraus wie ein Wurf junger Hunde aus einem Korb. Gareth mußte glauben, ich hätte den Verstand verloren.

Als ich fertig war, fuhr ich mir nervös durch die Haare und schloß unsicher: »Es hat wahrscheinlich nichts zu bedeuten, ich weiß, aber falls jemand Elen glauben machen will, daß tatsächlich ein Drache in dem Turm haust, der hinter Stevie her ist … dann ist das eine schreckliche Sache und … na ja, das wäre alles.«

Er antwortete nicht sofort. Er starrte mich an, als käme

ich von einem anderen Stern, während die Stute ungeduldig tänzelte und Chance sich wieder auf die Mäusejagd begab. »Ich verstehe«, ließ Gareth endlich verlauten.

Verlegen räusperte ich mich. »Ich dachte, Sie hätten ein Recht darauf, es zu erfahren.«

Etwas blitzte in seinen Augen auf, aber ich war schon dabei, mich abzuwenden, und wollte nur noch weg. Da er in meine Richtung ritt, drehte ich mich um und ging den Weg zurück, den ich gekommen war, die sicherste Route. »Tut mir leid, daß ich Ihren Ausritt unterbrochen habe«, rief ich über die Schulter und klang dabei ganz und gar nicht bedauernd. Denn schließlich ließ er mich wie einen Deppen dastehen, und er traf sich mit Bridget und ...

»Danke«, sagte er. Das Wort kam rauh aus seiner Kehle, als hätte er es lange nicht benutzt. Abrupt blieb ich stehen und sah mich um, aber er hatte Sovereign schon mit den Fersen zu verstehen gegeben, daß es weiterging. Ich konnte nur noch zusehen, wie das schwarze Pferd und sein schwarzer Reiter mit den Schatten des Wegs verschmolzen und der kleine Hund brav hinter ihnen hertrottete.

XXIII

A hermit once was here,
Whose holy hand hath fashion'd on the rock
The war of time against the soul of man.

ALFRED LORD TENNYSON, »Gareth and Lynette«

Wenn Bridget nicht Schriftstellerin geworden wäre, hätte sie ihren Lebensunterhalt auch auf der Bühne verdienen können, entschied ich nach dem Mittagessen. Wie sie so still und blaß am Tisch saß, eine Hand an die Stirn gelegt, hätte sie beinahe sogar mich von der Echtheit ihrer Migräne überzeugt.

»Nein, nein«, sagte sie mit Märtyrerstimme, »geht nur und amüsiert euch. Ich bleibe hier.«

Christopher machte ein besorgtes Gesicht. »Wir müssen ja nicht alle gehen.«

Bridget schielte durch ihre Finger zu ihm hin und sah gleich noch etwas leidender drein. »Aber ich möchte, daß Sie mitgehen. Ich will euch nicht den Tag verderben.«

»Ich habe den Verdacht«, sagte James, während er aufstand und sein Geschirr zur Spüle trug, »daß du uns aus einem bestimmten Grund aus dem Haus haben willst.« Ehe sie protestieren konnte, erklärte er seinem Bruder: »Sie kann nämlich nicht den geringsten Lärm ertragen, wenn sie diese Kopfschmerzen hat. Deshalb will sie nicht, daß wir ihr hier drinnen auf den Nerven herumtrampeln. Stimmt's, Liebling?«

Sie entspannte sich und nickte mit einem dankbaren Ausdruck, der genügte, um Christopher umzustimmen. »Also schön«, sagte er und schob seinen Stuhl zurück. »Ich schätze, ich kann einen weiteren Ausflug nach St. Govan verkraften.«

Auch ich fühlte mich ein wenig erleichtert. Ich war nicht erpicht darauf, Bridgets schlechte Laune ertragen zu müssen, wenn es nicht nach ihrem Willen gegangen wäre – zumal ich ihre Pläne beinahe durchkreuzt hätte, indem ich so spät von meinem Spaziergang zurückkam. Fünf Minuten später, und James wäre in seinem Arbeitszimmer verschwunden und für die nächsten Stunden unansprechbar gewesen. Zum Glück hatte es mich nicht viel Mühe gekostet, ihn zu dem Ausflug zu überreden.

Er hatte am Kopfende des blankgescheuerten Küchentischs gesessen und seinen Tee ausgetrunken, als ich hereinkam. Auf meinen Vorschlag legte er belustigt den Kopf schräg. »Eine Agentin, die mich vom Schreiben abhalten will«, witzelte er. »Sehr ungewöhnlich.«

Lächelnd sagte ich: »Es widerspricht meinen eigenen Interessen, ich weiß, aber das Wetter ist so schön, und selbst Schriftsteller brauchen ab und zu mal Urlaub.«

Christopher lästerte, daß Schreiben seiner Ansicht nach sowieso nichts anderes als ein einziger langer Urlaub sei, eine Bemerkung, die ihm mit Sicherheit ein blaues Auge eingetragen hätte, wenn Bridget nicht durch die Rolle der Leidenden gehandicapt gewesen wäre. Doch irgendwann würde sie es ihm heimzahlen, das wußte ich. Bridget hatte ein Elefantengedächtnis.

Aber immerhin war ich bei ihr nun wieder gut angeschrieben, was ich daran erkannte, daß sie mir das letzte Sandwich mit Eiersalat anbot.

»Du solltest deine Kamera mitnehmen, Lyn«, riet sie mir. »St. Govan ist sicher ganz nach deinem Geschmack.«

Ich erinnerte mich, den Namen in meinem Reiseführer über Pembrokeshire gelesen zu haben. »Es ist eine Kapelle oder so was, nicht wahr?«

»Ja. Eine kleine Steinkapelle, die mitten in die Klippen gebaut wurde, mit all diesen riesigen Felsen drum herum. Und jeder Menge Napfschnecken«, sagte sie und verdrehte die Augen. »Man kann keinen Schritt machen, ohne auf eine Napfschnecke zu treten. Es wird dir gefallen.«

James spülte seinen Teller ab und drehte sich dabei halb zu ihr um. »Weißt du, ich werde nie verstehen, wie du über Feen und Wälder und solche Dinge schreiben kannst, ohne St. Govan zu mögen.«

Ich wußte, was er meinte. Bei Bridgets Talent, Märchenwelten voller Fabelwesen an verzauberten Orten zu erfinden, kam einem ihre mangelnde Begeisterung für Ruinen und Burgen und Kapellen in den Klippen irgendwie unnatürlich vor.

Sie wischte James' Einwand mit schwacher Hand beiseite. »Von Menschen erschaffene Dinge interessieren mich eben nicht.«

»Napfschnecken sind nicht von Menschen erschaffen, soweit ich mich erinnere.«

»Ich muß ja wohl nicht *alles* an der Natur lieben«, verteidigte sie sich. »Napfschnecken sind einfach eklig.«

»Es sind deine Mitgeschöpfe, wie kannst du sie nicht lieben?« fragte James heuchlerisch. Aber er war klug genug zu wissen, wann er aufhören mußte. Bridget hatte bereits das Interesse verloren und war durch etwas abgelenkt, das sie durch das Fenster über der Spüle entdeckt hatte.

»Wir bekommen Gesellschaft«, verkündete sie ohne Begeisterung.

Von meinem Platz aus konnte ich nur einen Teil des geschützten Innenhofs überblicken, in dem ein einsames Blatt unverdrossen an der Spitze des Schneeballstrauchs winkte. Niemand war zu sehen, aber das Klopfen an der Tür bewies, daß Bridget sich nicht getäuscht hatte.

Es war Dilys, Owens Frau, mit windgerötetem Gesicht. »Ihr solltet nicht hier drinnen sitzen«, sagte sie, nachdem sie James einen Teller voll noch dampfender, mürber Hakfleischpastetchen in die Hand gedrückt hatte, der offenbar der Anlaß ihres Besuchs war. »Es ist ein wunderbarer Nachmittag. Man muß den Sonnenschein ausnutzen.«

James versicherte ihr, daß wir absolut willens waren, ihn auszunutzen. »Wir haben gerade beschlossen, nach St. Govan zu fahren. Das heißt, wir drei. Bridget hat Kopfschmerzen und will lieber zu Hause bleiben.«

»Unsinn«, widersprach Dilys rundheraus. »Gegen Kopfschmerzen gibt es nichts Besseres als frische Luft.«

Bridgets Lächeln war gekonnt matt. »Nicht bei meiner Art von Kopfschmerzen. Das einzige, was dagegen hilft, ist ein verdunkeltes Zimmer und absolute Ruhe.«

»Es wird hier nicht sehr ruhig sein heute nachmittag«, wußte Dilys. »Mein Owen hat nämlich vor, die Regenrinnen zu reinigen. Falls das Klopfen und Scheppern Sie nicht zum Wahnsinn treibt, schafft es mit Sicherheit sein Gesinge. Er hält sich für Frank Sinatra, der alte Spinner.«

Bridgets Seufzer wurden immer mitleiderregender, stellte ich fest. Ein Owen, der sich den ganzen Nachmittag ums Haus herum zu schaffen machen würde, durchkreuzte ihre Pläne. Es würde ihm nicht entgehen, wenn sie sich zu Gareth davonschlich. »Könnten Sie ihn vielleicht überreden, die Arbeit auf morgen zu verschieben?«

Dilys hielt das für unwahrscheinlich. »Er hat gesagt, die Rinnen wären ziemlich verstopft und der Sturm letzte Nacht hätte es noch schlimmer gemacht. Bestimmt wird er die Sache erledigen wollen, ehe das Wetter wieder umschlägt. Aber keine Angst«, tröstete sie Bridget, »Sie können den Nachmittag gern bei mir verbringen. In einem Hinterzimmer habe ich noch ein Gästebett für die Enkel, und ich werde heute nur backen, also sind Sie ganz ungestört.«

Bridgets Gesicht war unbezahlbar. Ich sah sie von der Seite an und verschluckte mich derart an meinem Tee, daß Christopher mir zweimal kräftig auf den Rücken schlagen mußte.

»Entschuldigung«, keuchte ich, »mir ist was in die falsche Kehle geraten.« Aber ich hätte mich gar nicht um eine Erklärung zu bemühen brauchen. Niemand hörte mir zu.

»Siehst du, Schatz«, sagte James zu Bridget, »damit wäre dein Problem gelöst.«

»Oh, ich möchte aber nicht stören ...«

»Unsinn«, polterte Dilys wieder. In diesem einen Wort schien sich ihre ganze Lebenshaltung auszudrücken. »Sie stören überhaupt nicht.«

Ich sah, wie es in Bridgets Kopf arbeitete und sie fieberhaft nach einem Ausweg suchte, als James mit einem wohlmeinenden Lächeln die Falle zuschnappen ließ. »Wir können dich unterwegs absetzen und dich auf der Rückfahrt wieder abholen. Dann brauchst du nicht durch die Kälte zu laufen.«

»Großartig.« Niemand außer mir bemerkte die Lustlosigkeit in ihrer Stimme.

Als wir eine halbe Stunde später zu unserem Ausflug aufbrachen, sah Bridget so krank aus, daß ich befürchtete, sie hätte inzwischen wirklich Kopfschmerzen bekommen.

Als wir vor Owens und Dilys' Haus im Dorf hielten, ging sie mit gesenktem Kopf davon wie eine Verurteilte auf dem Weg zum Schaffott.

»Armes Ding«, sagte James und legte den Gang ein. »So eine Migräne muß die Hölle sein.«

Ich zog es vor, lieber nicht darauf zu antworten, und betrachtete statt dessen die Häuser, an denen wir vorbeikamen. Die steinerne Mauer um Gareths Cottage leuchtete vor hellroten Zwergmispelbeeren, die sich gut von dem grauen Hintergrund abhoben. Eines der Flügelfenster im ersten Stock stand offen, und eine heitere Rauchspirale stieg aus dem Schornstein auf. Er war zu Hause und wartete auf Bridget. Ich war sicher, daß sie trotz Dilys einen Weg finden würde, zu ihrem Rendezvous zu gelangen. Hindernisse, soviel hatte ich gelernt, trieben Bridget stets zu Höchstleistungen an.

Auf dem Rücksitz suchte Christopher einen Platz für seine langen Beine und bemerkte, daß ein Nachmittag mit Dilys wohl eher Kopfschmerzen verursachen als sie kurieren würde. »Sie hört einfach nicht auf zu reden. Wenn ich noch ein Wort mehr über ihren blöden Sohn hören muß ... «

»Ja, ja«, grinste James. »Cardiffs Antwort auf Louis Pasteur.«

»Zuviel der Ehre für jemanden, der seine Tage damit zubringt, Reagenzgläser voll Sperma zu beschriften.«

»Sei nicht so ein Snob«, sagte James.

Christopher, der sich schon während Dilys' kurzem Besuch sichtlich auf die Zunge gebissen hatte, tat es auch jetzt wieder. Er verschränkte die Hände hinterm Kopf und versuchte, eine bequeme Position zu finden.

Schuldbewußt drehte ich mich zu ihm. »Wollen Sie wirklich nicht mit mir tauschen?«

»Nein, es geht schon. Ich habe genug Platz.« Immerhin mehr als gestern, dachte ich und rückte meinen Sitz noch ein Stück nach vorn. »Außerdem«, sagte er, »sollten Sie die bessere Aussicht haben. Ich kenne das alles schließlich zur Genüge.«

Mir fiel es schwer zu glauben, daß man sich jemals an der Schönheit dieser Landschaft satt sehen konnte. Wir fuhren diesmal nach Süden, verließen die Hauptstraße nach Pembroke und hielten uns in Küstennähe. Nach einer Weile erreichten wir einen Abschnitt, wo die rötlichen Klippen steil zu einer langgestreckten Halbmondbucht aus hellem Sand abfielen. Der Anblick war atemberaubend schön.

James fuhr an den Straßenrand, damit ich die Aussicht in Ruhe genießen konnte. »Das ist Freshwater West.«

Schaudernd betrachtete ich die rauhe Brandung, die gerade einen kleinen schwarzen Fleck von einem Surfer hochgehoben und an den Strand getragen hatte. Das war also der Ort, an dem Elens Mann umgekommen war. Christopher schien meine Gedanken zu lesen.

»Tony stand wahrscheinlich auf einem dieser Felsen dort, als es passierte«, sagte er und beugte sich vor, um auf die Stelle zu zeigen. »Gareth und er haben dort immer geangelt.«

Zum Glück war jetzt kein Angler zu sehen, das wäre mir makaber vorgekommen. »Arme Elen.« Ich kaute nachdenklich auf meiner Unterlippe. Falls einer der beiden Brüder für den Schreck von letzter Nacht verantwortlich war, würde er es kaum zugeben. Aber ich konnte es mir nicht verkneifen, ein wenig zu bohren. »Ist ihr heute morgen schon jemand begegnet? Ich hätte mal nach ihr sehen sollen.«

»Es schien ihr gutzugehen«, sagte Christopher. »Keine üblen Nachwirkungen.«

James warf einen Blick über seine Schulter, als er den Motor wieder anließ. »Wann warst du denn schon wieder bei ihr drüben?«

»Vor dem Frühstück. Sie steht immer früh auf. Ich bin schnell auf einen Sprung nach nebenan, um sicherzugehen, daß alles in Ordnung ist.«

Ich ergriff die Gelegenheit und sagte so leichthin wie möglich: »Schade, daß es keine Verbindungstür zwischen den Häusern gibt. Dann würde sie sich vielleicht nicht so allein fühlen.«

»Es gibt eine«, sagte James. »Aber sie ist seit Jahren nicht mehr benutzt worden. Ich glaube, es existiert noch nicht einmal mehr ein Schlüssel dazu. Dabei fällt mir ein – ich habe wie versprochen nach dem Schlüssel zum Turm gesucht. Als ich Sie gestern in der Burg herumklettern sah, fiel mir ein, daß Sie danach gefragt hatten. Aber ich konnte ihn leider nicht finden.«

»Macht nichts.«

Wir fuhren nun zwischen den Dünen einher, wo der feine, rotgelbe Sand über die Teerstraße wehte und der Strandhafer sich wellenartig im Wind neigte, so daß ein grünes Unterfutter unter dem Strohgelb sichtbar wurde. »An diesem Küstenstrich haben sie wirklich gute Arbeit geleistet«, bemerkte Christopher. »Er ist ziemlich unverfälscht. Eine Zeitlang standen mal Wohnwagen hier unten, aber die mußten wieder weg. Die Dünen sind unter Naturschutz gestellt worden, so daß auch keine Ferienhäuser gebaut werden dürfen.«

Was wirklich eine Seltenheit an britischen Küsten war, dachte ich zustimmend. Die Straße stieg wieder an und gewährte uns einen letzten Blick auf Freshwater West und die gefährliche Brandung, vor der eine rote Fahne am Strand warnte. Dann fuhren wir ein Stück landeinwärts, durch ein kleines Dorf und um einen Kreisel mit einem steinernen, abgeflachten Türmchen in der Mitte herum. Ich wollte mich gerade danach erkundigen, als wir über ein holperiges Viehgitter fuhren, das mich aus meinen Gedanken riß.

Kühe konnte ich keine sehen, aber viele Schafe standen in merkwürdigen Anordnungen auf den Wällen zu beiden Seiten der Straße und starrten ohne großes Interesse auf uns herunter. Zweimal waren wir gezwungen, im Schrittempo zu fahren, um an einer Gruppe zusammengedrängter Tiere vorbeizukommen. »Da sind mir ja die Panzer noch lieber«, ließ sich Christopher von hinten vernehmen.

Ich drehte mich um. »Wie bitte?«

»Die Panzer«, wiederholte er und deutete mit dem Kinn auf eine Reihe von Fahnenstangen und ein kleines, unbemanntes Wachhäuschen. »Das alles hier ist Militärgelände. Wir befinden uns auf dem Schießplatz von Castlemartin.«

»Ach so. Soll ich mich ducken?«

»Keine Sorge. Sie sperren ihn ab, bevor sie in der Gegend rumballern.«

»Es sei denn«, flapste James, »sie wollen mal den Überraschungseffekt testen.« Mit einem Blick zu mir fügte er hinzu: »Apropos, ich muß sagen, daß Sie mich gestern abend angenehm überrascht haben.«

»Wieso?«

»Hätte ich Ivor allein in dem Haus zurückgelassen, hätte er den Abend damit verbracht, meinen Brandy zu leeren und mein Manuskript zu lesen. Während Sie mein Arbeitszimmer noch nicht einmal betreten haben, soweit ich feststellen konnte.«

Allerdings nicht aus mangelnder Neugier, lag es mir auf

der Zunge. In dieser Hinsicht waren Ivor und ich uns gar nicht so unähnlich. Doch gegenseitiges Vertrauen stellte für mich eine unverzichtbare Grundlage in der Beziehung zwischen Agent und Autor dar, und ich wäre nie auf die Idee gekommen, mich an James' Brandy zu vergreifen. »Und woher wollen Sie wissen, daß ich nicht einfach gut darin bin, mich in fremde Zimmer einzuschleichen?« fragte ich lachend.

»Weil ich gut darin bin, Leute zu ertappen, die sich in fremde Zimmer einschleichen.«

»Das stimmt«, bestätigte Christopher. »Schon als wir klein waren, hat er immer irgendwelche verdammt cleveren Fallen eingebaut. Haare zwischen Tür und Angel geklemmt und solche Tricks. Wie James Bond.«

»Na, dann bin ich ja froh, daß ich mich gut benommen habe.«

»Vielleicht sind Sie auch gar nicht so wild darauf, mein Manuskript zu lesen ...«, stichelte James.

»O doch, ich würde furchtbar gern einen Blick hineinwerfen. Aber ich brauche es nicht zu lesen, um zu wissen, daß es gut ist.«

»Meinen Sie das ernst?«

»Ja. Alles, was Sie schreiben, ist großartig«, antwortete ich mit ehrlicher Überzeugung und wurde mit einem erfreuten Blick belohnt, der mir sagte, daß ich einen weiteren Pluspunkt gesammelt hatte. Geschieht dir ganz recht, Ivor Whitcomb, dachte ich.

Ein zweites Viehgitter riß mich aus meiner Selbstzufriedenheit. Anscheinend verließen wir gerade den Schießplatz. Rechts von uns tauchte eine Kaserne auf, deren Zufahrt von zwei enormen Panzern mit bedrohlich nach außen gerichteten Geschützen bewacht wurde. Danach verlief die Straße ohne weitere Besonderheiten an Hecken vorbei bis zu einem neuen Kreisel, wo ein Schild uns mitteilte, daß die Straße nach St. Govan befahrbar war.

Ich mußte noch ein drittes Viehgitter erdulden, ehe wir ein leuchtendgrünes Plateau über den Klippen erreichten und auf einen großen, verlassenen Parkplatz mit einem schwindelerregenden Blick aufs Meer fuhren. Außer dem Blick schien es dort nichts zu geben, das einen Parkplatz rechtfertigte, aber ich folgte James und Christopher bereitwillig, als sie ausstiegen und ohne Zögern auf den Rand der Klippe zugingen.

Schmale Treppenstufen wanden sich durch einen Spalt in den mächtigen Sandsteinblöcken nach unten. Zwischen uns und dem Meer ragte ein spitzes, schiefergedecktes Dach aus den Felsen auf, als hätte eine spielerische Riesenhand es dort wie einen Keil hineingezwängt und dann vergessen.

»Eine Legende besagt, daß die Stufen zur Kapelle nie richtig gezählt werden können«, berichtete Christopher.

»Wieso das?«

»Keine Ahnung. Aber ich komme beim Hinuntergehen jedesmal auf eine andere Zahl als beim Hinaufgehen.«

Bedacht, auf den gischtbesprühten Steinstufen nicht auszurutschen, zählte ich sie beim Gehen: 52. Ich merkte mir die Zahl und duckte mich durch eine offene Steinpforte in die Kapelle, wo ich blinzeln mußte, um meine Augen an das Dämmerlicht zu gewöhnen.

Sankt Govan, erklärte mir Christopher, hatte im sechsten Jahrhundert als Einsiedler an diesem Ort gelebt, und seine Kapelle spiegelte die Strenge und Kargheit des Einsiedlerlebens wider. Sie war klein, hatte eine relativ hohe Decke, ein winziges Fenster mit Blick auf die See und ein noch kleineres, quadratisches Guckloch über dem Taufbecken. In die Seitenwände waren steinerne Sitzbänke gehauen, und zu meiner Linken, neben dem einfachen Altar, krochen ein paar unregelmäßige Stufen zu einem Spalt im nackten Felsen hinauf, die von oben durch einen schmalen Streifen Tageslichts beleuchtet wurden.

Bridget hatte nicht zuviel versprochen: Dies war ein Ort nach meinem Geschmack.

Im Gegenzug tat ich mein Bestes, die beiden Männer zu beschäftigen, und ließ mir Zeit dabei, jeden Winkel der Kapelle zu erforschen. James allerdings brauchte gar nicht beschäftigt zu werden. Er hatte sich ganz in seine Gedankenwelt zurückgezogen, zeigte genausowenig Interesse für seine Umgebung wie in Pembroke Castle und überließ es seinem Bruder, mich herumzuführen.

Zu meiner Lieblingsstelle erkor ich einen merkwürdigen Felsspalt mit rippenartigen Abdrücken, in den sich der Heilige angeblich gepreßt hatte, um sich vor Räubern zu verstecken.

»Und der Felsen öffnete sich«, erzählte Christopher im Legendenton, »und schloß sich um Sankt Govan, und er verbarg sich in seinem Innern, bis seine Verfolger weitergezogen waren.«

Ich berührte den feuchten, von der Zeit und den Elementen angefressenen Stein. »Das sind also die Abdrücke seiner Rippen.«

»Genau. Wie bei einem Fossil. Es heißt, der Spalt würde seine Form verändern und jeden aufnehmen, egal von welcher Statur. Sehen Sie?« Er drückte sich in die Felswand. »Jetzt versuchen Sie es mal.«

Ich preßte meinen Rücken gegen den marmorglatten Felsen, schloß die Augen und versuchte mir vorzustellen, wie es war, in dieser Klippe eingeschlossen zu sein. Etwas tropfte in der Dunkelheit. Ein Seufzer, ein langes Ausatmen streifte mich. Ich öffnete die Augen.

Christopher beobachtete mich nachsichtig, die Hände in den Hosentaschen. »Ansonsten gibt es hier nicht mehr viel zu sehen.«

Das sollte wohl heißen, daß wir nun langsam wieder gehen konnten. Aber da ich wußte, daß Bridget uns mindestens bis zur Teezeit los sein wollte, versuchte ich, die Besichtigungstour noch etwas in die Länge zu ziehen. Ich wagte mich von der Kapelle weg und kletterte müßig auf den Felsen herum, die zum Meer abfielen. Das ging sowieso nur langsam voran. Die Felsbrocken waren riesig, teilweise größer als ich, und ich mußte meine Hände zum Klettern benutzen und aufpassen, wohin ich meine Füße setzte. Dann waren da die Napfschnecken; ganze Kolonien von ihnen klebten an den Steinen, wo die Flut sie zurückgelassen hatte, und ich versuchte, nicht auf ihre kegelförmigen Häuser zu treten, aus Angst, sie zu zermalmen.

»Sie brauchen nicht vorsichtig zu gehen«, sagte Christopher und trat zum Beweis fest auf. »Diese Dinger sind unzerstörbar.«

»Trotzdem ist es bestimmt nicht lustig, wenn auf einem rumgetrampelt wird«, entgegnete ich. Ich ging nicht bis zum Wasser hinunter, denn ich hatte schon immer einen gehörigen Respekt vor dem Meer gehabt, und da ich gerade wieder daran erinnert worden war, wie Elens Mann sein Leben verloren hatte, verspürte ich kein Bedürfnis, den Wellen noch näher zu kommen. Christopher war mutiger. Er suchte sich einen Weg durch die Napfschnecken, schlüpfte durch ein Loch in den Felsen – eher ein Tunnel als eine Höhle – und verschwand.

»Er ist nur um die Ecke gegangen«, beruhigte mich James. »Kommt bestimmt gleich wieder.«

Während wir warteten, zündete er sich eine Zigarette

an. Dann bückte er sich nach etwas, das am Rand einer mit Flutwasser gefüllten Vertiefung hing. »Für Bridget«, sagte er und steckte das leere Schneckengehäuse in die Tasche.

»Ich verstehe nicht, was sie gegen die Tiere hat.« Ich lächelte.

»Sie klammern sich fest. Bridget ist allergisch gegen alles, was klammert.« Er blies Rauch aus und sah mit nachdenklicher Miene zu, wie der Wind ihn davontrug. »Ihre beiden ersten Ehemänner haben offenbar versucht, sie an der kurzen Leine zu halten. Ein Fehler, den ich zu vermeiden beabsichtige.« Sein Ton wurde weich und vertrauensvoll, und er sah mir direkt ins Gesicht. »Sie sollten wissen, daß ich vorhabe, ihr einen Heiratsantrag zu machen.«

»Oh.« Es kostete mich Mühe, erfreut auszusehen, denn ich malte mir sofort die herannahende Katastrophe aus: James hielt um Bridgets Hand an, Bridget wies ihn belustigt ab, und ich geriet zwischen die Fronten. Tolle Aussichten. »Wie ... schön. Wann denn?«

»Am Weihnachtsmorgen. Haben Sie schon einmal ein Ehepaar als Agentin vertreten? Nein? Dann werden wir vielleicht Ihr erstes.«

Darauf würde ich nicht wetten, dachte ich. Falls James' Entscheidung für mich als Agentin von Bridgets Jawort abhing, hatte ich schlechte Karten. Dann waren all meine Bemühungen umsonst gewesen. Ich wandte mich ab und sah zu, wie die heranrollenden Wellen sich an den Felsen brachen. »Sind Sie sicher, daß mit Christopher alles in Ordnung ist? Er ist schon seit einer Ewigkeit weg.«

James holte tief Luft und rief seinen Bruder. Als keine Antwort kam, warf er seine Zigarette weg und ging mir zuliebe hinunter in den Felstunnel, um nachzusehen. »Bin gleich zurück«, versprach er. »Wahrscheinlich hört er mich wegen der Brandung nicht.«

Als ich allein war, betrachtete ich eine Weile das kleine Flutwasserbecken, konnte aber kein Anzeichen von Leben in dem trüben, grünlichen Wasser erkennen. Die Wellen donnerten gegen die Klippen, und am Eingang der Höhle bewegte sich etwas, aber der Mann, der heraustrat, war weder James noch Christopher.

Es war ein alter Mann, groß und hager, mit gebeugten Schultern und weißem Haar, das im Wind wehte. Er trug eine Art Umhang aus dunkler Wolle, dessen ausgefranster Saum durch die Pfützen in den Felsen schleifte, als er auf mich zukam. Trotz seines merkwürdigen Aussehens machte er keinen gefährlichen Eindruck. Er blieb ein paar Meter vor mir stehen und nickte zum Gruß.

»Hallo«, grüßte ich zurück. »Ein wunderbarer Tag, nicht wahr?«

Doch das Wetter interessierte ihn offenbar nicht. Seine Augen, die mich durchdringend ansahen, waren scharf und grau wie Granitsplitter, doch in seiner Stimme klang eine schwer zu beschreibende Melodie. »Gib gut acht auf den Jungen«, sagte er.

Nach diesem bemerkenswerten Ausspruch ging er mit einem hintergründigen Lächeln weiter und verschwand um die Landzunge, während die Brandung einen dichten Gischtschleier über die Felsen sprühte.

XXIV

Here are snakes within the grass …

ALFRED LORD TENNYSON, »Merlin and Vivien«

»Ich habe ihn auch gesehen«, sagte Christopher. »Toller Typ, paßt gut hierher. Er hat mir diesen Spruch zitiert … du kennst ihn, James. Mutter hat ihn immer aufgesagt. Den über die Glocke.«

»O ja.« Wir durchquerten gerade das dämmerige Innere der Kapelle, aber ich konnte trotzdem das kleine Lächeln auf James' Gesicht sehen. »Wie ging der doch gleich?«

Christopher, der den Vers eben erst gehört hatte, konnte ihn fließend aufsagen. »›Nichts zu fürchten und nichts zu hoffen, wenn der Wind singt leis über dem Teich von Bosherston‹«, deklamierte er. »›Viel zu fürchten und nichts zu hoffen, wenn unsichtbare Hände läuten die Glocke von St. Govan. Und die magischen Steine, so geht der Weisen Sage, verkünden Kummer und Tod in der Glocke von St. Govan Klage.‹« An mich gewandt, fügte er hinzu: »Wie Sie sehen, habe auch ich ein gutes Gedächtnis für Poesie.«

»Das haben Sie«, lobte ich. »Aber was bedeuten diese Verse? Es gibt keine Glocke in der Kapelle. Das Giebeltürmchen war leer, ich habe nachgesehen.«

»Früher hing einmal eine silberne Glocke darin, die angeblich von Piraten gestohlen wurde und als verschollen galt, bis eine Meerjungfrau sie zurückbrachte und zur Sicherheit in einen der Felsen über dem Wasser einschloß. Der Überlieferung nach läutet sie, wenn man an den richtigen Felsen klopft.«

Ich widerstand dem Impuls, aufs neue hinunterzuklettern und die Steine abzuklopfen und stieg brav hinter James die Stufen hinauf, wobei ich leise zählte. »Dreiundfünfzig«, verkündete ich, als wir das Klippenplateau erreicht hatten. Eine mehr als zuvor.

Christopher, der hinter mir gegangen war, kam auf 51. »Es haut nie hin.«

Zumindest eine der Legenden scheint sich zu bewahrheiten, dachte ich.

»Wo kam der heilige Govan eigentlich her?« fragte ich, als wir über den Parkplatz gingen.

Christopher zuckte die Achseln. »Das weiß niemand so genau. Wahrscheinlich war er einer dieser keltischen Mönche, die zur gleichen Zeit wie der heilige David aus Irland herüberkamen, aber ich persönlich habe immer die Variante der Artussage vorgezogen.«

»Wie lautet die?«

»Danach war St. Govan in Wirklichkeit der Ritter Gawain.«

»Von der Tafelrunde?« wunderte sich James. »Ich dachte, den hätte Lancelot um die Ecke gebracht.«

Christopher verteidigte seine Version: »Vielleicht war es nur eine Fleischwunde.«

»Wie bei Monty Python«, schlug ich vor.

»Eher wie in der blühenden Phantasie meiner Mutter«, bemerkte James nüchtern. »Sie war schon immer ganz verrückt nach allem, was mit Artus zu tun hat. Wenn mein

Vater nicht ein Machtwort gesprochen hätte, hätte sie mich Galahad genannt.«

Christopher räumte ein, daß die Intervention seines Vaters ihnen das Trauma zahlloser Prügeleien mit anderen Kindern erspart hatte. »Obwohl ich sagen muß, daß ›Galahad Swift‹ sich ziemlich beeindruckend auf einem Buchtitel ausgenommen hätte.«

»Also, ich bin mit James vollauf zufrieden, vielen Dank. Schlimm genug, daß sie uns immer wieder diese Gralsgeschichten vorgelesen hat.«

Ich sah ihn aufmerksam an. »Wie ist es Ihnen dann gelungen, Merlins Prophezeiungen zu entgehen?«

»Was?«

»Wir sind ihnen keineswegs entgangen.« Christopher lachte. »Ich kann sie praktisch auswendig hersagen. Du doch auch, James?«

»Mein Gedächtnis ist lange nicht so gut wie deines, wie du nie zu betonen versäumst.«

Wir waren beim Auto angekommen, und das Gespräch verstummte. Mich überkam ein komisches Gefühl wie immer, wenn ich den Verdacht hatte, daß jemand nicht die Wahrheit sagte. Es war eine Art sechster Sinn, der mir in meinem Beruf bei Vertragsverhandlungen und im Umgang mit schwierigen Menschen schon oft sehr nützlich gewesen war. Natürlich bestand die Möglichkeit, daß James gar nicht log – er konnte die Geschichten, die er als Kind gehört hatte, wirklich vergessen haben. Aber warum hatte er mir dann nicht geraten, Christopher nach den Prophezeiungen zu fragen, statt mich zu Gareth zu schicken?

James spürte meinen Seitenblick und fragte: »Wie steht's, langweilen Sie sich schon?«

»Überhaupt nicht.«

»Gut, ich dachte nämlich, wir könnten einen kleinen Zwischenstop einlegen ...«

Sein Bruder wies ihn darauf hin, daß es erst halb vier war. »Die Pubs haben noch zu.«

»Ich weiß«, sagte James und lenkte den Mercedes um die engen Kurven im Örtchen Bosherston. »Aber wir waren noch nicht bei der guten alten Tante Effie in Stackpole, um ihr frohe Weihnachten zu wünschen. Sie hat immer einen kleinen Schnapsvorrat für unerwartete Besucher auf Lager.«

James hatte seit dem Mittagessen keinen Drink mehr zu sich genommen und mußte kurz vor dem Verdursten sein. Mir schien, daß er es auf einmal sehr eilig hatte und sich vollkommen auf die Straße und das Fahren konzentrierte.

Wieder war es an Christopher, mich auf die Sehenswürdigkeiten aufmerksam zu machen, an denen wir vorbeikamen.

»Falls Ihnen die Sagen und Legenden noch nicht zu den Ohren herauskommen ...«, sagte er und beugte sich vor, so daß sein Kopf auf gleicher Höhe mit meinem war, »... das Schwert von König Artus, Excalibur, liegt angeblich hier ganz in der Nähe. Warten Sie, Sie werden die Stelle gleich sehen können.«

Als wir in eine Straße abbogen, die rechts von Wald und links von einer steil ansteigenden Wiese begrenzt wurde, sah ich an James vorbei in die angezeigte Richtung. Durch das Dickicht der Bäume konnte ich eine in der Sonne glitzernde, stille Wasserfläche erkennen.

»Bosherston Pools«, verkündete Christopher.

Stirnrunzelnd betrachtete ich die mit Seerosen überzogenen Teiche. »Ich dachte, das Schwert Excalibur wurde nach Artus' Tod der Herrin vom See zurückgegeben.«

»Das stimmt. Artus beauftragte den Ritter Sir Bedivere, es zum nächsten See zu bringen und ins Wasser zu werfen. Eine Hand tauchte auf, fing das Schwert, schwenkte es dreimal im Kreis und zog es mit sich hinunter.«

»Und das soll dort passiert sein?«

Er nickte. »So hat man es mir erzählt.«

Während er sprach, bewegte sich etwas am Rande meines Gesichtsfelds. Christopher bemerkte es ebenfalls und kniff die Augen zusammen. »Das ist doch nicht etwa unser Freund von St. Govan?«

Das war auch mein erster Gedanke gewesen, als ich dunkle Kleidung und wirres, weißes Haar zu erkennen glaubte, aber der Wald hatte die Gestalt schon wieder verschluckt, so daß ich nicht sicher war.

»Dann müssen ihm aber Flügel gewachsen sein«, stellte James fest. Er hatte recht. Kein Mensch hätte in so kurzer Zeit diese Strecke zu Fuß zurücklegen können. Trotzdem kam mir der Mann, den ich gerade flüchtig gesehen hatte, bekannt vor, genauso wie der Alte von St. Govan. *Gib gut acht auf den Jungen*, hatte er gesagt. Ich hatte angenommen, daß er Christopher meinte, da sie kurz vorher miteinander gesprochen hatten und es naheliegend war, daß er mich für Christophers Freundin hielt. Ein gutgemeinter Rat an ein junges Paar von einem alten Mann.

»Wer es auch war«, bemerkte James, »er ist nicht mehr zu sehen.«

Der Wind traf hart auf das Beifahrerfenster, und durch sein Gelächter hindurch glaubte ich, in der Ferne die leise, silberhelle Warnung der Glocke von St. Govan zu hören.

Es verblüffte mich immer wieder, wie schnell im Winter die Sonne unterging. Die frühe Dunkelheit um fünf Uhr brachte eine eisige Kälte mit sich, vor der ich mich tief in meinem Sitz verkroch, als James die Fahrertür öffnete. Die Abgase des laufenden Motors vermischten sich mit den herangewehten Gerüchen von Kohlefeuer und Gebratenem.

»Ich laufe nur schnell rein und hole sie«, sagte James. »Haltet die Stellung.«

Christopher wachte auf, als die Tür zuschlug. Er war sofort eingenickt, als wir das Haus ihrer Tante Effie verlassen hatten, und hatte auf der ganzen Heimfahrt von Stackpole geschlafen. Die Tante hatte sich als äußerst charmante alte Dame erwiesen, die zwar selbst nicht viel trank, aber der Überzeugung war, daß Scotchgläser bis zum Rand gefüllt werden sollten.

»Wo sind wir denn?« fragte er benommen.

Ich drehte mich zu ihm um. »Bei Owen und Dilys.«

»Na großartig.« Wir sahen zu, wie sich helles Licht aus der Haustür in den Vorgarten ergoß, als Dilys auf James' Klopfen hin aufmachte. »Wir werden hier für den Rest des Abends festsitzen, warten Sie's ab.«

»Oh, das glaube ich nicht.« Ich beobachtete Dilys beim Gestikulieren. »Ich glaube, Bridget ist schon nach Hause gegangen.«

»Kann ich ihr nicht verdenken. Die Gesellschaft von Dilys muß die Hölle sein, wenn man Kopfschmerzen hat. Diese Frau würde mich in den Suff treiben.« Er erwiderte Dilys' Winken mit einem gezwungenen Lächeln und fügte hinzu: »Sie war früher einmal Krankenschwester.«

»Ach, tatsächlich?«

»O ja. Die gute Schwester von der Unfallstation. Sie sollten sie mal nach *den* Geschichten fragen«, sagte er düster. »Ein echtes Erlebnis, sage ich Ihnen.«

Es überraschte mich nicht, daß Dilys einmal als Krankenschwester gearbeitet hatte. Das erklärte einiges – ihre geschäftige Art, ihren Kommandoton, ihre Ungeduld mit Elens angeblicher Unfähigkeit und ihren Ordnungs- und Sauberkeitswahn. Der war sicher auch ein Überbleibsel aus ihrem Beruf.

»Owen scheint jedenfalls ganz glücklich mit ihr zu sein«, meinte ich. »Also muß sie auch ein paar gute Eigenschaften haben.«

»Mir fällt keine ein.«

»Keine einzige?«

»Sie kocht nicht schlecht«, räumte er ein.

»Sehen Sie?«

»Und sie kann erstaunlich gut mit Kindern umgehen. Schade, daß ihr eigener Sohn so ein Vollidiot ist.«

»Haben sie nur den einen Sohn?«

»Der ist mehr als genug, glauben Sie mir. Wir sind im selben Alter. Ich mußte früher immer mit ihm spielen, wenn wir in den Sommerferien hier waren, obwohl ich ihn schon damals nicht leiden konnte. Er ist längst nicht der Engel, als den Dilys ihn immer hinstellt. Vor einigen Jahren hat er ein junges Mädchen hier aus dem Dorf geschwängert. War ein ziemlicher Skandal damals. Am Ende glätteten sich die Wogen, und das Baby wurde adoptiert, aber Dilys ist vor Scham beinahe gestorben.«

Das konnte ich mir vorstellen. Sie machte den Eindruck einer Frau, für die Ehre noch eine große Bedeutung hatte und Schande eine schwere Bürde darstellte.

Sie stand immer noch in der Haustür und sprach mit James – die Hände auf die Hüften gestützt, ihr Gesicht streng vor Rechtschaffenheit. Christopher gähnte, lehnte sich zurück und schloß die Augen. »Eher wird der Tank leer, als daß sie aufhört zu reden.«

Doch eine Minute später stieg James wieder zu uns ins Auto. »Scheint, als hätten wir hier einiges verpaßt.«

»Wo ist Bridget?« fragte Christopher.

»Zu Hause, vermutlich. Sie hat einen von Dilys' Kräutertees getrunken und sich auf der Stelle besser gefühlt, wie ich höre.«

»Kluges Mädchen«, kommentierte sein Bruder.

»Ich bezweifle, daß sie viel Ruhe auf der Farm hatte«, sagte James und dehnte seine Worte, um die Spannung zu steigern. »Elen hatte heute nachmittag Besuch.«

Christopher richtete sich auf. »So? Was denn für Besuch?«

»Zwei Sozialarbeiterinnen von der Gemeinde.«

»Ach du Schande.«

Auch ich spürte einen Anflug von Angst. »Sie haben ihr doch nicht Stevie weggenommen?«

»Nein, noch nicht jedenfalls. Elen muß sie ziemlich beeindruckt haben.«

»Natürlich hat sie das.« Christophers Worte kamen hart wie eine Ohrfeige herausgeschossen. »Sie ist eine gute Mutter, verdammt.«

»Wie auch immer«, sagte James, »ich bin sicher, wir werden die weiteren Einzelheiten von Bridget erfahren.«

Bridget erwies sich jedoch als keine große Hilfe, als wir alle wieder im Haus versammelt waren.

»Ich habe geschlafen«, rechtfertigte sie sich und streckte die Glieder in ihrem Sessel neben dem Weihnachtsbaum. Sie begegnete meinem Blick, wich ihm aber sofort aus, und ich wußte, daß sie log. Außerdem besaß ich eine ziemlich genaue Vorstellung davon, wie sie ihren Nachmittag verbracht hatte. »Ihr müßt Owen fragen, er kennt die ganze Geschichte. Oder Gareth, er ist jetzt gerade drüben.«

Der gleichgültige Ton, in dem sie seinen Namen aussprach, ließ mich erneut ihren Blick suchen. Doch sie schüttelte kaum merklich den Kopf zur Warnung, während James sich einen Brandy als Aperitif eingoß. »Ach, so dringend ist es nicht«, wehrte er ab. »Das Wichtigste habe ich ja schon von Dilys erfahren.«

»Ich aber nicht«, fuhr Christopher ungeduldig auf und ging hinaus, um eigene Erkundigungen einzuholen.

James schüttelte den Kopf. »Ich verstehe nicht, was mit ihm los ist. Das ist überhaupt nicht seine Art. Ich meine, vor noch nicht allzu langer Zeit hat er alles darangesetzt, Elen ins Bett zu bekommen, und jetzt spielt er auf einmal den Beschützer ...«

»James«, unterbrach ihn Bridget, »wärst du ein Schatz und würdest mir ein paar Aspirin holen?«

»Immer noch Kopfschmerzen?«

»Ja.«

»Dann hat das Wundermittelchen von Dilys nicht geholfen?«

Bridget zog eine Grimasse. »Das Wundermittelchen schmeckte wie Brackwasser. Ich mußte ihr sagen, daß ich mich besser fühle, sonst hätte sie mich die ganze Kanne austrinken lassen.«

»Armer Liebling.« Er lächelte. »Natürlich hole ich dir deine Aspirin. Wo sind sie, oben im Bad? Gut.«

Sie wartete, bis er gegangen war, rutschte dann auf ihrem Sessel nach vorn und rollte vielsagend die Augen. »Mein Gott, was für ein Tag!«

Ich setzte mich ihr gegenüber und streckte die Beine aus. »Ich dachte, du liebst Herausforderungen.«

»Herausforderung, pah! Ich brauchte eine Stunde, um von dieser Frau loszukommen, und selbst dann ließ sie mich nur gehen, weil ihr blöder Sohn anrief. Aber immerhin gab sie mir noch einen Teller voll Hackfleischpasteten mit, den ich unterwegs bei Gareth abgeben sollte. Das paßte mir natürlich gut in den Kram. Falls Owen erzählt, er hätte mich aus Gareths Cottage kommen sehen, habe ich eine gute Ausrede.«

Ein glücklicher Zufall, pflichtete ich ihr bei. »Und – lief es so, wie du es dir erträumt hast?«

»Was?«

»Dein Stelldichein mit Gareth.«

»O Gott, nein.« Erneutes Augenrollen. »Warum hast du mir nicht gesagt, was der Mann für ein Langweiler ist?«

Erstaunt sah ich sie an. »Also, ich …«

»Ehrlich, Lyn, es kostete mich Mühe, die Augen offenzuhalten. Er redete und redete …«

»Über was denn?«

»Ach, alles mögliche. Er kannte deinen Mann, wußtest du das?«

»Gareth kannte Martin?«

Sie nickte. »Offenbar gingen sie eine Zeitlang zu denselben Partys.«

Das war gut möglich, überlegte ich. Martin hatte viele Freunde in Theaterkreisen gehabt. Trotzdem erstaunte es mich mal wieder, wie klein die Welt war.

»Gareth hielt allerdings nicht viel von ihm«, fuhr Bridget fort. »Ich glaube, er bezeichnete ihn als einen widerlichen, kleinen …«

»Wie seid ihr denn auf Martin gekommen?«

»Hm, kann ich dir gar nicht mehr sagen. Wir müssen wohl über dich gesprochen haben. Aber ich erinnere mich nur noch verschwommen an die Unterhaltung. Wie gesagt, ich wäre fast dabei eingeschlafen. Wirklich schade. Er sieht aus wie ein heißblütiger Finsterling – diese dunklen Augen und alles –, aber nichts da. Kein Funken von Leidenschaft dahinter. Absolut enttäuschend«, lautete ihr Urteil.

Ich fragte mich, ob wir über ein und denselben Mann sprachen. Mir wären so einige Eigenschaften eingefallen, an denen es Gareth mangelte, aber Leidenschaftlichkeit gehörte meinem Gefühl nach nicht dazu. »Das war's dann also?«

»Sieht so aus. Aber es gibt ja immer noch Christopher.«

»Und James.«

Sie kniff die Augen zusammen und unterdrückte ein Gähnen. »Hat er dich denn nun nach St. Govan gefahren, oder seid ihr unterwegs in einem Pub hängengeblieben?«

James, der gerade zur Tür hereinkam, übernahm die Antwort. »Nein, meine Liebe, die Pubs hatten noch geschlossen. Wir haben statt dessen bei Tante Effie haltgemacht. Ich konnte deine Aspirin nicht finden, aber dafür diese Dinger. Meinst du, die tun es auch?«

Sie nahm das Döschen und schüttelte zwei Tabletten in ihre Handfläche, ohne auf das Etikett zu sehen. »Inzwischen bin ich bereit, alles zu versuchen.« Ganz die Tragödin, ließ sie sich erschöpft in den Sessel zurückfallen, als hätte der bloße Akt des Schluckens ihr sämtliche Kräfte geraubt. »Was gibt es heute abend zu essen?«

James füllte sein Brandyglas an der Schrankbar nach und setzte sich zu uns unter den Baum. »Du scheinst noch nicht im Sterben zu liegen, wenn du schon wieder Appetit hast.«

»Ich habe immer Appetit.«

Eine halbe Stunde zuvor hatte ich selbst noch welchen gehabt, als wir in der Straße vor Dilys' Haus warteten und es so köstlich nach Braten roch. Dieser Geruch erinnerte mich immer an Sonntagmittage bei meiner Mutter, wenn mein Magen in den Kniekehlen hing und ich mich nur noch an den Tisch setzen und für den Rest des Tages essen wollte. Doch das war vor einer halben Stunde gewesen. Jetzt war ich nicht mehr hungrig.

Irgend etwas nagte an mir und hatte mir den Appetit verdorben. Einen schrecklichen Augenblick lang dachte ich, es könnte Eifersucht auf Bridget sein, doch das war absurd. Ich wußte nicht,worum ich Bridget beneiden sollte. Dann platzte ein Knoten in meinem Innern, und ich konnte das Gefühl benennen: Schuld. Ich fühlte mich schuldig, weil ich nicht zur Stelle gewesen war, als die Sozialarbeiterinnen Elen befragt hatten.

Zwar hatte ich ihr nie wirklich versprochen, ihren Sohn zu beschützen, doch ein Teil von mir begann langsam zu glauben, daß er tatsächlich Schutz brauchte. Denn Drachen, soviel wußte ich, konnten vielerlei Gestalt annehmen.

XXV

Now days are dragon-ridden, the nightmare
Rides upon sleep …

W. B. YEATS, »Nineteen Hundred and Nineteen«

Ich war vollkommen durchnäßt und zitterte vor Kälte, aber das schlafende Kind an meiner Schulter fühlte sich warm an, sein Gesicht war an meinen Hals gedrückt, und sein Atem kam regelmäßig, voll Vertrauen. Die ziehenden Nebelschwaden teilten sich und zeigten mir ein flackerndes Feuer im Schilf eines dunklen Ufers. Ich holte tief Atem, schöpfte Kraft aus der Nacht und kämpfte mich weiter, hörte nichts als meine raschelnden Schritte und das Pochen des Bluts in meinen Ohren.

Während der ganzen Zeit unserer Flucht hatte ich gebetet und gehofft, daß das schreckliche Brüllen aufhören würde, doch nun, da es verstummt war, fand ich die absolute Stille noch beängstigender. Ich wußte nicht mehr, wo die Bestie sich befand – sie war irgendwo dort draußen im Nebel, folgte uns, jagte uns. Vielleicht hatte sie uns auch überholt und lauerte in einem Hinterhalt. Vielleicht hatte sie das Feuer selbst entfacht, um uns anzulocken.

Der Gedanke ließ mich einen Moment innehalten. Ich sah mich um, konnte aber nichts entdecken.

Plötzlich schlugen die Flammen höher, ein Schatten

tauchte vor ihnen auf, und die Stimme einer Frau begann zu sprechen. Eine Stimme, die ich kannte.

»Du hast dich wacker geschlagen«, sagte sie, »aber der Weg ist noch nicht zu Ende.«

Sie streckte mir die Hand entgegen, und der Widerschein der Flammen tanzte über den fließenden Rock ihres blauen Samtgewands.

Müde schüttelte ich den Kopf. »Bitte, ich kann nicht mehr. Ich muß mich ausruhen. Willst du mir den Jungen jetzt nicht abnehmen?«

Mit stolzem, porzellanweißem Gesicht sah sie mich an. »Er hat dich erwählt, ihm zu helfen. Und die Nacht ist noch nicht vorüber.«

Ich machte einen schleppenden Schritt auf sie zu und hob mit letzter Kraft meinen bleischweren Arm, um ihre ausgestreckte Hand zu greifen, doch ein starker Wind fuhr heulend durch das Schilf, und auf einmal waren das Feuer und die Frau verschwunden. Um uns gab es wieder nichts als Dunkelheit, die Kälte und den wabernden Nebel. Als ich mir die nassen Haare aus dem Gesicht strich, erzitterte die Erde, und ein unmenschliches, wütendes Brüllen übertönte den Wind.

Das Kind wachte weinend auf. Ich drückte es fest an mich und begann zu laufen.

Ich setzte einen Fuß auf den Zauntritt und verharrte einen Augenblick ganz still. Da war es wieder, das leise Schnappen eines Zweiges im Farndickicht hinter mir, das mir sagte, daß ich nicht allein auf dem Pfad war.

Es war wohl nicht besonders klug gewesen, den Küstenpfad zu wählen, aber ich sehnte mich nach der Nähe des Meeres und nach Einsamkeit, und dieser Abschnitt, den ich noch nicht gegangen war, hatte zuerst einen übersichtlicheren Eindruck gemacht als die Strecke von neulich. Inzwischen wünschte ich allerdings, ich hätte auf Gareth gehört. Er hatte vielleicht recht, und dies war kein sicherer Weg für eine Frau allein. Mein Herz machte einen nervösen Satz, aber ich schluckte entschlossen und schwang meine Beine über den Zaun. Dann ging ich weiter, wenn auch ein wenig schneller jetzt und mit nach rechts und links sicherndem Blick. Um mir zu beweisen, daß ich keine Furcht hatte, summte ich ein wenig vor mich hin, aber es klang gepreßt und nicht sehr überzeugend, also gab ich es wieder auf. Außerdem brauchte ich meine Puste.

Die Luft an dieser Stelle war schwer von Modergeruch, wie in einem verfallenen Gewächshaus, und ich konnte nicht schnell genug von den Bäumen und Brombeerhecken wegkommen, zwischen denen Farne mit nassen, klatschenden Zweigen wuchsen und Stechginsterbüsche, die durch meine Jeans hindurchpiksten. Hinter mir krachte wieder ein Ast und dann noch einer, und ich fiel in einen Trab und brach mit rückwärtsgewandtem Blick durch das Dickicht, als erwartete ich, das feuerspeiende Maul der Bestie aus meinen Träumen auftauchen zu sehen.

Um so komischer war die Wirkung, als sich nach einer kurzen Pause und neuem Rascheln das Unterholz teilte und ein kleiner weißer Hund mit fröhlich wedelndem Stummelschwanz zum Vorschein kam.

»Chance!« Die Erleichterung war meiner Stimme anzumerken, als ich mich zu ihm hinunterbeugte, um seinen Kopf zu kraulen. »Was machst du denn hier oben, hm? Was machst du hier?«

Er prustete zur Antwort und drückte sich um mich herum, den Bauch im Schlamm. Ich sah hoch und wartete auf Gareth, aber niemand kam aus dem Waldstück heraus. »Du bist wohl ganz allein, was?« Lächelnd drehte ich mich um und forderte den Hund auf, mir zu folgen. »Na, dann kannst du mich genausogut begleiten. Wir beschützen uns gegenseitig, ja?«

Ich hatte seinen Schutz wohl nötiger als er meinen, schätzte ich. Er war zwar nur ein kleiner Hund, aber ich wußte, er würde jeden angreifen, der mich bedrohte. Es steigerte mein Selbstvertrauen ungeheuer, ihn auf seinen kräftigen, kurzen Beinen vor mir herschnüren und hier und da am Wegrand buddeln zu sehen. Wir gingen am Rand einer rötlichschwarzen Klippenformation entlang – etwas zu sehr am Rand, für meinen Geschmack –, von der aus man einen Blick über den Milford Haven hatte, der bei Sonnenschein umwerfend schön gewesen wäre. Doch an diesem Morgen lag Nebel über dem unbewegten, grauen Wasser und verdeckte das gegenüberliegende Ufer, wenn ich auch noch bis zu einer zerklüfteten Felsinsel mit einem finster wirkenden Gebäude darauf sehen konnte. Ein Gefängnis vielleicht oder eine Festung.

»Was ist das, Chance?« fragte ich laut. »Was ist das dort drüben, weißt du es?«

»Thorn Island.«

Die Stimme kam von irgendwo unter mir und ließ mich zusammenschrecken. »Verdammt, tun Sie das nie wieder! Ich wäre beinahe von der Klippe gestürzt.«

Gefährlich nahe am Abgrund schwankend nahm ich einen festeren Stand ein und spähte hinunter, wo Gareth furchtlos auf einem Felsvorsprung hockte. »Ich habe Ihnen doch gesagt, daß es gefährlich ist, allein über den Küstenpfad zu gehen.«

»Ich bin nicht allein. Chance ist bei mir.«

»Den können Sie vergessen. Er ist ein kleiner Feigling und wäre Ihnen überhaupt keine Hilfe.«

»Aber was Sie da machen, ist ungefährlich, ja?«

»Absolut.« Er sah zu mir hinauf, Spott in seinen Augen. »Ich dachte, Sie sind schwindelfrei.«

»Bin ich auch.«

»Na dann.« Er rückte ein Stück zur Seite und hielt einladend eine Thermoskanne hoch. »Hier ist genug Platz. Ich habe sogar Kaffee.«

Wie so oft siegte mein Stolz über die Vorsicht. Weil ich auf keinen Fall als Feigling erscheinen wollte, kletterte ich tastend hinunter und setzte mich neben ihn auf die zusammengefaltete Plane, die er gegen die Feuchtigkeit auf dem struppigen Gras ausgebreitet hatte.

»Es gibt nur einen Gemeinschaftsbecher«, sagte er, füllte den Deckel der Thermoskanne mit Kaffee und reichte ihn mir, »aber ich schwöre, daß ich nichts Ansteckendes habe.«

War das schon wieder ein Test? Ich nahm den Plastikbecher und trank.

»Also«, sagte ich dann und lehnte mich mit dem Rükken gegen die kalte Klippenwand, »was ist Thorn Island genau?«

»Es war mal eine Festung zur Verteidigung der Küste, das Gebäude stammt aus dem neunzehnten Jahrhundert. Später war es ein Hotel, dann ein privates Wohnhaus.«

»*Das dort?*« Ich sah erneut zu dem verwinkelten Bau mit seinen dicken Mauern hinüber. »Dort hat tatsächlich jemand gewohnt?«

»Eines der berühmtesten Ereignisse unserer Lokalgeschichte fand dort statt«, erzählte er weiter. »Der Untergang der *Loch Shiel*, eines schottischen Schiffs auf dem Weg nach Australien. Im Jahr 1894 war das, glaube ich, in einer stürmischen Januarnacht. Das Schiff zerschellte an den Felsen von Thorn Island, doch die Rettungsmannschaft von Angle schaffte es, die gesamte Besatzung und alle Passagiere heil an Land zu bringen. Eine verrückte Rettungsaktion, in jeder Hinsicht.« Er zog ein Knie an und stützte seinen Stiefel gegen den Felsen vor uns. »Ich fahre selbst seit drei Jahren im Rettungsboot von Angle mit und habe ein paar schwierige Aktionen erlebt, aber noch nie etwas Vergleichbares. Immerhin wurden die Männer damals reich belohnt. Die *Loch Shiel* hatte Kisten voller Whiskyflaschen geladen. Sie wurden am nächsten Morgen an Land gespült, und alle rannten los, um sie einzusammeln, ehe das Zollboot eintraf.«

»Ein warmer Regen.«

»Genau. Die Flaschen, die nicht sofort getrunken wurden, vergrub man oder mauerte sie in Wände ein. Von Zeit zu Zeit tauchen immer noch welche auf, wenn die Leute ihren Garten umgraben oder das Haus renovieren.« Er kratzte sich im Nacken. »Ich selbst habe allerdings noch keine gefunden, trotz all der Wände, die ich aus dem Cottage herausgerissen habe.«

Ich fragte mich, was er damit tun würde, falls er welche fand. Als Exalkoholiker war er sicher schon genügend Versuchungen ausgesetzt, auch ohne daß es Whiskyflaschen von seiner Decke regnete. Andererseits wußte ich zu wenig darüber. Vielleicht verging das Bedürfnis nach Alkohol mit der Zeit.

Schnell wandte ich den Blick ab, ehe er mich dabei ertappte, wie ich ihn beobachtete. »Kommen Sie oft hierher?« erkundigte ich mich.

Er schüttelte den dunklen Kopf. »Heute zum erstenmal.«

»Aha. Aber Sie sind sicher, daß diese Felsbank stabil ist?«

»Keine Sorge«, entgegnete er. »Falls wir in Schwierigkeiten geraten, ist die Rettungsbootstation gleich um die Ecke.«

Ich sah zu den weißschäumenden Strudeln um die Felsen am Fuß der Klippe hinunter und bezweifelte stark, daß das Rettungsboot uns bei einem Sturz noch helfen konnte. Chance schien meine Befürchtungen zu teilen. Er streckte kurz seinen Kopf über den Rand und bedachte uns mit einem vorwurfsvollen Hundeblick, ehe er sich seufzend auf den Bauch fallen ließ, so daß nur noch seine Schnauze zu sehen war.

»Sind Sie nur zum Vergnügen hier, oder betreiben Sie Recherche?« fragte ich Gareth.

»Könnte tatsächlich Recherche sein«, antwortete er. »Heinrich der Siebte landete nicht weit von hier, am Strand von Dale, als er aus seinem französischen Exil zurückkehrte. Seine Gefolgsleute saßen vielleicht genau an dieser Stelle, als sie nach bretonischen Segeln am Horizont Ausschau hielten. Bloß daß man heute morgen weder den Horizont noch Dale sehen kann wegen des verflixten Nebels. Aber deswegen bin ich auch nicht hier.« Er drehte sich zu mir um. »Wenn Sie es unbedingt wissen wollen, ich habe auf Sie gewartet.«

»Auf mich? Warum?«

»Sie haben meinen Hund gestohlen.«

»Ich? Niemals!«

»Er hat Sie vorhin gesehen, wie Sie zum Küstenpfad hinaufgingen, und ist Ihnen gleich hinterhergeflitzt, der alte Verräter.«

Lächelnd sah ich zu den schwarzen Augen und dem hechelnden Grinsen des Terriers auf. »Tatsächlich?«

»Ja, er ging ab wie eine Rakete. Also dachte ich, ehe ich jetzt dem Köter hinterherjage, nehme ich eine Abkürzung und fange euch beide hier oben ab.«

»Das wäre aber nicht nötig gewesen.« Ich streckte eine Hand aus, um die samtweiche Unterseite von Chances Schnauze zu kraulen. »Ich bin sicher, er hätte von alleine nach Hause gefunden.«

»Möglich. Aber auf einem einsamen Klippenpfad kann viel passieren.« Aus dem Tonfall seiner Stimme wurde deutlich, daß er sich keineswegs um den Hund gesorgt hatte. Er hatte dort gewartet, um zu sehen, ob ich heil auf der Klippe anlangte.

Normalerweise waren solch ritterliche Handlungen an mich verschwendet, weil sie mir indirekt Schwäche und einen Mangel an Urteilsvermögen unterstellten, so als könnte ich nicht auf mich selbst aufpassen. Bei jedem anderen hätte ich verärgert oder gar aggressiv reagiert. Aber bei ihm war ich auf einmal gerührt und fühlte, wie eine angenehme Wärme sich langsam in mir ausbreitete.

Durch mein Schweigen ermutigt, sprach er weiter. »Im Grunde kann eine Frau sich heute nirgends mehr sicher bewegen. Man muß nur die Zeitungen lesen.«

Ich traute meinen Ohren nicht. »Das ist aber eine ziemlich machohafte Haltung.«

»Nein, ist es nicht. Natürlich sollten Frauen in einer vollkommenen Welt jederzeit überall hingehen können, aber wir leben nun einmal nicht in einer vollkommenen Welt. Es treiben sich viel zu viele Verrückte in der Gegend herum.«

»Sogar in Angle?«

»Überall«, sagte er ganz entschieden. »Und sie haben viele Gesichter.«

»Wie Drachen«, sinnierte ich. Als ich aufsah, stellte ich fest, daß er mich neugierig anstarrte. »Ich weiß, das klingt komisch. Es ist nur, weil ich letzte Nacht von Drachen geträumt habe.« Das erinnerte mich wieder an Elen, und ich fragte ihn, wie es ihr ging.

Er zuckte mit den Schultern und sah in die Ferne. »Elen ist sehr viel besser mit dieser Sache klargekommen, als ich dachte. Sie fand es sehr nett von den Sozialarbeiterinnen, Stevie einen Besuch abzustatten. Nett!« Er spuckte das Wort voller Verachtung aus. Dann nahm er mir den Becher aus der Hand, kippte den kalt gewordenen Rest über die Felskante und schenkte sich Kaffee nach. »Schreckliche Leute, die sich überall einmischen müssen. Warum können sie andere nicht einfach in Ruhe lassen?«

»Die Sozialarbeiterinnen haben es wahrscheinlich nur gut gemeint …«

»O ja, sicher, Sozialarbeiterinnen meinen es immer gut. Aber von denen habe ich gar nicht gesprochen. Ich dachte an die Person, die sie überhaupt erst auf Elen gehetzt hat.«

Dieser Gedanke war mir noch gar nicht gekommen. Aber er hatte recht, jemand mußte Elen bei der Fürsorge angezeigt haben, denn soweit ich wußte, machte man dort nicht einfach zufällig Hausbesuche. Ich runzelte die Stirn. »Wer würde denn so etwas tun?«

»Ich weiß es nicht.« Seine dunklen Augen sahen mich an. »Aber ich könnte wetten, daß es jemand von Ihrer Farm ist.«

Mein Stirnrunzeln wurde stärker, und ich sah zu Boden und zupfte an einem widerborstigen Grasbüschel herum.

»Das überrascht Sie offenbar nicht.«

»Nein, irgendwie nicht.«

Er betrachtete mich lange und nachdenklich, trank dann seinen Kaffee aus und stand auf. »Höchste Zeit, das Pferd zu versorgen«, sagte er, während er den Becher wieder auf die Thermosflasche schraubte. »Wenn Ihnen Stallgeruch nichts ausmacht, können Sie gern mitkommen.«

Dieser unmögliche, unausstehliche Mensch, dachte ich. Ständig verbarg er seine Gefühle hinter provozierenden Bemerkungen oder wechselte das Thema. Trotzdem ergriff ich seine Hand und ließ mich von ihm auf den Pfad hinaufziehen.

Es war das erste Mal, daß wir uns berührten. Ich spürte die Ruhe und Kraft dieses Mannes, der mit der Unverrückbarkeit eines Felsens vor mir stand, aber auch noch etwas anderes ... ein plötzliches Gefühl der Sinnlichkeit, das mich durchfuhr wie ein elektrischer Schlag und bewirkte, daß ich meine Hand verwirrt zurückzog. Dann begegnete ich seinem Blick und fand meine Stimme wieder.

»Stallgeruch macht mir überhaupt nichts aus«, sagte ich.

XXVI

Yet now, I charge thee, quickly go again
As thou art lief and dear, and do the thing
I bade thee, watch, and lightly bring me word.

ALFRED LORD TENNYSON, »Morte d'Arthur«

Der Schuppen in der Ecke der Koppel war viel größer, als es von der Straße aus den Eindruck gemacht hatte. Er bot Platz für eine geräumige Pferdebox mit einem vergitterten Fenster und einer stabilen, zweigeteilten Holztür. Die starken Glühbirnen in ihren Drahtkäfigen an der Decke vertrieben die Trübnis des grauen Wintermorgens. Ich setzte mich auf einen der Strohballen, die an der gegenüberliegenden Wand aufgestapelt waren, und atmete den warmen Geruch von Heu, Leder und Pferd ein. Sovereign richtete leise schnaubend ihre großen, dunklen Augen auf Gareth.

»Nun mach mal halblang, du großes, dummes Mädchen«, sagte er zärtlich. Im Umgang mit der Stute war er wie ausgewechselt, sogar sein Aussehen veränderte sich. Seine Augen blickten freundlicher, die Gesichtszüge verloren ihre Bitterkeit. Die tiefen Linien um seinen Mund, die streng und abweisend wirkten, wenn er mit mir sprach, schienen nun von einem ständigen Lächeln herzurühren. Ich sah zu, wie er sich über einen Eimer beugte, um das Futter zu mischen. Dabei fielen ihm seine schwarzen Haare in die Augen, und er schüttelte sie ungeduldig zurück. Er hat etwas Jungenhaftes, wenn er das tut, dachte ich.

»Was?« fragte er, ohne aufzusehen.

»Wie bitte?«

»Sie machen den Eindruck, als wollten Sie etwas sagen.«

»Ach so. Ich habe nur nachgedacht, das ist alles.«

Er schien es dabei bewenden zu lassen. Schließlich richtete er sich auf, stellte der Stute ihren Futtertrog hin und verriegelte den unteren Teil der Box. »Also, wer von ihnen war es?«

Meine Gedanken hatten sich in eine ganz andere Richtung bewegt. »Äh, was?«

»Wer von Ihren Freunden hat die Gemeinde verständigt?«

»Ich weiß es nicht. Auf keinen Fall Bridget.«

Er hob die Augenbrauen. »Wieso nicht? Sie hält nicht gerade viel von Elen.«

Ich hätte ihm antworten können, daß Bridget von niemandem viel hielt außer von sich selbst, aber die Loyalität zu meiner Klientin verbot es mir. Statt dessen sagte ich: »So etwas ist einfach nicht ihr Stil. Das müssen Sie mir glauben. Außerdem ist es nicht nur dieser Anruf, der mir Sorgen macht. Ich denke immer noch, daß sich neulich nachts jemand ins Kinderzimmer geschlichen hat. Nicht um Stevie etwas anzutun, sondern um Elen einen Streich zu spielen und sie glauben zu machen, daß wirklich ein Drache hinter ihrem Kind her ist. Es gibt Leute mit einem sehr verqueren Sinn für Humor«, erklärte ich. »So jemand findet es vielleicht komisch, Elen in Panik zu versetzen, und hat sie deshalb auch bei der Gemeinde angezeigt. Aber wenn wir davon ausgehen, daß ein und dieselbe Person hinter allem steckt, ist Bridget außer Verdacht, weil sie mit mir zusammen war, als Elen das Geräusch in Stevies Zimmer hörte.«

Gareth wägte meine Argumentation einen Moment lang ab. »Na schön«, sagte er dann. »Angenommen, Sie haben recht, dann bleiben also Christopher und James.«

»Und Owen.«

»Was?«

»Er geht im Haus ein und aus wie alle anderen. Und ich glaube, ich habe ihn an jenem Abend im Garten gesehen. Er könnte ...«

»Owen ist es nicht.« Gareth schüttelte entschieden den Kopf. »Das müssen Sie *mir* nun einfach glauben. Owen hat Elen viel zu gern.«

»Tja, dann bleiben wirklich nur Christopher und James.« Ich verschränkte meine Hände um die Knie, schaukelte auf den Strohballen vor und zurück und dachte scharf nach. »Es könnten beide gewesen sein, schätze ich. Als Elen das Geräusch hörte, war James angeblich in seinem Arbeitszimmer, aber er hätte sicher unbemerkt nach oben gehen und diese Verbindungstür öffnen können. Christopher schlief«, berichtete ich weiter, »aber er könnte sich natürlich durch die Tür geschlichen haben, während James unten arbeitete. So oder so ...«

»Christopher schlief? Um fünf Uhr nachmittags?«

»Es war halb sechs, um genau zu sein. Er mußte Bridget beim Einkaufen begleiten und war vollkommen erledigt.«

Das konnte Gareth verstehen. »Sie würde jeden fix und fertig machen. Ich kenne Kleinkinder, die sich länger auf eine Sache konzentrieren können.«

Die abfällige Bemerkung überraschte mich. »Aber warum haben Sie sie dann ...?« Ich brach ab, weil mir klar wurde, wie die Frage sich anhören mußte, und ich mir noch nicht einmal selbst eingestehen wollte, daß ich möglicherweise ein kleines bißchen eifersüchtig war.

»Warum habe ich was?«

»Ach, nichts. Vergessen Sie's.«

»Sie wollen wissen, warum ich sie zum Tee eingeladen habe. Dachte ich's mir doch, daß Sie davon erfahren würden.«

»Es geht mich nichts an.«

»Da haben Sie recht. Ihre Freundin hat mich wohl langweilig gefunden, was?«

Da er offenbar eine ehrliche Antwort erwartete, gab ich sie ihm. »Ja, das hat sie wohl.«

»Gott sei Dank.« Er stützte sich mit einem Ellbogen an der Tür der Pferdebox ab und zeigte mir einen triumphierenden Blick. »Ich hatte mir ausgerechnet, daß das die einzige Möglichkeit sein würde, sie loszuwerden.«

»Sie meinen, es war Absicht?«

»Natürlich. Ich muß mich schon verdammt anstrengen, um eine Frau zu langweilen.«

Seine selbstgefällige Antwort brachte mich zum Lachen. »Ich glaube nicht, daß jemals ein Mann *absichtlich* versucht hat, Bridget zu langweilen.«

»Sie war hinter mir her, stimmt's? Ging mir ganz schön auf die Nerven mit ihrem Getue. Diese Sorte Frauen reizt nur das Jagdfieber. Wenn man ihnen entgegenkommt und sich einfangen läßt, verlieren sie das Interesse.«

Er hatte sie perfekt durchschaut. »Sehr scharfsinnig.«

»In London gab es reichlich Bridgets«, erwiderte er achselzuckend und klopfte seiner Stute den Hals. Bei der Berührung wandte sie träge den Kopf und knabberte an seinem Ärmel, was er ihr mit einem knappen Wort verbot. »Sie ist ein Leckermaul, unsere Sovereign. Die Leute füttern sie ständig mit kleinen Extras. Das macht sie so verfressen.«

Ich beschloß, ihm lieber nichts von Bridget und ihren Möhren zu erzählen. »Es gefiel Ihnen wohl nicht in London?«

»Sehr scharfsinnig.«

Ohne mich von seinem Spott abschrecken zu lassen, fragte ich ihn nach dem Grund.

»Weil diese Stadt eine gierige Bestie ist, die einen bei lebendigem Leib auffrißt, wenn man sie läßt. Zuerst blendet sie einen mit Glanz und Ruhm und lauter kleinen Annehmlichkeiten, damit man nicht merkt, was geschieht. Doch am Ende spürt man ihre scharfen Zähne, glauben Sie mir.« Die bitteren Falten kamen wieder zum Vorschein, aber nur vorübergehend. Während er fortfuhr, Sovereigns Hals zu streicheln, glätteten sie sich wieder, bis nur noch seine Augen eine tiefe Enttäuschung widerspiegelten.

Ich musterte ihn eine Weile stumm. Dann sagte ich: »Das West End ist nicht ganz London.«

»Aber es hat mir genügt!« Sein Ton war endgültig. »Ich gehe nie wieder dorthin zurück.«

»Nie wieder? Das ist aber eine ziemliche Selbstbeschränkung für einen Bühnenautor, finden Sie nicht?«

»Warum? Man braucht mich nicht in London, um das Stück auf die Bühne zu bringen. Es ist das Stück selbst, das die Leute anlockt, das Stück und die Schauspieler. Kein Schwein interessiert sich dafür, wer das Ding geschrieben hat.«

»Oh, das würde ich nicht sagen«, entgegnete ich. »Mir schien, es haben sich eine Menge Leute für den Verfasser von ›Red Dragon Rising‹ interessiert.«

»Nein, das stimmt nicht.« Sein Blick war abweisend, er

wußte es besser. »Das ist alles bloß eine Frage der Mode – wer gerade ›in‹ ist, wer mit wem auf den richtigen Cocktailpartys gesehen wird und so weiter. Nach meiner Erfahrung haben diejenigen, die einen am lautesten loben, einem auf die Schulter klopfen und behaupten, man sei ein Genie, das Stück noch nicht einmal gesehen. Alles nur Getue.«

Dagegen konnte ich nicht viel einwenden. Im Verlagsgeschäft herrschten ähnliche Sitten. Martin war in der glitzernden Welt der Partys und Empfänge aufgeblüht, hatte sich mit der Leichtigkeit eines geborenen Salonlöwen von Event zu Event bewegt und immer wieder dieselben vergeistigten Prosastücke überarbeitet, um seine privilegierte Stellung zu erhalten. Zugegeben, auch ich hatte dieses glanzvolle Leben in kleinen Dosen genossen – und tat es immer noch, wenn mein Beruf es verlangte –, doch die oberflächlichen Freundlichkeiten und Komplimente nutzten sich schnell ab und konnten oft eine gewisse Leere nicht verbergen. Ich hatte mich nie genug von dieser Welt täuschen lassen, um sie wirklich ernst zu nehmen.

Doch es gab auch andere Menschen darin, aufrichtige, ehrliche Menschen, die meinten, was sie sagten, und dafür sorgten, daß mir meine Arbeit Freude machte. Ich versuchte, das Gareth verständlich zu machen. »Es ist nicht alles Getue. Nicht alle sind so. Ich könnte Sie mit einem guten Dutzend Leute bekannt machen, die Ihr Stück nicht nur gesehen haben, sondern davon berührt waren und es für wichtig halten.«

»Tatsächlich, könnten Sie das.«

»Natürlich. Allerdings müßten Sie dazu nach London kommen.«

»Ausgeschlossen. Wie gesagt, mich bringen keine zehn

Pferde dorthin zurück.« Mit einem Achselzucken tat er die gesamte Stadt und ihre Bewohner ab und schloß: »Ich bin hier viel glücklicher.«

»Glücklich« war nicht gerade ein Attribut, mit dem ich Gareth beschrieben hätte, doch wenn ich ihn so mit Sovereign sah, mußte ich zugeben, daß er ganz zufrieden wirkte. Ich wollte gerade all meinen Mut zusammennehmen, um ihn zu fragen, warum er sich ausgerechnet in Angle niedergelassen hatte, als er entschied: »Nun aber genug davon. Wir sind völlig vom Thema abgekommen.«

»Das ist nicht meine Schuld. Sie haben schließlich mit Bridget angefangen und ... «

»Wie es aussieht, sollten wir ein Auge auf Christopher und James haben und dafür sorgen, daß sie mit ihrem Unfug aufhören, ehe sie ernsthaften Schaden anrichten.«

»Gut, ich werde mein Bestes tun.«

»Wenn Sie herausfinden, wer von den beiden der Schuldige ist, sagen Sie es mir, dann werde ich mal ein Wörtchen mit ihm reden.«

Mir war auf einmal sehr viel wohler, weil ich die Verantwortung mit Gareth teilen konnte. Das Problem wirkte schon nicht mehr ganz so schwerwiegend.

Chance, der auf der Wiese herumgetollt war, stürmte zur Tür herein und kam mit seinem typischen Terriergrinsen auf mich zu. Ich beugte mich zu ihm herunter und streichelte ihn, wobei mein Blick auf meine Armbanduhr fiel. »O Gott, schon so spät? Ich gehe besser zurück, ehe Bridget einen Suchtrupp nach mir ausschickt.« Fast hätte ich es bis zur Tür geschafft.

»Miss Ravenshaw.«

Ich drehte mich um und erwartete weitere Anweisungen. »Ja?«

»Als Sie gestern sagten, ich hätte ein Recht darauf, es zu wissen … wie haben Sie das gemeint?«

»Ach, na ja, ich dachte bloß …«, stammelte ich und suchte nach den richtigen Worten, weil er nicht wissen sollte, daß ich auf den Klatsch über ihn und Elen gehört hatte. »Sie waren schließlich mit Elens Mann befreundet und kümmern sich sehr um sie und …« Ich verstummte, denn ich konnte nicht mehr gegen Gareths forschenden Blick anreden.

Das Schweigen breitete sich aus, während er offensichtlich über etwas nachdachte.

»Stevie ist nicht mein Sohn«, sagte er endlich, »falls das eine Rolle spielt.«

Es hätte eigentlich keine Rolle spielen dürfen. Warum auch? Doch als ich über das nasse Gras der Koppel nach Hause ging, mußte ich feststellen, daß es sogar eine große Rolle für mich spielte.

Owen sah mich den Weg heraufkommen und winkte zum Gruß. Er stand auf halber Höhe einer Leiter vor Bridgets Schlafzimmerfenster und hielt einen Hammer in der Hand. »Guten Morgen«, rief er zu mir herunter.

Ich blieb am Fuß der Leiter stehen. »Sind Sie unter die Einbrecher gegangen? Oder bearbeiten Sie immer noch die Dachrinnen?«

»Letzteres. Ihre Freunde sind alle wach«, informierte er mich, »dafür habe ich gesorgt.« Er schwenkte den Hammer und zwinkerte mir zu. »Sie waren mit Mr. Morgan unterwegs, stimmt's, oder habe ich recht?«

Natürlich – Owens luftige Position verschaffte ihm einen guten Blick über die Koppel und die Straße dahinter. »Ich bin ihm beim Spazierengehen begegnet«, erklärte ich, »und war noch kurz mit bei seinem Pferd.«

Owen nickte und pfiff eine bruchstückhafte Melodie. »Er ist zur Zeit ganz schön beliebt.«

Woraus ich schloß, daß ihm auch Bridgets gestriger Besuch im Cottage nicht entgangen war. Ich strahlte ihn mit gespielter Naivität an. »Das muß wohl an seinem herzlichen, gewinnenden Wesen liegen.«

Owen lachte und hielt sich an der Leiter fest.

»Wie wär's mit einer Teepause?« fragte ich.

»Gar keine schlechte Idee. Ich sag' Ihnen was: Wenn Sie schon mal den Kessel aufsetzen, mache ich das hier eben fertig und komme gleich nach.«

Doch Bridget war mir zuvorgekommen. Sie stand in der Küche und bewachte den auf den Siedepunkt zupfeifenden Kessel. Offensichtlich war sie gerade erst aufgestanden – ihr Haar hing wirr um ihre Schultern, ihre Augen waren nur kleine Schlitze, und ihr Morgenmantel schleifte ungegürtet auf dem Boden.

Ich gab meine Frankenstein-Nummer: »Es lebt!«

»Aber nur mit Mühe.« Sie gähnte. Mitten im Gähnen weiteten sich plötzlich ihre Augen, und sie begann zu schnuppern. »Was ist das für ein Geruch?«

»Wieso? Ich rieche nichts.«

»Puh, das bist du«, beschwerte sie sich naserümpfend. »Du stinkst nach Pferd.«

»Na ja, ich habe draußen ein bißchen mit Sovereign gespielt.«

»Mit wem?«

»Gareths Stute.«

»Ich kann nicht frühstücken, wenn du so riechst«, jammerte sie. »Da schmeckt man ja gar nichts mehr.«

Das bereitete mir keine ernsthaften Sorgen, denn ich hatte noch nie erlebt, daß Bridget sich von irgend etwas den Appetit verderben ließ. »Was gibt es denn zum Frühstück?« fragte ich, während ich Stiefel und Jacke abstreifte.

»Kommt darauf an. Wirst du dich umziehen?«

»Vielleicht.«

»Waffeln.«

»Okay, ich ziehe mich um.« Dieser Bestechung konnte ich nicht widerstehen. Bridgets Waffeln waren unvergleichlich. Sie hatte das Rezept von einem ihrer Exlover, einem amerikanischen Schauspieler, der in meinen Augen keine einzige interessante Eigenschaften besessen hatte bis auf seine Kochkunst. Er buk Waffeln, für die man sterben konnte, goldbraun und knusprig, vollgehäuft mit glasigen, zarten Apfelstücken unter einer Haube aus Zimt und Schlagsahne. Wäre er nur ein bißchen schlauer gewesen, hätte er Bridget nie das Rezept verraten. Vielleicht hätte sie ihn dann geheiratet.

Als ich nach oben ging, um zu duschen und mich umzuziehen, begegnete ich auf dem Treppenabsatz James. Wie Bridget kam er gerade aus dem Bett, und obwohl er schon angezogen war, sah er alles andere als wach aus. »Inzwischen gibt es eine Warteschlange für das Badezimmer, fürchte ich«, sagte er. »Mein Bruder hat sich flugs als erster hineingeschlichen.« Er gähnte und betrachtete mich von oben bis unten. »Schon wieder ein Morgenspaziergang? Sie beschämen uns alle.«

Ich wußte an diesem Morgen nicht so recht, wie ich auf ihn reagieren sollte, denn schließlich konnte er derjenige sein, der Elen diese üblen Streiche gespielt hatte. Die Literaturliebhaberin in mir, die seine Bücher und seine Begabung bewunderte, wollte nicht glauben, daß er zu so etwas fähig war, doch mein Verstand sagte mir etwas anderes. James' Stimmungen waren wechselhaft wie das Wetter: In einem Moment zeigte er sich charmant und aufmerksam, und im nächsten war er völlig distanziert. Sosehr ich die Leistungen des Schriftstellers schätzte, konnte ich doch nicht behaupten, den Menschen zu kennen.

»Wo waren Sie denn heute morgen?« fragte er.

»Ich bin über den Küstenpfad zu dem langen Strand gegangen, Sie wissen schon ...«

»West Angle Bay, meinen Sie.«

»Genau. Dann zurück durchs Dorf.«

»Irgendwelche interessanten Begegnungen?«

Es klang wie eine harmlose Frage, aber ich bildete mir ein, ein ungewöhnliches Interesse in seinem Blick zu lesen. »Eigentlich nicht, nein.«

»Na, die Leute sind wahrscheinlich alle zu Hause. Bei dem Wetter ...« Er unterbrach sich und sog prüfend die Luft ein. »Rieche ich da etwas?«

»Oh. Das bin wohl ich.«

Doch sein Gesicht erhellte sich bereits. »Waffeln!« rief er freudig aus. »Bridget backt Waffeln.« Worauf er sich schnell entschuldigte und die Treppe hinuntereilte.

Auf diese Weise rückte ich in der Warteschlange fürs Bad ganz nach vorn. Da es keinen Zweck hatte, mich vor dem Duschen umzuziehen, lehnte ich mich mit dem Rücken gegen die Wand und wartete, wobei ich versuchte, aus den plätschernden Geräuschen von drinnen auf Christophers Fortschritte zu schließen. So, dachte ich, jetzt ist er aus der Wanne gestiegen. Man hörte das Ziehen des Stöpsels und das Gurgeln des ablaufenden Badewassers, während nackte Füße über die Kacheln patschten. Wieder Wassergeräusche und ein Summen, das merkwürdig hohl wurde, als er sich die Zähne putzte. Dann das Abklopfen der Zahnbürste am Waschbeckenrand und ...

»Könntest du mir einen Gefallen tun?« Die Tür ging auf, und Christopher beugte sich mit nacktem Oberkörper und feuchten Haaren heraus. »Oh, Entschuldigung«, sagte er, als er mich entdeckte. »Ich dachte, James wäre hier draußen.«

»Was für einen Gefallen?« fragte ich.

»Die Handtücher sind aus.« Er blieb schamhaft halb hinter der Tür verborgen. »Und ich glaube, mein Bademantel hängt noch an meiner Zimmertür – wenn Sie vielleicht so nett wären ...?«

»Natürlich. Einen Moment.«

Er dankte mir und schloß die Badezimmertür, damit die Wärme nicht entwich, während ich zum Wäscheschrank ging. Ich schnappte mir einen Armvoll säuberlich gefalteter Handtücher und stieß Christophers Tür mit dem Ellbogen auf, um den Bademantel zu holen. Ich hatte sein Zimmer noch nicht gesehen. Es war kleiner als meines, fast quadratisch und in eher maskulinen Tönen von Senfgelb bis Walnußbraun gehalten. Durch das einzige Fenster blickte man über das Dach des Eßzimmervorbaus hinweg auf den Taubenschlag und die Felder dahinter.

Ich brauchte ein Weilchen, um den Bademantel zu finden, denn er hing nicht hinter der Tür, sondern lag über einem Sessel am Fenster. Mit einer Hand warf ich ihn locker über den Tücherstapel und wollte gerade hinausgehen, als mein Blick auf das Buch fiel.

Er hatte es offenbar im Bett gelesen und aufgeschlagen mit dem Rücken nach oben dort liegenlassen, halb verborgen von den zerwühlten Decken. Ein großes, gebundenes Buch mit einem glänzenden, weißen Umschlag und einem Titel in grüner Schrift: »Das Jahr des Druiden«.

XXVII

Moreover, that weird legend of his birth,
With Merlin's mystic babble about his end
Amazed me ...

ALFRED LORD TENNYSON, »The Last Tournament«

»Christopher war's.« Owen zeigte mit anklagendem Finger über den Tisch, als Bridget ihre Hand nach dem leeren Teller ausstreckte. »Er hat die letzte gegessen.«

Christopher grinste. »Stimmt überhaupt nicht, du alter Lügner. Außerdem lagen noch zwei Waffeln auf dem Teller, als ich zuletzt hingesehen habe.«

»Also Leute, ich habe wirklich keine Zeit, hier herumzusitzen und mich zu streiten.« Owen stand auf und schlug sich mit seiner schwieligen, verarbeiteten Hand auf den Bauch. »Ich muß jetzt wieder nach den Dachrinnen sehen.«

Voll Bewunderung für seine Energiegeladenheit sah ich ihm nach. Wir anderen hingen wie die Faultiere um den Tisch herum – die Waffeln drückten uns auf unsere Stühle nieder. Mir gegenüber rauchte James seine Zigarette und hatte die Augen immer noch vor Verzückung geschlossenen. »Nun«, sagte er, als sich die Tür zum Garten mit einem Knall hinter Owen geschlossen hatte, »gibt es schon irgendwelche Pläne für heute?«

Christopher warf einen Blick auf die Wanduhr und erinnerte seinen Bruder daran, daß der Tag bereits halb vorbei war. »Wir bekommen nie früh genug den Hintern hoch, um noch was zu unternehmen.«

»Müßiggang ist schließlich Sinn und Zweck eines Urlaubs«, erwiderte Bridget. »Aber wenn Sie so wild darauf sind, etwas zu unternehmen ...« Sie legte ihre Falle geschickt aus und tarnte sie mit einem Lächeln, so daß er direkt hineinlief.

»Ja?«

»Könnten Sie mich in die Stadt fahren, um Kohlen zu kaufen.«

Zuerst verstand ich nicht, warum sie Christopher darum bat. Owen schien die naheliegendere Wahl zu sein, er hatte ihr schließlich auch beim Weihnachtsbaumkauf geholfen. Christopher war nicht gerade der Typ, der Kohlen schleppte, und stellte auch keine nützliche Informationsquelle mehr dar, nun da Bridget ihre Jagd auf Gareth aufgegeben hatte. Aber sie flirtet eindeutig mit ihm, dachte ich und fragte mich, was wohl dahintersteckte.

Dann sah ich, wie sie verstohlen zu James schielte, und wußte Bescheid. Er war während des Frühstücks besonders aufmerksam zu mir gewesen, hatte mir Tee nachgeschenkt und liebenswürdig gescherzt, und Bridget wollte ihm nun zeigen, daß sie dieses Spiel genauso gut beherrschte. Zufrieden beobachtete sie, wie er die Augen aufschlug.

»Wozu?« fragte er.

»Nun ja, Darling, ich kann einen Sack Kohle schlecht alleine schleppen, weißt du. Außerdem ist mein Auto nicht groß genug, und da du dir nicht gern die Hände schmutzig machst, dachte ich, daß Christopher vielleicht ...«

»Nein, ich meinte, warum willst du überhaupt Kohlen kaufen? Wir haben noch einen ganzen Schuppen voll von dem Zeug.«

»Nein, haben wir nicht«, entgegnete sie. »Das bißchen hier im Haus ist der Rest. Owen wußte nicht, daß wir die Kamine beheizen würden, verstehst du, also hat er keinen neuen Vorrat bestellt, und der Kohlenlieferant kommt erst nächste Woche wieder …«

James blies eine dünne, ungeduldige Rauchsäule aus. »Aber wir *brauchen* keine Kohlen. Wir haben Zentralheizung.«

»Darling«, flötete Bridget, »es ist Weihnachten. Kein richtiges Weihnachten ohne Kaminfeuer …«

»Schon gut, schon gut«, winkte er ab. »Mach, was du willst. Tust du ja sowieso.«

»Ehrlich gesagt«, warf Christopher mit einem weiteren Blick auf die Uhr ein, »weiß ich gar nicht, ob ich Zeit habe. Ich sollte mal lieber nach Elen sehen und mich vergewissern, daß sie sich gut erholt hat von gestern.«

»Das kann ich ja tun.« Die Worte kamen mir ganz spontan über die Lippen und überraschten mich genauso wie die anderen.

Christopher sah mich ein wenig befremdet an. »Es ist nett von Ihnen, sich anzubieten, aber …«

»Es macht mir wirklich nichts aus. Und im übrigen, wenn ich schon als Stevies Beschützerin oder so was gelte, sollte ich ihm wenigstens mal einen Besuch abstatten.«

»Sehr schön«, sagte Bridget, »das wäre also geklärt.« Ihre augenzwinkernde Genugtuung sagte mir, daß sie glaubte, ich hätte den Vorschlag ihretwegen gemacht. Bridget würde gar nicht auf den Gedanken kommen, ich könnte einen anderen Grund haben. Ihre eigenen Bedürfnisse und Ziele standen derart im Mittelpunkt für sie, daß es ihr ganz selbstverständlich vorkam, wenn auch ich meine Handlungen danach richtete.

James war jedoch nicht ganz einverstanden. »Wissen Sie, Lyn, Sie sollten sich nicht verpflichtet fühlen, bei Elens Phantasien mitzuspielen. Sie und Stevie sind auch vor Ihrem Besuch gut zurechtgekommen und werden zweifellos überleben, wenn Sie wieder weg sind. Genießen Sie ein paar friedliche Tage, und lassen Sie sich Ihren Weihnachtsurlaub nicht von diesen Hirngespinsten verderben.«

»Aber ich habe doch friedliche Tage«, log ich.

»Na, bisher war es jedenfalls nicht besonders weihnachtlich, muß ich sagen.« Er drückte seine Zigarette aus und schien plötzlich eine Idee zu haben. »Was wir brauchen, ist eine Party.«

Bridget starrte ihn an, als wäre ihm ein zweiter Kopf gewachsen. »Eine was?«

»Eine Party. Nichts Großes, nichts Weltbewegendes. Wir könnten einfach ein paar Leute zu Cocktails und Häppchen einladen, sagen wir, morgen abend.«

Bridget erinnerte ihn daran, daß morgen Heiligabend war.

»Ja, ich weiß, das paßt doch gut. Ich dachte, wir könnten zuerst die Party geben und dann alle zusammen zur Messe gehen.«

»Messe ...«, echote Bridget schwach.

»Schließlich ist Weihnachten, Liebling«, erklärte er sanft. »Kein richtiges Weihnachten ohne Besuch der Christmette, oder?«

Damit stand er auf und ging hinaus, um seine nachmittägliche Schreibsitzung zu beginnen, während Bridget ihm vollkommen verblüfft nachstarrte.

»Keine Angst, daraus wird nichts«, prophezeite Christopher. »Er müßte ja Geld für Canapés und Getränke ausgeben ... Außerdem habe ich James an Heiligabend noch nie in einer Kirche gesehen. Ich bin sicher, es handelt sich bloß um einen vorübergehenden Anfall.« Er verschränkte die Arme vor der Brust und fragte Bridget kopfschüttelnd: »Was zum Teufel haben Sie bloß in diese Waffeln getan?«

Elen kam in ihrer Arbeitskleidung zur Tür. Sie hatte Sägemehl im Haar, und ihr weißer, sommersprossiger Arm war von angetrockneten Farbklecksen wie von einem Ausschlag bedeckt. Unter dem blauen Arbeitskittel trug sie ein ehemals weißes T-Shirt, und die an den Knien aufgerissenen Jeans waren eine einzige Farbpalette. Wie sie da barfuß auf den eiskalten Fliesen vor mir stand, sah sie aus wie fünfzehn.

»Oh«, sagte sie erfreut, »hallo. Möchtest du Stevie besuchen? Ich habe ihn gerade zu seinem Mittagsschläfchen hingelegt.« Mit einer Geste lud sie mich ein, die Veranda zu betreten. »Normalerweise schläft er immer gleich nach dem Mittagessen, aber Owen hat heute die ganze Zeit vor dem Kinderzimmer herumgehämmert, so daß ich ihn erst jetzt zum Einschlafen bringen konnte. Aber er ist bestimmt bald wieder wach, er schläft nie lange.«

Die Buntglasscheiben ließen die Veranda beinahe warm wirken, und Streifen von rotem, gelbem und bernsteinfarbenem Licht glitten weich über Elen hinweg, als sie die Tür zum Flur öffnete. »Ich habe gerade ein paar Fensterläden für Gareth abgebeizt, deshalb sehe ich so wild aus.«

Ich konnte keine Lösungsmittel riechen. »Arbeitest du hier im Haus?«

»Nein, es wäre zu ungesund für Stevie, ständig diese Dämpfe einzuatmen. Ich arbeite meistens auf der hinteren Veranda oder draußen. Kommt auf das Wetter an.« Sie klopfte Sägemehl von einem Kittelärmel. »Kann ich dir einen Tee anbieten?«

Da sie sich so über Gesellschaft zu freuen schien, sagte ich ja, obwohl ich nicht wußte, wo ich den Tee noch unterbringen sollte. Die Waffeln, die ich zum Frühstück verdrückt hatte, mußten irgendwie aufgequollen sein und füllten nun jeden Winkel meines Magens aus.

»Leider habe ich keine Kekse mehr«, sagte Elen, während wir durch den Flur zur Küche gingen, »aber es gibt Hackfleischpasteten und walisische Törtchen. Owen hat sie heute morgen gebracht. Er bringt mir dauernd irgendwelche Leckerbissen vorbei – stellt sie einfach auf den Tisch.«

»Schließt du denn deine Tür nicht ab?« fragte ich wie nebenbei.

»Doch, schon. Aber Owen hat einen Schlüssel. Er nimmt die Ersatzschlüssel zu den beiden Häusern und den Schuppen an sich, wenn Pam und Ralph nicht da sind.«

»Und du kümmerst dich um die Katzen.« Ich stieg über ein Fellbündel neben der Küchentür.

»Genau. Sie sind süß, nicht wahr?« Sie hob den selbstgefällig dreinblickenden rotbraunen Kater vom Boden auf, legte ihn auf einen Stuhl und ging zum Waschbecken, wo sie sich Hände und Arme schrubbte wie ein Chirurg. Sie ist so winzig und wohnt in diesem großen Haus, dachte ich, aber sie hält alles blitzblank. Die Küche leuchtete warm vor Kupfergeschirr, hellen Eichenmöbeln und gelben Kacheln. Auf dem Boden lagen Flickenteppiche, und die Fensterbänke zierten verschiedene Kräutertöpfe, der Größe nach geordnet.

Kein Wunder, daß die Sozialarbeiterinnen nichts auszusetzen gehabt hatten. Sie waren einem gesunden, zufriedenen Baby in einem sauberen, ordentlichen Haus begegnet. Nicht gerade ein Hinweis auf eine unfähige oder gar unzurechnungsfähige Mutter.

Owen hatte wahrscheinlich recht, und Elens Phantasievorstellungen halfen ihr einfach nur, mit ihrem schmerzlichen Verlust fertig zu werden. Bei all ihrem Gerede von Margaret und Merlin und Drachen wußte sie genau, was um sie herum vorging und welche Anforderungen die Wirklichkeit stellte.

Munter plauderte sie weiter. »Chance, Gareths kleiner Hund, kann die Katzen nicht ausstehen. Sobald er sie sieht, jagt er ihnen hinterher und bellt und macht ein Riesentheater. Deshalb bringt Gareth ihn nicht mehr mit. Hast du Chance schon gesehen?«

»O ja. Ein ziemlich eigenwilliges Kerlchen.«

»Genau wie Gareth. Chance und Tony haben immer miteinander gekämpft, so aus Spaß halt. Als würden sie boxen. Chance stellte sich auf die Hinterbeine, und Tony ballte die Fäuste, und dann umkreisten sie einander und taten so, als würden sie kämpfen.« Sie lächelte, trocknete sich die Hände ab und setzte den Kessel auf. Ich konnte ihr Gesicht nicht sehen, aber ihre Stimme klang auf einmal brüchig. »Tony mochte Hunde sehr. Wir hatten gerade beschlossen, uns einen anzuschaffen, als er ... Auf einer der Farmen, wo Gareth arbeitete, hatten sie nämlich junge Hunde, auch Jack Russells, und Tony überlegte, einen Welpen zu kaufen. Manchmal wünschte ich, er hätte es getan, verstehst du? Andererseits ist es gut so. Ich habe alle Hände voll mit Stevie zu tun.«

Etwas an ihrer Erzählung hatte mich stutzen lassen. »Ich dachte, Gareth arbeitet zu Hause.«

»Er schreibt zu Hause, wenn du das meinst, aber vom Schreiben allein kann er nicht leben, deshalb hilft er den Leuten mit ihren Pferden.«

»Was macht er denn genau mit den Pferden?«

Sie zuckte die Achseln. »Kommt darauf an, was die Leute

wollen. Manchmal ist es nur Mähneflechten oder Schweifstutzen, für die Jagd, weißt du. Aber vor allem reitet er sie zu und bringt sie zu den Züchterschauen in Tenby.«

»Aha.«

»Er ist sehr gut«, sagte sie. »Alle wollen ihn ständig haben, aber meistens sagt er, er hat keine Zeit.«

Ich zweifelte nicht daran, daß er ein guter Zureiter war – dickköpfig genug war er bestimmt, und ein Blick auf dieses entschlossene Kinn ließ wahrscheinlich jedes Pferd klein beigeben. Aber ich war nicht gekommen, um über Gareth zu sprechen. »Elen«, sagte ich, »erinnerst du dich an den Abend, als du das Geräusch im Kinderzimmer gehört hast?«

»Ja?«

»Was war das für ein Geräusch?«

Sie zog die Nase kraus, während sie sich zu erinnern versuchte. »Also, das Fenster klapperte – ich kam gerade aus dem Bad und fand das merkwürdig. Als ich zum Kinderzimmer ging, um nachzusehen, hörte ich eine Art Kratzen oder Scharren, wie von Klauen an der Wand. Da bekam ich Angst, weil ich dieses Geräusch schon einmal gehört hatte«, berichtete sie. »An dem Abend, bevor du ankamst.«

»Ich verstehe.« Ich setzte mich an den Küchentisch, und der Kater neben mir erhob sich, machte einen Buckel und sprang auf meinen Schoß, während ich noch überlegte, wie ich meine nächste Frage formulieren sollte. »Und warum … ich meine, was macht dich so sicher, daß es ein Drache ist?«

»Es hat schon immer ein Drache in diesem Turm gelebt. Meine Mutter erzählte mir als Kind oft davon. Ich wußte nur nicht, daß es ein *weißer* Drache ist, bis Merlin es mir sagte.«

Ich nickte, so wie meine Mutter genickt hatte, wenn ich ihr etwas von Trüffel, meinem imaginären Schweinchen, vorplapperte, das in unserem Garten lebte. Und wie meine Mutter bemühte auch ich mich jetzt, nicht herablassend zu klingen. »Spricht Merlin oft zu dir?«

»Nein, kann man nicht sagen.« Sie stellte sich auf die Zehenspitzen, um die Teetassen aus dem Schrank zu holen. Es waren teuer aussehende Porzellantassen, die in ihrer Hand bedenklich auf den Untertellern klapperten. »Oft verschwindet er einfach für Monate ohne ein Wort.«

Das hatte ich mir schon beinahe gedacht. Ich wartete, bis die Teetassen sicher auf der Arbeitsplatte abgestellt waren, ehe ich fragte: »Er hört sich nicht zufällig wie Christopher an, oder?«

Sie reagierte erstaunt. »Nein, natürlich nicht. Merlin spricht mit der Stimme eines alten Mannes, verstehst du, und er hat auch keinen Akzent.«

»Ach so, klar.« Ich nickte wieder. »Diese Gespräche, die du mit ihm führst ...«

»Es sind eigentlich mehr Anweisungen, Belehrungen. Er sagt mir, was ich für Stevie tun soll, was ich ihm beibringen soll und solche Sachen. Außerdem spricht er über Stevies Zukunft.«

»Tatsächlich?« Während ich dies zu verdauen versuchte, streichelte ich den Kater, der sich schnurrend auf die Seite rollte und seine Krallen an meinem Knie ausprobierte. »Was sagt er denn?«

»Er sagt, daß Stevie ein großer Anführer sein wird und Menschen von überall herkommen werden, um ihm zuzuhören und ihm zu folgen.« Das Wasser im Kessel kochte. Sie brühte den Tee auf, eine ganz gewöhnliche Handlung, doch bei Elen hatte sie etwas Rituelles. »Zuerst verstand ich es nicht. Ich war wütend auf Merlin, weil er mich hereingelegt hatte, doch dann dachte ich daran, wie Artus gezeugt worden war, und sagte mir, na gut, es ist kein Unterschied. Igraine erging es genauso.«

»Ich fürchte, ich komme nicht mehr ganz mit.«

»Igraine«, sagte sie, »die Mutter von Artus. Sie dachte auch, der Mann in ihrem Bett wäre ihr Gemahl, aber er war es nicht. Ihr Gemahl war bereits tot.«

Da verstand ich langsam und wußte, was sie mir sagen wollte – etwas, das ich schon gerüchteweise gehört hatte.

»Ich dachte, es wäre Tony«, erzählte sie in aller Unschuld. »Aber das konnte ja nicht sein. Denn der Polizeibericht sagt, daß Tony gegen acht Uhr starb – eine Frau, die ihren Hund am Strand spazierenführte, sah ihn auf den Felsen stehen, und als sie zurückging, war er verschwunden, so haben sie den Zeitpunkt bestimmt. Und es war später, fast elf, als ...« Sie brach ab und schenkte den Tee ein.

Ich dachte daran, wie Owen am ersten Tag meines Aufenthalts in Angle gesagt hatte, daß Schuldgefühle den Verstand eines Menschen beherrschen konnten. War das bei Elen der Fall? Hatte sie eine Affäre mit einem anderen Mann gehabt und aus Reue nach Tonys Tod alles in diese phantastische Geschichte verpackt, um nicht zusammenzubrechen?

»Es konnte nicht Tony gewesen sein«, wiederholte sie und stellte unsere Teetassen auf ein Tablett. »Aber manchmal möchte ich gern glauben, daß er es war. Klingt das sehr verrückt?«

Ihre großen Augen in dem kleinen Gesicht waren so flehend auf mich gerichtet, daß ich sanft den Kopf schüttelte. »Nein.«

»Ich vermisse ihn eben sehr«, sagte sie schlicht. »Hört das jemals auf, diese Sehnsucht?«

Ich schloß kurz die Augen und dachte nicht an Martin, sondern an Justin, die leere Wiege, das Grab unter der Eibe, das Lächeln, das ich nie gesehen hatte. *Nein*, hätte ich antworten mögen, doch statt dessen sagte ich: »Es verändert sich.«

»Gut.« Sie stellte den Teller mit den Hackfleischpasteten ebenfalls auf das Tablett und hob es vorsichtig an. »Ist es dir recht, wenn wir im Wohnzimmer Tee trinken? Ich möchte dir gern meinen Weihnachtsbaum zeigen.«

XXVIII

The gale and the storm keep equal pace;
It is the work of the wise to keep a secret.

»The Red Book of Hergest«

»Also, ich kann mir nicht vorstellen, daß er schöner ist als *unser* Baum«, empörte sich Bridget hinter ihrer Zeitschrift.

Selbst der Baum schien entrüstet seine Nadeln aufzustellen, und seine bunten Lichter schimmerten greller denn je. Ich kniete auf dem Boden und plazierte seufzend ein Buch in die Mitte eines Quadrats aus Geschenkpapier. »Ich habe nicht gesagt, daß ihrer schöner ist. Bloß, daß sie ihn sehr hübsch geschmückt hat mit all diesen Fundstücken aus der Natur und den Bändern und ohne Lichter. Er sieht eben ländlich-schlicht aus.«

Bridget teilte mir durch ein Schnauben mit, was sie von ländlich-schlichten Dingen hielt. »Leute, die Krippen aus Zweigen und Zapfen basteln ...«

»Sie ist eben kreativ.«

»Sie ist so einiges, ja, ja.« Bridget schwang ihre Beine über die Armlehne des Sessels und blätterte energisch in der Zeitschrift. »Zu schade, daß sie nicht zur Party kommen kann.«

»Ich dachte, sie hätte es offengelassen, als James bei ihr war, um sie einzuladen.«

»Sie wird nicht kommen. Sie würde ihr geliebtes Söhnchen niemals jemand anderem anvertrauen.«

Ich konnte nicht widerstehen. »Vielleicht bringt sie ihn ja mit.«

»O ja, ganz toll. Ein Baby auf einer Cocktailparty. Das wäre wirklich ... warum lachst du denn so?«

»Nichts, nichts.« Ich machte ein ernstes Gesicht und sah auf meine Hände.

»Ich kann jederzeit die Agentur wechseln, weißt du.«

»Ich habe nicht gelacht.«

»Wie ich höre, ist Ivor Whitcomb auf der Suche nach neuen Klienten.«

James kam wie immer im richtigen Moment herein. »Was höre ich da über Ivor?«

»Nichts, nichts«, ahmte Bridget mich nach. Sie blickte über ihre Schulter und beobachtete, wie James die Schubladen der Anrichte aufzog. »Was suchst du denn?«

»Einen Stift, der schreibt.«

»Darling, ich glaube kaum, daß dies das richtige Zimmer ist, um nach ...«

»Ah!« Lächelnd zog er die unterste Schublade ganz auf. Er wühlte in einer Stiftesammlung, suchte sich eine Handvoll aus und kam dann zu mir herübergeschlendert, um meine Arbeit zu begutachten. »Ist das für mich?«

»Verrat ihm nichts«, warnte Bridget. »Der Mann ist wie ein Kind bei Geschenken. Er dreht und schüttelt sie und bohrt daran herum, weil er es einfach nicht abwarten kann.«

»Stimmt gar nicht.«

»Im September hast du beinahe dein Geburtstagsgeschenk kaputtgemacht.«

»Ein ausgezeichneter französischer Kognak«, fügte er erklärend für mich hinzu. »Umwerfendes Zeug.«

»Ja, fast hättest du es umgeworfen«, kam es von Bridget.

»Aber das hier kann nicht zerbrechen.« Er sah neugierig auf mein Geschenk. »Es ist ein Buch.«

Ich mußte über seine Hartnäckigkeit lächeln. »Aber nicht für Sie. Es ist für Christopher.«

»Ah ja, mein kleiner Bruder.« Mit hochgezogenen Augenbrauen wandte er sich wieder an Bridget. »Was hast du eigentlich mit ihm angestellt? Seit ihr zurück seid, habe ich ihn nirgends mehr gesehen.«

Sie zuckte die Achseln, ohne aufzublicken. »Er hat mir geholfen, die Kohlen in den Schuppen zu laden, und ist dann verschwunden. Keine Ahnung, wohin.«

»Sehr merkwürdig.«

»Auch nicht merkwürdiger als deine Pläne für eine Weihnachtsparty«, sagte Bridget.

Sein Mund verzog sich zu einem Grinsen. »Das geht dir nicht aus dem Kopf, was?«

»Es ist einfach so untypisch.«

»Ja«, sinnierte er, »das ist es wohl.« Darauf ging er pfeifend mit seinen Stiften hinaus.

Bridget senkte ihre Zeitschrift und suchte meinen Blick. »Männer«, ächzte sie. »Sie geben sich so gern geheimnisvoll.«

»Und du hast eine Schwäche für geheimnisvolle Männer, wenn ich dich daran erinnern darf.«

»James' Glück.« Sie sah mir zu, wie ich mit ein paar Metern verschlungenen Geschenkbands kämpfte, und fragte: »Ist das wirklich für Christopher?«

»Ja. Er bekommt den Krimi, der auf See spielt.«

»Oh. Da fällt mir ein – ich wollte dir noch sagen, daß du ihm auch das walisische schenken könntest, das Lewis in den Stapel hineingeschmuggelt hat.«

»Kann Christopher denn Walisisch?«

»Ja, seine Mutter hat es ihm beigebracht, sagt er. James konnte sich wohl nie dafür begeistern, aber James ist auch überhaupt nicht sprachbegabt. Ich habe ihn mal auf französisch herumstümpern gehört, es war furchtbar«, vertraute sie mir an. »Ganz im Gegensatz zu Christopher. Du hättest heute dabeisein sollen, wie er den Mann von der Kohlenhandlung nachgemacht hat. Mit perfektem walisischem Akzent.«

Die Schere rutschte vom Band ab, und ich stach mir mit der Spitze in den Daumen. Während ich das Blut aus der kleinen Wunde saugte, fragte ich mich, ob Christopher wohl auch die Stimme eines alten Mannes überzeugend imitieren könnte.

Bridget war weder mein Unfall noch mein Stirnrunzeln aufgefallen. »Deshalb dachte ich«, schloß sie, »daß du das Buch Christopher geben könntest, wenn du es loswerden möchtest.«

»Jetzt habe ich das hier schon eingepackt und mit Namensschild versehen«, sagte ich und nahm das Geschenkband mit größerer Vorsicht erneut in Angriff. Außerdem hatte ich das walisische Buch schon jemand anderem zugedacht, was ich aber für mich behielt.

Gareth wirkte irgendwie größer im Dunkeln. Weil er mit dem Rücken zum erleuchteten Flur stand, waren seine Gesichtszüge umschattet und nicht zu deuten. »Ein was?« fragte er, als hätte er mich nicht richtig verstanden.

»Ein Weihnachtsgeschenk.« Ich drückte ihm das kleine Päckchen in die Hand. »Hier, nehmen Sie es. Es wird Sie nicht beißen.«

»Warum tun Sie das?«

Eine Windbö traf mich von hinten, und ich fröstelte

und verlor die Geduld. »Also, entweder nehmen Sie es oder nicht. Es ist mir egal. Aber ich kann nicht den ganzen Abend hier herumstehen und mich totfrieren.«

Er nahm das Buch zögerlich, musterte mich einen Augenblick und trat dann von der Tür zurück. »Kommen Sie rein.«

Der Küchenherd in seiner Nische hatte an diesem Abend offenbar beschlossen, sich gut zu benehmen, denn er brannte munter und gab kräftig Wärme ab. Da die Abdeckplatte heruntergenommen war, erzeugte das Spiel der dünnen, blauen Flammen auf der glühenden Kohlenmasse die Illusion eines offenen Kamins und machte den Raum gemütlich. Chance döste vor dem Herd auf dem Steinfußboden und war zu träge, um sich zu mehr als einem Schwanzwedeln aufzuraffen. Gareth hatte sich allem Anschein nach gerade etwas zum Abendessen machen wollen. Eine ungeöffnete Dose Irish-Stew stand neben einem Schneidbrett mit einem großzügigen Stück Cheddar-Käse und einem Laib Vollkornbrot. Er schob alles beiseite, legte sein Geschenk auf dem Tisch ab und griff nach dem Wasserkocher. »Tee?«

»Bloß nicht.« Protestierend legte ich eine Hand auf meinen Magen. »Ich habe Tee zum Frühstück getrunken, Tee bei Elen und Tee vorhin um vier mit den anderen. Ich kann wirklich keinen mehr sehen.«

Er dachte über das Problem nach. »Ich habe Instantkakao«, bot er an. »Ist das besser?«

»Und ob. Danke.«

Während er die Dose mit dem Kakao und zwei Becher aus dem Schrank fischte, fragte er: »Sie waren also heute bei Elen?«

»Ja.«

»Und?«

»Wir haben uns lange über Tony unterhalten. Und über Stevie.«

Er wußte, was kommen würde. »Sie hat gesagt, Tony wäre nicht sein Vater.«

»Ja, das hat sie.«

»Verdammter Blödsinn. Wenn ich eines weiß, dann daß Elen ihren Tony nie betrogen hätte.«

»Sie schien sich sehr sicher zu sein.«

»Der Tag, an dem Tony starb, ist ein einziges Durcheinander in ihrem Kopf.« Er sah mich streitlustig an. »Können Sie sich denn an alle Einzelheiten im Zusammenhang mit dem Tod Ihres Mannes erinnern?«

Das brachte mich für einen Moment aus dem Konzept. Dann fiel mir ein, daß Bridget gesagt hatte, Gareth habe Martin während seiner Zeit in London gekannt. Und wenn Gareth und Bridget über mich gesprochen hatten, wußte er natürlich, daß ich verwitwet war. »Ich war nicht bei ihm, als er starb«, antwortete ich ruhig. »Aber ich habe eine recht deutliche Erinnerung an den Tag und an die Leute, die um mich herum waren.«

Das Wasser kam zum Kochen. Er zog die Stirn in Falten und wich meinem Blick aus. »Nun, bei Elen ist das eben nicht so.« Dann fragte er unvermittelt in einem völlig anderen Ton: »Wie sind Sie denn an einen Schwachkopf wie Martin Blake geraten? Sie scheinen überhaupt nicht der Typ zu sein.«

»Was bin ich denn für ein Typ?«

Er sah mir wieder in die Augen. »Sie wissen, was er für ein Mensch war.« Ich nahm ihm den Becher mit schäumendem Kakao aus der Hand und zuckte die Achseln.

»Ich bin ihm auf einer Party begegnet, genau wie Sie. Er war damals nüchtern. Er beeindruckte mich. Ich war nicht sehr erfahren.«

»Wären Sie bei ihm geblieben?«

Das hatte mich bisher noch niemand gefragt. Wäre ich mit Martin zusammengeblieben, wenn er nicht gestorben wäre? Ich war mir nicht sicher. Ich hatte immer geglaubt – und glaubte es noch –, daß die Ehe ein Versprechen war, ein Bund, aus dem man sich nicht einfach verabschiedete. Aber bei Martin ...

»Tut mir leid«, sagte Gareth. »Die Frage ist nicht sehr fair, nicht wahr?«

Spontan entfuhr es mir: »Seit wann legen Sie denn Wert auf Fairneß?« Als ich merkte, wie taktlos das klang, beeilte ich mich, meine Worte abzumildern. »Was ich sagen wollte, ist ... «

»Ich weiß, was Sie sagen wollten.« Seine dunklen Augen durchbohrten mich ausdruckslos. »Sie haben wirklich keine hohe Meinung von mir, was?«

»Sie machen es einem nicht gerade leicht.«

Er nahm seinen Becher. »Kommen Sie mit rüber ins Arbeitszimmer. Es ist zwar kälter dort, aber die Sitzgelegenheiten sind bequemer.«

Chance folgte uns nach nebenan und ließ sich mit einem Seufzer und einem dumpfen Aufprall vor dem Kamin nieder, wobei er seinen zotteligen Rücken eng an den Ofenschirm preßte.

»Du wirst dich noch verbrutzeln, du Dummkopf. Geh da weg.« Gareth schob Chance mit dem Fuß beiseite, bevor er den Schirm wegnahm, damit die Wärme des Feuers sich ungehindert im Zimmer ausbreiten konnte. Er hatte recht, es war kühler hier drin, doch der angebotene Sessel war angenehmer als der harte Holzstuhl in der Küche.

»Also.« Er saß an seinem Schreibpult vor dem Fenster mit den halbgeschlossenen Läden und drehte den Stuhl zu mir herum. »Sie halten mich also für einen ruppigen Mistkerl mit schlechten Manieren, ist das richtig?«

Diesmal versuchte ich nicht, mich herauszureden. Ich faltete meine Hände im Schoß und sah ihm ins Gesicht. »Ich denke, Sie geben sich gerne so, ja.«

»Und warum?«

»Ich weiß es nicht. Um sich die Leute vom Hals zu halten, vermute ich, oder um ihr Image zu wahren – das des zornigen jungen Bühnenautors, der mit der Welt auf Kriegsfuß steht.«

Zu meinem Erstaunen lächelte er. »Mit der Jugend ist es nicht mehr weit her, und auch den Bühnenautor würden manche bestreiten. Die Muse küßt mich nicht mehr so freigebig wie früher.«

Jetzt befand ich mich auf vertrautem Gelände – eine Agentin, die mit einem Autor über das Schreiben spricht. Trotzdem blieb ich vorsichtig, wollte mich nicht auf sein Lächeln verlassen. »Schreiben Sie schon lange an diesem Stück?«

»Ich habe bereits vor Jahren damit begonnen, gleich nach ›Red Dragon Rising‹. Doch nachdem ich London verlassen hatte, gab ich die Arbeit daran auf, stopfte es in eine Schublade und ließ es dort verrotten.«

Ich versicherte ihm, daß es vielen Schriftstellern ähnlich erging. »Wenn das erste Werk ein so überwältigender Erfolg war, ist der Druck, den Erfolg zu wiederholen, so groß ...«

Aber Gareth schüttelte nur den Kopf. »Das letzte, was ich wollte, war ein weiterer Erfolg. Ich hatte den ganzen Zirkus bis obenhin satt.«

Es erschien mir zwecklos, ihn darauf hinzuweisen, wieviel Freude sein Stück bereitet und wie begierig das Publikum auf das nächste aus seiner Feder gewartet hatte. Er würde mir für mein Lob nicht danken, sondern es als hohle Schmeichelei abtun und mich mit all den seichten Menschen, die er so verachtete, in einen Topf werfen. Also hielt ich den Mund und respektierte seine Entscheidung. »Was hat Sie dazu gebracht, Ihre Meinung zu ändern?«

»Stevies Geburt«, antwortete er, ohne zu zögern. »Elen mit ihren Geschichten über Drachen und ihren Begegnungen mit Merlin ...«

»Darüber wissen Sie also Bescheid?«

»Aber ja, es ist alles Teil derselben Geschichte, die Stevie zu etwas Besonderem macht – ein Baby ohne Vater, ein Kind der Prophezeiung. Als sie mit diesem Weissagungskram anfing, mußte ich einfach an Heinrich den Siebten denken. Und wenn ich erst einmal anfange zu denken«, sagte er, »dann schreibe ich.«

»Es freut mich, das zu hören. Ich mag Ihre Arbeit nämlich – Ihre Worte haben große poetische Kraft.« Soviel zu meinem Vorsatz, ihn nicht zu loben.

Aber er schien sich nicht daran zu stören. »Es sind nicht die Worte, die mir Schwierigkeiten machen. Der Wert eines Stückes liegt vielmehr in den Momenten des Schweigens.«

»Wieso das?«

»In den Momenten des Schweigens«, erklärte er, »können die Schauspieler alles geben. Dann entsteht der Zauber auf der Bühne. Ohne die Schauspieler ist ein Theaterstück nichts als hübsche Worte auf Papier.«

Ich zwang mich, meine Augen von dem unordentlichen Stapel beschriebener Seiten auf dem Pult zu lösen, und versuchte, das Gespräch in konkretere Bahnen zu lenken. »Hat Ihr neues Stück schon einen Titel?«

Wieder dieser abschätzende Blick, ehe er antwortete.

»Ich nenne es ›The Long Yellow Summer‹, nach einem alten Lied, mit dem die Barden im Sommer 1485 durchs Land zogen, als alle auf Heinrichs Rückkehr aus seinem bretonischen Exil warteten. ›Wenn der Stier aus dem fernen Land kommt, um mit uns zu kämpfen‹, sangen sie. ›Wenn der lange, goldene Sommer kommt und uns den Sieg bringt ...‹ Heinrich war natürlich der Stier, das war eines seiner Symbole. Er wußte sich die Prophezeiungen zunutze zu machen, genau wie Owain Glyn Dŵr.«

»Ich kann mir vorstellen, daß er einen ebenso interessanten Helden abgibt wie Owain.«

Er schüttelte den Kopf. »Heinrich kommt in dem Stück nicht vor. Es ist ein Ausschnitt aus dem Leben derer, die darauf warten, daß er zurückkehrt und mit ihnen kämpft – das liefert viel mehr Stoff für Verwicklungen und Intrigen. Ich wollte Heinrich aus der Handlung heraushalten.«

»Weil Sie sich nicht mit ihm identifizieren können?«

»Weil wir zuviel gemeinsam haben.«

»Oh.« Ich wandte den Blick von ihm ab und sah ins Feuer, weil ich zögerte, die naheliegende Frage zu stellen. Über sein Privatleben wußte ich nichts und wollte nicht neugierig erscheinen. Die tanzenden Flammen um ein großes Kohlestück verschwanden mit einem hörbaren Schmauchen in einer dünnen Rauchsäule, ehe sie wie durch Zauber von neuem aufflackerten.

Ich merkte, wie Gareth mich beobachtete, überließ es aber ihm, das Schweigen zu brechen. Als er es schließlich tat, war seine Stimme ruhig und ausgeglichen, als würde er Konversation machen. »Heinrich wurde als kleiner Junge seiner Mutter weggenommen, genau wie ich. Er wurde von Fremden aufgezogen, so wie ich. Er hat seinen Vater nie gekannt.« Als ich aufsah, sagte er: »Über Heinrich zu schreiben würde darauf hinauslaufen, ihm meine eigenen Worte in den Mund zu legen. Und ich hasse diesen Selbsterfahrungsscheiß auf der Bühne.«

Ich wußte nicht, was ich sagen sollte. »Es tut mir leid.«

»Warum? Ich habe überlebt.«

Sein Kinn hob sich in der inzwischen vertrauten, eigensinnigen Weise, und ich versuchte, mir vorzustellen, wie er als kleiner Junge ausgesehen hatte, mit fünf oder sechs Jahren. Es ging mich nichts an, und ich hatte kein Recht, ihm Fragen zu stellen, aber aus irgendeinem Grund konnte ich nicht anders. »Und Ihre Mutter?«

»Hat sich totgesoffen, wie man mir erklärte. Ein kleines Familienübel, das sie mir freundlicherweise vererbt hat.« Seine Bitterkeit, dachte ich, hat nichts mit seiner Mutter zu tun. Nicht über sie ist er verbittert, sondern über die Leute, die ihn von ihr getrennt, die ihn seiner Mutter weggenommen haben. »Sie konnte nicht mit dem Trinken aufhören, also sagten sie, sie wäre nicht in der Lage, ein Kind aufzuziehen. Aber sie hat es versucht. Sie brauchte Hilfe, nicht die Entziehung des Sorgerechts, die ihr den Rest gab.«

Jetzt verstand ich, warum er am Morgen auf der Klippe so hart über die Sozialarbeiterinnen geurteilt hatte. Und noch etwas anderes wurde mir klar.

»Nun werden Sie verstehen«, sagte er und sprach meinen Gedanken aus, »warum ich alles in meiner Macht Stehende tue, um Elen und Stevie zu helfen. Und warum ich die hinterhältige Person umbringen könnte, die die Gemeinde verständigt hat.«

Ich nickte, ohne etwas zu sagen. Ursprünglich hatte ich ihm von meinem Verdacht in bezug auf Christopher erzählen wollen, doch ein Blick in Gareths Gesicht sagte mir, daß das nicht klug wäre. Zumindest nicht, bis ich einen handfesten Beweis hatte.

»Nichts Neues in dieser Hinsicht?« fragte er.

»Nein, nichts Konkretes. Ich behalte die anderen so gut es geht im Auge, aber bis jetzt ...« Ein plötzlicher, heftiger Regenguß prasselte gegen das Fenster und überraschte uns beide. Einige Tropfen fielen durch den Schornstein, landeten mit leisem Zischen auf den Kohlen. Gareth zog den Vorhang ein Stück zurück, um hinauszusehen. »Es schüttet ganz schön«, sagte er. »Sie werden naß werden auf dem Heimweg.«

»Ach, das macht nichts, ich habe ja meine Regenjacke dabei. Außerdem gehe ich nur das kurze Stück bis zum Pub. Ich bin dort um acht mit den anderen verabredet.«

Er ließ den Vorhang fallen. »Ich bringe Sie mit dem Auto hin.«

»Nein, das ist wirklich nicht nötig. Ich kann ohne weiteres ...«

»Ich vermute, Ihre Freunde wissen nicht, daß Sie bei mir sind?«

Es stimmte, ich hatte Bridget erzählt, ich müsse wegen einer Familienkrise dringend ein langes Gespräch mit Kanada führen und wolle dies aus der Telefonzelle tun. Aber ich mochte Gareth gegenüber nicht zugeben, daß ich mir solche Umstände gemacht hatte, um ihm ein Weihnachtsgeschenk zu bringen. Ich überlegte noch, was ich antworten sollte, als er achselzuckend meinte: »Kein Problem. Wenn jemand sieht, wie ich Sie absetze, können Sie sagen, ich hätte Sie auf der Straße aufgelesen und ein Stück mitgenommen.«

»Danke.« Dann dachte ich daran, wie heilig ihm seine Privatsphäre war, und fügte hinzu: »Ich werde niemandem etwas erzählen ... über das, was Sie mir gesagt haben, meine ich.«

Er trank seinen Kakao aus und schwang auf dem Drehstuhl herum, um den Becher auf seinem Schreibpult abzusetzen. »Wenn ich irgendwelche Befürchtungen deswegen hätte, hätte ich von vornherein meinen Mund gehalten, oder?«

Das, sagte ich mir beim Hinausgehen, ist wahrscheinlich das größte Kompliment, das er mir je machen wird.

XXIX

... and thro' the tree
Rushed ever a rainy wind, and thro' the wind
Pierced ever a child's cry ...

ALFRED LORD TENNYSON, »The Last Tournament«

Niemandem schien aufzufallen, daß ich nicht völlig durchnäßt war. Mit Ausnahme vielleicht von Christopher, der mir einen neugierigen Blick zuwarf, aber nichts sagte, vor allem, weil er zu sehr damit beschäftigt war, Fragen über seinen eigenen Verbleib abzuwehren. »Ich war nirgends, warum?«

»Du mußt doch irgendwo gewesen sein«, beharrte James.

»Bin nur ein bißchen herumgefahren. Oh, und ich habe ein paar Videos ausgeliehen.«

Das weckte Bridgets Interesse. »Videos?«

»Ja. ›Das Wunder von Manhattan‹ und ›Eine Weihnachtsgeschichte‹ – die alte Schwarzweißversion mit Alastair Sim. Onkel Ralph hat einen Videorecorder, also können wir ihn auch benutzen, dachte ich.«

Wie vorauszusehen fand diese Idee großen Anklang bei Bridget. Ausnahmsweise verweilte sie nicht lange bei ihrem Verdauungskaffee, sondern scheuchte uns schnell ins Auto und nach Hause, um Popcorn zu machen. Mir war es recht, denn es bedeutete eine nette Abwechslung von den üblichen abendlichen Versammlungen um den Weihnachtsbaum. Es war himmlisch, sich einfach auf dem Wohnzimmersofa zu räkeln, ohne sich unterhalten zu müssen.

Ich schaffte es sogar, ziemlich lange wach zu bleiben. Doch den zweiten Film legten wir erst gegen Mitternacht ein, und obwohl ich mein Bestes tat, den Machenschaften des geizigen Scrooge zu folgen, war ich dabei einzunicken, als Marleys Geist schließlich durch sein Schlafgemach rasselte. Gähnend lehnte ich meinen Kopf gegen das Sofapolster und wehrte mich nicht länger dagegen, daß mir die Augen zufielen. Marleys Stimme war es, die mir den Rest gab – dieses traurige, monotone Leiern, in dem er Scrooge seine Predigt hält.

Im Wegdämmern hörte ich den Geist heulend und kettenrasselnd davonschweben, doch das Heulen veränderte sich, wurde bedrohlich und furchterregend …

Etwas war hinter mir.

Wieder das schreckliche Brüllen, es kam näher, und ich drückte das Kind an mich, watete mühsam durch Wasser und Schilf und kletterte auf die harte, gefrorene Erde eines weiten Feldes. Ich war zu erschöpft, um noch zu rennen, meine Beine waren schwer wie Blei. Bald würde es uns eingeholt haben, und dann …

»Es ist nicht mehr weit«, flüsterte eine Stimme vor mir in der Dunkelheit. »Suche das Licht und folge ihm. Dort wirst du Sicherheit finden.«

Ich sah mich um. »Wo bist du?«

»Folge dem Licht«, kam die Antwort, schon schwächer.

Ein kleines, aber beständiges Leuchten, wie von einer Laterne, tanzte lockend vor mir durch die kalte Landschaft. Es wurde langsamer, wenn ich stolperte, hörte aber nie auf, sich zu bewegen,und führte mich rasch über das Feld, während der Nebel um uns wogte und uns verbarg. Dann plötzlich, als ich mit meinen Kräften am Ende war und glaubte, beim nächsten Schritt in Ohnmacht fallen zu müssen, führte mich das Licht aus dem Nebel heraus. Es war, als wäre ich über eine Schwelle getreten: Hinter mir schloß sich die Nebelwand, während vor mir helles Mondlicht durch eine vollkommen klare Nacht auf einen alten Eichenhain fiel.

Die knorrigen, silbrig glänzenden Äste der Bäume hingen voll dicker Mistelzweige, und irgendwo in dem dichten Gewirr schrie eine Eule ihre Warnung. Das wandernde Licht hatte genau in der Mitte des Hains angehalten. Ein Schatten neben ihm bewegte sich langsam und nahm die Gestalt eines Mannes an.

Es war der alte Mann von St. Govan.

Er sah mich freundlich an, und sein Haar wehte weiß im Wind, als er einen Schritt auf mich zumachte. »Es ist Zeit«, sagte er. »Gib mir das Kind.«

Mein Griff wurde fester. »Nein, das kann ich nicht.«

»Es ist Zeit«, wiederholte er. »Deine Reise ist zu Ende. Der Platz des Jungen ist jetzt an meiner Seite. Laß ihn gehen.«

»Nein.« Schützend legte ich eine Hand über die zerzausten, blonden Locken und drückte seinen Kopf an meine Schulter. »Er hat mich auserwählt. Ich muß ihn beschützen.«

»Wenn du ihn beschützen willst, mußt du ihn nun meiner Obhut überlassen, sonst ist alles verloren. Das ist das Schicksal des Jungen.«

Meine Augen füllten sich mit Tränen. »Bitte, du kannst ihn mir nicht wegnehmen.«

Der alte Mann blieb unnachgiebig und streckte die Hände aus. »So habe ich es prophezeit, so muß es sein.«

»Nein.« Ich drehte mich um, und in diesem unbedachten Moment durchzuckte eine gleißende Flamme die Nacht.

Schatten schnellten wütend durch die Luft, und ein bösartiges, gelbes Auge kam ganz dicht an mich heran, als eine riesenhafte Klaue durch die Nebelwand fuhr und mir das Kind entriß. Die Bestie schrie ihren Triumph heraus und verschwand mit donnerndem Flügelschlag, während ich entsetzt und mit leeren Händen auf der verbrannten Erde zurückblieb.

Ich hörte, wie das Kind vor Furcht schrie, aber ich konnte ihm nicht folgen. Ich konnte nur dastehen und auf das ferner werdende Schreien horchen, das bald nur noch wie das Wimmern eines Neugeborenen klang.

Dann wurde das Drama plötzlich von anschwellender Musik untermalt, und ich zwang mich, die Augen zu öffnen.

Auf dem Bildschirm verließ Scrooge gerade das Zimmer, in dem seine Schwester gestorben war. Noch nicht ganz gestorben war, denn sie kam noch einmal kurz zu sich und murmelte etwas im Fieberwahn, das ihr Bruder nicht mehr hören konnte. »Versprich mir, daß du dich um meinen Jungen kümmerst«, flehte sie. »Versprich mir, daß du dich um ihn kümmerst ...«

Bridget regte sich in ihrem Sessel und sah mich mit glänzenden Augen an. »Ich weiß. Diese Stelle ergreift mich auch immer so«, schniefte sie und reichte mir ein Taschentuch.

XXX

Then this is the Deciding Day.

JOHN DRYDEN, »Merlin, or The British Enchanter«

Es gab nur einen Laden im Dorf, der jedoch alles zu haben schien, und das auf einer Fläche von der Größe meines Wohnzimmers.

»... dann noch der Rosenkohl ... gut, das wär's.« Bridget hakte den Inhalt der Kiste mit Obst und Gemüse ab, die nach ihren Anweisungen zusammengestellt worden war. »Wunderbar, Sheila. Was schulde ich Ihnen?«

Die kleine, dunkelhaarige Ladenbesitzerin addierte die Beträge, während ich mich bemühte, den Truthahn in den Griff zu bekommen. Er war frisch und riesig und wollte mir immer wieder aus den Händen gleiten.

»Sie kriegen wohl viele Gäste?« erkundigte sich Sheila freundlich.

Bridget lächelte. »Nein, aber ich esse furchtbar gern.«

»Elen, Ihre Nachbarin, war heute morgen hier und sagte etwas von einer Party.«

»Ach so, ja, heute abend. Nur ein paar Freunde zu Drinks und Häppchen, bevor wir dann zur Christmette gehen.«

Die Ladenbesitzerin nickte wohlwollend. »Ich fand es sehr nett von ihrem Bekannten, daß er Elen eingeladen hat. Sie kommt wirklich nicht viel unter Leute, die arme Kleine.«

Ich warf Bridget einen vielsagenden Blick zu, als wir uns mit unseren Einkäufen durch die enge Ladentür zwängten, doch sie schüttelte nur den Kopf.

»Sie wird nicht kommen. Sie geht nie zu einer Einladung, wenn Gareth nicht dabei ist.«

»Gareth kommt nicht?« entfuhr es mir auffällig hastig, doch Bridget war wie immer zu sehr mit sich selbst beschäftigt, um etwas zu merken.

»Anscheinend nicht. Er hat sich artig bedankt und gesagt, er bleibe an Heiligabend lieber zu Hause.«

»Oh.«

Zum Glück legte sie meine Reaktion falsch aus. »Ja, ich dachte mir gleich, daß er dir damit eine Freude macht. Wo du ihn doch nicht leiden kannst.«

Ich rückte den schweren Truthahn in meinen Armen zurecht und folgte ihr über die Straße und durch das grüne Tor, das auf den Spielplatz führte, wobei mein Blick seitwärts zu dem stillen Cottage zwischen den Bäumen glitt. Das Tor schlug laut hinter uns zu und scheuchte eine Schar von Krähen in den Ästen auf, die schimpfend davonstoben.

»Sieht nicht so aus, als wäre er zu Hause«, sagte Bridget mit einer Kopfbewegung in Richtung Cottage. »Sein Auto ist nicht da.«

Mit einem Achselzucken versuchte ich, die Sache von der positiven Seite zu sehen: »Wenigstens muß ich mir dann heute abend nicht den Kopf darüber zerbrechen, wie ich James ablenken kann.«

»Hat dich das so belastet? Das tut mir leid. Ich bin immer so gedankenlos, nicht wahr? Und obendrein hast du Urlaub und sollst dich eigentlich ... «

»Immerhin sorgst du für mein leibliches Wohl.« Ich lachte und umschlang den Truthahn mit beiden Armen. »Ich will mich nicht beklagen.«

»Du hast dir aber wirklich eine Atempause verdient. Heute abend werde ich mit niemandem flirten«, schwor sie heroisch. »Noch nicht einmal mit James.«

»Das ist ja wohl das haltloseste Versprechen, das ich je gehört habe«, prustete ich heraus.

»Du glaubst nicht, daß ich das schaffe?«

»Na ja, vielleicht, wenn du bewußtlos wärst ...«

»Also gut«, entgegnete sie. »Ich wette mit dir um zehn Pfund.«

»Daß du es einen ganzen Abend lang schaffst, nicht zu flirten? Abgemacht.«

Indigniert zwängte sie sich mitsamt der Gemüsekiste durch das Schwingtor. »Ich könnte eine ganze Woche ohne Flirten auskommen, wenn ich wollte.«

Doch sie hätte ihre Wette schon beinahe verloren, als Christopher uns am Fuß der Auffahrt mit ausgestreckten Händen entgegenkam. »Warten Sie, lassen Sie mich das nehmen. Das sieht schwer aus.«

Als sie ihm das Gemüse übergab, begann ihr Mund schon das sonnige, leicht atemlose Lächeln zu formen, das sie ausschließlich Männern vorbehielt, doch sie beherrschte sich gerade noch rechtzeitig. »Danke«, kam es sachlich heraus.

»Sie dürfen mir den hier auch gerne abnehmen«, sagte ich und hielt Christopher den Truthahn entgegen. Ich wollte ihn nur ein wenig ärgern und seine Ritterlichkeit auf die Probe stellen, ohne zu glauben, daß er den Vogel wirklich nehmen würde. Aber er zuckte nicht mit der Wimper und hielt mir die Kiste hin.

»Klar. Werfen Sie ihn einfach hier rein.«

»Aber nicht das Gemüse zerdrücken«, warnte Bridget.

»Rosenkohl kann man nicht zerdrücken«, erwiderte er. »Der ist hart wie Kiesel.«

Sie ließ das Argument gelten und ging voraus zum Hintereingang, an der Grasfläche vorbei, wo der Mercedes hätte stehen sollen.

»Wo ist James?«

»In die Stadt gefahren.«

»Was, schon wieder? Er wird noch Rillen in der Straße hinterlassen, wenn er so weitermacht«, sagte Bridget. »Was hatte er denn diesmal zu besorgen?«

»Mehr Champagner und Räucherlachs.«

»Meine Güte.« Sie verdrehte die Augen. »Man könnte meinen, die Queen kommt zu Besuch.«

Ich streckte meine beanspruchten Arme und massierte die zitternden Muskeln. »Wer kommt denn nun eigentlich wirklich?«

»Owen und Dilys natürlich, außerdem ein Haufen Leute aus dem Ort, die du nicht kennst.« Sie nannte die Namen trotzdem, aber sie sagten mir nichts.

»Und Elen«, fügte ich mit ausdrucksloser Miene hinzu.

Christopher schüttelte den Kopf. »Nein, sie kommt nicht.«

Ich ignorierte Bridgets hämisches Grinsen und fragte ihn nach dem Grund.

»Sie sagt, sie fühlt sich nicht wohl. Vielleicht ein Anflug der Grippe, die hier die ganze Zeit umgegangen ist. Würde mich nicht wundern, Elen achtet einfach nicht genug auf sich.« Es klang ärgerlich und besorgt, und ich fragte mich erneut, warum er so viel Anteil nahm. »Nicht, daß sie viel verpassen wird«, fügte er hinzu, als wir die Verandatür erreicht hatten. »Ich würde meinen Heiligabend auch lieber woanders verbringen.«

»Ach, ich weiß nicht«, meinte Bridget. »Es geht doch nichts über eine gute Party.«

»Finde ich auch. Aber diese wird von meinem Bruder gegeben, nicht zu vergessen. Das allein verspricht schon eine Katastrophe.«

Im Flur übertönte das aufdringlich-geschäftige Heulen des Staubsaugers alle anderen Geräusche. Es kam mir komisch vor, Dilys beim Saubermachen in diesem Haus zu sehen, weil ich gedacht hätte, es wäre unter ihrer Würde, bei anderen zu putzen. Doch James hatte mir schon am Morgen versichert, daß dies nicht der Fall war. »Nein, nein, sie macht das immer so. Es ist eine Frage der Ehre für sie, das Haus blitzblank zu präsentieren. Wenn nur Christopher und ich da sind, treibt sie nicht so einen Aufwand, aber wehe, wir laden Gäste ein ...« Er hob in ausdrucksvoller Resignation die Hände. »Sie will sich nicht nachsagen lassen, daß sie und Owen sich nicht gut um die Castle Farm kümmern, wenn Onkel Ralph und Tante Pam nicht da sind. Schon am Tag vor Ihrer und Bridgets Ankunft war sie hier und hat die Fußböden geschrubbt.«

Dilys hatte nichts von einer Putzfrau. So wie sie jetzt aussieht, dachte ich, muß sie auch in ihren Tagen als »Schwester Unfallstation« gewesen sein. Wie sie so in ihrer geblümten Schürze, mit dezentem Lippenstift und nach Handcreme riechend herumwirtschaftete, gab sie mir das Gefühl, untüchtig und nutzlos zu sein.

»Vergeßt nicht, euch die Füße abzuputzen«, sagte sie und schaltete den Staubsauger aus, als wir hereinstapften. »Ich habe hier schon saubergemacht und möchte nicht noch mal von vorn anfangen.«

Bridget schüttelte die feinen Regentropfen von ihrer Jacke und warf sie aus Trotz in eine Ecke. »Ich gehe und nehme ein Bad«, verkündete sie.

Christopher schwankte mit seiner Kiste auf die Küchentür zu. »Rufen Sie mich, wenn Sie jemanden brauchen, der Ihnen den Rücken schrubbt.«

Ich sah, wieviel Mühe es sie kostete, nicht mit einer koketten Antwort zu parieren, aber sie war offenbar entschlossen, unsere Wette zu gewinnen. Mit einem bedeutungsvollen Blick in meine Richtung warf sie den Kopf zurück und stolzierte davon.

Dilys bückte sich und hob Bridgets Jacke auf, die Lippen mißbilligend aufeinandergepreßt. »Sie und James geben ein gutes Paar ab – die beiden werden eine Haushälterin brauchen, die hinter ihnen herräumt. So etwas Unordentliches wie das Zimmer, in dem er schreibt, habe ich noch nie gesehen.«

Christopher, der schon halb in der Küche war, drehte sich noch einmal um. »Sie haben dort drin doch wohl nicht aufgeräumt?«

»Natürlich habe ich das. Man weiß schließlich nie, wo die Gäste hingucken.« Damit wickelte sie das Staubsaugerkabel auf und rollte davon, um sich das Eßzimmer vorzunehmen.

Christopher sah ihr kopfschüttelnd nach und bemerkte dann zu mir: »Kleiner Tip: Gehen Sie lieber in Deckung, wenn mein Bruder nach Hause kommt. Er wird garantiert explodieren.«

Doch James nahm die Entweihung seines Arbeitszimmers erstaunlich gelassen hin. »Ach so, na ja«, war sein einziger Kommentar, als er sah, wie seine Blätter und Bücher mit messerscharfer Präzision an den Kanten des spiegelnden Rosenholztisches ausgerichtet waren. Dann schloß er die Tür hinter sich und ging nach oben, um sich frisch zu machen.

Pfeifend kam er wieder nach unten, von einer Welle guter Laune getragen, die auch während des Abendessens nicht abebbte und Bridget völlig ratlos machte.

»Vielleicht hast du dich bei Elen mit der Grippe angesteckt«, sagte sie und legte ihm eine Hand auf die Stirn.

»Laß das doch. Mir geht es gut, wirklich.« Lächelnd zündete er sich eine Zigarette an. »Soll ich beim Abwasch helfen?«

»Siehst du, schon wieder!« rief Bridget. »Es ist wie in einem dieser Filme, in denen ein Außerirdischer in den Körper eines Menschen schlüpft ...«

James lachte. »Ich bin kein Außerirdischer.«

»Das steht noch zur Diskussion«, warf sein Bruder ein. »Wann soll diese Party eigentlich beginnen?«

James machte eine lässige Handbewegung. »So gegen halb zehn.«

»Na, dann werde ich mich mal besser umziehen.«

»Und ich gehe nachsehen, ob alles vorbereitet ist«, sagte James und schob seinen Stuhl zurück.

Bridget runzelte die Stirn. »Es wird dir nichts helfen, weißt du.«

»Was wird mir nichts helfen?«

»Wegzulaufen. Ich werde keine Ruhe geben, bis ich weiß, was du vorhast.«

»Wer sagt denn, daß ich etwas vorhabe?« Er beugte sich lächelnd über sie und küßte sie. »Es ist Weihnachten, Liebling.«

Als er gegangen war, sah Bridget mich an, eine Braue schräg nach oben gezogen. »Gott steh uns bei.«

Das Eßzimmer wirkte völlig verändert. Der lange Tisch war unter die Fenster an die Wand geschoben worden, und die Sessel waren so arrangiert, daß sie zur Mitte des Raums zeigten. Am einen Ende erhob sich der Weihnachtsbaum anmutig funkelnd zur Decke, und am anderen stand die Anrichte, vollgetürmt mit kalten und warmen Leckerbissen.

Es schienen ständig neue Gäste einzutreffen. Stimmengewirr, Gelächter und Musik schwollen an, und überall waren unbekannte, freundliche Gesichter zu sehen, in deren Mitte James sich geschickt bewegte und dafür sorgte, daß die Gesellschaft sich mischte. Bridget war ganz in ihrem Element und spielte die Gastgeberin, wenn sie sich auch nie sehr weit von der Anrichte entfernte, wie mir auffiel. Sie stopfte sich gerade wieder eines meiner gefüllten Lachsröllchen in den Mund, als ich zum Buffet kam, um mir Champagner nachzuschenken.

Suchend ließ ich den Blick über die Platten gleiten. »Was ist aus all diesen leckeren Käsehäppchen geworden?«

»Umpf«, machte Bridget, begleitet von einem unschuldigen Schulterzucken.

»Du bist unmöglich.«

Grinsend füllte sie mein Glas. »Und, paßt dir die Strumpfhose?«

»Ja, zum Glück. Da sieht man mal wieder, daß ich längst nicht so gut organisiert bin wie meine Mutter. Sie hätte nie vergessen, ein zweites Paar einzustecken.«

»Wenigstens hast du an das kleine Schwarze gedacht«, tröstete sie mich. »Das dir übrigens ausgezeichnet steht.«

»Danke.«

»Amüsierst du dich gut?«

»Ja, allerdings.« Ich griff nach einer Schale, in der sich nur noch ein paar Krümel befanden. »Hast du auch die ganzen Chips vertilgt?«

»In der Küche sind noch mehr.«

»Ich hole sie. Hier, halt das mal.« Ich drückte ihr mein

Glas in die Hand. »Und iß um Himmels willen das Buffet nicht leer, solange ich weg bin.«

In der Küche traf ich auf Christopher, der vor einem Eckschrank stand und auf etwas in seiner Hand starrte. Als ich hereinkam, sah er ruckartig auf, so daß ich sofort mißtrauisch wurde. Schon den ganzen Abend hatte ich versucht, ihn nicht aus den Augen zu lassen. Für mich kam er am ehesten als der Übeltäter in Frage, der Elen erschreckt hatte, und ich wollte sichergehen, daß er keine Gelegenheit erhielt, ihr den Heiligabend zu verderben.

Er mußte meine distanzierte Haltung gespürt haben, denn sein Lächeln wirkte angestrengt. »Nette Party?«

»Sehr nett. Wir brauchen noch mehr Chips«, sagte ich und hielt ihm zum Beweis die leere Schüssel entgegen.

»Ach so. Ich glaube, sie liegen beim Toaster dort drüben.«

»Schon entdeckt.« Während ich die Tüte in die Schale leerte, schielte ich zu ihm hinüber, um zu sehen, was er dort tat. »Sind Sie auch auf der Suche nach Knabbereien?«

»Was? Nein«, antwortete er lächelnd, hängte etwas an einen Haken in den Schrank und ließ die Tür zuklappen. »Nein, ich stöbere nur so herum.«

»Könnten Sie die mitnehmen, wenn Sie wieder hineingehen? Ich will noch ein paar von diesen Käsedingern aufwärmen.«

»Klar.« Er nahm mir die Schale mit den Chips ab, schaufelte sich eine Handvoll davon in den Mund und schlenderte hinaus. Ich wartete, bis seine Schritte von der Geräuschkulisse der Party verschluckt wurden, ehe ich zum Schrank ging und hineinsah.

Er hatte sich an einem Schlüsselbund zu schaffen gemacht – an einem großen, altmodischen Ring, dicht behängt mit Schlüsseln aller Größen und Formen.

Beunruhigt sah ich zur Tür, durch die Christopher gerade hinausgegangen war. Ich wußte nicht, ob er einen Schlüssel von dem Ring abgemacht hatte, aber der Verdacht drängte sich auf, und ich glaubte auch zu wissen, um welchen Schlüssel es sich handelte. Nun, falls er vorhat, Elen wieder einen gemeinen Streich zu spielen, dachte ich entschlossen, bekommt er es mit mir zu tun.

Ich versuchte, meine Aufgebrachtheit zu dämpfen, und ging zurück zu den anderen.

Bridget stand immer noch am Buffet. »Ich dachte, du würdest noch mehr Käsedinger holen«, sagte sie und gab mir mein Glas zurück.

»Ich konnte sie nicht finden.« Das war eine glatte Lüge; ich hatte gar nicht danach gesucht, weil ich mit anderem beschäftigt war. Mein Blick wanderte über die zahlreichen Köpfe, verweilte kurz bei dem dunkelblonden von James und richtete sich dann auf sein eigentliches Ziel, Christopher, der am entgegengesetzten Ende des Raums neben dem Weihnachtsbaum stand.

Unversehens tauchte Owen auf und verstellte mir in einem roten Pullover mit Rentiermuster die Sicht. »Sie werden hier doch nicht das Mauerblümchen spielen wollen, meine Hübsche, vor allem nicht in diesem Kleid. Gehen Sie, und mischen Sie sich unters Volk.«

Ich versicherte ihm, daß ich das bereits ausgiebig getan hatte. »Aber ich wollte mir schnell etwas zu essen holen, ehe alles weg ist.«

Grinsend schielte er zu Bridget. »Komisch, ich hatte den gleichen Gedanken«, sagte er und nahm zwei Teller von dem Stapel am Ende der Anrichte. »Gab es hier nicht gerade eben noch diese leckeren Käsedinger?«

Bridget lenkte geschickt ab. »*Zwei* Teller, Owen?«

»Ja, ich dachte, ich stelle auch einen für Elen zusammen. Zu schade, daß sie nicht hiersein kann.«

»Mmm«, grummelte Bridget mit einem kritischen Auge auf seine Auswahl. »Ich glaube nicht, daß sie sich etwas aus geräuchertem Lachs macht.«

»Wer, Elen? O doch, sie ist ganz verrückt nach dem Zeug.« Owen häufte eine dritte Scheibe auf den Teller, legte ein Stück Zitrone dazu und wandte sich zum Gehen. »So, ich werde das mal eben rüberbringen ...«

»Lassen Sie mich gehen«, erbot ich mich, den Blick immer noch fest auf Christopher gerichtet.

»Das ist nett von Ihnen, meine Hübsche. Ich bin sicher, daß Ihr Anblick Elen mehr erfreuen wird als meiner.«

»Kaum. Ich will nur nachsehen, ob es ihr gutgeht.« Damit stellte ich mein Glas ab und nahm den Teller. »Bin gleich wieder da.«

Von draußen, durch die hohen, schmalen Fenster betrachtet, mutete die Party seltsam unwirklich an mit ihren hellen Lichtern und den lachenden, weißen Gesichtern, die in ihrer abgeschlossenen Welt hinter Glas hin- und herwogten. Der Wind schnitt bitter kalt durch mein dünnes Kleid, während ich zähneklappernd ums Haus stökkelte und wünschte, ich wäre so schlau gewesen, eine Jacke überzuziehen.

Elen öffnete nicht auf mein Klopfen – wahrscheinlich konnte sie mich wegen des Windes nicht hören –, so daß ich unaufgefordert eintrat. Der Flur lag im Dunkeln, doch aus dem Wohnzimmer drang ein schmaler Lichtstreifen. »Elen?«

Ich wartete. Es erschien mir nicht richtig, einfach so ins Haus zu platzen, aber dann fiel mir ein, daß sie krank war, und ich schob meine Bedenken beiseite.

»Elen?« rief ich wieder, als ich die Tür hinter mir schloß. Ich streifte die Schuhe ab, um keine Abdrücke auf dem polierten Holzfußboden zu hinterlassen, und ging zur Wohnzimmertür. Sie lag zusammengerollt auf dem Sofa, eine Hand wie ein Kind unter die blasse Wange gelegt. Die Überbleibsel ihres Abendessens bedeckten noch das Tablett auf dem Couchtisch – eine Suppenschale, zwei braun angelaufene Apfelschnitze, Kekskrümel, eine Teekanne mit Tasse. Als ich auf sie zuging, flatterten ihre Lider, hoben sich kurz, fielen wieder zu.

»Hast du mich nicht gehört?« fragte ich.

»Zu müde.«

»Ich habe dir ein paar Häppchen von der Party mitgebracht.«

Sie murmelte etwas und versuchte, sich aufzurichten.

»Nein, nein, bleib ruhig liegen, ich stelle den Teller einfach auf den Tisch.«

Wieder Murmeln, ich beugte mich näher zu ihr heran. »Was?«

»Wußte, daß du kommen würdest ... Magaret hat gesagt ... Margaret hat mir erzählt ...« Ihre Stimme wurde unverständlich leise, und ihr Kopf sank wieder auf das Kissen. Sie atmete tief und gleichmäßig – zu tief für jemanden, der gerade noch wach gewesen war. Entweder war sie sehr krank, oder sie hatte ein Schlafmittel genommen. Sanft rüttelte ich ihre Schulter.

Sie reagierte nicht.

Als ich mich umsah und überlegte, was ich tun sollte, fiel mein Blick auf die selbstgebastelte Krippe auf dem Kaminsims – die rundlichen Schafe aus Walnüssen, die Heiligen Drei Könige aus moosumwickelten Kiefernzapfen, das Jesuskind aus bemalten Kieselsteinen in seiner Krippe. Das Kind ...

Ein Knoten aus böser Vorahnung schnürte sich in meiner Brust zusammen. Der kalte Windhauch, der durch den unbeheizten Kamin kam, schien die Warnung des alten Mannes von St. Govan zu flüstern: *Gib gut acht auf den Jungen …*

»Stevie!« Zwei Stufen auf einmal nehmend, stürmte ich die Treppe hinauf, aber meine Panik erwies sich als unbegründet. Das Kinderzimmer war von dem warmen Geruch und den Atemgeräuschen des schlafenden Jungen erfüllt, der friedlich in seinem Bettchen lag. Erleichtert stand ich eine Weile nur da und beobachtete ihn, dann strich ich sachte über seine Locken und zog die Decke um ihn fest – eine Handlung, zu der ich bei Justin nie die Gelegenheit gehabt hatte.

Ich hielt immer noch einen Deckenzipfel in der Hand, als ich hörte, wie der Schlüssel ins Schloß gesteckt wurde.

Das Geräusch ließ mich herumfahren, und ich starrte wie gebannt auf den Einbauschrank in der Ecke, während der Türknauf sich langsam zu drehen begann.

Was ich als nächstes tat, geschah ohne vernünftige Überlegung, ohne bewußtes Nachdenken. Aus einem Instinkt heraus, der so alt ist wie die Menschheit, riß ich das Baby an mich und rannte los.

XXXI

And through back wayes, that none might them espy,
Covered with secret cloud of silent night,
Themselves they forth convayd.

EDMUND SPENSER, »The Faerie Queene«

Ich weiß bis heute nicht, weshalb ich den Hinterausgang nahm. Vielleicht, weil ich durch ihn ins Haus gekommen war und wie ein wildes Tier, das auf seinem Weg Gefahr begegnet, reflexartig kehrtmachte, um mich in Sicherheit zu bringen.

Ich wäre auch wieder an der Rückfront der Häuser entlanggelaufen, wenn nicht plötzlich ein Schatten auf den Pfad gefallen wäre, über dem ein dunkelblonder Schopf aufblitzte. Zu gehetzt, um zu erkennen, daß der Teufel nicht zugleich hinter mir und vor mir sein konnte, fuhr ich herum und hastete die halsbrecherisch steile Treppe hinauf, die aus dem Hof auf die kleine Anhöhe führte. Meine nur mit Strümpfen bekleideten Füße machten kein Geräusch auf den Steinstufen, und ich drückte Stevie an mich und duckte mich unter den knorrigen, ausgreifenden Zweigen des Feigenbaums hindurch. Einer verfing sich in meinen Haaren, aber ich riß mich los und rannte weiter bergauf bis zu dem Lagerschuppen mit den Möbeln.

Das Vorhängeschloß hing offen im Riegel – Elen hatte anscheinend wieder vergessen, es zu schließen. Dankbar für ihre Nachlässigkeit zog ich die Tür auf und fuhr zusammen, als der Wind sie mir aus der Hand riß und sie mit lautem Knall gegen die Schuppenwand schlug. Ich hielt die Luft an und wartete darauf, daß Stevie anfing zu schreien.

Der Kleine schlief wie ein Stein. Er hatte sich kein einziges Mal bewegt, seit ich ihn aus dem Bettchen in meine Arme gehoben hatte. Sein schneller, leichter Atem streifte meine Fingerspitzen, als ich einen herabhängenden Zipfel der Decke über ihn legte, um ihn vor der Kälte zu schützen und ihn ruhig zu halten.

Unten im Hof blieb die schemenhafte Gestalt vor einem erleuchteten Fenster stehen und drehte lauschend den Kopf. Dann sah ich, wie der Kopf sich hob – der Mann konnte uns jede Sekunde entdecken.

Geschwind schlüpfte ich durch die offene Tür, die erneut so heftig gegen die Wand geschlagen wurde, daß der ganze Schuppen erzitterte. Gleich darauf ließ der Wind sie los, als wäre er des Spiels müde geworden, worauf sie langsam und leise knarrend zuschwang und mich im Finstern einschloß. Es gab kein Fenster, die Luft roch muffig wie in einem Keller. Ich tastete mich zwischen den aufgestapelten Möbeln voran und schützte Stevie, so gut ich konnte, mit meinem Körper.

Es war, als würde ich durch einen Geisterwald gehen, in dem seltsame Wesen von allen Seiten nach mir griffen. Spitze Ecken und umgedrehte Stuhl- und Tischbeine bohrten sich in meine Seiten und stachen mir in die Rippen, während meine Finger durch dicke Staubschichten harkten. Einmal berührte ich das Gesicht eines geschnitzten Tieres – eines Löwen, glaube ich – und riß reflexartig die Hand zurück, worauf mir etwas von hinten in die Schulter stach und einen brennenden Schmerz verursachte wie von einem Messerstich. Ich schrie auf, brachte mich aber schnell wieder zum Schweigen, indem ich mir verzweifelt auf die Lippe biß.

Er kam näher.

Hallende Schritte auf den Steinstufen, stetig, aber ohne Hast. Dann stand er vor der Schuppentür, und ich kauerte mich mit einem stummen Gebet zwischen die Tischbeine, Stevies warmen Körper an meine Brust gepreßt.

Knarrend ging die Tür auf.

Im Mondlicht war nur der Umriß eines Mannes ohne Gesicht zu erkennen, aber ich sah, daß es nicht Christopher war. Ich entspannte mich und hätte ihn beinahe angesprochen, wenn mir nicht jemand zuvorgekommen wäre.

»James?«

Er drehte sich um. »Hier oben.«

Wieder Schritte, eilige diesmal, und ein zweiter Schatten in der Tür. »Was machst du denn da?« *Das* war Christopher. In Panik duckte ich mich tiefer in mein Versteck, während James' Stimme sagte:

»Die Schuppentür stand offen, und ich wollte ... Warte, hast du das gehört?«

Ich erstarrte in meiner unbequemen Haltung, wagte es nicht, mein Bein zurückzuziehen, das gerade gegen eine scharfe Kante gestoßen war.

Christopher schien die Ohren zu spitzen. »Wahrscheinlich eine von den Katzen.«

»Wo ist deine Taschenlampe?«

Ein heller Strahl durchbohrte die Schwärze des Schuppens. Er richtete sich auf einen Schrank an der Wand gegenüber und wanderte langsam und systematisch auf uns zu. Mein Mund wurde trocken, als ich den Lichtstrahl zu den beiden Schemen zurückverfolgte, denn mir war klar, daß sie mich unweigerlich sehen mußten, sobald er mich erreicht hatte. Ich wußte nicht, was ich tun sollte. Mein Gott, was soll ich bloß ...

Schon wurde der Strahl breiter und begann, mich zu blenden, seine Ränder verschwammen wie Dunst in der kalten Dunkelheit. Ich sah den hölzernen Löwenkopf kurz auf einem Geländerpfosten schimmern, und dann tauchte für einen Augenblick die glänzende Silhouette eines Drachen auf, mit eingerollten Flügeln und ausgestreckten Krallen. Ich zuckte erschrocken zusammen, ehe ich erkannte, um was es sich handelte: um eine Blechverzierung an der Spitze einer Wetterfahne. Als ich feuchtes, klebriges Blut von meiner pochenden Schulter in den Ärmel sickern fühlte, war mir klar, daß ich mich an der rasiermesserscharfen Kante dieses Blechwesens aufgeschlitzt haben mußte.

Das Licht ließ das verächtliche Grinsen des Drachen hinter sich und kam näher. Ich wandte schon meinen Kopf ab und schloß die Augen, als der Strahl plötzlich innehielt.

»Da«, sagte Christopher. »Da hast du deinen Eindringling.«

Die kleine, graue Katze, die mir auf die Schulter gesprungen war, machte einen Buckel und beschwerte sich miauend über das Scheinwerferlicht. »Lästige Viecher«, schimpfte James. »Komm weiter, wir vergeuden nur unsere Zeit.«

Er schaltete die Taschenlampe aus, und die Dunkelheit hüllte mich wieder gnädig ein, während ich meine Stirn auf Stevies Kopf sinken ließ. Ich hörte Füßescharren vorm Schuppen und das Schließen der Tür.

Dann klapperte etwas. Erschrocken hob ich den Kopf, als das Vorhängeschloß mit einem leisen, endgültigen Klicken einrastete. Erneutes Klappern – jemand prüfte, ob es auch fest zu war.

»Denk daran«, sagte James, gedämpfter jetzt, »Elen ist mir im Moment egal. Wir sind auf der Suche nach Lyn.«

Ihre Schritte entfernten sich, stiegen die Treppe zum Osthaus hinunter.

Ich spürte einen Anfall von Hysterie in mir aufsteigen, unterdrückte ihn jedoch sogleich. Keine Zeit, es galt nachzudenken. Aus dem Dunkeln kam ein Scharren und ein leiser Plumps, als die Katze seelenruhig auf den Boden sprang und auf sicheren Tatzen an mir vorbeischlich. Ein heller Flecken Mondlichts leuchtete am unteren Rand der Tür auf, und ich sah die kleine Gestalt hindurchschlüpfen, ehe die Klappe wieder zufiel.

Auf steifen Beinen tastete ich mich vorsichtig voran und biß die Zähne zusammen, während ich das Gewicht des Babys auf meinen unverletzten Arm verlagerte. Der Schnitt in meiner Schulter war tief und blutete noch immer. Ich konnte das Blut jetzt sogar riechen, es rann warm meinen Arm hinunter und tropfte durch meine Finger. Dann stieß ich gegen die Tür, lehnte mich dagegen und glitt wieder zu Boden, bis mein Knie die Katzentür berührte.

Bei klarem Verstand hätte ich es nie versucht. Obwohl Owen ein großzügiges Loch herausgesägt hatte, war es für einen erwachsenen Menschen viel zu eng. Aber ich war nicht bei klarem Verstand, ich handelte immer noch intuitiv und wußte nur, daß wir nicht im Schuppen bleiben und erfrieren konnten.

Ich hob die Klappe ein Stück an und lauschte.

Trübes Licht fiel durch das Loch auf eine kleine Kommode in Reichweite. Von einem plötzlichen Einfall geleitet, nahm ich das Baby wieder auf den schmerzenden Arm und zog mit der anderen Hand eine Schublade heraus, die ich über den Boden bis neben die Katzentür schob. Anschließend wickelte ich die Decke fester um Stevie und legte ihn vorsichtig in das improvisierte Bettchen. Es erschien mir sicherer, zuerst selbst hinauszukriechen und dann Stevie durch die Klappe zu ziehen.

Ich legte mich auf den Bauch, preßte eine Wange gegen die Klappe und sah hinüber zu Elens Haus. Alles war ruhig. Jetzt oder nie, dachte ich. Mit den Armen voran zwängte ich mich durch das Loch. Die groben Bretter schabten an meinen Achselhöhlen, und meine Schulter stand in Flammen. Ich schnappte vor Schmerz nach Luft, kämpfte mich ein paar Zentimeter weiter und ... steckte fest.

Unten ging das Licht in Elens Küche an. Sie durchsuchen das Haus, dachte ich. Sie suchen nach mir.

Mit einer letzten verzweifelten Anstrengung atmete ich aus und stieß mich mit den Füßen ab. Etwas scheuerte an meiner Hüfte, und ich merkte, wie ich mir eine Laufmasche zog und der feine Samt meines Kleides riß, aber ich hatte es geschafft. Ich war draußen.

Ich rappelte mich auf die Knie und griff durch die Klappe nach Stevie. Meine Hände umfaßten ihn zitternd und zogen ihn langsam heraus. Er war fast hindurch, als hinter mir ein lauter Kanonenschlag explodierte und ein roter Lichtschein den Nachthimmel über der Bucht erhellte. Vor Schreck hatte ich das Kind losgelassen, so daß ich erst wieder nach ihm tasten mußte. Stevie rutschte zur Seite und stieß gegen den Rand des Loches, aber er wachte nicht auf und gab keinen Laut von sich.

Ich nahm ihn auf den Schoß und betrachtete sein Gesicht in dem rötlichen Leuchten. Es war nicht normal, daß ein Kind so tief schlief. Dasselbe Mittel, das man Elen gegeben hatte, war offenbar auch Stevie verabreicht worden, damit er nicht aufwachte und schrie. Sein Atem kam nach wie vor regelmäßig, aber das beruhigte mich nicht länger. Es konnte jederzeit eine plötzliche Verschlechterung eintreten.

Ich mußte ihn an einen sicheren Ort bringen, und zwar schnell. *Gareth*, dachte ich mit einem Schwall von Erleichterung. Ihm konnte ich vertrauen, er würde wissen, was zu tun war. Ich würde Stevie zu Gareth bringen.

Mit dem Baby auf dem Arm huschte ich über die Auffahrt. Ohne Schuhe konnte ich auf dem Kies nicht schnell genug laufen, also mußte ich den Weg über die Wiese nehmen. Der Zaun beim Taubenschlag war leicht zu überwinden. Als ich das weiche Gras unter den Füßen spürte, donnerte ein zweiter Schlag über die Hügel, gefolgt von einem neuen Leuchtfeuer, das einen weiten Bogen über den Himmel beschrieb, aber ich achtete nicht weiter darauf.

Viel besorgniserregender fand ich die Geräusche, die von der Rückseite des Hauses kamen – menschliche Geräusche, durcheinanderrufende Stimmen, Schritte.

Ich rannte.

Es war wie in meinem Traum: Ich hastete über ein Feld mit dem Kind in meinen Armen, nur konnte ich diesmal nicht darauf hoffen, aufzuwachen. Die Gefahr hinter uns war real. Am Hang über Gareths Cottage zeigte das warme, braungoldene Licht des Globe Hotels mir wie ein Leuchtturm den Weg, spann einen schimmernden Faden entlang des Drahtzauns am Ende der Wiese und führte mich sicher über das Hindernis. Dann taumelte ich über den steinigen Feldweg und duckte mich hinter die Mauer um Gareths Garten.

Keuchend warf ich mich gegen die Tür und hämmerte wie verrückt dagegen. *Schnell*, flehte ich stumm. *Bitte beeil dich.*

Aber niemand öffnete.

Ich trat ein Stück von der Tür zurück und bemerkte ein

Fenster, zwischen dessen schweren Vorhängen ein Streifen Licht zu sehen war. Das mußte das Zimmer sein, in dem ich mit ihm gesessen hatte, das Zimmer, in dem er schrieb. Er saß bestimmt dort und konnte mich wegen des Windes nicht hören.

Ich schlug gegen die Scheibe. Rief seinen Namen. Niemand antwortete.

Dann drang von irgendwo hinter uns ein Geräusch an mein Ohr. Das Dröhnen eines angelassenen Motors. Ich warf einen Blick über die Schulter zur Castle Farm und sah Scheinwerferlichter auf der Auffahrt. Sie passierten den Turm, und ich hielt die Luft an. Vielleicht fuhren sie in die andere Richtung, über die Brücke …

Die Scheinwerferlichter erreichten das Tor und kamen auf mich zu.

»O Gott.« Die Insassen des Wagens würden mich sehen, wenn ich jetzt floh. Ich rückte Stevie an meiner Schulter zurecht und huschte durch den Garten hinters Haus. Dort hockte ich mich zwischen die Mülleimer, wandte mein Gesicht den kalten Steinen der Mauer zu und lauschte angespannt auf den herannahenden Mercedes.

XXXII

One refuge only remained.

THOMAS HEYWOOD, »The Life of Merlin«

Es schien eine Ewigkeit zu dauern, ehe ich das Knirschen von Reifen auf dem Weg hörte. Zweimal kamen sie fast ganz zum Stehen, dann rollten sie weiter, als ob der Wagen selbst mich jagen würde, ein Raubtier, das hin und wieder anhielt, um die Angst der Beute im Wind zu wittern.

Ich wagte kaum zu atmen, drückte mich an Gareths Gartenmauer und kniff die Augen noch fester zu, als der Wagen auf gleicher Höhe mit uns war ... langsamer wurde ... und weiterfuhr.

Am Ende des Wegs bogen sie in die Dorfstraße ein, und ich hörte, wie sich das Röhren des Motors in Richtung der Bucht entfernte. Ich war so darauf konzentriert, es zu verfolgen – jetzt fuhren sie gerade an der Kirche vorbei –, daß ich nicht auf die Geräusche im Garten achtete und beinahe einen Satz machte, als eine feuchte Nase neugierig an meine Hand stupste.

»Du lieber Himmel«, flüsterte ich. »Du hast mich zu Tode erschreckt.«

Chance hockte sich auf die Hinterbeine, ein Geisterhund im Mondlicht, und legte den Kopf schräg. Er sah von mir zu Stevie, dann zum Cottage und wieder zurück.

»Wo steckt er denn bloß?« fragte ich den Hund. »Wo ist dein Herrchen? Wo ist Gareth?«

Beim Klang von Herrchens Namen nieste Chance so kräftig, daß er sich auf alle viere stellen und zum Ausbalancieren mit dem Schwanz wedeln mußte. Dann trottete er ein kurzes Stück davon, blieb stehen und sah sich um. Dieses Spiel kannte ich schon – er forderte mich auf, ihm zu folgen. Doch ich zögerte, mein Versteck zwischen den Mülleimern aufzugeben.

Den Mercedes konnte ich nicht mehr hören. Möglicherweise waren sie irgendwo abgebogen und fuhren über die Brücke und um die Bucht oder in die andere Richtung, über die von Hecken gesäumte Straße nach Pembroke. Aber sie würden sich nicht allzuweit entfernen. Ich war zu Fuß im Dunkeln unterwegs und hatte ein Baby zu tragen. Sie wußten, daß ich noch irgendwo in der Nähe sein mußte.

Wie ich mich auch entschied, ich ging ein Risiko ein. Ich konnte mich weiter im Garten verstecken, bis Gareth nach Hause kam, aber das dauerte vielleicht noch Stunden, und unterdessen würde ich erfrieren oder Stevies Zustand sich verschlechtern. Die andere Möglichkeit war, Chance zu folgen und zu beten, daß er mich wirklich zu seinem Herrn führte und niemand uns unterwegs entdeckte.

Der kleine Terrier wedelte wieder auffordernd mit dem Schwanz, jaulte leise und nahm mir die Entscheidung ab.

Ich fürchtete zuerst, er würde mich auf die beleuchtete Dorfstraße führen, wo uns jeder sehen konnte. Aber das tat er nicht. Auf seinen flinken kleinen Beinen lotste er mich aus dem Garten wieder in die Wiesen und beschrieb einen Bogen um das Nachbarhaus. Auf dieser Route gab es viel mehr Zäune. Chance kroch unter ihnen hindurch und wartete, während ich mühsam über sie hinwegkletterte, wobei das Kind immer schwerer wurde und jede Bewegung meines verletzten Arms mir Qualen bereitete. Doch dann sah ich ein einladendes Licht in der Dunkelheit und wußte, wohin er mich führte. Das Licht kam von der Koppel, aus dem Fenster des kleinen Stalls, in dem Sovereign untergestellt war. Er ist dort, dachte ich, und kümmert sich um sein Pferd.

Der Wind trug meinen erleichterten Schluchzer fort, als ich all meine Kraft zusammennahm, um über den letzten Zaun auf die Koppel zu klettern. Ohne mich länger darum zu kümmern, ob uns jemand sah, drückte ich Stevie an mich und rannte auf das Licht zu. Die Stimme einer Frau rief etwas vom Gatter an der Straße her, aber ich blieb nicht stehen. Für mich zählte nur noch, zu Gareth zu gelangen.

Ich muß einen schönen Anblick geboten haben, als ich mit zerrissenem Kleid, löcheriger Strumpfhose und blutender Schulter zur Stalltür hereinstürzte, wie die einzige Überlebende in einem Horrorfilm – aber es war niemand da, den ich hätte schockieren können. Außer Sovereign. Die schwarze Stute blickte argwöhnisch über die Tür ihrer Box, scharrte mit den Hufen und warf unruhig den Kopf zurück. Ob das Wiedererkennen meines Geruchs sie schließlich besänftigte oder der Anblick von Chance, der zutraulich um meine Beine kreiste, weiß ich nicht, jedenfalls richtete sie die Ohren nach vorn und stand still.

Vollkommen verwirrt sah ich mich um und konnte es nicht fassen, daß ich allein war.

»Gareth?«

Schritte erklangen hinter mir, zu leicht für einen Mann.

Dilys war es offenbar nicht gewohnt zu laufen, denn ihr Atem kam stoßweise. »Ich habe gerufen«, schnaufte sie,

»vom Gatter aus. Sie haben mich nicht gehört.« Dann bemerkte sie erst meinen Zustand. »Ach du liebes bißchen. Was ist passiert?« Ihr Blick fiel auf das stille Bündel in meinen Armen. »Das Baby? Ist alles in Ordnung mit ihm?«

Die plötzliche Wärme des Stalls hatte mich benommen gemacht, so daß ich nur langsam reagierte. »Ich muß Gareth finden.«

»Meine Liebe, Sie bluten ja. Lassen Sie mich mal sehen.« Sie übernahm die Kontrolle und zog mich mit dem kompetenten Griff einer Krankenschwester ins Licht.

»Gareth ...«

»Er ist sicher mit dem Rettungsboot draußen. Das Signal wurde gerade abgefeuert, haben Sie es nicht gehört?«

Die Kanonenschläge, dachte ich. Der rote Lichtschein am Himmel. Das war also der Zweck – die Männer vom Rettungsboot zusammenzutrommeln.

»Ganz schön tief«, sagte Dilys über die Wunde in meiner Schulter. »Es muß genäht werden. Wann war Ihre letzte Tetanusimpfung?«

Ich konnte mich nicht erinnern. Selbst die einfachsten Denkprozesse bedeuteten eine ungeheure Anstrengung.

»Sind Sie sicher, daß es dem Kind gutgeht? Das Blut auf seiner Decke?«

Ich schlang die Arme fester um Stevie. »Ist meines.«

»Ihr Blut? O ja, ich sehe schon, es ist bis über Ihre Hand gelaufen, Sie Ärmste. Trotzdem sollte Stevie jetzt zu Hause in seinem Bettchen liegen, nicht wahr?« Sie war immer noch ganz die gute »Schwester Unfallstation«, energisch und pragmatisch, und griff nach Stevie, um ihn mir abzunehmen. Doch dann sah ich für den Bruchteil einer Sekunde einen merkwürdigen Schimmer in ihren Augen.

»Nein.« Ich fuhr unversehens zurück und erschreckte

damit die Stute. Ihr schneller Seitenschritt ließ die Box erzittern, und Chance stellte die Ohren auf.

»Seien Sie nicht albern«, sagte Dilys. »Ich tue ihm doch nichts. Geben Sie ihn mir.«

Sie sah wieder ganz normal aus, so daß ich beinahe glaubte, mir ihr beängstigendes anderes Gesicht eingebildet zu haben, doch ich wich weiter zurück und behielt Stevie fest im Arm. Ich fühlte mich sehr seltsam. Ein dunkler Nebelstreifen stieg vor meinen Augen auf, und mein Herz hämmerte laut in meinen Ohren. Undeutlich nahm ich wahr, daß noch jemand zu uns in den Schuppen getreten war, und versuchte, meinen Kopf zur Tür zu drehen.

»Das reicht jetzt.« Owens Stimme. Er kam auf mich zu, eine verschwommene Gestalt hinter Dilys. Über dem dunklen Nebel konnte ich seine ausgestreckten Hände erkennen. »Es ist alles gut, meine Hübsche. Ich nehme ihn jetzt.«

Ich versank in einem Nebelmeer, sank immer tiefer ... und plötzlich blickte ich nicht mehr in Owens Gesicht, sondern in die weisen, wettergegerbten Züge des alten Mannes von St. Govan. Er sah mich mit seinen wissenden Augen an und lächelte. »Es ist Zeit«, sagte er. »Gib mir das Kind.«

Die schwarze Stute hinter mir stampfte wie die Bestie aus meinen Alpträumen, worauf ich Stevie voll Panik dem alten Mann in die Hände drückte. Das Nebelmeer stieg höher, in meinem Kopf begann es zu klingen, und ich fiel und fiel ...

Starke Arme fingen mich auf, hielten mich fest, zogen mich vom Abgrund weg. Gareth, dachte ich. Er war endlich gekommen, und ich war in Sicherheit. Erschöpft lehnte ich mich an ihn, während die Welt um mich herumwirbelte und dann allmählich wieder zum Stillstand kam.

Doch als ich langsam die Augen öffnete, war er verschwunden.

Ich war noch nie in meinem Leben in Ohnmacht gefallen und hatte keine Vergleichsmöglichkeiten, keine Vorstellung davon, wieviel Zeit vergangen war. Blinzelnd sah ich in Owens Gesicht, das besorgt über mich gebeugt war. »Na also, jetzt geht es Ihnen wieder besser, nicht wahr? Bleiben Sie einfach einen Moment hier sitzen, so ist's gut, halten Sie den Kopf nach unten.« Er hockte immer noch neben mir und wandte sich jetzt an seine Frau. »Was zum Teufel hast du dir dabei gedacht?«

Sie saß auf einem Strohballen und schien irgendwie geschrumpft zu sein, wenn auch ihre Stimme nach wie vor autoritär klang. »Ich habe an den Jungen gedacht«, erwiderte sie.

»Du bist ja vollkommen übergeschnappt.«

»Sie ist nicht fähig, ein Kind aufzuziehen.«

»Aber du bist es, ja?« Sein Ton war scharf. In meiner Benommenheit und Verwirrung brauchte ich einen Moment, um zu verstehen, daß sie nicht von mir sprachen. Ich verschränkte meine Arme über den Knien, bettete meinen Kopf seitlich darauf und sah zu, wie Owen sich aufrichtete und Dilys mit Stevie im Arm gegenübertrat. »Du kannst doch nicht im Ernst geglaubt haben, daß ich dabei mitspielen würde.«

»Nein, ich bin schließlich kein Dummkopf.«

Er sah sie stirnrunzelnd an. »Nein«, sagte er nach einer Weile, »das bist du nicht. Du hattest nie vor, mir etwas davon zu erzählen, oder?«

Sie schwieg, doch ihre Augen verrieten die Antwort.

»Aber wenn du das Kind nicht zu uns nach Hause bringen wolltest, wohin ...?« Seine Stimme verlor sich, sein Blick wurde finster. »Verdammt, ich hätte es wissen müssen. Wo ist er?«

»Wo ist wer?«

»Unser Sohn. Dieses Prachtexemplar, das du immer in Schutz genommen hast. Wie ich ihn kenne, steckt er bis zum Hals mit drin in diesem Schlamassel.«

Dilys nahm eine trotzige Haltung an und verteidigte ihren Sohn. »Er wollte nur helfen.«

»Das bezweifle ich nicht«, sagte Owen. »Was bezahlt man denn heutzutage für ein Baby?«

»So ist es nicht. Er kennt ein Ehepaar aus der Klinik, ein nettes Paar – solide, gebildete Leute –, das keine eigenen Kinder bekommen kann.«

»Also hast du dir gedacht, daß du ihnen Elens Sohn in die Hände spielen könntest.«

Sie zeigte keinen Funken von Reue oder Scham. »Wie gesagt, ich habe an den Jungen gedacht. Ich wollte nur sein Bestes.«

Mir schwirrte der Kopf, aber ich hob ihn mühsam und schluckte. »Er braucht einen Arzt«, sagte ich mit schwerer Zunge zu Owen. »Er ist betäubt worden.«

Owen blickte von dem immer noch schlafenden Baby in seinen Armen zu seiner Frau. »Sag, daß das nicht wahr ist.«

»Er hätte schreien können«, erklärte sie nüchtern. »Es ist nur ein leichtes Mittel.«

»Mein Gott.« Owen senkte den Kopf, und im nächsten Moment merkte ich, wie sich seine Wut gegen ihn selbst richtete. »Ich hätte früher einschreiten sollen. Als ich den Schlüssel in der alten Verbindungstür fand, hätte ich sofort etwas unternehmen sollen. Aber ich dachte mir, du siehst nur nach ihm und überzeugst dich davon, daß es ihm gutgeht. Meine Dilys würde niemals einem Kind schaden, sagte ich mir.«

»Ganz recht. Das würde ich nicht.«

»Nein, aber du bist fähig, es mit Drogen vollzustopfen und an wildfremde Leute zu verkaufen. Hast du je einen Gedanken daran verschwendet, was der Kleine empfinden würde, wenn er ohne seine Mutter aufwachen müßte? Wie verängstigt er wäre?«

»Er ist doch noch so klein. Er würde sie schnell vergessen.«

»Ach ja? Woher weißt du das? Und was ist mit Elen? Du warst immer schnell bei der Hand, wenn es darum ging, sie für verrückt zu erklären, weil sie behauptete, jemand wäre hinter Stevie her. Aber sie hatte recht, und ein leeres Kinderbettchen wäre der Beweis gewesen. Dann hättest du sie nicht mehr als Lügnerin oder Verrückte beschimpfen können.« Er unterbrach sich, und seine Augen wurden schmal. »Oder wolltest du ihr noch etwas ganz anderes unterstellen?«

»Natürlich nicht. Red nicht so einen ...«

»Du glaubtest, alle würden denken, sie hätte den Jungen umgebracht«, sagte er und machte ein Gesicht, als hätten die Worte einen ekelhaften Geschmack auf seiner Zunge hinterlassen. »Wieder eine irrsinnige Mutter, die ihr Kind getötet hat, was für ein Jammer, daß niemand die Gefahr rechtzeitig erkannte. Großer Gott, ich kann dich direkt hören, wie du die Geschichte bereitwillig der Presse erzählt hättest.« Er schüttelte fassungslos den Kopf. »Was hat dir das Mädchen angetan, daß du es so haßt? Sie ist so ein liebenswerter Mensch ...«

»Ja«, sagte Dilys und erhob sich ruhig. »Ganz die Mutter, nicht wahr?« Damit raffte sie ihre Würde zusammen wie einen Umhang, bedachte Owen mit einem letzten, eisigen Blick und stolzierte an ihm vorbei zur Stalltür hinaus.

Er stand mit dem Rücken zu mir, steif und unbeweglich, und verharrte so lange in dieser Haltung, daß ich schon glaubte, er habe mich vergessen. Doch dann trat die Stute gegen die Bretter ihrer Box, und Owen riß sich aus seiner Starre. Seine Schultern hoben sich in einem tiefen Seufzer. »Es tut mir leid.«

Ich war mir nicht sicher, bei wem oder wofür er sich entschuldigte, aber er sah so verloren aus, daß ich etwas sagen mußte. »Es ist nicht Ihre Schuld.«

Daraufhin drehte er sich um, und bei seiner Reaktion auf meinen Anblick war ich froh, keinen Spiegel dabeizuhaben. »Du liebe Güte«, entfuhr es ihm. Dann legte er Stevie sachte auf einem Strohballen ab und kniete sich neben mich, um meine Schulter zu inspizieren. Die Benommenheit war inzwischen einem dumpfen Pochen in meinen Schläfen gewichen, und da die schmerzunterdrückende Wirkung des Adrenalins nachzulassen begann, spürte ich jede Bewegung seiner Finger auf meiner malträtierten Haut. Ich konnte einen unterdrückten Aufschrei nicht verhindern.

»Tut mir leid, Mädchen. Hier, pressen Sie das auf die Wunde«, sagte er und reichte mir ein Stofftaschentuch. »Ganz fest draufdrücken, das müßte die Blutung stoppen.« Er legte einen Arm um mich und half mir auf die Beine. Fast wäre ich auf Chance getreten, doch er wich mir geschickt aus, während Sovereign ihren Kopf über die Boxentür streckte und fragend die Nüstern in Richtung des schlafenden Babys blähte.

Ich folgte ihrem Blick zu Stevie auf seinem Strohbett, umgeben von Stallgeruch und Tieren. Auf einmal legte Owen seinen Kopf schräg und sagte: »Hören Sie das?«, und im selben Moment vernahm ich es auch: Glockengeläute – das Läuten der Weihnachtsglocken, die klar und rein durch die stürmische Nacht klangen.

Ein Lächeln überzog langsam Owens erschöpftes Gesicht und veränderte es völlig. Er drückte mich an sich und blickte mit sanften Augen auf Stevie. »Vielleicht sollten wir noch einen Moment hier warten«, schlug er vor. »Nur für den Fall, daß die Heiligen Drei Könige vorbeikommen.«

XXXIII

Denn dieser mein Sohn war tot
und ist wieder lebendig geworden;
er war verloren und ist gefunden worden

LUKAS, 15.24

Bridget kam in einer seltenen Anwandlung von Fürsorglichkeit zu mir herauf, um nachzusehen, ob ich wohlverarztet ins Bett gepackt war. »Ich habe dir etwas Warmes zu trinken gebracht.« Sie reichte mir einen Becher und ließ sich auf der Bettkante nieder, während ich mich an den Kissen in meinem Rücken aufrichtete.

»Was ist das? Kakao?«

»Nicht ganz.«

Meine Augen trübten sich von den Alkoholschwaden, sobald ich den ersten Schluck nahm. »Mein Gott, Bridget, das haut einen ja um.«

»Ja, ich weiß, aber es hilft. Ein altes Familienrezept. Danach kann man gut einschlafen.«

»Das glaube ich gern. Die Frage ist nur, werde ich auch wieder aufwachen?«

»Natürlich wirst du das.« Sie zog die Beine an und lehnte sich gegen den Bettpfosten. Dafür, daß es nach vier Uhr morgens war und sie die ganze Nacht gefeiert und getrunken hatte, sah sie erstaunlich munter aus. »Was machen die Stiche?«

»Tun höllisch weh«, antwortete ich wahrheitsgemäß.

»James hat ein furchtbar schlechtes Gewissen, weil er dich in diesen Schuppen eingeschlossen hat.«

»Ich weiß.«

Er hatte sich bestimmt hundertmal entschuldigt, während er mich ins Krankenhaus fuhr, um meine Schulter versorgen zu lassen. »Aber ich dachte einfach nicht, daß jemand dort drin ist«, stöhnte er. »Ich wollte nur die Tür schließen, weil der Wind sie dauernd gegen den Schuppen geknallt hat. Und dann kam Christopher mit der Taschenlampe, und wir sahen diese verflixte Katze ...«

»Ich dachte, Sie suchen nach mir«, sagte ich.

»Das tat ich auch. Aber nicht im Schuppen. Owen meinte, Sie wären auf einen Sprung rüber zu Elen«, berichtete er. »Sie hätten sich wirklich keinen schlechteren Zeitpunkt aussuchen können. Ich war kurz davor, die freudige Nachricht zu verkünden, und brauchte Sie auf der Party.«

»Was für eine Nachricht?« fragte ich verwirrt.

»Na ja, wenn sie meinen Antrag angenommen hätte«, schränkte er ein und fuhr in bemüht lockerem Ton fort: »Ich wollte Bridget heute abend meinen Heiratsantrag machen, verstehen Sie, aber bei all den Ablenkungen ...«

»O James, das tut mir leid.«

Er sah mich von der Seite an und las mehr in meine Worte hinein, als ich beabsichtigt hatte. »Sie glauben nicht, daß sie ihn angenommen hätte? Schon gut«, sagte er, als ich stotternd nach einer Antwort suchte, »ich weiß, daß sie die Nase voll hat vom Heiraten. Sie hat es mir oft genug gesagt. Aber ich liebe sie, und außerdem habe ich herausgefunden, wie man sie behandeln muß.«

»Tatsächlich?« Ich mußte lächeln. »Würden Sie mir den Trick eventuell verraten?«

»Freiheit«, antwortete er. »Man muß ihr absolute Freiheit lassen und darf sie nicht einschränken. Es ist wie bei einem Kind, das man ungehindert im Haus herumlaufen läßt, indem man einfach alle gefährlichen Dinge außer Reichweite bringt.« Er schielte wieder zu mir herüber. »Ich fürchte, ich habe Sie in den vergangenen Tagen ein wenig für meine Zwecke benutzt.«

»Ach ja? Inwiefern?«

»Indem ich Sie sozusagen Gareth in die Arme getrieben habe. Als Sie mich nach Merlins Prophezeiungen fragten«, erklärte er, als er meine verständnislose Miene sah, »habe ich Sie angelogen. Natürlich kenne ich die Prophezeiungen selbst – ich hätte schon taub sein müssen, um ihnen zu entgehen, so oft wie meine Mutter sie rezitiert hat –, aber ich dachte mir, wenn ich Sie zu Gareth schicke, hat Bridget keine Gelegenheit, mit ihm anzubandeln.«

Er hat mich noch auf andere Weise benutzt, schoß es mir durch den Kopf. All die Aufmerksamkeit mir gegenüber, sein Lächeln, sein Charme, waren in Wirklichkeit an Bridget gerichtet gewesen, denn nichts hielt sie so sehr bei der Stange wie mögliche Konkurrenz. Aber ich stellte ihn deswegen nicht zur Rede und verriet ihm sogar, daß er sich wegen Gareth keine Sorgen zu machen brauchte. »Bridget findet ihn todlangweilig.«

»Wirklich? Schön, dann bleibt es mir erspart, ihn zum Duell zu fordern. Andererseits auch schade«, sinnierte er. »Pistolen auf zwanzig Schritt Entfernung wäre hübsch dramatisch gewesen, und Sie wissen ja, wie sehr Bridget Dramatik liebt.«

Ich mußte wieder an seine Worte denken, als ich das vorwiegend aus Rum bestehende Getränk zu einem weiteren schweißtreibenden Schluck an die Lippen führte. Sie erklärten, weshalb Bridget trotz der fortgeschrittenen Stunde so vergnügt aussah. Nach allem, was ich gehört hatte, war ihr in dieser Nacht reichlich Dramatik beschert worden.

Unter anderem war es zu einer Auseinandersetzung mit Christopher gekommen. »Er dachte, du wärst durchgedreht«, lautete Bridgets lakonische Zusammenfassung. Wer wollte ihm daraus einen Vorwurf machen? Schließlich hatte er Elen betäubt und reaktionslos vorgefunden, dann entdeckt, daß Stevie verschwunden und ich nirgends zu sehen war, und das alles in dem Wissen – dank Bridget –, daß ich ein Kind verloren hatte …

Nein, dachte ich, ich kann Christopher nicht böse sein. An seiner Stelle wäre ich zu demselben Schluß gekommen. Außerdem mußte ich zugeben, daß sein Verdacht gegen mich wesentlich mehr Grundlage hatte als mein Mißtrauen gegen ihn.

Jedenfalls war er meinetwegen mit Bridget aneinandergeraten, die mich offenbar heroisch verteidigt hatte. James hatte mir gestanden, daß sein Entschluß, ins Auto zu steigen und nach mir zu suchen, weniger auf dem dringenden Wunsch beruht hatte, mich zu finden, als auf dem Bedürfnis, Bridgets Zorn zu entgehen.

Hier auf meinem Bett sah sie jedoch ganz harmlos aus, wickelte sich eine flammendrote Haarsträhne um den Finger und hing ihren Gedanken nach. »Ich frage mich, was wohl mit Dilys passieren wird.«

»Ich schätze, das hängt davon ab, ob Elen Anzeige erstattet oder nicht.«

»Ganz schön unheimlich, die Vorstellung, daß jemand ohne dein Wissen in deinem Haus herumschleicht. Wie ich höre, hat Dilys das öfter getan – ist heimlich in Stevies Zimmer gegangen, wenn Christopher und James im Pub waren. Offenbar fand sie es ungesund, daß Elen Stevies Fenster geschlossen hielt.«

Anscheinend hatte ich einiges verpaßt. Bridget mußte das alles von Owen gehört haben, während ich im Krankenhaus von Pembroke Dock meinen Arm genäht bekam. »Was ich nicht verstehe, ist, warum sie sich erst noch die Mühe machte, Elen anzuzeigen, wenn sie doch vorhatte, Stevie zu entführen.«

»Also«, sagte Bridget, verschränkte ihre Hände um die Knie und berichtete weiter, was inzwischen besprochen und spekuliert worden war. »James glaubt, daß sie die Entführung ursprünglich gar nicht geplant hatte.«

Ich widersprach. »Schließlich hat sie Elen und Stevie vorher betäubt. Ich weiß nicht, wie sie es gemacht hat, aber ...«

»Mit Hühnersuppe.«

»Wie bitte?«

»Auf dem Weg zu unserer Party hat sie Elen etwas Hühnersuppe gebracht – gegen die Grippe, weißt du. Und sie war auch so freundlich, Stevies Fläschchen warm zu machen.«

»Wie kann James dann glauben, daß das Ganze nicht geplant war?«

»Er denkt, sie wollte zuerst nur dafür sorgen, daß Stevie in Pflege gegeben wird. Als Elen von den Drachen im Kinderzimmer faselte, sah sie die Gelegenheit, das Jugendamt dazu zu bringen, ihr das elterliche Sorgerecht zu entziehen. Erst als die Sozialarbeiterinnen nichts unternahmen, beschloß sie, die Sache selbst in die Hand zu nehmen. Allerdings nicht ganz auf eigene Faust. Sie hatte Hilfe von ihrem Sohn.«

Das war zumindest Owens Überzeugung. Er hatte Reifenspuren bei der kleinen Steinbrücke gefunden, tiefe Abdrücke im weichen Untergrund, die zeigten, daß dort jemand am Straßenrand gewartet hatte, ohne auszusteigen.

Vermutlich hatte Dilys geplant, Stevie an dieser Stelle, die nur wenige Schritte von der Farm entfernt war, ihrem Sohn zu übergeben und sofort zur Party zurückzukehren, ehe jemand ihre Abwesenheit bemerkte. Das war nicht schlecht ausgedacht. Mir zumindest war nicht aufgefallen, daß sie nach oben gegangen war, und selbst Owen hatte gedacht, sie sei noch irgendwo im Eßzimmer und unterhalte sich mit jemandem.

Wenig später, als Christopher mit der Nachricht, ich hätte das Baby gestohlen, hereingeplatzt war, war sie schon wieder an der Seite ihres Mannes gewesen. In der allgemeinen Verwirrung hatte sie sich dann zur Hintertür hinausgestohlen, um mich abzufangen, ehe James ihr zuvorkam. Sie hatte nur nicht damit gerechnet, daß Owen ihr folgen würde.

»Der arme Owen«, seufzte Bridget. »Wie kommt es, daß nette Männer oft solche Drachen zur Frau haben?«

»Keine Ahnung.« Bei der Erwähnung von ehelichen Verbindungen warf ich einen Blick auf ihre linke Hand, doch weil ich keinen Ring dort sah, hielt ich meinen Mund. James hatte sie immer noch nicht gefragt ... Oder er hatte sie gefragt, und sie hatte ihn abgewiesen. Wie auch immer, ich sollte mich lieber um meine eigenen Angelegenheiten kümmern. Obwohl es zum Teil auch meine Angelegenheit war, wie ihre Antwort ausfiel, denn wenn sie ja sagte, hatte ich einen neuen Klienten ...

Sie sah mich forschend an. »Was ist?«

»Wieso?«

»Na, du hast diesen gewissen Blick, und ich frage mich ...«

»Was für einen Blick?«

»Den, der bedeutet, daß du etwas ausbrütest.«

Ich schüttelte den Kopf. »Nein, es ist nichts.«

»Aha.«

»Du solltest nicht so empfindsam auf meine Blicke reagieren«, sagte ich und wand mich innerlich, weil ich schon wie meine Mutter klang.

»Wie du meinst. Oje, ist es wirklich schon so spät?« Gähnend blinzelte sie auf ihre Armbanduhr. »Höchste Zeit für mich, ins Bett zu gehen, sonst bringt der Weihnachtsmann keine Geschenke.« Sie stand auf, streckte sich und schlurfte zur Tür. Die Hand an der Klinke, drehte sie sich noch einmal um. »Bist du sicher, daß du allein zurechtkommst?«

»Ganz sicher.«

»Dann also bis morgen. Und Lyn?«

»Ja?«

»Fröhliche Weihnachten.«

»Fröhliche Weihnachten.« Ich lächelte mühsam durch den Alkoholnebel hindurch, der begonnen hatte, mich einzulullen. Schon halb schlafend knipste ich die Nachttischlampe aus. Der Morgenstern war irgendwo dort draußen am östlichen Himmel, wußte ich. Ich versuchte, ihn zu finden, konnte aber meine schweren Lider nicht länger offenhalten und meinen verschwimmenden Blick nicht mehr scharf einstellen. »Fröhliche Weihnachten«, murmelte ich noch einmal, weil es so schön war. Ich glaubte, einen der Sterne im Osten heller schimmern zu sehen als die übrigen, bevor mir endgültig die Augen zufielen.

Der Traum kam wie immer kurz vor Tagesanbruch.

Ich stand allein am Ufer eines Flusses, der sich durch ein liebliches, üppig grünes Tal wand, in dem selbst die Luft lebendig zu sein schien. Vogelgezwitscher erklang aus Bäumen, deren Äste sich unter dem Gewicht reifer Früchte bogen, und überall blühten Blumen, bunter und wohlriechender als alle Blumen, die ich je gesehen hatte. Ihr Duft machte mich durstig, so daß ich niederkniete und mit den Händen von dem kühlen Wasser schöpfte, um zu trinken.

Plötzlich fiel ein Schatten über mich, der die Sonne verbarg.

Neben mir raschelte es im Gras, und eine Schlange kam zum Vorschein, klein und verschrumpelt. Der Schatten hinter mir bewegte sich geschwind. Ich sah das Aufblitzen eines Schwerts, dann zuckte der zerteilte Körper der Schlange noch einen Moment am Flußufer, ehe er still und leblos liegenblieb.

Der Schatten bewegte sich erneut, und als ich den Kopf hob, sah ich einen jungen Mann von etwa 25 Jahren mit einem schmalen, hübschen Gesicht und blauen Augen. Er hätte einem Renaissancegemälde entstiegen sein können, denn er trug ein schwarzes, knielanges Samtgewand, das er über der Hüfte gegürtet hatte, und eine passende schwarze Samtkappe auf seinen rötlichblonden Haaren.

»Fürchte dich nicht«, sagte er. »Ich bin es nur.«

Ich schüttelte den Kopf. »Ich kenne dich nicht.«

»O doch, das tust du.« Er senkte sein Schwert, worauf eine Frau zwischen den Bäumen hervortrat. Eine blasse, blaugekleidete Frau, die mittlerweile nicht mehr ganz jung war. Sie lächelte. »Du hast mir meinen Sohn zurückgegeben. Nun will ich dir deinen geben.«

Aus dem Wald war das Schreien eines Babys zu hören. Halb hoffend und halb ungläubig stand ich auf.

»Geh jetzt«, sagte sie, und ich folgte der Geste ihres ausgestreckten Arms. Unsicher zuerst, dann immer schneller tauchte ich in den Wald ein, wo ein sanftes, grüngesprenkeltes Licht mich umgab. Das Unterholz zerrte an meinen Beinen, und Zweige und Blätter verfingen sich in meinen Haaren, aber das Weinen wurde lauter und trieb mich an, bis ich plötzlich auf eine Lichtung kam.

In ihrer Mitte wuchs eine alte, knorrige Eiche, und darunter stand ein Mann mit wildem Blick und weißen Haaren, der ein Baby in seinen Armen hielt.

Der Mann kam auf mich zu, und seine Augen blickten sanfter und sehr weise. Er gab mir das Kind. »Es ist Zeit.«

Mit zitternden Händen nahm ich es und fühlte mein Baby lebendig und warm an meiner Brust. Als ich über seine weichen Haare strich, hörte es auf zu weinen. Im ganzen Wald rührte sich nichts mehr.

Alles war still.

XXXIV

'Tis time that I were gone.

ALFRED LORD TENNYSON, »Morte d'Arthur«

»Er ist ganz ruhig heute morgen«, sagte Elen.

Ich rutschte ein wenig auf dem Sofa nach vorn und zog Stevie höher auf meinen Schoß, so daß seine Locken mein Kinn streiften und ich seinen warmen, frisch gebadeten Babygeruch wahrnehmen konnte. Die Aufregung der vergangenen Nacht schien spurlos an ihm vorübergegangen zu sein. Er war vollkommen in das gekräuselte rote Geschenkband mit Schleife vertieft, das seine Mutter ihm gegeben hatte.

»Es ist nichts Großes«, sagte ich, als sie fortfuhr, mein Geschenk auszupacken. »Nur ein Buch, für das er natürlich noch zu klein ist. Aber vielleicht gefällt es ihm, wenn er mit dem Lesen anfängt.« Ich wünschte, Lewis hätte an ein Bilderbuch gedacht, als er das Bücherpaket für mich zusammenstellte.

Elen entfernte das restliche Papier und betrachtete den Titel. »Oh«, sagte sie, »es ist eines von Bridgets Büchern.«

»Ja, ihr allererstes. Ich habe sie gebeten, es zu signieren, so daß es eines Tages vielleicht sogar wertvoll ist.«

»Vielen Dank.« Es klang ehrlich erfreut. »Ich würde dir auch so gerne etwas schenken.«

»Das ist wirklich nicht nötig ...«

»Ich weiß was«, unterbrach sie mich, und ihr Gesicht hellte sich auf. »Wir können zusammen in den Schuppen gehen, und du suchst dir etwas aus, das dir gefällt.«

»Du mußt mir wirklich nichts schenken.«

»Das möchte ich aber, bitte. Ich möchte dir für all das danken, was du getan hast.«

Elen betrachtete ihren Sohn, der vergnügt auf meinem Schoß saß und das zerknüllte Geschenkband fest in der kleinen Faust hielt. Er wedelte damit herum, freute sich über das raschelnde Geräusch und stopfte sich das Band in den Mund. »Da!« machte er und sah uns triumphierend an.

»Jetzt ist er in Sicherheit«, erklärte Elen. »Owen hat gesagt, ich brauche mir keine Sorgen mehr wegen Dilys zu machen.«

Ich dachte an den Wortwechsel, der gestern nacht im Stall zwischen Owen und Dilys stattgefunden hatte, und konnte nicht umhin, nach einer Spur von Ähnlichkeit mit dem älteren Mann in Elens feingeschnittenen Zügen zu suchen. Als ich keine fand, sagte ich lediglich: »Er scheint dich sehr zu mögen.«

»Owen? O ja. Er kümmert sich um mich«, antwortete sie, als wäre seine Zuneigung etwas Selbstverständliches. »Er tut es wegen meiner Mutter. Sie waren eng befreundet. Um sie hat er sich auch immer gekümmert.«

Stevie, der offenbar Geschmack an dem Band gefunden hatte, hielt es nun mit beiden Händen und kaute genüßlich, wobei er sein schweres Köpfchen an meine Schulter lehnte und seine Mutter mit aufgerissenen Augen beobachtete.

Elen streichelte mit einem Finger über seine Wange. »Er ist übrigens nach Owen benannt, unser Kleiner. Sein richtiger Names ist Owen Stephen Anthony. Ich hatte die Namen schon vor seiner Geburt ausgesucht, aber dann fand ich, daß er eher wie Stevie aussah, also wurde das sein Rufname. Anthony steht für seinen Vater«, ergänzte sie.

Ich bemerkte, wie sie mir einen unsicheren Blick zuwarf, als wollte sie mir etwas anvertrauen und scheute sich. Um es ihr leichter zu machen, sagte ich: »Hast du mir nicht erzählt, Tony sei nicht Stevies Vater? Weil Merlin dich getäuscht hat?«

»Ja«, sagte sie und hob dankbar den Kopf. »Ja, ich wurde getäuscht. Sonst hätte ich es nie getan. Ich habe meinen Tony geliebt.«

»Ich weiß.«

»Aber ich hatte etwas getrunken, verstehst du. Es gab Wein, und ich vertrage nicht viel. Er hat mir immer wieder nachgeschenkt ...«

Ich wartete einen Moment ab und überlegte, ob es klug war, nach dem Namen zu fragen, aber ich hatte eine ziemlich genaue Vorstellung von dem Verführer, und am Ende siegte meine Neugier. »Du meinst Christopher, nicht wahr?«

Sie biß sich auf die Unterlippe und nickte. »Ich wollte es nicht, weißt du, nur ...« Seufzend faltete sie die Hände im Schoß und senkte den Kopf. »Ich habe einfach einen Fehler gemacht.«

Ich verstand sie gut und sagte es ihr.

»Hinterher ... nun, du kannst dir ja vorstellen, wie ich mich fühlte. Und ihm ging es genauso. Wirklich, er hatte ein schlechtes Gewissen und hat es immer noch. Er sagt es zwar nicht offen, aber ich weiß, daß er alles tut, um Stevie und mir das Leben zu erleichtern. Einmal hat er mich sogar gefragt, ob ich ihn heiraten will.«

Das verblüffte mich nun wirklich. »*Christopher* hat dir

einen Heiratsantrag gemacht?« Ich konnte mir ohne weiteres vorstellen, daß er sie und das Kind aus Schuldbewußtsein versorgte, daß er Schecks ausstellte, ihr vielleicht ein kleines Haus kaufte. Aber *heiraten* ...

Sie nickte und lächelte bei der Erinnerung. »Er hatte sogar schon einen Ring gekauft. Aber ich sagte nein«, erzählte sie. »Weil ... na ja, er ist einfach kein Mann, den man heiratet. Außerdem weiß ich nicht mit Sicherheit, ob er der Vater ist. Ich meine, es besteht immer noch die Chance ...« Mit hoffnungsvollen Augen sah sie auf den zufriedenen Stevie in meinen Armen. »Er könnte auch Tonys Sohn sein, oder?«

»Interessanter Gedanke«, sagte Gareth einige Stunden später. Wir saßen in seiner Küche, die Stühle zum lodernden Herdfeuer herumgedreht. Er streckte seine Beine aus und achtete darauf, Chance nicht zu stören, der auf dem Rücken und mit allen vieren in der Luft eingeschlafen war, so daß er aussah, als hätte ihn ein Lastwagen erwischt.

»Interessant«, wiederholte Gareth, immer noch mit der Dreiecksbeziehung zwischen Elen, Tony und Christopher beschäftigt, »denn wenn James die Wahrheit sagt und seine Familie tatsächlich aus einer unehelichen Verbindung Henry Tudors hervorgegangen ist und wenn Christopher – der verdammte Bastard – Stevies Vater ist, dann ...« Er ließ den Satz in der Luft hängen.

»Dann?« hakte ich nach.

»Nun ja, Henry Tudor behauptete, von den alten walisischen Königen abzustammen. Von Cadwaladr.«

Wieder ging mir diese ergreifende Rede aus Gareths erstem Stück durch den Kopf, die Rede des Rebellen Glyn Dŵr, der vor fünfhundert Jahren gestorben war: *In mei-*

nen Adern fließt das Blut Cadwaladrs, des letzten der nach dem Drachen benannten Könige.

Doch Owain Glyn Dŵr war laut Gareth ja nicht richtig gestorben. Man hatte ihm kein Grab gegeben. Wie Artus schlief er irgendwo in den Hügeln und wartete darauf, geweckt oder vielleicht auch wiedergeboren zu werden …

Gareth lächelte, als könnte er meine Gedanken lesen. »Obendrein ist der Name des göttlichen Kindes in den meisten Weissagungen Owen. Der kleine Owen Stephen Anthony hält also möglicherweise einige Überraschungen für uns parat.« Er kippte seinen Stuhl zurück und lehnte sich mit den Schultern gegen die Wand. »Aber denken Sie nur nicht, daß mich das davon abhalten wird, Christopher die Eingeweide herauszureißen.«

»Gareth, bitte.«

»Ich würde mich mit seinem Herz begnügen, aber ich glaube nicht, daß er eines hat, dieser selbstsüchtige, eitle Mistkerl …«

»Gareth, Sie haben es versprochen«, erinnerte ich ihn.

»Schon gut, ich habe versprochen, ihn nicht umzubringen, und das werde ich auch nicht. Aber Tony war ein lieber Kerl; er war für mich der kleine Bruder, den ich nie hatte. Vor allem war er ein guter Freund, und davon findet man nicht allzu viele. Gerade Sie«, sagte er und sah mich an, »sollten wissen, was es heißt, einen geliebten Menschen zu verlieren.«

Das verwirrte mich zuerst. Ich glaubte, er spreche von Martin, und da ich wußte, was er von ihm gehalten hatte, wunderte es mich, daß er ihn als einen »geliebten Menschen« bezeichnete. Doch dann erkannte ich an seinem Gesichtsausdruck, daß er keineswegs Martin meinte. Ich wich seinem Blick aus und sah in die tanzenden blauen Flammen im Herd.

»Wer hat es Ihnen erzählt? Bridget?«

»Elen«, antwortete er. »Ich glaube, die Reihenfolge war so, daß Bridget es Christopher erzählte, der es wiederum Elen erzählte, aber sicher bin ich mir nicht. In einem Dorf ist es praktisch unmöglich, Geheimnisse zu bewahren, wissen Sie.« Dann sagte er: »Es tut mir leid.« Sonst nichts. Keine abgedroschenen Floskeln über die Zeit, die alle Wunden heilt, oder was es sonst noch für trostreiche Sprüche gibt.

Ich mochte ihn dafür um so lieber. »Danke.«

Wir saßen eine Weile in einträchtigem Schweigen da und starrten ins Feuer. Schließlich ließ Gareth seinen zurückgekippten Stuhl nach vorn fallen. »Sie reisen also morgen ab?«

»Ja.« Es war geplant, daß ich mit Bridgets Auto allein zurück nach London fahren sollte. Sie und James waren schon am Nachmittag abgereist, um James' Mutter zu besuchen, und wollten am nächsten Tag zu Bridgets Familie in den Cotswolds weiterfahren.

»Schade, daß Sie nicht noch ein paar Tage bleiben können«, sagte Gareth. »Ich habe drei neue Pferde unten in Cresselly, die bewegt werden müssen, und hoffte, Sie würden mir dabei helfen.«

»Ich?«

»Na, ich dachte mir, eine Frau, die beim Prix St. Georges Dressur geritten ist, kann auch über eine Wiese galoppieren.«

Überrascht sah ich ihn an. »Woher wissen Sie ...?«

»Ich weiß eine ganze Menge.» Er lehnte seinen Kopf zurück und schloß die Augen. Das Rettungsboot war die ganze Nacht bei einem Tanker draußen gewesen, der in Seenot geraten war, und die Anstrengung machte sich nun bemerkbar. »Etwas allerdings weiß ich nicht.«

»Und das wäre?«

»Warum Sie Stevie gestern nacht zu mir bringen wollten.«

Die Frage brachte mich ein wenig ins Schwimmen. »Ich weiß nicht ... es schien mir einfach das beste zu sein.« Er saß weiter mit geschlossenen Augen da und sagte nichts, so daß ich weitersprach, um die Stille zu füllen: »Ich konnte nicht klar denken zu dem Zeitpunkt. Zum Glück tauchte Chance rechtzeitig auf, sonst hätte ich am Ende die ganze Nacht in Ihrem Garten gehockt und auf Sie gewartet.«

»Da hätten Sie lange warten müssen«, bestätigte er, während der Hund beim Klang seines Namens mit einem Ohr zuckte.

Ich hatte keineswegs vorgehabt, ihm zu erzählen, was ich vergangene Nacht im Stall phantasiert hatte, doch die Worte entschlüpften mir wie von selbst. »Ich dachte einen Moment lang, Sie wären tatsächlich gekommen, als ich dort drin bei Sovereign war. Jemand fing mich auf, als ich in Ohnmacht fiel. Ich hätte schwören können, daß Sie es waren.«

»Das muß wohl Merlin gewesen sein, der wieder eine andere Gestalt angenommen hat.«

Eingehend betrachtete ich sein Gesicht, um herauszufinden, ob er es ernst meinte. Während ich ihn noch musterte, schlug er die Augen auf.

Plötzlich wurde es mir in der Küche zu warm. Ich schob es auf den Herd und begann, meine Sachen zusammenzusuchen. »Ich sollte mich jetzt wirklich auf den Weg machen.«

»Gehen Sie noch nicht«, sagte er. »Bleiben Sie zum Abendessen.«

»Ich kann nicht. Ich muß morgen früh aufstehen und bin immer noch furchtbar müde ...«

»Sie brauchen bloß Messer und Gabel in die Hand zu nehmen.«

»Es geht nicht.« Um meine Entschlossenheit zu demonstrieren, stand ich auf und schlüpfte ungeschickt in meine Jacke. Wo war bloß dieser verflixte linke Ärmel?

Da, endlich. Ich schlug den Kragen hoch und sah ihn gefaßter an. »Dann also auf Wiedersehen.« Ich reichte ihm meine Hand. »Es war ... wie soll ich sagen ...«

»Genau.« Der bedauernde Unterton in seiner Stimme entging mir nicht, obwohl sein Gesichtsausdruck sich nicht veränderte. Unser Händedruck kam mir lächerlich förmlich vor, nach allem, was in der vergangenen Woche geschehen war, aber ich wußte nicht, was ich sonst tun sollte. Einen Mann wie Gareth Morgan umarmte man nicht oder hauchte ihm gar Küßchen auf die Wange, wie es in der Literaturbranche üblich war. Gareth war einfach nicht der Typ dafür. Wenn jemand wie er überhaupt Zuneigung zeigte, dann bestimmt nicht auf diese oberflächliche Weise.

Bei Chance dagegen war das etwas ganz anderes. Er verlor fast seinen Schwanz, so sehr bemühte er sich, mir seine Verehrung zu zeigen, und als ich ihn ein letztes Mal hinter den Ohren kraulte und mich zum Gehen wandte, stieß er ein protestierendes Jaulen aus.

»Er wird die Spaziergänge mit Ihnen vermissen«, sagte Gareth.

»Ich werde ihn auch vermissen. Es war nett mit ihm.«

»Netter als mit mir, meinen Sie.«

»Das habe ich nicht ...«

»Es stimmt schon, ich war nicht besonders entgegenkommend.«

Da konnte ich ihm nicht widersprechen. Stirnrunzelnd überdachte ich unser schwieriges Verhältnis. »Bridget glaubt, es liegt an unseren Namen, wissen Sie. Gareth und Lynette.«

»Eine Art von namensbedingter Unverträglichkeit?«

»Genau. Weil die beiden sich in der Sage schon nicht gemocht haben.«

»Dann hat sie nie Tennyson gelesen.«

Natürlich war ich versucht, ihn zu fragen, was er damit meinte, aber er war schon vorausgegangen, um mir die Tür aufzuhalten. »Auf Wiedersehen«, sagte ich erneut.

»Gute Nacht.«

Es war bereits dunkel draußen und bitter kalt. Ich nahm an, er würde keine Zeit verlieren, um wieder an seinen warmen Herd zurückzukommen. Doch als ich mich auf halbem Weg zwischen dem Cottage und der Farm noch einmal umdrehte, stand er immer noch in der Tür, eine unbewegliche Gestalt, umgeben von Licht. Etwas sagte mir, daß er dort stehenbleiben würde, bis ich die Haustür hinter mir geschlossen hatte und er mich in Sicherheit wußte.

XXXV

And he that told the tale in older times
Says that Sir Gareth wedded Lyonors,
But he that told it later says Lynette.

ALFRED LORD TENNYSON, »Gareth and Lynette«

Ich schlug den Gedichtband zu und schob ihn beiseite. Dann atmete ich tief durch, griff zum Telefon und tippte mit nicht ganz ruhiger Hand eine Nummer ein. Es hatte meinen Assistenten fast eine Stunde gekostet, die Geheimnummer ausfindig zu machen, und ich hatte eine weitere Stunde gebraucht, um den Mut aufzubringen, sie zu wählen, doch alles umsonst. Gareth nahm nicht ab.

Ich legte gerade den Hörer auf, als Graham im Vorbeigehen den Kopf zu meiner Tür hereinsteckte.

»Du bist nicht ganz dicht«, teilte er mir mit.

»Ach ja? Meinst du?«

Es war der erste Arbeitstag nach den Feiertagen, und niemand hatte schon wieder das volle Tempo erreicht, mit Ausnahme von Graham. Er lief immer auf Hochtouren. »Ich komme gerade aus einer Besprechung in der Chefetage«, sagte er, die Augen nach oben rollend, »und jemand sagte, du hättest einen Posten in der Geschäftsleitung abgelehnt.«

»Stimmt. Die Bedingungen waren unerfüllbar.«

»Hör mal, wir reden hier von einem Direktorenposten, Lyn. Dein Name auf dem Briefkopf und all das.«

Ich erwiderte ruhig, ich könne damit leben, meinen Namen nicht auf dem Firmenbriefkopf zu lesen. »Außerdem möchte ich gern in die Geschäftsleitung berufen werden, weil ich meinen Job ausgezeichnet mache, und nicht, weil ich irgendeinen armen Kerl beschwatzt habe, unserem Klientenstamm beizutreten.«

»Mein liebes Mädchen, du bist Literaturagentin. Dein Job *besteht* darin, Klienten zu beschwatzen.« Er lehnte sich lässig an den Türrahmen. »Apropos, wie ich höre, hast du Swift unter Vertrag genommen.«

»Ja.«

»Gut gemacht«, lobte er. »Wie hast du das fertiggebracht?«

»Eigentlich mußte ich gar nicht viel dazu tun. Bridget war der entscheidende Faktor.«

»Bridget? Wie das denn?«

Es kam nicht oft vor, daß ich in puncto Klatsch einen Wissensvorsprung vor Graham hatte, weshalb ich diesen nun genüßlich ausspielte. »Sagen wir einfach, du solltest dir alle Samstage im Juni freihalten und deinen Frack abstauben.«

Er starrte mich an. »Das darf nicht wahr sein.«

»Ist es aber, fürchte ich. Aller guten Dinge sind drei, wie man so schön sagt.«

Graham fand es furchtbar rücksichtslos von Bridget, wieder zu heiraten. »Das wird mich finanziell ruinieren. Wenn ich an die Wettschulden denke, die ich jetzt habe ...«

»Kopf hoch. Du kannst immer noch wetten, wie lange die Ehe hält.«

»Stimmt.« Sein Blick wanderte träge durchs Zimmer und blieb in einer Ecke hängen. »Großer Gott, was ist das denn?«

»Ein Weihnachtsgeschenk. Von einer Freundin«, antwortete ich.

»Sehr ungewöhnlich». Er betrachtete die an der Wand lehnende Wetterfahne mit dem glänzenden Blechdrachen an der Spitze, der drohend seine Klauen ausstreckte. »Geh bloß vorsichtig mit dem Ding um. Es sieht aus, als würde es beißen.«

»Das tut es auch.« Ich bewegte probehalber meine verheilende Schulter.

»Da wir gerade von Drachen sprechen ...«, begann Graham erneut. »Habe ich die da oben richtig verstanden, daß man dich auf Gareth Gwyn Morgan angesetzt hatte?«

»Das stimmt. Er wohnte gleich um die Ecke von meinem Domizil in Angle.«

»Soweit ich mich erinnere, ist er ein ziemlich arroganter Bursche. Kein Wunder, daß du ihn nicht überreden konntest.«

Ich machte mir nicht die Mühe zu erklären, warum ich es gar nicht erst versucht hatte. Statt dessen verteidigte ich Gareth sogar. »Es ist weniger Arroganz als das Bedürfnis nach einer unverletzten Privatsphäre.«

»Der Verlust der Privatsphäre«, dozierte Graham, »ist der Preis für den Ruhm.«

Ich gab zu bedenken, daß Schriftsteller aus unterschiedlichen Gründen schrieben. »Nicht alle sind auf Ruhm aus.«

Graham sah nicht überzeugt drein, als er beiseite trat, um den hereinstürmenden Lewis vorbeizulassen. »Lyn, Ivor Whitcomb ist auf Leitung eins.«

»Mist. Ich bin beim Mittagessen«, sagte ich und sammelte eilig ein paar Sachen zusammen.

»Alles klar.« Lewis machte kehrt, während Graham immer noch in der Tür stand und mich amüsiert beobachtete. »Du gehst doch jetzt nicht wirklich Mittag essen? Es ist erst zwanzig nach elf.«

»Du kennst Ivor nicht. Er glaubt Lewis bestimmt nicht, daß ich außer Haus bin, und kommt wahrscheinlich her, um sich selbst davon zu überzeugen.«

»So, so.« Er verdrehte den Kopf, um den Titel des Taschenbuchs auf meinem Schreibtisch lesen zu können. »›Königsidyllen‹? Ich wußte gar nicht, daß Tennyson zu deinen Klienten gehört.«

»Ich muß nur ein Zitat nachsehen.« Ich klemmte mir das Buch samt Handtasche unter den Arm und machte mich hastig auf den Weg. »Hast du Lust mitzukommen?«

»Zum Mittagessen? Nein, ich kann nicht. Bin leider schon mit einem amerikanischen Filmproduzenten verabredet. Tischreservierung um zwölf im Savoy«, ergänzte er mit angeberischem Grinsen.

Mein privates Budget reichte nicht ganz für das Savoy, aber ich hatte ein neues Restaurant am »Strand« gesehen, das vielversprechend aussah.

Draußen roch die Luft beißend nach Abgasen und den diversen Ausdünstungen der vielen Körper, die sich auf dem Pflaster aneinander vorbeidrängten. Nachdem die bunten Weihnachtsdekorationen abgeräumt worden waren, wirkte London grau und von sich selbst gelangweilt unter dem ewig regenschweren Himmel. Ich stellte fest, daß ich die saubere Luft von Angle, den frischen Küstenwind und die tiefe Ruhe der Morgenstunden vermißte.

Seit meiner Rückkehr fühlte ich mich ständig ruhelos. Die einzigen Momente voller Frieden hatte ich zwei Tage zuvor erlebt, als ich unter der Eibe auf dem kleinen Friedhof in Kent stand und auf Justins Grab blickte. Seit dem Tag der Beerdigung war ich nur zweimal dort gewesen –

einmal, als der Grabstein gesetzt wurde, und am ersten Jahrestag seines Todes –, aber es hatte mich zu traurig gemacht, und ich war nicht wieder hingegangen. Doch diesmal war es anders gewesen.

Das Erlebnis, mein Kind endlich lebendig im Arm zu halten, wenn auch nur im Traum, schien eine Verbundenheit zwischen uns geschaffen zu haben, die über das Grab hinausreichte und die Ewigkeit berührte. Als ich dort auf dem Friedhof stand, wo die zarten Efeuranken vom Grab meiner Großmutter sich um die glänzenden Stechpalmenblätter am Fuß von Justins Grabstein wanden, hatte ich ein Gefühl der Beständigkeit empfunden, hatte die ewige Wiederkehr und Wiederholung des Lebens gespürt, das nur zwischendurch in Schlummer fiel.

Jemand rempelte mich an. Ich erwachte aus meinen Gedanken und ging zur Seite, um den Drängler vorbeizulassen, doch er stieß mich erneut am Arm, so daß ich stehenblieb und mich zum nächsten Schaufenster umdrehte, um meine aufsteigende Gereiztheit verfliegen zu lassen.

Das Fensterglas zeigte zwei dunkle Spiegelbilder … mein eigenes und das eines anderen. Jemand stand ein paar Schritte hinter mir und beobachtete mich.

Ich fuhr herum.

Gareth wirkte ausgesprochen fehl am Platz in der Stadt. Mit seinem finsteren Gesicht, den schwarzen Jeans und dem dunklen Jackett sah er wie Luzifer persönlich aus, der gerade aus dem Himmel vertrieben worden war.

»Sie!« sagte ich nicht sehr geistreich.

Er kam näher, blieb aber auf seiner Seite des Bürgersteigs, so daß die geschäftige Menge zwischen uns vorbeitrieb, doch ich bemerkte sie kaum. Die Menschen verschwammen wie die Speichen eines sich schnell drehenden Rades, und ich sah nur noch Gareth.

»Was um alles in der Welt machen Sie in London?« fragte ich.

»Sie verfolgen.« Er vergrub seine Hände in den Taschen und nahm eine breitbeinige Haltung ein. »Ich wollte gerade zu Ihnen, als Sie aus dem Gebäude gestürzt kamen. Also bin ich Ihnen gefolgt.«

»Oh.« Der kleine Ausruf klang überaus erfreut, ich konnte es nicht verhindern. »Aber Sie sagten doch, keine zehn Pferde brächten Sie hierher zurück«, rutschte es mir heraus.

»Habe ich das gesagt?«

»Allerdings.«

Er stritt es weder ab, noch gab er es zu. Er stand einfach nur da und betrachtete mich mit nachdenklicher Miene. Ich hätte gedacht, er würde sich in London unwohl fühlen, vielleicht ein wenig ungelenk wirken, doch statt dessen sah er ... Nun, er sah einfach wie Gareth aus, zuverlässig und unerschütterlich wie ein Fels in der Brandung. »In der keltischen Mythologie«, sagte er schließlich, »gibt es noch eine andere berühmte Gestalt neben dem göttlichen Kind. Soll ich dir davon erzählen?«

Ich nickte abwartend.

»Es ist ein Mann, sein Name wechselt, aber im Kern ist er stets derselbe. Ein junger Held von zweifelhafter Geburt, der auf der Suche nach etwas ist – dieses Etwas verändert sich ebenfalls je nach Überlieferung. Doch die Geschichte seiner Suche bleibt immer gleich«, erzählte Gareth. Er sprach ruhig über die hin- und herwogende Menge hinweg, als gäbe es nichts zwischen uns. »Dieser Held kommt in eine Wüste, die von einem sterbenden Gott regiert wird, ein unfruchtbarer, öder Ort.«

Ich begriff, daß er von sich selbst und von London sprach. »Was passiert dann?«

»Er trifft eine Frau.« Er sah mir in die Augen, hielt meinen Blick fest. »Eine Frau von reinem Herzen, die in die Unterwelt reist, um den sterbenden Gott zu heilen und die Wüste wieder zum Leben zu erwecken.«

Ich wußte, es würde eine schwierige Herausforderung sein, ihm seinen Glauben an die Menschheit wiederzugeben und ihn davon zu überzeugen, daß die Welt, in der ich lebte – die Welt, der er vor sieben Jahren den Rücken gekehrt hatte –, nicht der Ort des Bösen war, als den er sie sah. »Und findet der Held am Ende, was er sucht?« fragte ich.

Da überquerte er den Bürgersteig und kam an meine Seite. »Ich glaube ja.« Ein vorbeihastender Passant stieß uns an, und mein Buch fiel zu Boden. Gareth bückte sich danach. Er las den Titel und gab es mir mit einem Blick, den ich nicht deuten konnte, zurück.

Als unsere Hände sich flüchtig berührten, spürte ich wieder diese wohlige Wärme, das Gefühl einer Verheißung. »Möchtest du mit mir zu Mittag essen?« fragte ich. »Ich kenne ein kleines Lokal hier in der Nähe, das gerade in ist, vor allem bei Schauspielern.«

Er zögerte, aber ich schlug ihn mit seinen eigenen Waffen. »Du brauchst nur Messer und Gabel in die Hand zu nehmen.«

Mir war nicht bewußt gewesen, wie sehr ich Gareth Morgans Lächeln vermißt hatte, bis ich es wiedersah. »Geht das Essen auf Kosten von Simon Holland?« fragte er.

»Natürlich.«

»Gut, dann komme ich mit. Aber ich übernehme keine Verantwortung für die Folgen.«

Damit legte er mir eine Hand auf den Rücken und geleitete mich zurück in den Strom des Lebens.

KABEL

Judith Lennox

Die Mädchen mit den dunklen Augen

Roman. Aus dem Englischen von Mechtild Sandberg.
542 Seiten. Geb.

Drei junge Mädchen, wie sie verschiedener kaum sein können: die zielstrebige, unabhängige Katherine, die romantische Liv, die ohne Vater aufgewachsen ist, und Rachel, die Tochter aus gutem Hause, der stets alles in den Schoß zu fallen scheint. Nichts und niemand soll sie je auseinanderbringen, immer wollen sie füreinander dasein. Bis im Hochsommer 1969 die schwangere Rachel eine entsetzliche Entdeckung macht und ihre Freundinnen zu sich ruft – ausgerechnet als die verträumte Liv das entscheidende Rendezvous mit ihrer großen Liebe hat und Katherine sich kopfüber in Londons Partyleben stürzen will. Rachel erleidet eine tödliche Frühgeburt – allein und ohne daß ihre beiden besten Freundinnen sie noch einmal gesehen haben. Die Schuld lastet schwer auf Katherine und Liv ...

KABEL

Susanna Kearsley
Haus der Stürme

Roman. Aus dem Englischen von Karin Diemerling.
432 Seiten. Geb.

Die junge englische Schaupielerin Celia Sands wird in eine wunderschöne Villa nach Italien eingeladen: »Il Piacere« gehörte zu Beginn des 20. Jahrhunderts dem Dichterfürsten Galeazzo D'Ascanio, dessen Enkel Alessandro jetzt dort das letzte Stück seines berühmten Vorfahren aufführen möchte. Geschrieben hatte es Galeazzo für seine große Liebe, die ebenfalls Celia hieß und damals kurz vor der Premiere auf rätselhafte Weise verschwand.
In dem traumhaften Anwesen, in dem es vor Kunstschätzen und Spukgeschichten nur so wimmelt, ist die Vergangenheit ebenso spürbar wie die Gegenwart. Bei den Proben fühlt sich Celia mehr und mehr zurückversetzt in die Epoche D'Ascanios und seiner Geliebten; fast unvermeidbar scheinen die beiden Frauenschicksale zusammenzulaufen. Und während Celia in den Sog der Zeitreise gerät und sich immer stärker in Alessandro verliebt, häufen sich die unerklärlichen Ereignisse und spitzen sich schließlich dramatisch zu ...

PIPER

Susanna Kearsley

Mariana

Roman. Aus dem Englischen von Karin Diemerling.
350 Seiten. Serie Piper 2769

»Das ist mein Haus«, erklärte die fünfjährige Julia Beckett ihren Eltern, als sie zum ersten Mal »Greywethers« sah, das große Bauernhaus aus dem 16. Jahrhundert. Julia, inzwischen dreißig und erfolgreiche Illustratorin, erfüllt sich ihren Kindheitstraum und kauft das Haus. Sie liebt ihr neues Leben auf dem Land und findet schnell gute Freunde unter den Dorfbewohnern. Doch kaum ist Julia eingezogen, geschieht Seltsames mit ihr und läßt sie an ihrem Verstand zweifeln: Sie meint, das Leben von Mariana zu führen, einer unglücklich verliebten jungen Frau, die 1665, zur Zeit der großen Pest, in diesem Haus gelebt hatte. Julia fällt es immer schwerer, zwischen Vergangenheit und Gegenwart zu unterscheiden ...

Susanna Kearsley
Rosehill

Roman. Aus dem Englischen von Karin Diemerling.
429 Seiten. Serie Piper 3309

Verity Grey kann einfach nicht nein sagen, als sie zu Ausgrabungen ins schottische Rosehill eingeladen wird. Schließlich ist sie mit Leib und Seele Archäologin – und die Aussicht, wieder mit dem unverschämt gutaussehenden Adrian zusammenzuarbeiten, ist ebenfalls verlockend. Der Teamleiter in Rosehill ist geradezu vernarrt in seine Idee, hier auf Spuren der berühmten Neunten Römischen Legion zu stoßen. Allerdings vertraut er ausgerechnet auf die Aussage eines achtjährigen Jungen, der felsenfest behauptet, einem Geist begegnet zu sein: dem Geist eines römischen Legionärs. Die kluge, unbestechliche Verity glaubt selbstverständlich nicht an Geister, doch dann passieren Dinge, die nicht einmal sie erklären kann. Damit nicht genug, trifft Verity auch noch David, der so ganz anders ist als die Männer, die ihr bisher gefährlich werden konnten.

PIPER

Susanna Kearsley

Glanz und Schatten

Roman. Aus dem Englischen von Leon Mengden.
395 Seiten. Serie Piper 3048

Der Historiker Harry hat es sich in den Kopf gesetzt, die Juwelen zu suchen, die die unglückliche Königin Isabelle Plantagenet vor achthundert Jahren auf ihrer Flucht in den unterirdischen Gängen von Schloß Chinon versteckt hatte. Harry überredet seine junge attraktive Cousine Emily, ihm von London aus an den malerischen Adelssitz im Loire-Tal zu folgen. Bei Emilys Ankunft fehlt jedoch jede Spur von ihm, so das sie sich einer Clique von Weltenbummlern anschließt und es genießt, von charmanten Männern umschwärmt zu werden. Die Urlaubsidylle zerbricht, als ein Mord geschieht. Auf der Suche nach Harry, dem Schatz und dem geheimnisvollen Drahtzieher im Hintergrund gerät Emily in höchste Gefahr ...